오비디언스 웰레스트는 죽지 않아

니콜라스 볼링 글 · 조경실 옮김

오비디언스 웰레스트는 죽지 않아

초판 1쇄 2025년 11월 17일
글 | 니콜라스 볼링
옮긴이 | 조경실

펴낸이 | 조영진
펴낸곳 | 고래가숨쉬는도서관
출판등록 | 제2024-000082호
주소 | 서울시 서대문구 연희로 41다길 13. 바우하우스 2층
전화 | 02-6081-9680 팩스 | 0505-115-2680
블로그 | https://blog.naver.com/goraebook
이메일 | goraebook@naver.com
편집 | 이규수 김주영

ISBN 979-11-92817-91-0 43840

THE UNDYING OF OBEDIENCE WELLREST

Original English language edition first published in 2023 under the title THE
UNDYING OF OBEDIENCE WELLREST
by The Chicken House, 2 Palmer Street, Frome, Somerset, BA11 1DS
Text © NICK BOWLING 2023
Cover copyright © Michaela Alcaino

차례

데이브에게

1832년 봄

I

네드

열다섯 번째 생일을 맞아 할아버지는 이제 내 무덤을 파도 좋다고 허락하셨다.

할아버지가 깨워 눈을 떴을 때는 아직 이른 새벽이었다. 한 손에는 석유램프를, 다른 한 손에는 새 삽을 들고 할아버지가 내 침대 옆에서 계셨다. 어둠 속에서도 삽날이 어찌나 번쩍이던지 유독 그 장면이 머릿속에 강렬하게 남았다. 아무래도 할아버지는 잠도 안 자고 밤새 숫돌에 삽날을 갈았던 모양이었다.

"생일 축하한다. 그럼 슬슬 시작해 볼까?" 할아버지가 말했다.

할아버지는 삽을 침대 위 내 옆자리에 내려놓고는 오두막 문을 열고 아침 풍경 속으로 천천히 걸어 나갔다.

나도 침대에서 일어나 재빨리 옷을 입었다. 셔츠와 바지는 아직도 축축한 채로 빨래통 위에 널려 있었는데, 할부지—그러니까 우리 할아버지—가 그런 중요한 날에는 깨끗한 옷을 입어야 한다고 고집을 부렸기 때문이다. 어차피 금세 흙투성이가 될 텐데 왜 옷을 세탁하고 몸을 닦아야 한다는 건지 잘 이해가 안 갔지만, 어쨌든 시키는 대로 했다. 장화를 신고, 내가 제일 좋아하는 모자는 몇 주 전에 까마귀란 놈이 물고 날아가 버렸기 때문에 두 번째로 좋은 모자를 썼다. 할아버지가 만든 귀리 비스킷 네 개를 얼른 입에 욱여넣은 다음, 네 개는 주머니에 넣었다. 모스카는 잼 병에서 아직 자고 있었지만, 나중에 자기를 두고 간 걸 알면 불같이 화를 낼 게 뻔해서 가방 안에 집어넣었다.

모스카는 내가 키우는 파리였다. 그 당시 할아버지 말고 내 가장 친한 친구는 바로 모스카였다. 사람들은 내가 모스카와 다른 파리를 구분할 수 없을 거라고 말하곤 했지만, 그들이 무덤 파는 일에 대해 아는 게 없듯이 파리에 대해서도 아는 게 없으니 하는 소리들이었다.

그날 아침 묘지에는 안개가 어찌나 짙게 깔렸는지 공기가 식은 수프만큼이나 축축하고 걸쭉했던 걸로 기억한다. 교회 첨탑과 검은 주목의 굵은 가지 정도는 알아볼 수 있었지만, 마을은 안개에 가려 전혀 보이지 않았고, 마치 온 세상에 살아 있는 사람은 할아버지와 나, 둘뿐인 것처럼 고요했다. 어떤 면에서 그건 사실이기도 했는데, 모스카와 묘지에 사는 새와 동물을 제외하면 우리만의 작은 세상에 사람이라곤 우리 둘이 전부이기 때문이었다.

나는 길을 따라 움직이는 할아버지의 램프 불빛을 따라 올드 쿼터의 어지럽게 서 있는 묘석 사이를 부지런히 걸어갔다. 팔로 전해지는 묵직한 삽의 무게를 느끼다가 손가락 끝으로 삽날을 쓸어 보았다. 푸줏간 주인이 쓰는 칼만큼이나 날카로웠다. 할아버지가 어깨너머로 말했다.

"얘, 내가 뉴 쿼터 땅은 모래흙이라고 했던 거 기억하지?"

"네, 할부지."

"그 땅에는 진흙이라곤 없어."

"네, 할부지."

"그러니까 땅을 팔 때 옆벽이 무너지지 않게 조심해야 해."

"지난번에 하신 말씀 기억하고 있어요."

"깔끔하게 파는 건 기본이야. 사람들은 무덤 파는 일이 그저……"

"구덩이만 파면 된다고 생각하죠. 하지만 그렇지 않다는 거 저도 알아요."

"그래, 기억하는구나. 심판의 날이 올 때까지 이 무덤은 누군가의 집이라는 걸 명심해야 한다. 사람은 지상에서 보내는 시간보다 땅속에서 보내는 시간이 훨씬 기니 편안하게 지낼 수 있게 우리가 도와줘야지."

어쩌면 처음부터 좀 더 정확히 말했어야 했나 싶다. 내 무덤을 판다는 말은, 사실 내가 들어갈 무덤이 아니라 다른 사람이 들어갈 무덤을 말한 거였다. 그러니까 내 말은, 할아버지가 오로지 나 혼자 무덤을 팔 수 있게 해 줬다는 뜻이었다. 그때까지만 해도 힘든 일을 하는 사람은 항상 할아버지였고, 나는 그저 할아버지가 땅을 파는 걸 지켜보고, 하는 얘기를 듣거나 받아 적고, 할아버지가 목이 마를 때 차를 가져다주는 일을 하는 게 전부였다. 그런데 이제 열다섯 살이 되어 나도 내 삽을 갖게 된 것이다.

"이번에 입주하는 분은 누구죠?"

"그래미 힉슨이라고, 마을에 살던 부인이야. 목사님 말씀이, 나이가 아흔 살이 다 되신 분이라고 하더구나. 누가 봐도 오래 사신 거지."

"여길 마음에 들어 하실까요?"

"틀림없이 그럴 거다, 네드. 적어도 누굴 데려가고 싶어 하진 않을 거야. 나이로 봐선 여기 묻힌 사람 대부분은 아는 사람일 테니 말이다."

그 말을 들으니 기분이 좋아졌다.

"여태껏 판 것 중에 가장 깔끔하고 멋진 무덤을 팔 거예요! 다른 입

주민들이 모두 부러워할 정도로요!"

"그런 정신 아주 좋아. 내가 가고 나면 여기는 전부 네가 맡게 될 게다. 그러니 언제든 네가 하고 싶을 때 시작하도록 하자."

이 우울한 생각을 강조라도 하듯 할아버지는 손수건에 대고 기침을 몇 번 했다. 그러고는 손수건을 펴 거기 묻은 걸 확인하더니 그게 마치 비밀이라도 되는 것처럼 다시 단단하게 말아 쥐었다. 할아버지의 가슴에서 쌕쌕 소리가 나고 기침을 심하게 한 지는 벌써 여러 달이 지났는데, 그때쯤 할아버지는 대답하는 것도 난감해하는 눈치여서 나는 어디가 안 좋으시냐고 묻지도 못하고 있었다.

할아버지가 손수건을 윗주머니에 다시 쑤셔 넣는 모습을 보면서 나는 아무 말도 하지 못했다. 들떴던 마음이 다소 침울해졌다. 주위가 온통 죽은 사람의 무덤인데, 그런 곳에 살면서 사랑하는 이가 영원히 곁에 머물 거라고 여기다니, 그게 무척 어리석은 생각이라는 건 나도 알고 있었다.

우리는 올드 쿼터와 거기 자리 잡은 검고 굵은 주목 옆을 지나 이제는 담쟁이덩굴이 거의 점령하다시피 한, 이름 없는 무덤 옆을 지나갔다. 안개 사이로 교회가 보이기 시작했고, 교회 옆길을 지나 뉴 쿼터로 들어섰다.

"이쯤이 좋겠다." 묘비가 끝나는 지점에서 할아버지가 말했다. 할아버지는 팔짱을 낀 채로 잘 보이는 한쪽 눈으로 나를 바라보았다. 묘지는 쓸쓸할 정도로 고요했다. 들리는 소리라고는 잼 병 속에서 날아다니는 모스카의 윙윙 소리뿐이었다.

"좋아요. 그럼, 일단 한번 파 볼까요?"

"허, 애 좀 봐라! 마을 전체를 통틀어 이만큼 깔끔하고 좋은 묏자리가 없을 정도인데, 일단 한번 파 본다니, 그게 할 소리냐?"

"그렇군요!"

"설마 아무 생각 없이 삽질부터 시작하는 건 아니겠지?"

"그럼요, 저도 알죠. 죄송해요, 할부지."

"그렇다면 제일 먼저 뭐부터 할 테냐?"

나는 메고 온 가방 속을 들여다봤다. 먼저 이 과정을 모두 지켜보도록 모스카부터 꺼냈다. 모스카는 병 바닥에서 작게 원을 그리며 종종걸음을 치더니 뒷다리를 맞대고 서로 비벼 댔다. 왠지 조금 짜증이 나 있는 것 같았다. 나는 땅의 거리를 잴 때 쓰는 물렛가락 두 개를 꺼낸 다음, 그걸 땅에 꽂아 팔 곳을 실로 표시했다. 그걸 다 했을 때, 할아버지는 크기를 가늠해 보더니 옆의 묘석 가장자리에 쭈그리고 앉았다.

"아주 좋아. 자, 그럼. 새 삽을 잘 다루는지 어디 한번 보자꾸나."

나는 삽질을 시작했고, 할아버지는 멀쩡한 오른쪽 눈으로 줄곧 나를 지켜봤다. 그러는 동안 왼쪽 눈알이 눈구멍 안에서 정신없이 왔다 갔다 했다. 해가 솟으며 안개가 걷혔고, 내가 아는 멋진 뉴 쿼터가 점차 모습을 드러냈다. 사람들은 묘지가 을씨년스럽다고 하지만, 이곳의 봄 풍경을 본다면 분명 생각이 달라질 터였다. 블루벨, 금잔화, 밝은 분홍색의 장구채 같은 예쁜 꽃도 많고, 초록색 담쟁이덩굴의 새잎은 어찌나 반들반들한지 마치 잎에서 빛이 나는 것만 같았다.

노래를 흥얼거리며 땅을 파다 보니, 그렇게 기분이 좋을 수가 없었다. 삽은 기가 막힐 정도로 땅파기에 안성맞춤이었다. 날이 적당하게 잘 서서 다루기가 정말 쉬웠다. 나는 할아버지가 간 요리를 드실 때만큼의 빠르기로 땅을 파 들어갔다. 30분쯤 지났을 때는 구덩이 높이가 허리까지 올라왔고, 한 시간 뒤에는 내 키 높이가 되었다. 그때쯤 무슨 일인지 주위가 너무 조용해서 나는 할아버지를 불러 보았다.

"할부지, 어떤 것 같아요? 이 정도면 괜찮지 않아요? 석공도 가장자리를 이보다 부드럽게 다듬을 순 없을 것 같은데요!"

할아버지는 대답하지 않았다. 순간 내가 뭘 잘못했나 싶었다. 아니면 너무 잘난 척을 했나 싶은 생각도 들었다.

"뭐, 완벽하지 않다는 건 알아요. 하지만 거의 6피트(약 1.8m-옮긴이)는 판 것 같은데요? 이제는 구덩이 바깥이 보이지도 않아요. 실 좀 던져 주실 수 있어요? 할부지?"

여전히 조용했다.

"모스카?"

윙윙거리는 모스카의 날갯소리만 희미하게 들려왔다.

나는 구덩이 가장자리에 손을 대고 겨우 몸을 끌어올렸다. 이제는 태양이 높이 떠 있어 대기가 매우 뜨거웠고, 모스카의 병 안쪽에 습기까지 차 있었다. 습기 때문에 불쾌하겠다 싶어 얼른 병뚜껑을 열자, 모스카가 곧장 내 콧구멍 속으로 날아들었다가 다시 교회 방향으로 날아갔다. 모스카는 나한테 화가 나면 그렇게 내 콧구멍을 공격하곤 했다.

"그렇게까지 화낼 건 없잖아."

이리저리 날아다니는 모스카를 눈으로 좇다 보니, 묘지 멀리 할아버지의 모습이 눈에 들어왔다. 할아버지는 교구 목사와 얘기 중이었다. 자세가 반듯하고 질이 좋은 수단(성직자가 제의 밑에 받쳐 입거나 평상복으로 입는 긴 옷-옮긴이)을 입은 목사 옆에서 할아버지는 평소보다 더 등이 굽고 초라해 보였다. 할아버지의 낡은 코트와 장갑은 때가 잔뜩 묻고 구멍이 숭숭 뚫려 있었다. 두 사람 모두 땅 위 어느 지점을 바라보았고, 할아버지는 머리를 가로젓고 있었다.

나는 모스카의 병을 집어 든 뒤, 삽을 한쪽 어깨에 메고 교회로 이어진 길을 따라 걸었다.

두 사람이 하는 말이 들리지는 않았지만, 뭔가가 잘못됐다는 건 알 수 있었다. 앞의 묘비가 매우 이상한 각도로 서 있고, 그 아래 바닥도 고르지 않고 엉망이었다. 아까 이 앞을 지날 때는 안개가 잔뜩 껴서 알아차리지 못했지만, 눈부신 봄 햇살 속에 그 광경을 보자 나도 모르게 등골이 오싹해지는 기분이었다. 사람 또는 동물이 땅을 파헤친 모양이었다.

바일스 목사는 낮고 단조로운 목소리로 조용조용 할아버지에게 무슨 말을 하고 있었고, 할아버지는 듣는 내내 안절부절못하며 소매 끝을 잡아당기고 있었다. 내가 다가가는 소리에 목사가 고개를 돌려 나를 보았다. 또 하나의 잿빛 묘비 같은 그의 얼굴에는 어떤 표정 변화도 일어나지 않았지만, 모스카의 병을 보고는 살짝 얼굴을 찌푸렸다. 그러더니 내게 알은체도 하지 않고 다시 할아버지에게로 얼굴을 돌렸다.

"지난번에 그렇게 신신당부했건만 또 이런 일이 생기도록 몰랐다니, 내가 어떻게 받아들여야 할지 모르겠군요." 바일스 목사가 말했다.

"한 번만 봐주세요, 목사님. 저희는, 그러니까 저랑 손주 녀석은……" 할아버지는 나를 손으로 가리켰지만, 목사는 내 쪽은 보려고 하지도 않았다. "늘 주의해서 이곳 주민들을 지켜보려고 정말 애썼는 걸요."

목사의 표정이 더욱 굳어졌다.

"주민이라고요?"

"그러니까 교구 주민 말이에요. 돌아가신 분들요."

잠시 침묵이 흘렀다.

"올해 들어 벌써 두 번이나 이런 일이 일어나지 않았다면 그 말을 믿었겠지요."

두 번이라고? 할아버지는 그런 얘기를 한 적이 없었다.

"목사님, 죄송합니다. 정말로요. 실은 오늘이 손주 녀석 생일이라 어젯밤에 삽을 갈고 있었거든요. 거기에 잠시 정신이 팔린 사이에 이렇게 된 것 같습니다."

바일스 목사가 다시 나를 돌아보았고, 나는 약간 자랑스러운 마음으로 삽을 내보였다.

"물론 생일은 축하할 일이지만, 그걸 핑계 삼을 수는 없습니다."

"잘 압니다, 목사님." 할아버지가 말했다.

목사는 한숨을 쉬었다.

"이제 둘 다 삽이 있으니, 적어도 두 배 빨리 여길 말끔하게 해 놓을 수는 있겠군요."

"말끔하게 해 놓는다고요?" 할아버지가 말했다.

"그래요. 새것처럼 말끔하게 해 놓으세요. 힉슨 부인의 장례식을 위해 사람들이 도착하기 전에."

"하지만 가족들에게……"

"가족들은 모르는 게 나아요. 제 말 믿으세요. 땅을 잘 고르고 묘석을 제대로 놓은 다음, 오늘 일은 다 잊는 겁니다."

"하지만……"

"가족들이 모르는 게 할아버지를 위해서도 훨씬 나을 거예요. 안 그렇습니까?"

나는 두 사람을 번갈아 보았다. 할아버지는 대답하지 않았다.

"마을 사람들이 그쪽에 대해 어떻게 생각하는지 다 알면서, 가족들이 이렇게…… 흉한 꼴을 보면 어떻게 나올지는 뻔하지 않습니까." 가늘고 긴 목사의 손가락이 우리 둘을 번갈아 가리켰다. "입단속들 하는 게 좋을 거예요. 안 그랬다가는 모자 벗을 틈도 없이 교수대에 매달리게 될 테니."

"예, 목사님."

"좋아요. 알았으면 제대로 해 놓으세요. 그리고 이런 일이 두 번 다시 생기지 않게 하시고요."

발작하듯 다시 기침이 터진 할아버지는 꼬깃꼬깃하고 축축해 보이는 손수건을 주머니에서 꺼냈다. 목사가 코를 찡그렸다. 목사는 나를 힐끗 한번 쳐다보고는 고개를 돌려 교회 정면의 그늘진 아치형 문을 향해 옷자락을 펄럭이며 걸어갔다.

목사가 자리를 뜬 뒤에야 나는 쑥대밭이 된 무덤을 제대로 볼 수 있었다. 교회지기로서 정말이지 평생 보고 싶지 않은 그런 풍경이었다. 묘석은 금방이라도 쓰러질 듯 옆으로 기울어 있었고, 개가 바닥을 파헤치기라도 한 것처럼 흙더미가 한편에 어지럽게 쌓여 흉하게 훼손

되어 있었다. 할아버지는 교회 문이 닫히고 목사의 모습이 시야에서 사라지자, 커다란 장화의 앞꿈치로 흙더미를 꾹꾹 밟았다.

"땅에 묻은 지 2주밖에 안 됐는데." 할아버지가 말했다.

"저도 기억해요. 로버트 개릭이라는 젊은 남자였죠?"

"부인도 함께 묻었었지. 망할 콜레라 같으니라고."

우리는 잠자코 무덤만 바라보았다.

"누가 그런 걸까요?"

"모르겠다."

"여우가 그랬는지도 몰라요. 아니면 두더지나. 두더지들이 어떤지 아시잖아요."

할아버지가 허리를 세우며 지친 얼굴로 웃어 보였다.

"그럴 수도 있겠구나."

"주변 친구들에게 한번 물어볼까요?"

"그렇게 하려무나, 네드."

모스카는 뒤죽박죽이 된 무덤 주변을 탐색하듯 빙빙 날아다니다가 내 귀 끝에 앉았다. 평소에도 모스카는 내 귀에 앉아 쉬는 걸 좋아했다.

우리는 묘지 이곳저곳을 돌아다니며, 주목, 검은딸기나무 덩굴, 교회 지붕의 홈통에 사는 이웃들에게 뭐라도 아는 게 있는지 물어보았다. 까마귀는 아무것도 보지 못했다고 했고, 여우 가족은 낮잠을 자고 있었다. 까치들은 늘 그렇듯 깍깍거리고 웃으면서 말도 안 되는 헛소리만 하다가 모스카를 삼키려는 걸 내가 막자, 마구 화만 냈다.

나는 아무 소득 없이 할아버지에게 돌아갔다. 할아버지는 이미 무덤 주위 땅을 모두 정돈한 뒤, 단단하게 매만지는 중이었다.

"뭘 봤다는 친구는 아무도 없었어요."

할아버지는 허리를 세우며 내 삽에 몸을 기댔다.

"당연하지. 우리 말고 묘지를 지킬 존재가 또 누가 있겠니? 이제부터 정말 눈 똑바로 뜨고 지켜야 할 거다. 우리 둘 다."

"아까 목사님 말이, 전에도 이런 일이 있었다고 했잖아요. 전 그런 얘기는 들은 적이 없는데요."

"그래, 내가 말을 안 했다. 미안하구나."

나는 할아버지가 더 자세히 설명하길 기다렸지만, 할아버지는 더는 말하고 싶지 않은 눈치였다.

"목사님이 마을 사람들에 관해 한 얘기가 진심은 아니겠죠?"

"어떤 얘기 말이냐?"

"교수대요. 목매달 거라고 한 거."

할아버지는 묘석을 확인하느라 잠시 말이 없다가 마침내 입을 열었다. "그럼, 네드. 당연히 아니지. 그럴 일은 절대 없단다."

목뒤가 간질거렸다. 처음에는 모스카인 줄 알았지만, 다시 보니 모스카는 조금 떨어진 수선화 위에서 꽃잎을 관찰하고 있었다. 할아버지는 거대한 석판을 바로 세우기 위해 그 위에 올라탔고, 나는 그 모습을 지켜보았다. 내가 마을 사람들 중에 가장 똑똑한 사람이 아니라는 건 나도 잘 알고 있었다. 심지어 묘지에서 가장 똑똑한 사람이 아닐 수도 있었다. 하지만 누군가 진실을 말하지 않는다는 것쯤은 알 수 있었다.

II
네드

힉슨 부인의 장례식은 별다른 일 없이 금방 끝이 났다. 적어도 힉슨 부인의 시각에서는 아무 일도 일어나지 않았다. 교회 종이 울리고 조문객과 관을 운구할 사람들이 모여드는 동안, 할아버지와 나는 먼 발치에 앉아 식이 끝나기를 기다렸다. 30분 뒤, 사람들이 교회에서 나와 장지 주변에 모였다. 대략 십여 명의 남녀 어른들이 참석했고, 대부분은 마을의 농부, 일꾼, 여관 주인들로 보기만 해도 거칠고 억센 사람들이었다. 다들 일요일마다 교회에 왔기 때문에 대부분 낯이 익었지만, 한 사람만 처음 보는 얼굴이었다. 나머지 사람들과는 확연히 달라 보이는 꽤 좋은 옷을 입고, 검정 베일로 얼굴을 가렸는데도 진흙 속 진주처럼 단박에 눈에 띄는 예쁜 외모의 젊은 숙녀였다.

바일스 목사가 사람들을 불러 모은 종소리와 별반 차이가 없을 만큼 낮고 단조로운 목소리로 웅얼웅얼 추도사를 읊었다. 그러는 동안 나는 거기 모인 사람들과 예쁘고 젊은 숙녀의 표정을 아주 열심히 살폈는데, 내가 파 놓은 무덤에 대해 다들 어떻게 생각하는지 궁금했기 때문이었다. 누군가 내게 다가와 악수를 청하며 구덩이가 정말 만족스럽다고 말하는 장면을 혼자 상상했지만(귀퉁이를 아주 나무랄 데 없이 완벽하게 팠구나! 돌멩이나 벌레도 하나 안 보이고 정말 훌륭해!), 악수를 청하기는커녕 내게 말을 걸려는 사람조차 없다는 걸 곧 알게 되었다.

장례식이 끝날 때쯤 빗방울이 떨어지기 시작했다. 무덤가에 모였던 사람들은 자신을 기다리는 지루하고 고된 일상을 향해 하나둘 발걸음을 돌렸고, 목사도 우리를 향해 고개를 까딱하고는 성경으로 머리를 가린 채 교회로 서둘러 돌아갔다.

젊은 숙녀만 가지 않고 남아 있었다. 언뜻 보면 유령인가 싶을 정도로 몸매는 가냘프고 피부는 몹시도 창백했다. 하지만 나처럼 묘지에서 일하면서 밤낮으로 죽은 사람 곁에 살다 보면, 유령이니 뭐니 하는 건 다 미신일 뿐이라는 걸 금방 깨닫게 된다.

그녀는 힉슨 부인의 무덤을 서너 번 천천히 돌더니 우리가 있는 쪽으로 걸어왔다.

"누구죠?" 나는 할아버지에게 물었다.

할아버지는 대답하지 않았다. 사실 할아버지는 아까 목사와 이야기를 나눈 후로 말수가 급격히 줄어 있었다.

"할부지? 저 여성분이 이쪽으로 오고 있어요."

그녀는 움직이는 모습도 유령 같았다. 검고 긴 호박단 드레스 밑으로 발이 거의 보이지 않아 공중에 떠 있는 것처럼 보였다. 고개를 천천히 이쪽저쪽으로 움직이며 길 양편의 묘석에 적힌 이름을 살피며 걷고 있었다. 할아버지가 조금 전에 정돈한 무덤 옆을 지났지만, 다행히 이상한 점은 눈치채지 못한 것 같았다. 그녀가 우리 곁에 왔을 때, 마침내 할아버지도 고개를 들었다. 산들바람이 불어 베일이 들렸고, 나는 그녀가 내 또래 정도밖에 안 된 여자아이라는 걸 알게 됐다. 그 애는 모자 끝을 잡으며 우리 둘에게 가볍게 고개를 숙였다. 그 애도 할아버지처럼 손에 장갑을 끼고 있었는데, 실크인지 뭔지 모르지만 훨씬 좋은 천으로 만들었다는 게 다르긴 했다.

"안녕하세요." 그 애가 말했다.

"네, 아가씨." 할아버지도 방금 그 애가 한 것처럼 고개를 숙여 인사했다.

그 애는 발걸음을 옮겨 교회 뒤편으로 미끄러지듯 움직였다. 그리고 그게 다였다.

나는 무슨 말을 해야 할지 몰랐다. 이렇게 예쁜 부잣집 여자아이는 물론이고, 내게 먼저 인사를 건네 오는 사람조차 그동안 본 적이 없었다. 깊이 숨을 들이마시자, 비가 내리는 중에도 코끝으로 꽃향기 같은 냄새가 살짝 맡아졌다.

할아버지가 허리를 펴자, 뼈마디가 한꺼번에 우두둑 소리를 냈다. 할아버지가 절뚝거리며 아직 열려 있는 무덤을 향해 걸음을 옮겼다. 나는 금세 할아버지를 따라잡았다.

"방금 보셨어요, 할부지?"

"봤지."

"우리한테 고개를 숙였어요!"

"안다."

"우리 둘 모두에게요!"

"아주 예의가 바른 아가씨더구나."

"안녕하세요, 라고 인사도 했어요!"

"나도 들었다, 네드."

힉슨 부인의 관 위에는 몇 줌의 흙이 뿌려져 있었다. 할아버지가 무덤가의 흙을 삽으로 떠 구덩이를 메우기 시작했다. 할아버지는 우리가 방금 마주쳤던 환영에는 관심이 없는 듯했지만, 나는 마음을 조금 뺏

긴 정도가 아니어서 두세 번 삽질하고는 다시 그 애를 생각했다. 하던 일도 멈추고 삽자루에 기대 그 애가 교회 뒤편에서 뭘 하는지 보려고 목을 쭉 뺐다. 아직 덮지 않은 무덤 안으로 빗방울이 계속 떨어졌다.

"누군지 아세요?"

"웰레스트 씨네 따님이야. 저기 저택에 사는 사람들 말이다." 할아버지는 숨이 차 헐떡거리면서 힘겹게 말을 이어 갔다.

"그래요?"

"그래."

나도 저택을 본 적은 있지만, 그곳에 산다는 웰레스트 씨 가족을 직접 마주친 적은 한 번도 없었다. 할아버지가 가끔 그 사람들 이야기를 하긴 했지만, 그 집 식구들은 아무도 교회에 나오지 않았다. 저택 영지 안에 예배실과 가족 묘지가 있어서 굳이 교회에 올 필요가 없었고, 마을 사람들 말로는 평소에도 이웃들과 어울리기보다는 은둔자처럼 조용히 지내는 사람들이라고 했다.

"여기서 뭘 하는 걸까요? 힉슨 부인과는 무슨 관계길래 온 걸까요?"

"내가 그걸 어찌 알겠니?"

"지금은 어딜 간 거죠?"

"바람을 쐬는 거겠지. 여자들은 자주 그런단다. 나도 들은 얘기다."

"바람을 쐰다고요?" 나는 할아버지의 말을 따라 하며 그게 과연 어떤 걸까 생각해 봤다. "혼자서요?"

할아버지는 어깨를 으쓱하고는 흙 한 삽을 퍼 구덩이로 던졌다.

"되게 예쁘던데요."

"도대체 일을 돕겠다는 거냐, 말겠다는 거냐?"

나는 다시 정신을 차리고 삽질을 시작했다. 그 여자애가 금세 다시 나타나 묘지 입구로 걸어가는 걸 봐서는 그냥 바람을 쐬는 게 맞는 것 같긴 했다. 그때쯤에는 입은 옷이 푹 젖어 있었지만, 그 애는 그다지 신경 쓰지 않는 듯했다. 우리 옆을 지나갈 때 그 애는 걸음을 멈추고 몇 걸음 뒤로 물러서서 구덩이 안을 들여다봤는데, 구덩이는 이제 4분의 3쯤 채워진 상태였다.

나는 심장이 이상하게 쿵쿵대 고개도 들지 못하고 있었다. 다시 한번 코끝으로 꽃향기가 스쳤다.

"그 아래 잘 묻은 게 맞는지 꼭 확인하셔야 해요. 심술쟁이 할멈이 땅속에서 기어 나오기라도 하면 다들 기겁하고 놀랄 테니까요."

우리는 둘 다 등을 폈다. 할아버지와 나는 서로 얼굴을 마주 보고 그 애를 쳐다봤다. 모자의 베일을 걷어 위에 고정해 얼굴이 다 드러난 그 애는 무덤을 보며 싱긋 웃고 있었다.

"뭐라고 하셨죠, 아가씨?" 할아버지가 물었다.

"아까 사람들이 관을 내릴 때, 관 속에서 할멈이 관 뚜껑을 두드리기라도 하면 어쩌나 싶어 진짜 가슴이 조마조마했었다니까요. 뻣뻣해진 몸을 일으키고 앉아서 제게 '모자가 비뚤어졌네', '자세가 바르지 않네' 하며 잔소리를 늘어놓는 상상까지 한 걸요."

"힉슨 부인이 평소 그런 사람이었던 걸 알고 있군요, 그렇죠?"

"알다마다요. 제 가정교사였는걸요."

할아버지는 얼굴을 찡그렸다. "가정교사를 하기엔 연세가 좀 많지 않았나요?"

"확실히 많았죠. 하지만 아버지가 돈이 정말 한 푼도 없어서요. 아주 오래전에 할멈이 우리 저택에서 일한 적이 있어서 이번에도 아버지가 부탁한 것 같더라고요."

"아, 부인을 아주 좋아했었군요?"

그 애는 큰 소리로 깔깔거렸는데, 묘지에서 자주 들을 수 있는 그런 웃음소리는 분명 아니었다. 소리가 묘석에 부딪혀 공간에 울려 퍼졌다.

"좋아했냐고요? 절대 아니죠. 사실대로 말하면, 할멈을 가정교사라고 부르고 싶지도 않아요. 그건 적당한 단어가 아니에요. 교도소 간수가 더 정확해요."

"간수라고요?"

"여기 온 것도 그래서예요. 할멈이 정말 죽은 게 맞는지 제 눈으로 확인하려고요." 그 애는 무덤을 턱으로 가리켰다. "그런데 진짜 죽은 게 맞긴 한 것 같아요! 그래서 말인데요, 이 떨리는 소식을 온 세상에 알리고 싶어요. 저, 최소 며칠은 바느질 안 해도 될 것 같아요."

할아버지와 나는 이런 말에 뭐라고 대답해야 할지 몰라 아무 말 없이 그저 서 있기만 했다. 산 사람과 죽은 사람에 대해 그런 식으로 말하는 건 처음 들었기 때문이었다. 심지어 힉슨 부인에게도 다 들릴 만큼 이렇게 가까운 데서 저런 말을 하다니! 깊은 인상을 받았다고 해야 할지, 놀랐다고 해야 할지 쉽게 마음을 정할 수가 없었다. 그 애가 좋은 건지, 싫은 건지도 헷갈렸는데, 아마도 좋은 쪽인 것 같긴 했다.

바람의 방향이 바뀌었고, 그 애의 코가 씰룩거리고 곧은 눈썹이 일

그러지는 걸 보니 나나 할아버지에게서 어떤 냄새를 맡은 것 같았다. 그 애가 갑자기 몸을 돌리더니, 처음으로 나를 똑바로 바라봤다. 그러고는 내 얼굴로 손을 뻗었을 때, 나는 너무 놀라 그 자리에 얼어붙는 것만 같았다. 내 뺨을 만지는 줄 알고 얼굴이 빨개지려는 찰나, 그 애는 내 귓불 뒤에서 손가락을 탁 소리 나게 튕겼다.

"파리가 붙었어요."

모스카는 짜증 난다는 듯 윙윙대며 내 머리를 한 바퀴 돌더니, 다른 쪽 귀로 내려앉았다.

"모스카예요." 내가 말했다.

"누구?"

"모스카. 내가 키우는 파리예요."

"파리를 키운다고요?"

나는 고개를 끄덕였다. 그 애는 눈을 가늘게 뜨고 입을 반만 벌리고 웃었다. 내 말이 농담인지 아닌지 모르겠다는 표정이었다.

"그렇군요."

한동안 침묵이 흐르고 비가 계속 내렸지만, 그 애는 그런 것 따위는 신경 쓰지 않는 듯했다. 뒷짐을 지고 묘지 주변을 둘러보는 모습이 오히려 즐거워 보이기까지 했다. 시간이 조금 흐른 뒤, 할아버지가 목청을 가다듬었다.

"뭐 도와드릴 거라도 있을까요, 아가씨? 옷이 이미 많이 젖었어요. 그러다 감기 걸리겠어요."

"저기 뒤쪽에 있는 무덤 말이에요. 교회 뒤편에, 새장 같은 걸로 덮여서, 혼자 외롭게 있는 무덤이요."

이름 없는 무덤을 말하는 거였다. 오두막을 제외하고 묘지 전체를 통틀어 내가 가장 좋아하는 장소였다. 내가 뭐라 말하기도 전에 할아버지가 나를 한번 흘깃 보더니 먼저 입을 열었다.

"무덤 방호 장치라는 거예요, 아가씨." 할아버지가 말했다.

"그게 뭐죠?"

"쇠창살로 새장처럼 만든 거요. 그걸 무덤 방호 장치라고 부릅니다."

"그거 흥미롭네요. 무덤 주인을 보호하려고 만든 거겠죠?" 그 애가 말했다.

할아버지는 그 여자애가 뭘 알고 싶어 하는 건지 가늠하려는 듯 고개를 끄덕끄덕하며 곁눈질했다. 내가 오랫동안 궁금해하던 걸 그 애도 똑같이 궁금해하는 게 틀림없었다.

"무덤 주인이 누구죠? 묘석에 아무것도 안 적혀 있던데요?" 그 애가 말했다.

할아버지가 대답하려는 찰나, 나는 참지 못하고 먼저 불쑥 말해 버렸다. "우리도 몰라요. 아는 사람이 아무도 없거든요. 묘석이 계속 그렇게 빈칸으로 남아 있었어요. 그렇죠, 할부지?"

할아버지의 표정이 약간 굳은 것 같았다.

"그 말이 맞습니다." 할아버지가 말했다.

"진짜 이상하네요. 누군진 몰라도 중요한 사람인 게 틀림없어요. 사람들 발길이 쉽게 닿지 않도록 그렇게 먼 데다 묻은 걸 보면. 어떻게 생각하세요? 혹시 보물이 묻힌 건 아닐까요?" 그 애가 말했다.

"그럴 수도 있겠네요! 나도 항상 그게 이상했어요!"

"아뇨." 할아버지가 말했다.

"아니에요?" 그 애가 말했다.

"여기는 교구 교회 소유의 땅이에요. 마을 주민 중에는 보물이라고 할 만한 걸 가진 사람이 없어요. 그건 제가 장담해요."

"아, 그렇군요. 그거 좀 시시하네요." 그 애가 말했다.

그 애는 콧노래를 흥얼거리며 다시 묘지를 둘러보았다. 할아버지는 빨리 일을 마무리하고 싶은데, 방해를 받아 조바심이 난 듯 삽자루를 손가락으로 톡톡 두드렸다.

"어쩌면 다른 설명도 가능할 것 같아요." 잠시 후 그 애가 말했다. "저 무덤 방호 장치 말이에요, 무덤 방호 장치 맞죠? 사실은 누군가가 무덤을 파는 걸 막으려는 게 아니라 누군가 밖으로 나오려는 걸 막은 게 아닐까요?"

그 애는 겁먹은 척 눈을 크게 떴다가 우리 둘 다 아무 대답도 못 하자, 큰 소리로 웃기 시작했다.

"신사분들, 죄송해요. 제가 지금 돌봐 주는 가정교사가 없다 보니, 이렇게 말도 안 되는 상상이나 하고 있네요." 그 애는 어딘지 기이한 자세로 살짝 고개를 숙이더니 이렇게 말했다. "저와 이야기 나눠 주셔서 감사했습니다. 두 분을 만나 즐거웠어요. 아니지, 세 분을 만나서 정말 즐거웠어요."

모스카가 부웅 소리를 냈다. 그 애는 몸을 돌려 묘지 입구로 이어진 길을 내려가기 시작했다. 그러면서 어깨너머로 이렇게 소리쳤다.

"그분이 잔소리하기 시작하면 저한테 꼭 알려 주셔야 해요."

그분이 힉슨 부인을 뜻한다는 걸 나는 한참이나 지나 깨달았다. 뭐라고 대꾸하고 싶었지만, 그 애는 이미 너무 멀리 간 상태였다. 삐걱 소리와 함께 교회 철문을 연 그 애가 축축하게 젖은 거리로 사뿐히 발을 내디뎠다. 그 애가 남긴 향긋한 꽃냄새가 묘석 주변에서 계속 맴돌고 있었다.

III
네드

할아버지와 나는 교회 마당 바로 뒤편에 있는 작은 오두막에 살았다. 그곳은 주목과 전나무, 그리고 건물의 돌벽까지 쪼갤 정도로 오래묵은 담쟁이덩굴에 가려져 사람들 눈에는 잘 띄지 않았고, 어쩌면 '오두막'이란 단어조차 거창하게 느껴질 만큼 작고 허술한 움막 같은 집이었다. 하나밖에 없는 방의 뒤편으로 난로가 하나 있고, 벽에는 낡은 냄비와 팬, 그리고 텃밭에서 따 말린 약초들이 걸려 있었다. 침대 두 개가 방의 반대편 벽에 하나씩, 그리고 침대 위에는 각자의 선반도 하나씩 설치되어 있었다. 할아버지의 선반에는 가죽 제본의 책들이 가득했고, 내 선반에는 내가 교회 마당에서 발견한 신기한 잡동사니들이 잔뜩 놓여 있었다. 새 깃털, 못, 유리 조각, 그리고 어떻게 이런 곳에 있는지 알 수 없는 조개껍데기 따위였다. 방 중앙에는 의자 두 개와 작은 탁자, 그리고 찻잔 세트가 있었다. 비록 공간은 좁고 가진 물건도 변변치 않았지만, 나는 여기 있는 모든 게 다 마음에 들었다. 사실은 정확히 그런 이유로 이곳이 좋았는지도 모르겠다.

힉슨 부인의 무덤을 다 메우고 집에 돌아와 할아버지는 잿더미의 불씨부터 살리기 시작했다. 봄이었지만, 집 안 공기는 아직 냉랭하기 그지없었다. 나는 침대 발치 벽에 새 삽을 세워 놓고 한 걸음 물러서서 흐뭇한 눈으로 바라보았다.

"잘 닦을 수 있겠지, 응?" 할아버지가 말했다.

"아, 그럼요. 당연하죠."

"일 년 중 이맘때는 안개가 많이 끼고 습도도 높아서 관리를 잘 하지 않으면 하룻밤 새에도 녹이 슨단다. 괜찮다면 내 삽도 같이 좀 닦아 주겠니?"

내가 침대 가에 앉아 삽날을 닦는 동안 할아버지는 다시 잿더미를 입으로 불었다. 계속해서 불고 또 불어도 불씨는 잘 살아나지 않았고, 연기를 너무 많이 마셨는지 할아버지는 다시 기침을 해 댔다. 가슴에서 쌕쌕 소리가 나고 목에서 쿨럭쿨럭 소리가 나더니, 할아버지 입에서 뭔가 검고 끈적한 덩어리가 튀어나왔다. 그 모습을 내가 보고 있는 걸 느꼈는지 할아버지가 고개를 들어 내 얼굴을 힐긋 쳐다봤다. 나는 다시 삽날로 눈을 돌리고 되는대로 떠들었다.

"그런 애는 처음 봤어요." 나는 삽날의 같은 부위를 계속해서 천으로 문지르며, 번쩍이는 금속판에 아까 본 여자애의 얼굴을 그려 봤다.

"누구 말이냐?"

"아까 그 여자아이요."

"뭐, 우리가 원래 사람들과 교류가 많은 편은 아니니까."

"그 애가 힉슨 부인에 대해 약간 무례하게 말한다고 생각하긴 했지만요."

"그랬지."

"그래도 그렇게 무례하기만 한 아이 같지도 않았어요. 우리한테는 상냥하게 굴었잖아요."

"다른 사람에 비하면 아주 상냥했지."

"우리한테 '신사분들'이라고 했다고요! 최근에 누가 할부지에게 '신사분'이라고 말한 적 있었어요? 게다가 모스카한테도 만나서 반가 웠다고 했고요. 그렇지, 모스카?"

그때 모스카는 자기 병으로 돌아가 내가 넣어 준 비스킷 부스러기 를 열심히 빨아먹던 중이었는데, 거기에 너무 몰두했는지 아무 대답 도 하지 않았다.

"그 여자애에 대해 어떻게 생각해야 할지 진짜 모르겠어요."

"어떻게 생각하건 간에 너무 많이 생각하는 건 분명한 것 같구나." 할아버지는 난로 위에 주전자를 올려놓으며 말했다.

나는 그때쯤 거울처럼 번쩍거리는 삽날에서 눈을 떼 고개를 들었 다. 놀리는 듯한 표정으로 웃고 있는 할아버지를 보고, 나는 얼굴이 빨개지고 말았다.

"그냥 재미있는 애라고 생각한 것뿐이에요."

"네드, 너도 벌써 열다섯 살이라는 거 안다. 그렇지만 벌써부터 미 래의 아내를 점찍어 두려는 건 조금 이른 것 같다만."

"할부지!"

"그리고 집안끼리의 결혼 같은 건 기대하지 않는 게 좋아. 아까 그 아가씨가 자기 집에 돈이 한 푼도 없다고 말한 건 사실일 게다. 웰레 스트 가문은 망했으니까. 아무리 그렇다 한들 우리가 웰레스트 씨보다 결혼 지참금을 더 낼 수 있을 거라고는 생각하지 않는다."

"하지만 그 집은 마을에서 가장 오래된 가문 아닌가요? 지금도 저택에 살고 있고요?" 그리고 나는 재빨리 이렇게 덧붙였다. "제가 그 애와 결혼하고 싶다는 건 아니니까 어차피 우리와는 상관없는 일이긴 하지만요."

할아버지는 다시 웃었다.

"마을에서 가장 오래된 가문이 맞고, 저택에 사는 것도 맞아. 하지만 너도 그 집 상태를 보지 않았니?"

"물론 그렇게 깔끔해 보이진 않았어요. 하지만 정말 엄청나게 크던데요. 그래서 재산이 조금은 남았을 거라고 생각했죠."

"오래전엔 그랬었지. 그런데 그 집안사람 가운데 돈을 전부 써 버린 사람이 있었어."

할아버지는 얼굴에서 웃음기를 거둔 채 한동안 난로만 바라보며 더 자세한 말은 하지 않았다.

주전자가 유령 같은 소리를 내며 끓었지만, 할아버지는 주전자를 내릴 생각도 하지 않고 생각에 잠겨 있었다. 나는 침대에서 일어나 주전자를 난로에서 내리고, 차를 만들기 시작했다.

할아버지는 차를 끓일 때 아주 특이한 재료를 사용했다. 직접 재배한 약초와 말린 뿌리 섞은 걸 넣었고, 일반적으로 사람들이 '차'라고 부를 만한 다른 재료는 넣지 않았다. 아욱 뿌리, 독미나리와 다른 허브 몇 가지가 들어간 것 같았다. 할아버지 말로는 그게 류머티즘에 좋다고 했다. 하지만 그게 류머티즘에는 효과가 있는지 몰라도 폐에는 좋지 않은 듯 보였는데, 그걸 마시면 마실수록 기침이 점점 심해지는 것 같았기 때문이다.

나는 찻주전자에 물을 붓고 할아버지 맞은편에 앉아 차가 우러나기를 기다렸다. 난롯불의 불빛 때문인지 그날따라 할아버지가 유독 늙어 보였다. 나는 할아버지의 기분을 북돋아 주고 싶었다.

"그래도 아까 그 애가 무덤을 보고 아무 눈치도 못 챘잖아요." 내가 말했다.

할아버지가 고개를 들고 얼굴을 찡그렸다.

"그러니까, 다른 무덤 말이에요. 개들이 파헤친 무덤이요. 그건 그나마 다행이지 않았어요?"

할아버지가 나를 슬픈 얼굴로 바라보았다. 잘 보이지 않는 눈의 눈동자가 문간을 향해 있었다. 한참이 지난 후에야 할아버지가 입을 열었다.

"개가 그런 게 아닌 것 같다, 네드."

"그럼, 두더지겠죠."

"두더지도 아닌 것 같아."

나는 땅을 파는 동물이 또 뭐가 있나 머리를 쥐어짰다.

"족제비일까요? 아님 오소리? 저도 오소리에 대해 들은 얘기가 있거든요. 까마귀들이 말해 줬어요."

"그것도 아니야."

"그럼, 누구 짓이죠?"

믿기 어렵겠지만, 그때 당시 나는 개릭 씨의 무덤이 망가진 진짜 이유를 짐작조차 하지 못했었다. 할아버지는 묘지 바깥세상에서 일어나는 좋지 못한 일로부터 나를 지키기 위해 늘 애써 왔는데, 돌이켜 생각해 보면 그게 좋은 건지 나쁜 건지도 알 수 없었다.

"이곳 위디 바텀이 대학들과 워낙 가까워야 말이지." 잠시 후 할아버지는 이렇게만 말할 뿐 이거면 충분히 설명했다는 듯 더는 말을 하지 않았다.

"이해가 잘 안 돼요."

할아버지는 차가 잘 우러났는지 뚜껑을 열어 보고는 앞에 놓인 잔에 차를 따랐다. 무슨 생각이라도 하는 것처럼 천천히 한 모금을 마시더니 다시 말을 이어 나갔다.

"옥스퍼드는 학문의 중심지야, 네드. 인간을 더 잘 이해하기 위해 애쓰는, 똑똑한 사람들이 모인 곳이지. 우리 몸, 몸이 작동하는 원리, 그리고 몸에 질병이나 부상이 생겼을 때 그게 어떻게 낫는지, 그런 것들을 연구한단 얘기야. 하지만 그러려면 그 사람들한테 필요한 게 있는데……" 할아버지는 적당한 단어를 찾는 듯 잠시 말을 잇지 못했다. "우리 몸을 탐구해야 해. 안과 밖, 전부를 말이야."

나는 그제야 할아버지가 무슨 말을 하려는지 알 것 같았지만, 차마 그 말을 입 밖으로 낼 수가 없었다.

"돈 벌 궁리만 하는 어떤 인간들이 그걸 알아차린 거지. 학자들이 구하려고 하는 원료에 공급보다 수요가 훨씬 많다는 걸. 그래서 돈만 밝히는 이 인간들이, 어, 합법적인 방법으로는 조달할 수 없는 걸 자기들이 맡아서 구해 주겠다고 나선 거지."

내가 자리에서 벌떡 일어서는 바람에 의자가 뒤로 넘어갔다.

"시체를 훔친다는 말이에요? 묘지 주민들을? 그건 안 될 말이죠, 할부지! 너무 끔찍한 짓이잖아요!"

"나도 그렇게 생각한다. 정말 끔찍하지. 하지만 사람들은 돈만 된다면……"

"그러니까 간밤에 무덤에 있던 개릭 씨와 부인의 시체를 훔쳐 간 게 악마 짓이 아니라는 거잖아요?"

할아버지는 잠시 아무 말도 없었다.

"그럴 가능성이 아주 높단다. 자기들을 스스로 그렇게 부르는 건지는 모르겠다만, 그런 인간들을 부활주의자라고 하더구나. 하지만 그건 그럴듯하게 포장한 말일 뿐이고, 시체 도굴꾼이라는 말이 훨씬 적당하지."

나는 이리저리 서성거렸다. 방금 들은 말을 믿을 수가 없었다.

"하지만 철문은 잠겨 있었잖아요!"

"그게 그리 큰 장애물이 될 거라고 생각되진 않아. 교회 담벼락쯤이야 타고 넘을 만한 데가 셀 수 없이 많지. 심지어 무너진 곳도 많고."

"그럼 목사님은요? 그렇게 끔찍한 일을 왜 감추려고 하는 거죠?"

"바일스 목사님은 명예를 중요하게 생각하는 분이야. 우리 교회와 교구민의 얼굴에 먹칠하는 꼴은 보고 싶지 않은 거지. 또 너무 감사하게도 우리를 보호하려고 하시고. 마을 사람들에 대해 했던 얘기는 옳아."

"하지만 아까는 아니라고……"

"물론 마을 사람들이 우리를 교수대에 목매달지는 않을 거야. 하지만 뭔가 나쁜 일이 생겼다는 걸 아는 순간, 위디 바텀 사람들은 우리부터 비난하고 나설 거야."

"하지만 우리가 그런 짓을 한 게 아니잖아요! 완전히 정반대라고요! 우리가 한 일은 마을 사람들의 친지들을 돌본 것뿐이잖아요! 왜 마을 사람들은 고마워할 줄을 모르는 거죠?"

"원래 그런 거야, 네드. 오래전부터 묘지기가 고맙다는 말을 듣는 경우는 없었어." 할아버지는 잠시 생각하더니 이렇게 말했다. "웰레스트 양처럼 우리한테 상냥하게 대해 주는 사람은 극히 예외라고 봐야겠지."

나는 조금 더 서성거렸다. 웰레스트 양의 하얀 얼굴이 눈앞에 잠시 어른거렸지만, 내 머릿속은 무덤을 파헤치고 시체를 훔치는 도굴꾼의 모습으로 다시 캄캄해졌다. 이렇게 무덤이 엉망이 된 게 심지어 처음이 아니라고 했던 사실이 갑자기 떠올랐다. 도대체 이런 일이 얼마나 더 많이 있었던 거지? 묘지 주민들은 자신의 안식처에서 편안히 잠을 자다가, 어떤 실험인가를 하는 인간들에게 그런 봉변을 당한 것이다! 이 얼마나 소름 끼치는 일인가!

나는 내 삽을 집어 들고, 모스카를 병 밖으로 끄집어낸 다음 문가로 향했다.

"어딜 가려고?"

"묘지 지키러 가요."

"먼저 차부터 좀 마실 순 없겠니? 아직 어두워지지도 않았어. 그놈들이 벌건 대낮에 나타나지는 않을 테니 지금은 차부터 마시자꾸나."

나는 문을 열고 서서 저녁이 내리는 바깥 풍경을 내다보았다. 지는 태양과 아까 내린 비 때문에 세상은 창백한 은빛으로 반짝이고 있었다. 우리가 아무것도 모르고 오두막에 있는 사이 누군가 무덤을 파헤치고 다녔다고 생각하니, 화가 나 견딜 수가 없었다. 어쩌면 이 오두막도 뒤졌을지도 모를 일이었다.

"너무 화나요, 할부지. 우리가 할 수 있는 게 있지 않을까요? 불쌍한 개릭 씨를 되찾아 올 방법은 없을까요?"

"네가 마차를 가지고 대학으로 가서 학자들에게 간청한다면, 어쩌면 되돌려 줄지도 모르지. 그리고 엄청나게 많은 돈도 지불할 수 있다면 말이다."

나는 발등만 내려다보았다. 교회 구역을 벗어나 본 적도 없고, 위디 바텀이 아닌 다른 마을에도 가 본 적이 없는 나였다. 멀리 간다는 건 생각도 하지 못할 만큼 엄청난 일이었다. 할아버지는 찻잔을 내려놓고, 절뚝거리며 걸어와 내 어깨에 손을 얹었다.

"이건 내 책임이야. 날이 어두워지자마자 교회 문을 잠그고, 랜턴도 꺼내 놓으마. 다시 해가 뜰 때까지 우리 입주민들은 내가 잘 지킬 테니 넌 걱정할 거 없다, 네드."

"그럼, 저도 같이 할래요. 모스카도 꽤 도움이 될 거예요. 얘는 뭐든 잘 보잖아요."

"밤이 되면 넌 자야지."

"그건 할부지도 마찬가지예요. 우리 교대로 묘지를 지켜요."

할아버지는 슬며시 미소를 지으며 어딘가 먼 곳을 바라보았다.

"그럴 필요 없다, 얘야. 난 네가 태어난 후론 잠시도 눈을 붙인 적이 없으니까."

IV
네드

할아버지가 뭐라든 간에 그날 밤도, 다음 밤도, 그리고 그다음 밤도 나는 밤새 순찰을 도는 할아버지를 계속 따라다녔다. 우리는 뉴 쿼터 주변을 걷다가 피곤해지면 무덤 위에 앉아 쉬면서 세상 돌아가는 이야기를 했다. 할아버지는 성 바르톨로뮤에 관한 얘기, 내가 태어나기 전 시대의 교회 묘지에 관한 얘기도 해 주었다. 예전 목사님에 대해서도 한참을 얘기했다. 그분은 바일스 목사님보다 훨씬 넉넉한 마음씨에 친절하고 좋은 분이어서 우리에게 먹을 것과 마실 것을 나눠 줬을 뿐 아니라 할아버지의 침대 위 선반에 꽂혀 있는 책도 전부 그분이 가져다준 것들이었다.

나는 뉴 쿼터 끝자락에 나란히 묻힌 부모님 얘기도 하고 싶었지만, 그 얘기만 나오면 아직도 할아버지가 힘들어하는 눈치여서 얼른 다른 주제로 말을 돌릴 수밖에 없었다. 두 분이 콜레라로 세상을 떠난 건 벌써 십오 년 전 일이라 시체 도굴꾼들이 부모님 무덤에는 눈독을 들이지 않을 거라고 생각하니 그나마 조금 마음이 놓였다. 적어도 이것만큼은 내 생각이 맞길 바랐다.

넷째 날 밤은 유난히 추워서, 할아버지와 나는 별이 빛나는 맑은 밤하늘 아래서 비스킷을 먹고 브랜디를 마시며 추위를 달랬다. 브랜디를 너무 많이 마신 탓인지 평소보다 빨리 피곤해졌고, 나는 할아버지의 어깨에 머리를 기댔다. 랜턴의 노란 불빛에 할아버지의 입김이 하얗게 보였다. 내가 태어난 후로 눈을 붙인 적이 없다던 할아버지의 말이 조금 과장되긴 했어도 다른 사람에 비하면 잠을 아주 적게 자는 건 사실이었다. 그리고 잠을 잘 때 눈을 크게 뜨고 잤는데, 잘 보이는 한쪽 눈은 가만히 있고, 잘 안 보이는 눈은 회중시계 바늘처럼 천천히 규칙적으로 굴러다닌다는 게 좀 특이한 점이었다.

나는 설핏 잠이 들었다가 요란한 '댕' 소리에 퍼뜩 정신을 차렸다. 그러고는 얼른 고개를 들고 졸지 않은 척을 했다.

"한 시인가 봐요! 시간이 벌써 그렇게 됐어요?"

내 말에 할아버지는 대꾸하지 않았다. 몸을 돌린 자세로 자리에 앉아 우리 오두막을 보고 있었는데, 표정이 무척 경직돼 있었다.

"왜 그래요, 할부지?"

"교회 종소리가 아니었어, 네드. 누가 우리 집에 들어간 거 같구나."

우리는 랜턴을 들고 허리를 구부린 채 살금살금 오두막으로 다가갔고, 주목 나무둥치 사이로 오두막 문이 열려 있는 걸 확인했다. 흐릿한 주황색 불빛이 집 안에서 새어 나왔는데, 난롯불이라고 하기에는 불빛이 계속 움직이고 있었다. 사람이 속삭이는 소리, 장화 신은 발소리, 돌바닥에 침대 끄는 소리가 들려왔다.

"누구죠?" 내가 속삭였다.

"모르겠다."

"가서 누구냐고 물어볼까요?"

할아버지가 고개를 저었다.

사람이 가구에 부딪히는 듯한 소리가 나고 도자기 깨지는 소리가 나더니, 누군가 욕하는 소리, 그리고 금속이 맞부딪칠 때 나는 묵직한

'쨍그랑' 소리가 연이어 들렸다.

두 사람의 형체가 문 앞에 모습을 드러냈다. 먼저 나온 사람은 덩치가 큰 남자로, 한눈에 봐도 팔이 길고 손이 어찌나 큰지 할아버지가 책에서 읽었다는, 거대한 유인원을 떠올리게 하는 사람이었다. 또한 심한 대머리이기도 했는데, 머리 중앙이 유독 휑해서 양옆으로 검고 덥수룩한 곱슬머리 사이로 보이는 머리 가죽이 불빛에 번쩍거리고 있었다. 남자의 뒤로 여자가 나왔다. 키가 남자의 반도 안 될 만큼 정말 작았고, 아주 동그란 머리를 하고 있었으며, 빠르게 아장아장 걷는 모습이 마치 많이 자란 아기가 하녀의 옷을 입은 것처럼 보이는 여자였다.

그 여자가 앞치마 주머니에 뭔가를 집어넣자, 거기서 다시 금속 부딪치는 소리가 났다.

"아, 맙소사!" 할아버지는 더 이상 목소리를 낮추지 않고 큰 소리로 외쳤다.

두 사람은 동작을 멈추고는 눈을 가늘게 뜨고 우리가 있는 쪽을 유심히 살폈다.

"거기 서! 그건 네놈들 게 아니야!" 할아버지가 소리쳤다.

두 사람이 몸을 돌려 달아나기 시작했다. 할아버지가 그들을 쫓았지만, 몇 걸음도 못 가 기침이 터져 나왔다. 램프를 내려놓고, 장갑 낀 손으로 머리에 쓴 모자를 움켜잡은 채 허리를 구부린 할아버지의 가슴에서 쌕쌕거리는 소리가 났다.

나는 남자와 여자가 오두막 뒤편 검은딸기나무 덩굴을 지나 어둠 속으로 사라지는 모습을 지켜보았다. 그러고는 할아버지 옆에 무릎을 꿇었다.

"괜찮으세요, 할부지? 제가 뭘 할까요?"

할아버지는 숨을 헐떡이느라 말도 못 했지만, 그 와중에도 두 도둑이 사라진 방향을 손으로 가리키며 팔을 마구 휘둘렀다. 내 귀에 앉아 있던 모스카가 먼저 날아올랐고, 나도 모스카를 쫓아 뛰기 시작했다.

할아버지 말대로 북쪽 담장은 곳곳이 무너져 내려 별 무리 없이 쉽게 기어오를 수 있었다. 평소 나는 교회 뒤편 숲속을 자주 돌아다니긴 했어도 날이 밝고 훨씬 차분한 상태에서 다녔던 터라 지금 같은 상황이 무척 힘들게만 느껴졌다. 눈앞의 나무를 분간하는 것도 쉽지 않았고, 너무 빨리 뛰다 보니 지금 있는 곳이 어딘지도 잘 가늠이 되지 않았다. 그동안 우리는 나무둥치에 짚과 퇴비를 덮어 숲을 관리해 왔는데, 비가 온 후라 그런지 그 부분이 무척 미끄러워 나는 두 번이나 넘어졌다. 겨우 몸을 일으켰을 때는 어디가 어딘지 더 헷갈리고 정신이 없었다. 모스카가 아니었다면 나는 도둑들을 완전히 놓쳤을 뿐 아니라 길마저 잃고 말았을 터였다.

한동안 나무 사이를 이리저리 뛰어다닌 끝에 마침내 도둑들이 든 랜턴 불빛이 강의 잔물결을 따라 흔들리는 게 눈에 들어왔다. 나는 언덕을 따라 약간 높은 곳으로 올라간 뒤, 내가 들고 있던 랜턴의 불부터 껐다. 그리고 늙은 참나무 뒤에 몸을 숨기고, 도둑들이 강둑에 댄 작은 배 위로 휘청대며 올라타는 모습을 지켜보았다. 축축하고 거친 나무껍질에 등을 대고 앉아 어떻게 할지 생각해 보았지만, 딱히 좋은 방법이 떠오르질 않았다. 여기서 도둑들이 있는 곳까지 달려가 놈들에게 매달리거나 배를 뒤집는 정도는 할 수 있을 것 같았지만, 그런 다음에는? 지금도 그렇지만, 그 당시 내 키는 성인 여자보다 조금 더 큰 정도에 사냥개처럼 비쩍 말랐고, 평생 누구랑 맞붙어 몸싸움을 해 본 경험은 한 번도 없었다. 저 사람들이 나를 강물에 내던지기라도 하면 나는 헤엄도 못 쳐 허우적거릴 게 눈에 빤히 보였다.

나는 귀를 기울이며 기회를 노렸다. 모스카는 내가 겁쟁이라고 생각했는지 내 귓구멍 속 아주 깊은 곳까지 파고들었다. 뇌까지 들어간 것처럼 귓속이 아파 나는 귓구멍에 손가락을 넣고 모스카를 끄집어내려 했다. 모스카는 화가 나 윙윙거렸다.

"그만해! 저 사람들이 뭐라고 하는지 안 들리잖아!"

너무 커 버린 아기 같은 여자가 유인원 같은 남자를 나무라고 있었다.

"이런 바보 천치 같으니라고! 집에 아무도 없고 얼마나 좋은 기회였는데, 거기 가서 꼭 그렇게 찻잔을 뒤엎어야 속이 시원했어? 그러지만 않았으면 몇 번을 들락날락해도 아무도 몰랐을 거라고!"

"어차피 상관없잖아. 찾던 걸 손에 넣었으니까."

"손에 넣었지. 그리고 우리가 그걸 가져갔다는 걸 그 사람들도 다 알아 버렸고."

"알면 뭐 어때? 늙은이는 병에 걸려 오늘내일하고, 남자애는 아직 어린 꼬맹이고, 거기다 둘 다 멍청하기까지 하던걸."

할아버지는 내가 아는 사람 중 가장 똑똑한 사람이었기에 그 마지막 말만큼은 가만히 참고 들어 주기가 힘들었다. 그리고 내가 똑똑하지 않다는 건 나도 인정하지만, 이 유인원보다는 머리가 좋다고 자신할 수 있었다. 얼굴이 벌겋게 달아오르는 게 느껴졌다.

"마을 사람 누구한테라도 말하면 어쩔 거야?"

"누가 그 사람들 말을 듣고 싶어 하기나 한대? 냄새 때문에 근처에도 못 오게 할걸? 아무튼 그 사람들, 우리가 누군지 모를 거야, 그치?"

"남자애는 알지도 몰라. 늙은이는 묘지 밖으로 나오질 않는데, 남자애는 저녁에 마을 주변을 살금살금 돌아다니는 걸 내가 본 적이 있어."

"그렇다면 그 녀석이 아무 말 못 하게 처리해야겠네. 강아지 새끼처럼 물에 빠뜨려 죽여야겠군. 딱히 찾는 사람도 없을 거야, 안 그래?"

여자는 긍정도 부정도 하지 않았다. 나무 삐걱거리는 소리, 물이 튀는 소리에 이어 노받이가 움직일 때 나는 소리가 몇 번 주기적으로 들려왔다. 나는 침을 꿀꺽 삼켰다.

"그럼, 이제 어디로 갈까?" 유인원이 말했다.

"늘 가던 데로 가야지." 여자가 말했다.

"그럴 줄 알았어. 난 거기 싫더라."

"그래도 그 남자가 이번에는 피 묻은 시체를 가져오라고 하지는 않았으니까 고맙게 생각해야지."

"하긴, 그건 그래."

그 후로 두 사람은 말이 없었고, 노 젓는 소리만 들리다가 그 소리도 차츰 희미해졌다. 강과 숲에 정적이 흐르고, 도둑들의 모습이 시야에서 완전히 사라졌는데도 나는 그 뒤로 한 30분 동안은 숨어 있던 곳에서 감히 나올 생각도 하지 못했다.

오두막으로 돌아와 보니, 할아버지가 무릎을 꿇고 앉아 찻주전자의 깨진 파편을 줍고 있었는데, 여전히 거친 숨을 길게 몰아쉬고 있었다. 할아버지 뒤편으로는 주전자가 옆으로 쓰러져 있고 그 옆 바닥에는 물이 흥건하게 쏟아져 있었다. 주전자가 바닥에 떨어질 때 난 소리를 교회 종소리로 착각했던 게 틀림없었다.

한동안 문간에 서 있던 나는 차가운 바람에 부르르 몸을 떨었다. 추위와 피곤함이 한꺼번에 몰려와 내 몸은 마치 속이 텅 빈 껍데기 같았고, 거기에는 조금 전 느꼈던 공포심도 한몫한 듯했다. 나는 무지막지하게 컸던 남자의 손을 떠올리며, 물에 빠져 죽고 싶지는 않다고 생각했다.

뒤로 주저앉으며 나를 본 할아버지가 낑낑대며 겨우 자리에서 일어섰다.

"네드! 어떻게 됐니? 찾았니, 네드?"

나는 고개를 저었다.

"죄송해요, 할부지. 놈들이 배에 타는 것까진 봤는데, 노를 저어 달아났어요. 저에 대해 아주 끔찍한 소리도 했어요. 저희 둘 다에 대해서요."

"나는, 열쇠를 말한 거야. 열쇠는 찾았니?"

나는 얼굴을 찡그렸다.

"놈들이 가져간 게 그거였어요?"

"오, 네드."

할아버지는 잠시 허리를 곧추세웠다가 서 있는 의자에 쓰러지듯 털썩 주저앉았다. 그러고는 두 손으로 머리를 감싸 쥐고 검버섯이 핀 관자놀이를 꾹꾹 누르며 아무 말도 하지 않았다. 할아버지가 말한 그 열쇠는, 내 목에 끼울 수 있을 만큼 커다란 철제 고리에 끼워져 있었는데, 우리는 그걸 다른 것들과 함께 항상 난로 위에 걸어 두곤 했었다. 도둑들은 (평소 잠그는 법이 없는) 우리 오두막의 문을 열었고, (담장을 넘는 것도 아주 쉬운) 교회 묘지의 철문도 열었고, (종과 박쥐 떼밖에 없는) 교회 첨탑으로 가는 뒷문도 열었다. 어쩌면 더 나쁜 상황이 벌어질 수도 있었는데, 나는 그만하길 다행이라는 생각이 들었다.

"도둑들이 차 깡통은 안 가져갔죠?"

오두막에는 찻잎을 보관하던 아주 오래되고 녹슨 깡통이 하나 있어서 할아버지는 거기에 동전 몇 닢을 넣고, 이제는 잘 신지 않는 장화 앞꿈치 속에 그걸 숨겨 놓곤 했었다. 할아버지는 고개를 저었다.

"그리고 이번에는 도난당한 시체도 없잖아요."

"그런 것 같구나."

"그렇다면 엄청 큰일 난 건 아니네요? 그러니까 제 말은, 열쇠를 훔쳐 갔다고 크게 달라질 건 없잖아요? 애초에 열쇠 없이도 묘지 안에 쉽게 드나들었고요. 그렇다고 종탑에 뭔가 훔쳐 갈 만한 게 있는 것도 아니니까요. 제가 모르는, 어딘가 다른 문을 여는 열쇠가 있는 게 아니라면요. 그렇죠?"

할아버지는 그저 가만히 앉아 고개를 가로젓더니, 깨진 찻잔 조각들을 다시 쓸어 모으기 시작했다.

V

비드

하인들 — 세 사람 모두 — 은 여태껏 본 사람 중에 가장 잘생기고 멋있는 신사를 꼽으라면 이번에 저택을 방문할 그 남자일 거라고 다들 입을 모았다. 그가 마지막으로 집에 왔다 간 지 벌써 십 년이 흘렀건만 그 남자가 이 집에 왔을 때 그 신기한 광경이 아직도 생생하다고 했다. 그가 머문 기간은 이삼일 정도로 짧았지만, 그동안 램프 불빛은 더 밝게 타올랐고, 우리 어머니와 아버지 얼굴에 끼었던 걱정의 구름도 순식간에 걷혀 사라졌었다고 했다. 그 남자는 그냥 잘생기기만 한 게 아니라 똑똑하기까지 하다고, 사교계에서도 학계에서도 아주 존경받는 사람이라고 하인들은 나를 안심시켰다. 그리고 물론, 당연히, 재산도 아주 많았다. 그건 물어볼 것도 없다고 했다.

오후 4시가 조금 지났을 때 그 남자가 도착했고, 몇 되지도 않는 집안 식구들이 그를 맞이하기 위해 저택의 현관에 모두 모여 섰다. 나는 그 남자 때문에 책을 읽지 못해 벌써부터 짜증이 나 있었지만, 아버지는 그렇게 특별한 손님이 올 때는 우리 집에 대한 좋은 인상을 심어 줘야 한다며 고집을 부렸다. 아버지는 우리가 옷을 그럴듯하게 입으면 여기저기 부서진 저택의 외관이나 진입로의 잡초, 재앙 수준으로 주변에 우글거리는 비둘기 떼를 그 남자가 못 볼 거라고 믿는 것 같았다. 결과적으로 나는 그 자리에 있었던 게 즐거웠는데, 특히 그 남자가 마차에서 내릴 때 하인들의 반응을 본 게 제일 재미있었다. 서쪽으로 넘어가는 늦은 오후의 햇살을 받아 그의 얼굴이 황금색으로 물들고 있었다. 나라면 그 얼굴을 잘생겼다고 하기보다는 '눈길을 사로잡는 외모'라고 했을 것 같았다. 특히 한 가지 이유로.

"코는 어딨죠?" 나는 아버지에게 속삭였다.

"다른 사람들처럼 눈과 눈 사이에 있잖니."

"어떤 의미로 말한 건지는 아버지도 아시잖아요. 원래 코는 어딨냐고요?"

남자는 분명 비율이 아주 좋은 얼굴이긴 했지만, 중앙에는 금속으로 된 코 모양의 인공 보철물을 달고 있었다. 가는 가죽끈을 머리 뒤로 둘러 고정한 그 가짜 코가 햇빛을 받아 눈부시게 반짝이고 있었다.

"모르겠구나." 아버지가 말했다.

"직접 물어본 적 있으세요?"

"아니. 함께 있는 동안 그런 얘기를 꺼낼 분위기도 아니었어."

"저거 진짜 금인가요?"

"내가 모르겠다고 했잖니?"

"황동일까요?"

"비드."

아버지는 무서운 얼굴로 나를 노려보고는 남자를 맞으러 걸어갔다. 그 신사는 마부에게 마차 뒤편에 있는 짐을 내리도록 지시하고 있었다. 하인들이 나를 향해 이런 눈빛을 보내고 있었다. '이 사람은 우리가 아는 그 남자가 아니에요! 완전히 다른 사람이라고요!'

"피니어스! 내 아들!" 아버지가 외쳤다. 적어도 서른 살은 돼 보이는 남자를 '아들'이라고 부르는 게 내 귀에는 너무 이상하게 들렸다. 남자는 몸을 돌렸고, 두 사람은 매우 반갑게 악수를 나눴다. 아버지는 내가 그 사람을 만난 적이 있다고 했지만, 금색 가짜 코가 있었는지 없었는지는 둘째치고, 나는 그의 얼굴도 전혀 기억나지 않았다. 피니어스의 아버지와 우리 아버지는 어렸을 때부터 친구 사이였는데, 이후 성인이 되어서도 함께 술을 마시며 가까이 지냈었다고 했다. 어쨌건 피니어스의 아버지가 흥청망청 술을 마셔 대다가 이후 템스강에 몸을 던지기 전까지는 가족끼리 자주 만나며 교류했던 게 분명한 듯했다.

아버지는 남자의 등을 툭툭 치고는 한쪽 팔로 쓱 당겨 나를 보게 했다. 피니어스는 저택의 앞면과 진입로를 찬찬히 살피고는 고개를 흔들며 말했다. "예전 제 기억대로 모든 게 너무 아름다운 집이에요."

아버지는 마치 특별히 흥미로운 가문의 문장이라도 보여 주는 것처럼 나를 손짓으로 가리켰다.

"내 딸 오비디언스라네. 기억하나?"

"물론이죠. 예전에는 모두 꼬맹이 비드라고 불렀었잖아요!"

그는 내 손을 잡고 손등에 입을 맞췄다. 그 당시 나는 항상 장갑을 끼고 다녔는데 ─ 사실 거의 벗지 않았다 ─ 피니어스의 코가 가짜라 다행이다 싶었다. 한동안 장갑을 빨지 않아서 상당히 고약한 냄새가 났기 때문이다.

"다시 만나 정말 기뻐요." 나는 이렇게 말하면서 무릎을 살짝 굽혀 인사했다.

"역시나 제 기억대로 아름다운 아가씨라고 말해야 하는데, 혹시라도 저를 거짓말쟁이라고 하지는 않을까 갑자기 걱정되는군요." 나는 아버지를 바라봤고, 아버지의 이마에 살짝 주름이 잡히는 것을 보았다. 피니어스는 그런 말을 하면 무척 재치 있게 들릴 거라고 생각했는지, 이렇게 덧붙였다. "왜냐하면 마지막으로 봤을 때보다 몇 배는 더 예뻐졌기 때문이죠."

"좋게 말씀해 주시니 감사하긴 한데요, 마지막으로 봤을 때 제가 그렇게 좋은 인상을 줬는지는 전혀 몰랐어요. 그때 전 겨우 여섯 살이 었으니까요."

피니어스는 약간 당황하는 기색이었지만, 그렇다고 웃음기를 거두지는 않았다. 아버지는 어색한 분위기를 눈치채고는 남자에게 평소 아버지의 시중을 드는 엘머 씨와 집안일을 도맡아 하는 길리 부부를 소개해 줬다. 세 사람은 다리를 굽히거나 허리를 숙여 인사하면서 어떻게든 피니어스 얼굴 중앙에서 빛나고 있는 코에 눈길을 주지 않으려고 부단히도 애를 쓰는 모습이었다.

우리 뒤에서는 마부가 마차에 있던 커다란 나무 상자를 내리느라 연신 끙끙 소리를 내고 있었다.

"우리 집사에게 짐 내리는 걸 좀 도우라고 하면 어떻겠나?" 아버지가 말했지만, 피니어스는 쾌활하게 손을 저었다.

"아뇨, 그러실 것 없어요. 저 사람 혼자서도 거뜬합니다. 그렇죠, 퍼킨스?" 마부는 이 말을 듣지 못한 것 같았고, 또한 혼자서 거뜬히 할 수 있을 것처럼 보이지도 않았다. 나이깨나 있어 보이는 마부는 무거운 상자가 힘에 부치는지 그걸 들고 힘없이 휘청거리고 있었다. 자기 집 지하 저장고에 있는 와인을 반쯤 들고 온 게 아닐까 싶을 정도로 상자 안에서 유리 부딪치는 소리가 요란하게 들렸다.

"저희와 이틀 밤만 함께 지내시는 줄 알았는데요, 모던트 씨? 혹시 계획보다 더 오래 머물려고 하시는 건가요?"

"아 비드, 제가 이틀만 머문다고 해서 실망한 모양이군요!"

나는 굳이 아니라고 하지는 않았지만, 피니어스는 어쨌든 싱글거리며 대답을 이어 갔다.

"걱정하지 말아요, 눈치 없이 오래 머무는 일은 없을 테니까요. 제가 런던을 떠난 동안 제 장비들을 여기에 좀 보관해도 좋다고 아버님이 허락하셨거든요."

"장비라고요?"

"내일 피니어스가 우리에게 장비 시연하는 걸 보여 주겠다고 했거든. 정말 재밌을 것 같지 않니?"

"시연을 한다고요? 뭐에 대한 시연이요?" 내가 물었다.

그는 뭔가 음흉한 계획을 꾸미는 사람처럼 나를 향해 몸을 기울였다.

"그건, 아직 비밀이에요." 그렇게 말하면서 그는 어디 용기가 있다면 자기 코에 대해 말해 보라는 듯이 금속 코 옆을 톡톡 두드렸다.

"길리, 모던트 씨를 블루 룸으로 좀 안내해 주겠나? 피니어스, 무척 피곤할 텐데 안으로 들어가지."

피니어스는 등을 똑바로 폈다.

"피곤하다고요? 아뇨, 전혀요! 저 좁은 마차 안에 몇 시간 동안 앉아 있느라 아주 갑갑했거든요. 다리도 제대로 펴지 못했는데, 산책을 좀 하면 어떨까요? 비드도 우리랑 함께 가는 게 어때요?"

아버지는 흔쾌히 그러자고 했다.

이후 해가 지기 전까지 한두 시간 동안 아버지와 피니어스는 주변

영지를 걸어 다니며 최근 '사교계 돌아가는 얘기'를 나눴고, 나는 두 사람의 뒤를 계속 따라 걸었다. 두 사람은 내가 들어 본 적 없는 사람들의 이름을 많이 언급했다. 주로 '누구는 결혼했고 누구는 하지 않았다, 누구는 빚이 있고 누구는 없다, 누구는 무도회에 초대받았는데 누구는 초대받지 못했다'는 등의 얘기들이었다.

우리는 동쪽 과수원까지 갔다가 서쪽의 폴리(장식용 건축물―옮긴이)를 지나 다시 '사슴 공원'을 가로질렀다. 그곳은 이름만 사슴 공원이지, 거기 있던 사슴은 이미 오래전 도축장에 다 팔아 버리고 이제는 그냥 잡초만 무성하게 자라 넓은 초원이 되어 있었다. 집에 도착하기 전, 우리는 산울타리 미로 옆을 지나갔는데, 그곳 역시 웃자란 나무를 전혀 관리하지 않아 사람이 지나가지 못할 정도로 길이 꽉 막힌 채 그냥 거대한 육면체 모양을 이루고 있었다.

"아! 이것 참 재밌는데요. 혹시 블레넘 궁전에 있는 미로를 보신 적이 있으세요?" 피니어스가 말했다.

"못 봤네."

"지난여름 거기 갔었거든요. 정원이 정말 아름답긴 했지만, 미로는 길을 찾기가 너무 어렵게 돼 있더라고요." 그는 웃으며 이렇게 물었다. "이 미로를 통과하는 길은 알고 계시겠죠?"

"아니, 몰라. 어렸을 때 거기서 길을 잃은 적이 있어서 다시는 안 들어간다고 맹세했었거든. 우리 비드, 그러니까 오비디언스는 어렸을 때 항상 거기 들어가 놀곤 했었지. 그래서 미로를 통째로 꿰고 있다네. 지금까지도 말이야."

"그래요? 참 영리한 아가씨로군요!" 피니어스가 어깨너머로 나를 보며 말했다.

집에 도착하자, 아버지는 우리 저택에서 그나마 덜 흉한 곳으로 그를 데려갔다. 아버지는 저택의 상태를 감추기 위해 최선을 다했지만, 먼지를 털어 청소를 하고 교묘하게 커튼으로 가리는 것만으로는 분명 한계가 있었다. 나는 지금 이대로의 우리 집이 좋았다. 여기저기 허물어져 가는 모습이 오히려 개성 있고 매력적이라 고상한 폐허를 보는 느낌이 들었다. 응접실에 들어갔을 때, 나는 다소 화려한 새 태피스트리(여러 가지 색실로 그림을 짜 넣은 벽걸이 융단-옮긴이)가 식당 바깥에 걸려 있는 것을 보았다.

"이건 어디서 났어요?" 내가 물었다.

"원래 걸려 있던 거다." 아버지는 그렇게 말하고 재빨리 화제를 돌렸다. "이제 저녁 먹을 준비를 해야지?"

"아뇨, 원래 있던 게 아니에요."

"있었어."

나는 태피스트리의 뒤를 요리조리 살펴보았다.

"아." 태피스트리를 들췄더니, 회반죽을 바른 벽이 습기를 머금어 얼룩져 있었고, 수선이 불가능할 정도의 커다란 균열도 그 아래 숨겨져 있었다.

"오비디언스!" 아버지가 벌컥 화를 냈다.

"신경 쓰지 마세요, 그레고리!" 피니어스는 아버지의 등을 툭 치면서 말했다. "오래된 집을 소유하다 보면 이런 문제는 어쩔 수 없는 것 같아요. 제가 가진 러셀 스퀘어의 집들도 똑같이 이런 문제들을 보이거든요."

"흠, 집이 한 채가 아닌가 보군?" 아버지가 말했다.

"아, 네. 일할 때 머무는 집 말고, 쉴 때 머무는 집이 한 채 더 있으면 편하겠다 싶어서요. 그래서 두 채를 각기 다른 용도로 사용하고 있어요."

"러셀 스퀘어에 집이 두 채나 있다니!" 아버지는 감탄하며 이렇게 말했다. "자네가 그 정도의 재력가였다니! 게다가 아직 미혼이고 말이야. 정말 믿을 수가 없군!"

아버지는 과장해서 놀란 표정을 지으며 나를 바라봤고, 그게 무슨 의미인지는 금방 알아차릴 수 있었다. 하지만 내 귀에 그 말은 오히려 비꼬는 소리처럼 들렸는데, 피니어스처럼 돈 많고 달콤한 말을 잘하는 사람이 아직도 결혼을 못 한 데는 확실히 그럴 만한 이유가 있을 거라는 생각을 하게 했기 때문이었다.

VI
비드

그날 저녁, 식탁에 누군가 다른 사람이 함께 앉아 있으니 기분이 이상했다. 저택의 식당 벽에는 웰레스트 가문 사람들을 그린 근엄한 초상화가 짙은 색 나무 액자에 끼워져 걸려 있었고, 고인들이 내려다보는 식당 분위기는 음울함 그 자체였다. 하지만 아버지와 나, 단둘이 식사할 때는 그런 분위기라는 걸 딱히 모르고 있었는데, 다른 사람이 있으니 이 집이 얼마나 슬픔에 휩싸여 있는지가 더 여실히 드러나는 기분이었다. 피니어스가 아무리 열심히 웃고 떠들어도 그곳이 환해지는 기미는 전혀 느낄 수가 없었다.

식탁 앞에 앉던 아버지가 나를 쳐다봤다.

"옷을 갈아입지 않았구나, 오비디언스."

"네, 아버지. 안 갈아입었어요."

"그렇지만 오늘은 손님이 계시잖니?"

"알아요."

"방에 들어가선 도대체 뭘 한 거니?"

"책 읽었어요."

"비드……"

"옷은 좀 전에 산책할 때 이미 더러워졌고, 식사하다 보면 음식을 흘려 또 더러워질 텐데, 뭣 하러 갈아입어요? 드레스를 두 벌이나 버려서 길리 부인만 힘들게 할 필요 있어요?"

아버지는 얼굴을 찌푸렸다. 피니어스는 웃음을 터트리며 냅킨을 펼쳤다.

"다 이유가 있었네요, 그레고리!" 피니어스가 말했고, 아버지는 마치 매복하던 적에게 공격이라도 당한 것처럼 의자 안으로 몸을 움츠렸다.

길리 씨가 길리 부인이 만든 수프 접시를 들고 와 우리 앞에 하나씩 내려놓았다. 모두 아무 말도 하지 않았고, 방 안에는 그릇에 숟가락 부딪치는 소리, 국물 삼키는 소리만 조심스럽게 울려 퍼졌다. 그런 가운데 내 귀에는 아버지 속이 부글거리는 소리도 들리는 것만 같았다.

나는 더 이상 침묵을 참을 수 없어 입을 열었다. "모던트 씨, 저희 집에 머무는 동안 뭘 하면서 시간을 보낼 생각이세요? 비밀에 싸인 시연을 준비하는 것 말고 다른 계획이 있으신가요?"

그는 냅킨으로 입을 닦으며 잠시 생각했다.

"정신없이 바쁜 런던을 벗어나 잠시나마 시골의 멋진 풍경을 즐기면 좋겠다고 생각했어요. 여기 오는 길에 멋진 풍차를 봤는데, 제가 저택에 마지막으로 왔을 때 갔던 곳이더라고요. 기억나세요, 그레고리? 비드는 아마 너무 어려서 기억이 안 날 테고요. 우리 다 같이 풍차가 있는 곳까지 올라가 야외에서 점심을 먹었죠. 비드, 그레고리, 그리고……."

우리는 수프 그릇만 내려다봤다.

"아, 죄송해요." 피니어스가 말했다.

"사과할 것까진 없네. 아주 오래전 일이니까."

"부인께서 돌아가셨다는 소식을 전해 듣고, 정말이지 너무 안타까웠습니다."

아버지는 애써 웃어 보였다.

"세상 사는 게 다 그런 거지. 산 사람은 살아야지, 어쩌겠나?"

가슴 속에서 뜨거운 뭔가가 빠르게 뛰었다. 산 사람은 살아야 하는 건 맞았다. 하지만 예전과 같은 마음으로 사는 건 불가능했다.

"아무튼 지금은 풍차 가까이 갈 수 없어요. 폐허나 다름없거든요. 그리고 마을 사람들 말이, 너무 위험해서 가까이 가면 안 된다고 했어요. 언제 무너질지 모른다고요." 내가 말했다.

"폐허라고요?" 주제가 바뀌어 반가운 듯 피니어스가 말했다. "그래도 지나면서 볼 때는 잘 서 있는 것 같던데요. 물론 멀리 길 위에서 본 거긴 하지만."

"몇 년 전에 벼락을 맞았어요. 돌로 된 부분은 아직 그대로 서 있지만, 전체 뼈대는 다 타 버렸어요."

"벼락을 맞았다고요? 그것참 놀랍군요."

"게다가 유령도 나와요."

피니어스는 수프를 뜨다 말고 아버지를 봤지만, 아버지는 딴 곳을 보고 있었다. 아직도 어머니 생각을 하고 있는 게 분명했다. 그러자 문득 아버지가 가엾게 느껴졌다. 늘 나를 엄하게 대해도 나는 아버지를 사랑했다. 어쩌면 그래서 아버지를 더 사랑하는지도 몰랐다. 아버지는 나를 사랑한다는 걸 그렇게 엄격하고 이상한 방식으로밖에 표현할 줄 모른다는 걸 알기 때문에.

"유령이 나온다고요?" 잠시 후 피니어스가 입가에 살짝 미소를 띠면서 말했다.

"사람들이 그랬어요."

"비드, 난 과학을 연구하는 사람이에요. 일반적으로 과학자들은 유령이니 영혼이니 그런 건 믿지 않아요."

"그러시겠죠."

그는 손을 저었다.

"그런 건 단지 미신에 불과해요."

"어쨌든, 저라면 그 근처에는 안 갈 거예요. 풍차 주위에는 새 한 마리, 동물 한 마리조차 보이지 않거든요."

"경험상 그런 현상에는 대개 납득할 만한, 다른 이성적인 이유가 있더라고요."

나는 수프를 스푼 가득 떠 한입 삼키고는 말했다. "그 위에서 죽음의 냄새가 난다고 수군거리는 걸 들었어요."

"오비디언스, 제발 그만하자!"

아버지가 손바닥으로 식탁을 세게 내리치는 바람에 그릇들이 덜컥 소리를 내며 튀어 올랐다. 나는 고개를 숙이고 아래로 눈을 깔았다.

침묵 속에서 일이 분 정도 시간이 흘렀다. 길리 씨가 들어와 수프 그릇을 가져갔고, 피니어스는 어떻게든 다시 분위기를 띄워 보려고 궁리하는 듯 보였다. 청동으로 만든 코의 이음매 주변에서 쌕쌕거리는 듯한 이상한 소리가 들렸다. 마치 신의 계시라도 얻은 것처럼 피니어스가 자기 눈앞에 손가락 하나를 펴 들고는 씩 웃었다.

"저녁 식사 전에 책을 읽었다고 했잖아요."

"네, 맞아요."

"소설책이었나요? 분명 소설책이었을 것 같군요. 문제는 그거였어요, 그레고리! 비드 양이 유령이나 영혼 얘길 하는 건 그것 때문이었어요. 여성들은 이런 꾸며 낸 이야기를 읽으면 온갖 기괴한 상상을 하게 마련이거든요."

나는 그를 노려보았다.

"아뇨, 제가 읽은 건 소설이 아니었어요."

"소설 읽는 게 나쁘다는 건 아니니까 부끄러워할 필요 없어요! 소설이 무척 재밌다는 건 저도 압니다. 어떤 책이었나요? 일전에 만난 한 숙녀분은 뭘 읽었다고 했더라…… 그게 뭐였지……? 아, 그렇지, 『오트란토성The Castle of Otranto』!(영국 작가 호레이스 월폴의 고딕 소설-옮긴이) 그분은 그걸 읽고 아예 정신이 나간 것 같더라고요. 그 책 얘기 말고는 다른 얘기는 하질 않았어요."

"소설을 읽지 않았다고요." 내가 말했다. 그때쯤 나는 양손에 나이프와 포크를 어찌나 세게 쥐고 있었는지 손바닥에 멍이 들 수도 있겠다 싶었다.

"그럼, 뭐죠?"

"학술지를 읽었어요."

"학술지요? 어떤 종류의 학술지 말인가요?"

"과학 기술 잡지요."

차라리 내 몸의 아랫도리가 늑대라거나 날씨를 내 마음대로 조종할 수 있다고 말할 걸 그랬나 후회가 밀려왔다. 피니어스가 의자 등받이에 몸을 기대며 냅킨을 내려놓았는데, 나를 보는 얼굴에 재밌다는 표정과 믿지 못하겠다는 표정을 동시에 드러내고 있었다.

"흠, 놀랍군요. 정말 대단해요." 그가 말했다.

한동안 아무도 입을 열지 않았다. 피니어스는 내 얼굴을 계속 보더니 아버지에게로 시선을 돌렸다. 마치 우리 둘이 짜고 자신을 놀린다고 생각하는 것 같았다. 그 사이에 주요리가 나왔다. 길리 부인이 만든, 갈색의 형체를 알 수 없는 캐서롤 요리(두꺼운 냄비 또는 내열성 도자기 그릇에 고기와 야채, 양념을 넣고 함께 구운 음식-옮긴이)였다. 피니어스는 그릇이 자기 앞에 놓인 것도 모르는 듯했다.

아버지가 큰 소리로 목청을 가다듬었다.

"힉슨 부인이라고, 오비디언스의 가정교사로 일하던 부인이 지난주 갑자기 돌아가셨다네. 그래서 지금 비드에게 시간 여유가 너무 많아진 거지."

"아, 정말 슬프네요." 피니어스가 말했다. 힉슨 부인이 죽어 슬프다는 건지, 아니면 내가 부지런히 수를 놓거나 지긋지긋한 피아노를 치지 않아 슬프다는 건지는 알 수가 없었다.

"슬퍼하실 필요 없어요. 잔소리가 무척 심했거든요." 내가 말했다.

"제발, 비드."

피니어스가 팔꿈치를 식탁에 대며 상체를 앞으로 기울였다.

"읽는다는 과학 기술 잡지는 어떤 건가요?"

"아마 들어 본 적 없을 거예요."

"웬만한 건 제가 다 알아요."

"《알게마이네 주날 데르 케미Allgemeines Journal der Chemie》라는 잡지예요."

피니어스는 잠시 멍한 표정으로 나를 바라봤다. 나는 그가 독일어는 모르는 게 분명하다고 생각했다.

"아, 그럼요. 알아요. 아주…… 잘 알죠. 제가 특히 관심 있는 분야가 화학이라고 아버님이 말씀 안 하시던가요?"

"네, 못 들었어요."

그의 얼굴에 실망한 빛이 스쳤다. 그는 캐서롤을 한 입 먹으려다 혀로 입술을 핥더니 포크를 내려놓았다.

"아마도 아버님이 내일 시연할 때 흥을 깨지 않으려고 말씀을 안 하셨나 보군요." 그가 말했다.

"제가 듣기로, 화학 분야는 스승이 누구냐에 따라 수많은 죄의 영역까지 다루기도 한다던데요. 어떠신가요? 모던트 씨는 자신을 화학자라고 생각하세요, 아니면 연금술사라고 생각하세요?"

"글쎄요, 아주 좋은 질문이에요. 때때로 사람들은 그 둘을 공연히 구분 지으려 해요. 요즘은 자신을 연금술사라고 하는 자체가 아예 말이 안 되는 일이죠. 이런 말을 한다면 왕립 과학 연구소 회원들로부터 비웃음을 살 수도 있겠지만, 그럼에도 불구하고 진지하기 짝이 없는 옛사람들로부터 우리는 아직 배울 게 많다고 생각해요! 나는 이전 시대에 발견한 것들을 절대 경시하지 않거든요. 오히려 열심히 찾아다니고 있죠! 과학 원리라는 것도 알고 보면 우리 조상들이 발견한 걸 토대로 만들어진 게 아닐까요?"

그는 자신이 내린 결론에 매우 뿌듯해하는 것 같았다. 나는 그의 얼굴을 한동안 살폈다. 그리고 우리 가문의 역사, 그러니까 선조에 관해 그가 아는 게 있는지 궁금해졌다. 그렇다면 지금 바로 알아보는 게 낫겠다는 생각이 들었다.

"그렇다면 이 집에 살았던 연금술사에 대해서도 알고 있겠군요?"

"비드, 그만해라." 아버지가 말했다.

피니어스의 당황한 표정이 내 의심을 확신으로 바꿔 놓았다. 그는 얼굴을 찡그리며 말했다. "여기요? 이 집에?"

"허버트 할아버지요."

"이런, 세상에!"

"돌아가신 지 아마 200년은 됐을 거예요. 뭔가를 실험하던 중에 돌아가셨대요."

"실험을 하다가 돌아가셨다고요?"

"독에 중독돼 서서히 죽어 간 거죠. 물론 돌아가시기 전에는 완전히 정신이 나간 상태였고요."

아버지는 두 손을 마구 저으며 머리를 흔들기 시작했다.

"제발, 그만, 그만, 그만, 그만하라고. 그 인간은 연금술사도 아니었어. 사기꾼이었어! 천박한 저질 마술사였다고! 그런 바보 같고 하찮은 취미 따위에 전 재산을 말아먹은 것만 봐도 그렇고. 그 탓에 이백 년 후의 우리가 지금 어떻게 사나 봐라. 지붕에 비가 새도 수리조차 못 하고 있잖니! 이게 전부 그 인간 때문이라고!"

아버지는 손님 앞에서 우리의 궁핍한 생활을 숨기려고 그토록 애를 써 놓고, 자신이 무슨 말을 한 건지 갑자기 깨달은 듯했다.

"그 인간 얘기는 그만하자. 이 집 어디서도 허버트 웰레스트 얘기는 꺼내지도 말아라. 저녁 식사 자리는 물론이고, 다른 손님 앞에서는 더더욱 말할 것도 없고. 미안하네, 피니어스……"

"그레고리, 미안해하실 것 전혀 없습니다!" 피니어스는 웃으며 말했다. "말이 나왔으니 말인데요, 그, 허버트 웰레스트라는 이름을 전에 들어 본 적이 있는 것 같거든요."

허버트 할아버지를 안다는 말에 아버지는 어쩔 줄 몰라 했다.

"들어 봤다고?"

"제가 좀 구식이라, 말씀드렸듯이 관심을 둔 영역 밖의 일이었다면 아예 기억조차 못 했겠지만, 어떤 편지에서 허버트라는 이름이 언급된 걸 본 적이 있는 것 같은데…… 아, 맞아요. 런던의 한 도서관에서 파라켈수스(Paracelsus, 1493~1541. 스위스의 의학자이자 연금술사.-옮긴이)의 필사본을 훔쳐서 다른 연금술사들을 놀라게 했다는 얘기였어요."

"맞아, 도둑질도 했다고 들었네. 툭하면 그런 짓을 했다더군."

"이 가문과 연관이 있는 줄은 전혀 몰랐습니다. 그래도 가문의 조상 아닌가요! 그레고리가 그렇게 말씀하셔도, 그분이 무엇을 발견했을지, 뭐, 그런 게 있다면요, 그게 뭔지 저로서는 무척 궁금하군요."

나는 스푼을 그릇에 소리 나게 내려놓았다.

"들으면 아마 실망하실 거예요." 내가 말했다.

"왜죠?"

"연구했던 자료들이 하나도 남질 않았거든요."

"전혀 없다고요?"

"스스로 전부 폐기했다고 하더라고요. 보던 책, 만든 장치, 전부 다요."

"그리고 가족까지 망쳐 놓았지." 아버지가 뚱한 말투로 덧붙였다.

이번에도 피니어스는 아버지와 나를 번갈아 봤는데, 마치 우리 둘다 거짓말을 하고 있다고 생각하는 것 같았다. 사실 거짓말을 하는 사람은 한 사람뿐이었다.

"흠, 그것참 아쉽군요. 그래도 지금 비드 양이 과학에 이렇게 관심이 많으니, 그분이 중단한 연구를 이어 나갈 수도 있지 않을까요?"

피니어스는 잿빛 고기 한 점을 포크로 찍어 입에 넣고 한참 씹다가 억지로 꿀꺽 삼켰다. 얼굴에서 웃음기를 거두지는 않았지만, 이 집에 오고 처음으로 웃는 게 영 불편해 보이는 표정이었다.

이제는 확실히 알 것 같았다. 피니어스가 이렇게 누추한 저택까지 찾아와 우리와 함께 머물려는 이유는 바로 허버트 할아버지 때문이었다. 그걸 알게 된 이상 가능한 한 빨리 그를 이 집에서 내보내기 위해 내가 할 수 있는 최선을 다해야 했다.

"그렇게 말해 주시는 건 고맙지만, 전 제 한계를 누구보다 잘 알아요. 저는 진짜 실력 있는 화학자나 연금술사는 될 수 없을 거예요. 너무 책만 좋아하거든요."

피니어스는 수긍한다는 듯 고개를 끄덕였고, 조금은 안도하는 것 같기도 했다.

"정말 그래요. 물론 과학 이론을 공부하는 것도 흥미롭지만, 진정한 발견은 항상 서재가 아닌 실험실에서 이루어지니까요."

나는 그의 얼굴에 만족스러운 웃음이 퍼져 나가는 것을 보았다.

"당연히 개인 실험실을 가지고 계시겠죠?" 내가 물었다.

"네, 러셀 스퀘어에 있어요."

"오! 생각만 해도 흥분되는데요. 신기한 기계며, 화려한 색의 물약 같은 걸로 꽉 차 있겠죠?"

"그걸 물약이라고 부르진 않죠……"

"아주 위험한가요? 당신이 하는 실험들이?"

"네, 위험할 때도 있어요."

"그래서 코도 그렇게 된 건가요?"

식당 구석에 돌처럼 서 있던 길리 씨조차 '헉' 소리를 냈고, 아버지는 너무 놀라 아무 말도 하지 못했다.

피니어스는 몇 번 눈을 깜빡거렸다. 그리고 마치 잊고 있었던 것처럼 한 손을 들어 차가운 자신의 청동 코를 만지작거렸다.

"방금 뭐라고 하셨죠?"

그때쯤 피니어스의 입은 이를 드러낸 채 벌어져 있고 얼굴의 나머지 부분은 덜덜 떨렸지만, 그래도 입가의 웃음기를 완전히 거두지는 않고 있었다.

"네 방으로 가거라, 비드. 지금 당장." 아버지가 말했다.

"왜요?"

"어서 가. 여기 있을 필요 없다."

"아직 저녁도 다 안 먹었는걸요."

"그만 먹어라."

아버지는 자리에서 일어나 문을 손가락으로 가리켰다. 나는 더 이상 반항하지 않고 의자를 뒤로 밀어 자리에서 일어났다. 피니어스가 뭔가 사과하는 듯한 말을 했지만, 귓가에서 심장 뛰는 소리가 어찌나 크게 들리는지 그의 목소리는 들리지도 않았다. 방을 떠나면서 얼핏 은식기에 비친 내 모습을 봤다. 미처 깨닫지 못했지만, 나는 이를 드러낸 채 히죽거리며 웃고 있었다.

VII
비드

내 방으로 돌아와 촛불을 켜고 한 시간 정도 책을 읽고 있었더니, 아니나 다를까 밖에서 문 두드리는 소리가 들려왔다. 나는 한 권만 빼고 나머지 책들은 모두 침대 밑으로 밀어 넣었다. 방문을 열자, 붉으락푸르락 달아오른 얼굴의 아버지가 어둠 속에 서 있었다.

안으로 들어오는 아버지를 보며, 나는 책상 앞에 앉았다. 아버지는 화가 나기도 했지만, 내 방까지 계단을 걸어 올라오느라 숨이 찼던지

숨을 고르는 데 시간이 한참 걸렸다. 아버지는 천장에 머리가 닿지 않게 몸을 구부정하게 굽히고 서 있었다. 내 방은 원래 하인들이 쓰는, 지붕 밑 다락방이라 그럴 수밖에 없었다. 나는 어렸을 때부터 좁은 공간을 좋아해 항상 다락방을 쓰겠다고 고집을 부렸다. 그런데 그날 밤은 나, 아버지, 그리고 아버지의 분노까지 그 좁은 방을 가득 채워 공간이 더 비좁게 느껴졌다.

"내 평생 이렇게 창피하긴 처음이다." 아버지가 소리를 죽이며 말했다. 목소리만 들어도 아버지가 얼마나 마음이 상했는지 느낄 수 있었다.

잠시 아버지의 얼굴을 바라봤다. 반항심과 연민이 마구 뒤섞인, 익숙한 그 감정이 다시 올라왔고, 그럴 때마다 나는 내 생각을 쉽게 정리하기가 어려웠다. 마침내 내가 입을 열었다. "그 정도 질문은 충분히 할 수 있었다고 생각해요."

"그 사람의…… 상태에 대해 언급하지 말라고 그토록 주의를 줬건만. 여기 머무는 동안 내가 부탁한 건 그거 하나뿐이었어!"

"깜빡했어요."

"깜빡했다고?"

"식사하는 내내 그 가짜 코에 제 얼굴이 비쳤다고요! 그런데 어떻게 아무 말도 안 할 수가 있어요?"

"목소리 좀 낮춰라!"

"하지만 진짜라고요."

아버지는 잠시 내 눈을 바라보더니, 정사각형의 작은 창으로 시선을 돌려 어두운 창밖을 바라봤다.

"너의 순종하지 않는 태도가 나를 정말 실망시키는구나."

그 말을 들으니 나도 모르게 피식 웃음이 나왔다.

"글쎄요. '순종'이란 이름은 아버지가 지은 거잖아요. 제가 거기에 반대되는 행동을 한다 해도 그건 제 잘못이 아니에요."(주인공의 이름 인 오비디언스Obedience는 '순종, 복종'의 뜻임-옮긴이)

"지금 나하고 말장난할 때니?"

나는 아버지에게 한발 다가서며 말했다.

"그게 정말 그렇게 중요한가요, 아버지? 만약 피니어스가 런던으로 돌아가 제 나쁜 행실에 관해 이야기한들 누가 신경이나 쓸 것 같아요? 사교계에서 우리 집 평판이 더 안 좋아질까 봐, 그게 걱정이세요? 애초에 우리 가문에 대해 아는 사람도 없어요. 새 태피스트리를 벽에 걸고 점잖은 척해 봐야 아무 소용도 없다고요."

"우리 집 형편이 어려우면 네가 그렇게 해도 된다고 생각하는 거냐? 어쩌면 그렇게 버릇없고 무례한지, 솔직히 말해……"

"솔직히 말해서요?"

"마치 야만인을 보는 것 같구나."

"제가 야만인 같다고요?"

"그 긴 시간 동안 도대체 네가 어디서 뭘 하는지도 모르잖니!"

"그렇다면 또 다른 가정교사를 찾아 절 감시하려고 하시겠네요, 그렇죠? 하지만 이번에는 제가 도망을 가도 뒤쫓아 오지도 못하는 그런 할머니 말고 더 젊은 사람을 구하셔야 할 거예요."

내 말에 아버지의 눈빛이 반짝하는 걸 보고, 나는 그 말을 한 걸 후회했다. 하지만 모든 말을 다 후회하는 건 아니었다.

"내일 모던트 씨에게 사과해야 할 거다."

"꼭 그래야 하나요?"

"그래. 그리고 앞으로를 위해서라도 예전의 좋은 관계를 다시 회복할 수 있도록 뭐든 했으면 좋겠구나."

"예전의 좋은 관계라고요? 우리는 처음부터 그런 사이가 아니었어요. 잘난 체하고, 지나치게 교만하다는 것 말고는 그 남자에 대해 아는 게 아무것도 없다고요. 그리고 빌어먹을, 왜 그렇게 계속 웃고 있는 건지! 앞으로를 위해서라니……"

아버지가 한 말의 숨은 뜻을 알아차리고, 나는 말을 멈췄다.

"아, 그렇군요. 아버지가 뭘 하려는 건지 이제 알았어요. 아까 아버지 표정을 봤어요."

"무슨 표정?"

"제가 그 남자랑 결혼하길 바라시는 거죠, 그렇죠? 그 남자가 우리 집에 온 이유를 말하지 않은 것도 그래서였군요."

아버지는 눈을 몇 번 깜빡거렸다.

"나는 피니어스의 아버지와 아주 가까운 사이였어, 비드. 피니어스는 경제적으로 아주 부유하고 존경받는 신사이기도 하고."

"전 겨우 열여섯이에요, 아버지! 벌써부터 남편감을 찾아 내보내려고 하시는 게 어딨어요?"

"너처럼 명망 있는 가문의 아가씨한테는 그게 그리 특별한 일도 아니야."

"우리한테 무슨 명망이 있다고 그러세요? 이런 말씀드려 죄송하지만요, 아버지, 우리 집에 대해 아는 사람은 아무도 없어요."

"피니어스는 알잖니."

"제가 걱정하는 것도 그거예요."

"그 사람은 아주 똑똑해. 그리고 예전에는 잘생긴 사람이었었고. 뭔가 어색하다고 느낄 수도 있지만, 아이를 낳으면…… 아이들은 코가 모두 제대로 붙어 있을 거야. 반듯한 코를 가졌을 거라고."

"제가 그 사람을 좋아하지 않는 건 코가 못생겼거나 없어서가 아니에요. 그 사람이 싫은 거라고요!"

"비드, 그 사람은 우리한테 아주 큰 도움을 줄 거다."

"싫어요."

"생각 좀 해 봐라."

"아무리 생각해도 싫어요."

"아마도 네 어머니라면……"

"지금 어머니 얘기는 왜 꺼내시는 거예요!"

둘 다 잔뜩 화가 난 채 씩씩거렸고, 그렇게 잠시 침묵이 흘렀다.

"적어도 네가 사과해야 한다고 말했을 거다. 꼭 사과하라고 여러 번 말했을 거야." 아버지가 말했다.

아버지 말이 옳았다. 나는 대꾸하지 못하고 책상 앞으로 돌아섰다.

"적어도 모던트 씨를 배려해야 한다고 말했을 게다. 그 사람도 네가 예쁘고 재치 있는 아이라는 말을 듣고 여기까지 온 게 아니냐?"

"그런 말은 아버지가 하셨어요?"

"그래, 내가 말했다. 작년에 편지를 몇 통 주고받았어."

"그러니까 모든 게 다 계획된 거였군요, 그렇죠? 그걸 이제야 알려주셔서 아주 고맙네요."

"계획된 건 아니다. 정말이야. 그 사람이 너에 대해 알고 싶다고 해서 오라고 한 거야."

"그가 여기 온 건 허버트 할아버지 때문이에요."

"말도 안 되는 소리!"

나는 그렇지 않다는 표정을 지었지만, 아버지는 이 문제에 대해 더는 말하지 않았다.

"그러니까, 내일 뭔가를 시연하는 것도 제 관심을 끌기 위한 거군요, 맞죠? 구애하려고?"

"아마 그럴 거다. 그렇잖니? 혹시라도 그 사람과 결혼하면 그 사람이 가진 지식을 네가 배울 수도 있고, 그 사람이 쓰는 실험실을 함께 쓸 수도 있을 테고. 너도 알겠지만, 나는 이런 종류의 것들을 절대 허락할 수 없지만……" 아버지는 내가 펼쳐 놓은 책을 손으로 가리켰다. "……그 사람의 지도를 받으면 네 독서 습관도 좀 더 점잖아질 게 아니냐."

"점잖아진다고요?"

"생각해 봐라, 비드. 넌 우리한테 지키고 말고 할 명망도 없다지만, 내가 진짜로 지키고 싶은 건 그게 아니야. 난 네가 행복해지길 바라. 그게 전부야. 무슨 말을 해야 네가 내 말을 믿을지 정말 모르겠구나."

아버지는 내게 어떻게든 답을 듣고 싶어 머리를 옆으로 기울인 자세로 한참을 그렇게 방 가운데 서 있었다. 하지만 내가 긍정적인 답을 할 리 없다는 걸 깨닫고는 한숨을 푹 내쉬며 어깨를 늘어뜨린 채 밖으로 나가 문을 닫았다. 계단을 밟으며 천천히 내려가는 아버지의 발소리를 나는 가만히 듣기만 했다.

심장이 계속 빠르게 뛰어 도무지 잠이 올 것 같지 않았다. 그래서 마음이 힘들 때 항상 하던 대로 책을 펼치고 거기에 몰입했다. 몇 시간은 더 책을 읽으며 생각이 정리되기를 기다렸다. 나는 피니어스에게 사과 따위는 하지 않을 거야. 그 남자와 결혼하는 일도 없을 거고. 평소 내가 하던 일을 계속해 나가겠다고 나는 속으로 다짐했다.

마침내 자야겠다는 생각이 들었을 때는 자정이 지난 시각이었다. 눈이 뻑뻑해 학술지의 글씨와 도식이 알아볼 수 없게 흐려지기 시작했다. 나는 긴 셔츠 모양의 남자용 잠옷으로 갈아입고 침대 위에 누웠지만, 머릿속이 어찌나 빠른 속도로 돌아가는지 마치 머리에서 윙윙 소리가 들리는 것 같은 착각이 일 정도였다. 마치 그 소리에 대꾸라도 하듯 배에서도 꼬르륵 소리가 났다. 저녁을 다 먹지 못했기 때문이었다. 부엌에 가서 뭐라도 좀 먹으면 머리를 비우는 데 효과가 있지 않을까 싶었다.

나는 짧아진 양초 토막을 들고 자리에서 일어났다. 그리고 복도 맨 끝 하인들이 주로 이용하는 계단을 걸어 내려갔다. 계단은 좁고 칠흑같이 깜깜했는데, 부엌문 앞에 도착하니 문 틈새로 불빛이 새어 나오고 있었다. 그리고 발소리와 함께 뭔가 못마땅한 듯 중얼거리는 듯한 말소리도 들려왔다. 거기 누군가가 먼저 와 있었다. 그 무렵 길리 부인은 밤중에도 일을 할 때가 많았기에 처음에는 길리 부인인 줄 알았다. 하지만 분명 남자 목소리였고, 익숙지 않은 곳에서 뭔가를 찾는 듯한 소리가 계속 들렸다.

나는 안에서 나는 소리에 한참을 귀 기울이며 서 있었다. 냄비 부딪치는 소리, 찬장 문 열리는 소리가 들렸고, 마침내 뭔가를 찾은 듯

나지막하고 길게 '아!' 하는 소리가 들렸다. 한밤중 남의 부엌을 뒤지는 그 사람이 층계참 문을 향해 걸어오는 소리가 들려 내가 대신 문을 열었다.

피니어스가 데려온 마부이자 하인. 온갖 허드렛일을 도맡아 하는 퍼킨스였다. 그는 마른나무처럼 주름 잡힌 얼굴을 찡그리며 몸을 웅크렸다. 뭔가를 잘못하다 들켰다기보다는 그저 놀란 눈치였다. 한 손에는 초를, 다른 손에는 털이 다 뽑힌 채 축 늘어진 생닭을 들고 있었다. 우리는 서로 눈이 마주쳤다. 그는 이제야 생각났다는 듯 내게 허리를 숙였고, 그가 움직일 때마다 닭의 머리가 같이 까딱거렸다.

"좋은 저녁입니다, 아가씨." 그가 말했다.

"사실 새벽인 것 같은데요."

"시간이 벌써 그렇게 됐나요? 그런 줄도 모르고 있었네요."

나는 닭을 턱으로 가리켰다.

"그건 밤참인가요?"

그는 마치 자기 손에 그런 게 들려 있는 줄도 몰랐다는 듯이 생닭을 들어 한참을 바라보았다.

"아! 이거요? 그렇지. 모던트 씨가 가져오라고 시킨 거예요."

"저녁이 만족스럽지 않으셨나 보군요?"

"아주 만족스러웠습니다, 아가씨. 여기 이 닭은 연구에 필요한 재료랍니다."

"무슨 연구를 하는데 그런 게 필요하죠?"

"전 모릅니다, 아가씨. 보시다시피 전 학식 있는 사람이 아닌걸요."

그는 그런 사실이 부끄럽다는 듯 눈을 내리깔았다.

"남의 집에서 물건을 몰래 가져가는 게 잘못이라는 걸 아는 데 학식까지 필요하진 않은 것 같은데요?"

그는 깜짝 놀란 표정으로 고개를 들었다.

"미리 허락받고 가져가는 겁니다, 아가씨!"

"허락을 받았다고요?"

"아, 그럼요! 모던트 씨가 필요한 건 뭐든 편하게 가져가도 좋다고 아버님이 말씀하셨는걸요."

"우리 아버지가요?"

착각에 빠진 불쌍한 아버지. 우리는 둘 다 움직이지 않았다. 마침내 퍼킨스가 초를 든 손으로 계단을 가리켰다.

"괜찮으시다면, 아가씨. 주인님이 기다리고 계셔서요."

"그분도 아직 안 주무시는 거죠?"

"아, 그럼요. 원래 밤잠이 없으세요. 아가씨처럼요!"

"그럼, 말씀 좀 전해 주시겠어요? 그 닭 다 사용한 뒤엔 꼭 다시 갖다 놔 달라고요. 안 그러면 내일 점심 식사는 없을 거라고요."

그는 얼굴을 찡그리더니 어정쩡하게 웃었다.

"아, 네. 아주 재밌네요, 아가씨. 그 말씀 꼭 전하겠습니다."

나는 부엌 안으로 들어가 퍼킨스가 지나갈 수 있게 옆으로 비켜 주었다. 그는 다시 한번 허리를 숙이고는 계단 위로 올라가며 누군가가 못마땅한 듯 무슨 말을 중얼거렸다. 그 대상이 나인지, 아니면 자기 주인인지, 아니면 우리 둘 다인지는 알 수 없었다.

부엌을 뒤지니, 마른 치즈와 퍽퍽해진 빵이 있었다. 나는 물 한 잔을 따르고, 빵을 씹으며 생각했다. 도대체 무슨 실험을 하기에 생닭이 필요하지? 피니어스는 야심이 큰 사람 같았다. 그리고 시대적으로 손에 꼽을 만한 과학적 발견이 식용 조류 분야에서 이뤄지지 않은 것쯤은 나도 알고 있었다. 그나저나 그는 어떻게 남의 부엌에서 닭을 가져갈 생각을 했을까? 이미 이 집의 주인이라도 됐다고 생각하는 거야, 뭐야! 그날 밤 이미 그 생각을 열 번도 넘게 했지만, 피니어스 모던트와는 절대 결혼하지 않겠다고 그 자리에서 나는 또 한 번 다짐했다.

계단을 올라가다 말고 블루 룸 밖의 층계참에 서서 가만히 귀를 기울였다. 하지만 퍼킨스나 피니어스가 말하는 소리는 들리지 않았다. 내 방으로 돌아와 침대에 앉았는데, 정신은 아직도 말똥말똥했다. 부엌에 가서 뭘 먹고 오면 머릿속이 좀 가벼워질 줄 알았더니 그러기는 커녕 오히려 더 복잡해지기만 했다. 한동안 나는 꼼짝 않고 초가 다 타들어 가 꺼질 때까지 가만히 앉아 있었다. 어둠 속에서 장갑을 벗고 자리에 누웠다. 그리고 잠깐이라도 눈을 붙이기 위해 사투를 벌이기 시작했다.

VIII
비드

아침 식사 자리에 빠졌지만, 나를 부르러 오는 사람은 아무도 없었다. 아무래도 피니어스와 아버지는 자신들끼리만 있는 게 편하다고 생각한 모양이었다. 지금쯤 아버지는 나를 대신해 사과하고 있을 터였다. 어쨌든 나는 늦잠을 잘 수 있어 좋았다.

오전 중에 또 다른 마차가 집 앞에 서더니 피니어스의 시연 장비를 몇 가지 더 내려놓고 갔다. 퍼킨스가 힘겹게 비틀거리며 상자 여섯 개를 무도장으로 들어 날랐다. 피니어스가 새로 도착한 장비를 챙기려면 한 시간 이상 걸리지 않을까 싶었다. 지금이 기회다 싶어 나는《알게마이네 주날 데르 케미》를 마저 읽고, 중요한 내용을 내 연구 노트에 메모해 가며《왕립학회보 1812》도 읽었다. 열 시쯤 되니 목이 말랐다. 썩 내키지는 않지만, 물병을 채우려면 아래층으로 내려갈 수밖에 없었다.

계단 아래서 아버지가 나를 기다리고 있었다.

"모던트 씨가 한 주 더 머물기로 했다." 마치 내가 기다리던 소식을 전하기라도 하는 것처럼 아버지가 말했다.

"그렇군요. 그럼, 그 사람이 있는 동안 제 식사는 방으로 올려 보내라고 길리 씨에게 좀 전해 주실래요?"

아버지는 눈을 감더니, 코로 거칠게 숨을 내쉬었다.

"그래도 푹 자고 나면 네가 지금 상황을 좀 더 명확히 볼 수 있을 거라고 생각했는데, 아닌가 보구나."

"어젯밤은 물론이고, 지금껏 저는 푹 자 본 적이 없어요."

아버지는 실망과 안타까움이 뒤섞인 시선으로 나를 바라봤다.

"그 사람은 왜 더 있기로 한 거죠?"

"피니어스가 대학에서 연구하는 학자들과 그동안 계속 편지로 소식을 주고받았다는구나. 그중 몇 사람에게 시연하는 걸 보러 우리 집에 오라고 말했대. 여기 머물면서 연구를 계속하면 여러 가지 편한 점이 많겠다고 하더구나."

"여기 머물면서 허버트 할아버지에 대해 뭔가 알아내고 싶은 거겠죠."

아버지의 얼굴이 굳어졌다.

"그 얘기는 꺼내지 말라고 했을 텐데, 비드."

"하지만 사실인걸요."

"아니, 그건 사실이 아니야. 넌 의심이 너무 많아 탈이다. 여기가 연구하기 편해서일 뿐이라고. 옥스퍼드까지 한 시간밖에 안 걸리기도 하고, 우리 저택의 무도회장이 러셀 스퀘어에 있는 연구실보다 서너 배는 크다더구나." 아버지는 잠시 머뭇거리다가 말을 이었다. "그리고 시간을 갖고 너에 대해 좀 더 알아보고 싶다고도 했고."

"그 사람이 그렇게 말했어요?"

"그래. 사실은 오전 중에 너랑 같이 말을 타면 어떨까 하더라. 그래서 널 부르러 가던 참이었어. 마구간 옆에서 기다리겠다고 했어."

"그렇다면 시간을 갖고 오래 기다려야겠네요. 저는 물병만 채워서 다시 제 방으로 올라갈 거니까요."

나는 아버지 앞으로 그냥 지나가려 했지만, 아버지가 내 팔을 잡았다.

"제발, 비드. 얘기만이라도 해 볼 수 없겠니? 어떤 사람인지 알아볼 수는 있잖아."

아버지의 목소리에는 절박함 이상의 뭔가가 담겨 있었다. 아버지의 눈은 항상 아주 어둡고 젖은 것처럼 보였는데, 어머니가 돌아가신 후로 줄곧 그랬다.

"알겠어요. 같이 말 타러 갈게요. 하지만 다른 건 안 할 거예요."

"그래, 참 착하구나."

"그것만 하면 되는 거죠?"

나는 방으로 가 옷을 갈아입은 뒤 다시 내려와 밖으로 나갔다. 흠잡을 데 없이 맑은 날씨였다. 마구간 마당에서는 피니어스와 길리 씨가 서로 뭔가를 얘기하고 있었는데, 나를 본 길리 씨가 무척이나 당황한 표정을 짓더니 황급히 자리를 뜨려고 했다. 내 앞을 지날 때 말을 걸었는데도 인사를 하는 둥 마는 둥 하며 서둘러 부엌으로 사라져 버렸다.

피니어스는 나를 못 본 건지, 아니면 못 본 체하는 건지 말의 콧등만 쓰다듬고 있었다. 깨끗하게 풀을 먹인 승마용 반바지를 입고, 발그레한 얼굴에 이마에는 밤색 곱슬머리 한 가닥이 살짝 내려와 전혀 밤늦도록 일한 사람처럼 보이지 않았다. 내가 가까이 다가가자, 피니어스는 그제야 고개를 돌리고 나를 보며 활짝 웃었다. 마치 저녁 식사 자리에서 있었던 불쾌한 일은 나만 기억하는 악몽이었나 싶을 정도였다.

"좋은 아침이에요!" 그가 명랑하게 고개를 숙이며 아침 인사를 건넸다.

"안녕하세요, 모던트 씨."

그는 고개를 들었지만, 내 다리에서 눈을 떼지 못하고 있었다.

"정말 현대적이군요." 마침내 그가 말했다.

가정교사였던 힉슨 부인은 무척 고리타분한 데다 바느질과 자수에 집착해 피곤했지만, 그나마 좋은 게 있다면 덕분에 내 몸에 꼭 맞는 편안한 판탈롱(19세기 영국을 비롯한 유럽에서 남성들이 입던 바지-옮긴이)을 만들 수 있었다는 것이었다. 물론 아버지도, 힉슨 부인도 내가 그걸 입은 걸 보고 기절초풍했지만, 워낙 비벼 빨기도 좋고, 튼튼하고, 드레스처럼 뭔가에 걸려 찢어질 일도 없기 때문에 조금 멀리까지 말을 타거나 걸어야 할 때 나는 항상 그걸 꺼내 입곤 했다.

다른 사람들이 내 옷차림새를 보고 한마디씩 할 때 늘 그랬듯이 나는 그의 말에는 아무 대꾸도 하지 않았다.

"방금 길리 씨와는 무슨 얘기를 그렇게 다정하게 나누고 계셨었나요?" 내가 물었다.

피니어스는 그제야 정신을 차리고 고개를 들었다.

"흠? 아, 이 집 하인 말이군요! 네, 그냥 시간 때우느라 잡담 좀 하고 있었어요. 매우 성실한 사람 같긴 한데, 뭐랄까, 대화에 능한 사람은 아닌 것 같더군요."

"보통은, 대화를 잘하는 능력이 하인에게 기대되는 덕목은 아닌 것 같은데요."

"그럼 뭘 기대하죠?"

"충성심과 신중함 아닐까요?"

"네, 둘 다 아주 훌륭한 자질이죠."

나는 잠시 생각했다.

"그 댁 하인도 그 두 가지 자질을 갖췄다고 생각하시나요?"

"누구, 아, 퍼킨스요? 그야 물론이죠!"

"아시겠지만, 제가 한밤중에 퍼킨스 씨를 만났거든요. 부엌에서."

다시 침묵이 흘렀다. 피니어스는 내가 어디까지 아는지 가늠하는 눈치였다.

"그랬어요? 퍼킨스가 뭘 하고 있던가요?"

그는 자기가 실험을 했다는 말도, 닭을 가져오라고 시켰다는 말도 하지 않았다. 퍼킨스 역시 나와 마주쳤다는 말을 주인에게 하지 않은 모양이었다. 나는 피니어스가 밤에 했던 일을 어디까지 숨기려는지 궁금한 마음에 계속 모른 척하며 말했다.

"모르겠어요. 뭔가 먹을 걸 찾으러 온 게 아닐까 생각했어요."

"그 말이 맞는 것 같네요." 그는 웃음을 터트리며 말했다. "나이도 지긋한 사람이 그렇게 식욕이 왕성한 건 처음 봤다니까요!" 그러더니 갑자기 걱정스러운 표정을 지었다. "설마 그 사람 때문에 잠이 깬 건 아니겠죠?"

"아니에요. 그때까지 전 안 자고 있었어요."

"그렇다면 다행이군요. 오, 불쌍한 퍼킨스. 비드 양은 제가 그 사람에게 일을 너무 많이 시킨다고 생각하겠죠? 그 사람도 그렇게 생각하는 거 잘 알아요. 늘 투덜거리니까요. 하지만 아주 신중하고 충성심도 강한 사람이죠. 당신 말대로, 돈으로 매길 수 없는 소중한 자질이에요."

나는 슬며시 웃었다. 분명 퍼킨스는 주인의 생각처럼 그렇게 비밀을 잘 지키는 사람은 아닌 듯했다. 피니어스는 다시 말에게 다가가 말의 콧등을 쓰다듬었다.

"그럼, 빅터는 이미 봤겠군요." 내가 말했다.

"봤죠! 정말 훌륭한 말이더군요."

빅터는 나보다 나이가 많고 뼈와 가죽만 남았을 만큼 비쩍 말라 있었지만, 나는 이번에도 피니어스 말에 맞장구를 쳐 줬다.

"저는 평생 빅터만 탔어요. 클레르발이라고, 저쪽 칸막이에 있는 말은 좀 더 어려요. 모던트 씨에게는 클레르발이 잘 맞을 것 같군요."

"아, 그 말은 아직 못 봤어요!"

"걔는 겁이 많아요."

"그렇다면 저랑은 전혀 안 맞겠는걸요!"

나는 억지로 미소를 지었다.

"어디 가 보고 싶은 곳이라도 있으세요?"

"이렇게 화창한 날에, 생기 넘치는 분과 함께라면, 어딜 가도 좋을 것 같군요."

"그러면 물레방앗간까지 갔다가 돌아오면 어떨까요? 두세 시간 후면 점심 먹을 시간이니까요."

나는 길리 부인이 닭 대신 또 무슨 끔찍한 재료로 점심 식사를 만들려 할지 문득 궁금해졌다. 내가 그런 생각을 하는 동안 피니어스는 마구간 끝까지 가 두리번거리더니, 손으로 어딘가를 가리키며 어깨너머로 나를 불렀다.

"저기요, 저쪽에 있는 저 건물은 뭐죠? 어제 산책할 때도 봤지만, 미처 물어보질 못했어요."

나는 저택 영지의 제일 끝자락에 자리 잡은 야트막한 언덕을 바라봤다. 지평선 끝으로 사이프러스 나무들이 한 줄로 가지런히 서 있고, 그 사이에 아치 모양의 지붕을 얹은 작은 석조 건물이 한 채 서 있었다.

"저건 웰레스트 가문의 가족묘예요." 이번에도 나는 그가 왜 이런 걸 묻는지 알 것 같았다.

"아, 그렇군요. 흠, 저기 가면 경치가 한눈에 내려다보일 것 같은

데, 가 볼까요?"

"그러세요."

"아주 좋아요!"

어느새 길리 씨가 말 등 위에 안장을 얹어 놓았기에 나는 빅터와 클레르발을 마당으로 끌어냈다. 피니어스는 클레르발에게 씌운 마구가 제대로 됐는지, 그리고 말의 성향은 어떤지 파악하느라 한동안 호들갑을 떨었다. 피니어스는 내가 일부러 겁 많은 말을 내줬다고 생각하는 듯했고, 나도 그럴 수만 있다면 그러고 싶었지만, 사실 클레르발은 성질이 매우 온순한 녀석이었다. 내가 먼저 말에 올라타 일이 분을 기다린 뒤에야 피니어스도 말에 올라탔다. 그는 또다시 내 판탈롱을 뚫어져라 쳐다봤다.

"이런, 뭘 하는 거죠?"

"당신을 기다리고 있잖아요, 모던트 씨."

"그런데 당신 다리가……"

"뭐라고요?"

"아, 죄송해요. 여성이 이런 식으로 말 타는 걸 본 적이 없어서요. 그러니까…… 두 다리를 벌린 자세로요."

나는 내 다리를 내려다봤다. 나는 남자처럼 말을 탔는데, 다른 자세로는 타 본 적이 없기 때문이었다. 부인들이 다리를 한쪽으로 모으고 옆으로 말을 타는 걸 본 적이 있지만, 그것처럼 터무니없고 우스꽝스럽고 위험하기까지 한 건 없다고 생각했었다.

"저희 어머니는 이렇게 타라고 가르쳐 주셨거든요. 이것 때문에 뭐 곤란한 거라도 있으세요?"

"아뇨, 아뇨, 전혀 없습니다!" 그렇게 말하면서도 침을 꿀꺽 삼키는 걸 보면 속마음은 그렇지 않은 모양이었다.

우리는 느긋한 속도로 말을 몰며 사슴 공원을 가로질렀다. 나무마다 새싹이 돋고, 무성한 풀잎은 태양 아래 초록 바다를 이루고 있었다. 경치가 어찌나 아름다운지 한동안 나는 그 사람이 같이 있다는 것도 잊고 들뜬 기분으로 주위를 이리저리 둘러보았다. 잠시나마 책과 아버지에게서 벗어나 가슴 가득 공기를 들이마시니 살 것 같았다. 나는 뒤도 돌아보지 않고 그보다 약간 앞서서 말을 달렸다. 가족 묘지까지 반쯤 갔을 때 피니어스가 내 옆으로 따라붙었는데, 흩날리는 머리카락 사이로 금속 코가 번쩍거렸다.

"어젯밤 일은 사과하실 필요 없어요."

어차피 사과할 마음도 없었는데, 그런 소리를 하고 있었다.

"어젯밤 일이요?"

"어제 했던 질문 말이에요."

"아."

"지극히 당연한 질문이었어요."

그는 대화를 계속 이어 나가고 싶은 듯했지만, 나는 아무 말 없이 긴 풀숲에서 토끼 두 마리가 깡충거리며 뛰는 모습만 지켜보고 있었다.

"솔직히 말하면, 결투에서 져서 이렇게 됐어요."

"결투를 했다고요?"

"네, 런던에서요." 잠시 뒤, 그는 이렇게 덧붙였다. "한 숙녀분의 명예를 지키려다 생긴 일이었죠."

"모던트 씨라면 충분히 그러실 만하죠."

"햄프스테드에 사는 이븐리 양이라고, 혹시 들어 보셨나요?"

"아니요."

"커피숍에 있던 이븐리 양에게 한 젊은 남자가 다가와 매우 무례하게 말을 걸었어요. 하지만 숙녀분을 대신해 남자를 막아서는 사람이 아무도 없었고요. 그래서 제가 나서서 제지했더니, 그 남자는 제가 이븐리 양을 꾀어내려고 수작을 부린다면서 오히려 저를 비난하더군요."

"정말 그랬던 건가요?"

"말도 안 되는 소리죠! 저는 그 인간에게 거짓말하지 말라며, 진실을 밝히기 위해 결투를 해야 한다면 기꺼이 하겠다고 말했죠."

"그러니까 사실은 자신의 명예를 지키려고 한 거였네요. 그 숙녀분의 명예가 아니라."

"당신은 정말 눈치가 빠른 사람이군요. 아무튼. 결국에는 누구의 명예도 지킬 기회조차 얻지 못했어요. 결투 조건을 정하기도 전에 그 미친 인간이 칼을 들고 제게 달려들었거든요. 그때 조금만 늦었어도 제 목이 통째로 날아갔을 겁니다." 그는 말을 멈추고 먼 곳을 바라봤다. "그래도 전 제 결정에 후회는 하지 않습니다."

"그러셨을 것 같네요." 나는 더 자세히는 묻지 않았다.

"마음을 불편하게 했다면 미안합니다. 제 가짜 코 말이에요. 언젠가 의학이 발전해 진짜 같은 코를 가질 수 있길 바라지만, 지금으로서는 이걸로 만족할 수밖에 없군요."

"그것 때문에 마음 불편한 적 없었어요. 털끝만큼도요."

그는 내가 자기를 놀리는 건지 아닌지 확신이 서지 않는 눈치였다. 우리는 아무 말 없이 말을 달려 언덕 위, 묘지를 둘러싼 낡은 철제 울타리가 있는 곳에 이르렀다. 울타리 안에는 주택과 똑같이 옅은 갈색 석재로 지은 오래된 납골당이 서 있고, 몇백 년 전 살았던 조상들의 무덤과 묘비가 납골당을 중심으로 자리 잡고 있었다. 묘석은 주로 잿빛과 노란빛이었고, 대부분이 이끼로 뒤덮여 마치 해저에서 막 건져 올린 것처럼 보였다. 사방으로 완만하게 솟아오른 언덕의 꼭대기에 서니, 마을과 교회 첨탑, 그리고 조금 멀리로는 무너져 내리는 검고 거대한 풍차의 잔해가 한눈에 들어왔다.

피니어스는 경치를 한 바퀴 둘러보고는 묘지를 향해 돌아섰다.

"와, 여기는 참으로 아담하고도 음산한 곳이로군요? 뭐랄까, 아름답지만 쓸쓸해요."

"즐겁고 화사한 분위기의 묘지를 본 적이 있으신가요?"

그는 웃음을 터트렸다.

"아뇨, 그런 데는 못 본 것 같네요. 여길 좀 둘러봐도 될까요?"

"얼마든지요."

우리는 둘 다 말에서 내렸다. 울타리 문을 통해 안으로 들어간 피니어스는 뒷짐을 진 채 묘석에 쓰인 이름들을 하나하나 확인하며 걸어 다녔다. 그렇게 한참을 둘러보는 동안, 나는 말들 옆에 서서 손으로는 말갈기를 쓰다듬으며, 눈으로는 계속 그를 지켜보았다.

"저건 분명 아무 생각 없이 하는 행동이 아니야." 나는 빅터에게 조용히 속삭였다. 빅터가 한쪽 귀를 쫑긋거렸다. "이제 곧 허버트 할아버지의 무덤에 관해 물어볼 거라는 데에 내가 백 기니(영국의 옛 화폐 단위-옮긴이) 걸게."

피니어스가 바람에 머리카락을 흩날리며 내 앞으로 걸어왔다. 묘하게도 미소를 지으며 동시에 얼굴을 찡그리고 있었다.

"잘못 본 걸 수도 있지만, 무덤 하나가 빠진 거 아닌가요?"

나는 빅터의 목덜미를 두드렸다.

"그게 무슨 말이에요?"

"허버트 할아버지요. 언제 돌아가셨다고 그랬죠?"

"저도 정확히는 몰라요. 천육백몇 년인가, 그랬던 것 같아요. 제 기억이 맞는 건지는 모르겠지만, 존 디[John Dee, 1527~1608(?), 잉글랜드의 수학자 겸 연금술사이자 점성술사-옮긴이] 박사였나, 아님 그 아들이었나 하는 사람과도 아는 사이였대요."

"이런, 그분도 훌륭한 의사였군요! 그러니까, 말했다시피 여기 훨씬 오래전에 돌아가신 분들의 묘석도 많이 보이는데, 그분은 어디 다른 데 묻히셨나 봐요? 죄송해요. 제가 쓸데없이 궁금한 게 너무 많죠?"

나는 차분한 눈으로 그를 바라봤다.

"그 말이 맞아요. 허버트 웰레스트는 여기 묻히지 않았어요. 그분은 말년에 거의 부랑자처럼 사셨던 분이라 가족묘에 묻어야 한다고 말하는 사람이 아무도 없었다더군요."

"도대체 무슨 짓을 했기에 그토록 미움을 받은 거죠?"

"아버지 말로는 그분 때문에 우리가 망한 거래요. 연구한답시고 집안의 돈이란 돈은 모조리 가져갔대요. 터무니없는 비술에다 마술 서적 같은 거에 재산을 다 써 버렸다고 하더라고요. 모던트 씨도 조심하시는 게 좋아요. 그런 거에 빠지면 금고가 텅텅 비고 말 테니까요."

"비드 양도 그분의 연구가 터무니없다고 생각하시나요?"

"물론이죠. 오류가 많다는 게 현대 과학으로 전부 밝혀졌잖아요?"

"옛날에는 우리가 과학이라고 부르는 것과 마법이라고 부르는 것에 별 차이가 없었어요. 그 둘의 목적이 결국은 같은 것 아닌가요? 숨겨진 자연의 진리를 드러내는 거잖아요? 말하자면 베일 아래 감춰졌던 걸 보기 위한 거죠."

"허버트 할아버지가 관심을 가졌던 것들은 그저 환상에 불과해요."

"환상이라고요? 그럼 어젯밤 비드 양이 말한 건 뭐죠? 풍차에 유령이 출몰한다고 하고, 저주받은 곳이라고도 했었죠. 그런 것도 다 환상인가요?"

내가 대답하지 않자, 피니어스는 미소를 지었다.

"그래서, 그분이 여기 묻히지 않았다면 대체 어디에 묻히신 거죠?"

"전 몰라요. 아는 사람도 없고요. 시신이 감쪽같이 사라졌다고 들었어요."

"그분의 연구 내용과 함께 말이군요."

"맞아요. 차라리 잘된 일이죠."

잠시 시선이 서로 마주쳤지만, 분위기가 금세 어색해져 우리는 고개를 돌려 마을을 바라봤다. 한줄기 거센 바람이 불어와 풀숲에 잔물결을 일으키고는 다시 언덕 아래로 내려갔다. 한동안 우리 사이에는 침묵만 흘렀다.

"이곳은 정말 생기 넘치는 곳이로군요." 피니어스가 말했다.

하늘에 작은 뭉게구름 몇 개가 빠르게 흘러가며 잠깐씩 해를 가려 그늘을 만들었다. 우리 둘은 거기 나란히 선 채, 서로가 얼마나 노련한 거짓말쟁이인지를 깨닫고 각자 생각에 빠져들었다.

IX
네드

오두막에 도둑이 든 다음 날, 할아버지 상태는 더 나빠진 듯했다. 할아버지가 도둑들을 향해 필요 이상으로 분노하는 걸 보면 분명 열쇠에 뭔가 다른 비밀이 있는 것 같았지만, 오전 내내 기침을 하며 거친 숨을 몰아쉬느라 침대에서 일어나지도 못하는 할아버지를 보며 나는 더 자세히 캐물을 수도 없었다. 아니나 다를까 열쇠는 여러 가지 엄청난 비밀 중 극히 작은 일부일 뿐이라는 사실이 나중에 드러났다.

할아버지가 침대에 누워 있는 동안 나는 교회지기 일을 대신하기 위해 최선을 다했지만, 묘지 주민들은커녕 나조차 내가 잘하고 있는 건지 자신이 없었다. 모스카는 줄곧 내 주위를 날아다니며 내가 잊은 일과 해야 할 일이 무엇인지 알려 주었다. 자기 병으로 돌아갈 생각은 전혀 없어 보였는데, 한번 들어갔다가는 내가 병뚜껑을 꽉 돌려 닫고는 아무 말 안 할 때까지 열어 주지 않을 거라는 걸 짐작했기 때문인 것 같았다.

솔직히 말하면, 나 역시 며칠 동안 잠을 제대로 못 잔 탓에 당장이라도 쓰러질 것처럼 힘들고 괴로웠다. 날씨는 여전히 화창했지만, 봄햇살도 새의 노랫소리도 몇 겹의 안개에 둘러싸인 것처럼 흐리멍덩하게 느껴질 뿐이었다. 마치 하룻밤 새 봄과 여름이 다 가고 가을이 온 것처럼 며칠 전까지만 해도 눈부시도록 생기 넘치던 초록빛 나무와 수풀이 지금은 회색빛으로 변해 금방이라도 바스러질 것처럼 느껴졌다. 한편, 키 작은 여자와 유인원처럼 덩치 큰 남자의 모습도 머릿속에 자꾸만 떠올랐는데, 그때마다 남자의 큼지막한 손이 내 머리를 잡고 물속으로 처넣는 장면이 눈앞에 그려지는 듯해 나도 모르게 숨이 거칠어지곤 했다.

정오가 됐을 무렵, 이런 힘든 마음을 돌아가신 부모님께 하소연하고 있자니, 길에서 종소리가 들려왔다. 밝고 경쾌하게 울려 퍼지는 힘찬 핸드벨 소리. 정신이 든 나는 오두막으로 달려가 벌컥 문을 열었다.

할아버지가 침대에서 일어나 앉았다.

"네드? 무슨 일이니?"

할아버지는 또다시 도둑이 들었다고 생각했는지, 걱정스러운 표정을 짓고 있었다.

"고기 파는 아주머니가 왔어요!"

"여기 왔다고?"

"종소리를 들었어요!"

"아주머니가 오려면 아직 이 주나 남았는데."

"분명 아주머니 소리였어요."

"그럼 얼른 가 봐야지."

할아버지는 몸을 굴려 힘겹게 침대에서 일어나 낡은 장화 속에서 차 깡통을 끄집어냈다. 그러고는 깡통 속에 들었던 녹슨 금화 한 닢을 손바닥 위에 올려놓고 한참을 가만히 보기만 했다.

"그게 마지막이에요?"

할아버지는 고개를 끄덕이고는 그걸 내게 건넸다. 열대 바다의 난파선에서 끌어 올린 것처럼 어딘가 이국적이고 특이한 문양이 있는 동전이었다. 할아버지 말에 따르면 할아버지의 할아버지에게 수백 개도 넘는 금화를 물려받았지만, 다 써 버리고 내가 태어났을 무렵에는 겨우 몇십 개밖에 남지 않았다고 했다.

"또 생기겠죠?"

"이것과 똑같은 건 더 이상 없을 거야. 어쩌면 목사님이 좀 챙겨 주실지도 모르지."

나는 그럴 일은 절대 없을 거라고 생각했다.

"아무튼 최대한 좋은 걸 골라야 할 텐데, 뭘 사면 좋을까요?"

"신선하기만 하다면야 뭐든 좋겠지. 아이고, 기력이 없어 정말 힘들었는데, 어쩜 이렇게 꼭 필요할 때 와 주다니 정말 반갑구나."

나는 금화를 주머니에 넣고, 못에 걸려 있던 마대 자루를 챙긴 다음, 모스카와 함께 길을 나섰다.

웬만한 먹거리는 작은 텃밭에서 대부분 재배할 수 있었지만, 할아버지가 가장 좋아하는 고기는 평소 구하기가 어려웠다. 위디 바텀은 워낙 규모가 작은 마을이라 정육점 같은 건 없었고, 옥스퍼드 같은 도시까지는 지금껏 살면서 단 한 번도 가 본 적이 없었다. 그래서 우리는 고기 파는 아주머니가 한 달에 한 번꼴로 이곳을 지나가면 그때를 기다려 아주머니에게서 고기를 구하곤 했다. 고기 파는 아주머니에게도 당연히 이름이 있겠지만, 나는 아주머니의 진짜 이름까지는 알지 못했다.

묘지 입구의 열쇠까지 몽땅 도둑맞은 탓에 나는 교회 담장을 넘어 밖으로 나갈 수밖에 없었다. 모스카가 철문의 창살 사이로 왔다 갔다 하며 조급하게 윙윙거렸다. 나는 담장 반대편으로 내려와 종소리를 따라 달리기 시작했다. 평소 같으면 마을로 가는 큰길을 피해 샛길로 갔겠지만, 혹시라도 아주머니의 마차를 놓칠까 봐 오늘은 그냥 큰길로 갔다. 각자 이런저런 일을 하며 하루를 보내던 사람들이 나를 보자, 평소처럼 차갑고 냉랭한 시선을 내게 던졌다. 문간에서 비질하던 한 아주머니는 나를 향해 저리 꺼지라고 말하고, 모스카를 향해 빗자루를 휘둘렀다. 자기 아버지와 길을 가던, 나보다 한참 어린 한 여자아이는 성호를 긋더니, 길 반대편의 진흙탕에 발목까지 빠져 가면서 도망치듯 나를 피해 걸어갔다. 그 사람들에게 딱히 나쁜 감정은 없었다. 그런 대접에 워낙 익숙했기에 나도 내가 이상하다는 것쯤은 알고 있었다.

마을 끝자락에 위치한 여관과 웰레스트 씨네 저택 그 사이쯤 이르러서야 마침내 고기 파는 아주머니를 따라잡을 수 있었다. 아주머니가 탄 마차는 바퀴 자국이 깊이 팬 질척거리는 길 위를 아주 천천히 나아가고 있었다. 숄을 두르고 마차 앞자리에 앉은 아주머니의 긴 잿빛 머리카락이 마치 거미줄처럼 바람에 날렸다. 아주머니의 몸은 어찌나 깡말랐는지 말이 비틀거리거나 마차 바퀴가 웅덩이에 빠지거나 돌을 밟을 때마다 그대로 튕겨 날아가지 않을까 싶을 정도로 같이 심하게 흔들리고 있었다.

"아주머니, 잠깐만요! 저 좀 기다려 주세요!" 내가 큰 소리로 외쳤다.

아주머니는 말을 세우더니 앞자리에 앉은 채로 아주 천천히 고개를 돌렸다.

고기 파는 아주머니가 거래하는 물건은 사실 고기가 아니라 주로 동물의 발굽이나 가죽 같은 것들이었다. 아주머니는 이 마을 저 마을의 농장들을 돌며 아교나 투구 장식, 활시위 등을 만들 재료를 구하기 위해 죽은 말이나 다른 가축의 사체를 수습하는 일을 했다. 덩치 큰 동물은 매장하는 것도 쉬운 일이 아니라 아주머니가 지나가면 사람들은 죽은 가축을 흔쾌히 내주곤 했다. 지금 아주머니가 끄는 마차 짐칸에는 말 두 마리와 양 한 마리의 사체가 실려 있었다.

"아, 너로구나! 오늘은 허탕 치나 했는데."

마을 사람들로부터 그런 대접을 받고 난 후라 비록 더럽고 삐뚤빼뚤한 이를 드러내고 웃을지언정 나를 보고 웃어 주는 사람을 만나니 한결 마음이 편안해지는 기분이었다.

"할부지를 돌봐 드리고 있었어요. 요즘 몸이 많이 안 좋으시거든요."

"아이고, 그거 안됐구나. 평소 소도 쓰러뜨릴 만큼 건장하던 분이 왜 그러실까?"

아주머니는 웃음을 터트렸지만, 나는 그 농담이 전혀 웃기지 않았다.

"미안, 미안. 뭐라도 잘 챙겨 드시면 분명 기력을 회복하시겠지. 그래, 할아버지가 뭘 구해 오라고 하시던?"

"신선하기만 하면 아무거나 상관없다고 하셨어요."

"하! 신선한 걸 찾으셨단 말이지?"

아주머니는 고삐를 놓고, 들고 있던 핸드벨을 좌석 옆에 세워 놓았다. 아주머니는 예순이 훨씬 넘었을 텐데도 꽤나 힘차게 마차에서 풀쩍 뛰어내리더니 짐칸으로 걸어가 죽은 말의 엉덩짝을 손으로 찰싹 때렸다. 그런 아주머니의 손톱 밑은 새까맸고, 손가락에는 검붉은 핏물이 들어 있어 확실히 어딘가 모르게 마귀할멈처럼 보이는 그런 면이 있었다. 그래서인지 마을 사람들은 나나 할아버지를 대할 때처럼 그 아주머니를 대할 때도 께름칙한 표정을 짓곤 했는데, 어쩌면 그래서 우리가 더 사이좋게 지내고 있는 건지도 몰랐다.

"이 암말은 어제 등이 부러지는 바람에 어쩔 수 없이 총살됐고, 다른 말은 엊그제 너무 늙어서 자연사했다더라. 양은 오다가 길에서 발견한 건데, 거기 얼마나 오래 누워 있었는지는 신만이 아실 테지. 그래도 양털은 좀 얻을 수 있을 것 같아 싣고 오긴 했다."

아주머니는 어깨를 으쓱했다. 나는 동물들의 슬픈 몸뚱이를 잠시 내려다봤다.

"아무래도 암말의 부위를 가져가는 게 좋을 것 같아요." 내가 말했다.

"그렇게 하려무나. 그래, 어느 부위로 주랴?"

"할부지가 간을 제일 좋아하시니, 간이 좋겠어요."

아주머니는 누런 이를 드러내며 입맛을 다셨다.

"그런데 말이다. 이거 문제가 좀 있는데."

"무슨 문제요?"

"그러니까, 그걸 사겠다고 예약한 사람이 있었거든."

"예약을 했다고요? 그게 무슨 말이에요? 아주머니한테 고기를 사려는 사람이 어딨다고요. 우리 말고 그런 사람이 또 있어요?"

"원래는 없었지. 그런데 최근에 그런 손님을 알게 됐단다. 이런저런 잡스러운 부위를 구하려는 사람이 있더라니까. 이 동네를 평소보다 더 일찍 오게 된 것도 그래서란다."

잡스러운 부위라고? 그런 걸 왜 구하려 하지?

"그 사람이 누군데요?"

"비밀로 하겠다고 약속했거든. 그래서 알려 줄 수는 없구나."

"제발요, 아주머니. 할부지 몸이 정말 안 좋으세요."

아주머니는 눈을 반쯤 감았다.

"더 높은 값을 부르는 사람한테 넘기면 어떨까 싶은데. 그래, 할아버지가 얼마를 주셨니?"

나는 할아버지가 주신 금화를 꺼냈다. 벌레 한 마리가 동전에 붙어 있는 걸 손으로 털어 낸 뒤 아주머니에게 건넸다. 아주머니는 그걸 요리조리 살펴보고는 고개를 가로저었다.

"네 할아버지가 이런 스페인 금화를 도대체 어디서 구한 건지는 정말 신만이 아실 게다. 나도 평생 살면서 이런 금화는 본 적이 없거든." 아주머니는 금화를 이로 깨물어 보고는 흡족한 표정을 지으며 말했다. "아주 좋아. 하지만 거스름돈은 못 주니까 그런 줄 알아라."

나는 가슴이 쿵 내려앉았다.

"조금도요?"

"방금도 말했지만, 찾는 사람이 많으면 가격도 올라가는 법이거든. 게다가 이 새로 찾은 고객도 금화를 한두 닢은 낼 게 분명하다, 그 말이지."

"하지만 빈손으로 갈 수는 없어요. 달리 선택의 여지가 없는 것 같네요."

아주머니는 길 이쪽저쪽을 살펴봤다. 한 아주머니가 거위 떼를 몰고 마을 밖으로 향하고 있었고, 농장 일꾼 둘은 소 한 마리를 끌고 마을로 들어가고 있었다.

"타라. 좀 한적한 곳으로 가서 작업하는 게 좋겠구나."

우리는 마차를 타고 웰레스트 저택의 커다란 녹슨 철문 앞을 지나쳤다. 숲에 이르자, 아주머니가 길가에 마차를 세웠다. 짐칸으로 올라간 아주머니는 허리춤에서 칼을 꺼내 거칠게 말의 배를 가르기 시작했다. 엄청난 악취가 사방으로 퍼져 손으로 코를 쥐었지만, 모스카는 흥분해서 어쩔 줄 몰라 했다. 아주머니는 손을 흔들어 모스카를 쫓아내고는 두 손을 팔꿈치까지 말의 배 속으로 쑥 집어넣었다. 속에 든 것을 사실상 전부 끄집어낸 뒤, 거기서 간만 잘라 낸 다음, 나머지 내장은 말의 배 속에 다시 쑤셔 넣었다. 그런 전체 과정이 불과 몇 분 안에 다 이루어졌다.

검푸른 빛이 도는 간에서는 피가 아닌 뭔가가 뚝뚝 떨어지고 있었다. 내가 마대 자루를 벌리자, 아주머니가 두 손으로 들고 있던 간을 자루 안에 넣었다. 할아버지가 가진 책 중에는 동식물에 관한 책도 있었는데, 그걸 보니 책에서 봤던 거대한 해파리가 생각났다. 나는 자루의 끈을 단단히 묶은 다음, 한쪽 어깨에 둘러멨다. 오늘따라 자루가 유난히 무겁게 느껴졌다.

아주머니는 길가에 쭈그리고 앉아 풀에 손을 문질러 닦으며 물었다. "그런데 할아버지는 어디가 어떻게 안 좋으신 거니?"

"저도 잘 모르겠어요. 아무래도 피곤해서 그러신 것 같아요. 요즘 생각할 일이 좀 많았거든요."

아주머니가 일어서며 말했다. "그래, 무슨 말인지 알겠다. 구덩이 파야지, 다시 또 메워야지. 매번 그런 거 생각하려면 정신이 멀쩡한 것도 이상한 일이지."

내 입이 샐쭉해진 걸 보고, 아주머니는 내가 기분이 상했다는 걸 알아차린 모양이었다.

"미안하구나, 얘야. 하지만 이런 일을 하려면 억지로라도 웃을 거리를 찾아내야 하거든."

나는 잠시 생각한 끝에 이렇게 말했다. "할부지한테 정말 곤란한 일들이 일어났어요. 누군가 교회 묘지 안으로 몰래 들어와서 우리 열쇠를 훔치고, 또…… 다른 것도 훔쳐 갔어요."

이 정도면 충분히 두루뭉술하게 말했다고 생각했지만, 아주머니는 무슨 말인지 다 알아들었다는 듯이 마차 끝에 몸을 기대며 고개를 끄덕였다.

"부활주의자들이 왔다 간 모양이구나, 그렇지?"

"그걸 어떻게 아세요?"

"요즘 그 일 하는 사람들이 정말 많은가 보더라! 나도 이미 하는 일이 있으니 망정이지 안 그랬음 벌써 그 일에 뛰어들었을지도 모르겠다."

"그 사람들이 무슨 짓을 하는지 다 아시면서, 설마 농담이시죠!"

"알다마다. 내가 하는 일이나 그 일이나 별반 다를 것도 없더란 말이지. 이미 죽었는데, 어딘가 도움이 되면 그리 나쁠 것도 없지 않니? 안 그러냐, 위스키?" 아주머니는 죽은 말을 손바닥으로 다시 한번 찰싹 때렸다.

"그래도 이건 사람이잖아요! 허락도 없이 사람을 실험실에 가져가 함부로 배를 가르는 건 말도 안 되는 일이라고요."

"그게 그렇게 중요해? 사람이나 말이나 거기서 거기지. 죽은 건 매한가지 아니냐."

나는 그 말에 절대 동의할 수 없었고, 이렇게 심각한 일을 그렇게 가볍게 말하는 것도 도무지 이해할 수 없었다.

나는 자루를 다른 쪽 어깨에 옮겨 멨다. 어찌나 무거운지 벌써부터 어깨가 아팠고, 등도 축축해지고 있었다.

"이만 가 봐야겠어요. 할부지가 기다리시거든요."

"그래, 그래. 나도 그만 다른 고객을 만나러 가 봐야겠구나."

아주머니는 나를 향해 눈을 찡긋하고는 마차에 올라탔다.

"할아버지께 안부 전해 주렴. 혹시라도 부활주의자를 만나면, 너희 묘지는 절대 건드리지 말라고 내가 꼭 얘기하마!"

나는 이 말도 장난인지 진심인지 분간이 가지 않았다.

흔들흔들 움직이는 짐마차를 바라보며, 나는 아주머니가 만날 다음 고객이 누굴까 생각해 봤다. 우리처럼 이상한 고기 부위를 구하려는 사람이 또 있다는 게 도저히 상상이 되지 않았다. 잡스러운 부위라고? 그러다 문득 그런 생각이 들었다. 무덤에서 파낸 시체를 구하려는 사람이라면 고기 파는 아주머니에게서 뭔가를 구하려 할 수도 있겠다 싶었다.

X
네드

간이 든 자루를 메고 담장이 무너진 곳을 찾아 교회 묘지를 빙 둘러 걷다가 도둑들이 도망칠 때 넘은 바로 그 지점에서 나도 담을 넘었다. 거기 앉아 잠시 쉬면서 이끼가 낀 채 무너져 내린 돌들을 잠시 바라보았다. 누군가 그걸 다시 쌓아 올려야지, 안 그러면 묘지 주변의 담장이나 철문이 아무 소용도 없을 터였다. 나도 할아버지도 그럴 힘은 없고, 어찌 쌓는다 해도 회반죽이 없으면 금세 다시 무너질 텐데 어떻게 해야 할지 난감하기만 했다.

오두막에 도착했을 때, 할아버지는 책을 펼친 채 그 속에 푹 빠져 있었다. 옆에는 직접 끓인 차도 놓여 있었다. 이번 일로 찻주전자와 잔 하나가 깨진 바람에 할아버지는 성찬 예식에 사용하는 오래된 잔으로 차를 마시고 있었다. 내가 들어가는 소리에 할아버지는 고개를 들고 잔과 책을 한편에 내려놓았다. 안색은 여전히 좋지 않았다.

"그래, 어떻게 됐니?"

나는 할아버지에게 다가가 피에 젖은 마대 자루를 탁자 위 펼쳐 놓은 책 옆에 내려놓았다. 펼쳐진 책에는 식물 그림이 그려져 있고, 그 아래에는 식물의 이름이 라틴어로 적혀 있었다. 내가 읽을 수 있는 언어는 영어뿐이었지만, 할아버지는 라틴어와 그리스어도 읽을 줄 알았다. 이미 말했듯이 할아버지는 내가 아는 가장 똑똑한 사람이었다.

할아버지는 손가락으로 자루를 꾹꾹 누르며 기뻐했다.

"아이고, 네드! 아주 잘했다. 그래, 이거면 정말이지 다 좋아질 것 같구나."

나는 이 부위를 원하는 다른 손님이 있었다는 말을 할까 망설이다가 할아버지가 이렇게나 좋아하는데 기분 망치는 말은 하지 말아야겠다 싶었다.

갑자기 활기를 되찾은 할아버지는 자리에서 일어나 난롯가로 걸어 갔다. 쟁반 위에 간을 올려놓고, 선반에 있던 칼을 가져와 간을 얇게 저미기 시작했다. 간의 겉은 푸르스름한 빛을 띠었는데 안은 검붉은 빛이 돌았고, 비릿한 피 냄새도 났다.

할아버지는 난로 위에 팬을 올린 다음, 텃밭에서 캔 양파와 함께 간 두 조각은 볶고 나머지는 쟁반에 다시 놓아두었다. 검게 익어 먹음직스러워 보이는 간 요리를 접시에 담아 내 앞에 내려놓고, 평소대로 할아버지는 피가 흥건한 생간을 먹었다. 그걸 먹자마자 당장 기운을 차린 걸 보면, 보통 때 먹는 차와 채소만으로는 몸에 꼭 필요한 어떤 영양소가 부족한 게 틀림없다는 생각이 들었다. 할아버지의 얼굴에 핏기가 돌고 앉은 자세도 훨씬 꼿꼿해졌다.

그렇게 조용히 앉아 맛있는 걸 먹다 보니, 지난 며칠 사이 벌어졌던 문제가 전부 사라지는 것 같았다. 할아버지는 아픈 데 없이 건강하고, 담장은 무너진 데 없이 온전하고, 누구도 우리의 작은 세계를 침범하지 않았던, 평화로운 옛날로 돌아간 것만 같은 기분이었다. 간을 양껏 먹은 할아버지는 만족스럽다는 듯 손으로 배를 두드리며 혀로 입술을 핥았다. 그러고는 붉은 피가 낀 이를 드러내며 나를 향해 싱긋 웃었다.

그때 누군가 문을 두드렸다.

"그라벤 씨? 안에 계세요?"

바일스 목사였다. 할아버지는 탁자 위에 남은 간을 보고는 급하게 입가를 문질러 닦았다. 그래도 말끔해지지 않자, 나를 문가로 밀며 다급하게 속삭였다.

"네가 나가서 얘기해! 나 아프다고! 절대 이 모습을 보여서는 안 돼!"

살며시 문을 열고 고개를 내미니, 잿빛 묘석 같은 목사의 얼굴이 바로 앞에 나타났다.

"할아버지 계시지? 안에 계시는 거 다 알고 묻는 말이다. 한 번도 여길 벗어난 적이 없으니." 목사가 말했다.

"지금 몹시 아프세요, 목사님."

"잠깐 얘기도 못 할 만큼 아프다고?"

"네."

"그렇다면 네가 할아버지를 도와야겠구나."

목사는 내가 나오는 틈새로 안을 들여다보려고 목을 뺐지만, 나는 얼른 뒤에서 문을 닫아 버렸다. 목사가 나를 보며 막 무슨 말인가를 하려 할 때, 문득 그 생각이 들었다.

"그런데 안으로는 어떻게 들어오셨어요? 묘지 문이 잠겨 있었을 텐데요."

"안 그래도 그 얘기를 하려고 온 거다. 다행히 나한테 열쇠가 있었으니 망정이지. 내가 그걸 가지러 사택까지 다시 걸어갔다 오느라 얼마나 시간을 허비한 줄 아니? 내가 할 일이 얼마나 많은 사람인데 이렇게 왔다 갔다 하게 만드는 건지, 원."

사제관은 교회 바로 옆이라 거기까지 가는 데 30초도 안 걸렸을 테지만, 나는 그 말은 하지 않았다.

"이유가 뭔지 물어봐도 될까?"

"무슨 이유 말씀이세요, 목사님?"

"묘지 문이 왜 아직 잠겨 있냐고! 해가 뜨면 문을 열고 해가 지면 닫아야지. 교회지기가 하는 일이 그건데, 그걸 안 하면 어쩌자는 거야? 아무나 묘지 안을 돌아다니게 한 걸로도 모자라 이제는 기본적인 임무조차 안 하는구나." 그는 잠시 말을 끊었다. "혹시 교회 묘지를 지키겠다고 이렇게 한 건 아니겠지? 그렇더라도 이런 방법으로는 안 되지. 이곳을 보호한답시고 아무도 못 들어오게 막아선 안 된단 얘기야. 맘대로 이렇게 문을 잠가서는 안 된다고."

나는 한동안 발끝만 내려다봤다.

"문을 열 수가 없었어요. 열쇠가 없어졌거든요."

"없어졌다고? 열쇠를 잃어버렸다는 거야?"

"아뇨, 누가 훔쳐 갔어요. 오두막에 도둑이 들었어요. 어젯밤에요."

"오, 주여! 묘지 무덤들은 어떻게 됐지?"

"무덤은 괜찮아요, 목사님! 제가 알기로는 그래요. 도둑들이 훔쳐 간 건 할부지 열쇠 꾸러미가 전부였어요."

"도둑이 누군지는 봤고?"

나는 고개를 끄덕였다.

"두 사람이었어요. 덩치가 크고 머리가 많이 벗겨진 남자랑 키가 아주 작은 여자였어요."

"쫓아가 잡았어야지."

"숲을 지나 강가까지 따라갔었는데, 도둑들이 배를 타고 도망쳤어요."

목사는 얼굴을 찌푸렸다.

"덩치 큰 남자와 키 작은 여자라. 다른 특징은 없었고?"

97

"남자는 유인원 같았어요."

"유인원이라고?"

"네. 그리고 말하는 게 무척 어눌했어요."

목사는 더 자세히 말해 보라는 듯 내 얼굴을 빤히 보았다. 그래도 아무 말이 없자 한숨만 푹 쉬고는 이렇게 말했다. "정말이지 상황이 점점 안 좋아지는군. 아이고, 신이시여! 이놈의 시체 도둑들이 교회 묘지를 마음대로 들락거리려고 열쇠를 가져간 게 틀림없군, 그래. 철물점 주인을 찾아 묘지 문 자물쇠부터 바꿔야겠어. 그렇게 하려면 시간은 얼마나 걸리고, 비용은 또 얼마나 들지 모르겠다만. 아무튼 그동안 넌 지금보다 더 바짝 경계하며 주위를 지켜봐야 할 거다. 오두막이나 무덤 방호 장치에 대해선 나도 뭘 어찌해야 할지 모르겠구나."

"무덤 방호 장치라고요?"

"이런, 하다 하다 그런 거까지 내가 알려 줘야 하니? 교회 뒤편에, 무덤을 덮은 새장처럼 생긴 걸 말하는 거다. 네 할아버지가 그 열쇠도 가지고 있었을 텐데."

나는 전혀 모르던 일이었다. 이름 없는 무덤에 열쇠가 있다는 것도 처음 알았다. 할아버지는 한 번도 그런 말을 한 적이 없었다. 생각도 못 했던 걸 그렇게 또 하나 알게 됐다.

"누가 그걸 열어 보고 싶어 할까요?" 내가 물었다.

"묻은 지 그렇게 오래된 시체를 누가 훔쳐 가려고 할 것 같지는 않다만, 또 모르지."

나는 목소리를 조금 낮췄다.

"만약 도둑들이 그 묘를 판다면 뭐가 나올까요?"

"진짜 몰라서 묻는 거니?"

"할부지가 얘기해 주지 않았어요."

"그랬다면 뭔가 이유가 있었겠지."

"목사님은 아세요?"

폭이 넓고 입술이 얇은 목사의 입가가 살짝 올라가나 싶더니, 목사가 나를 향해 몸을 기울였다.

"내 전임자가 그러는데, 이루 말할 수 없이 사악한 존재가 거기 묻혔다더구나."

"사악한 존재요?"

"그래. 저주받은 인간이 거기 묻혔다고 그랬어. 원래는 마법사였는데, 악마에게 영혼을 팔았다고 하더구나. 금지된 지식을 얻은 대가로. 나도 무니 목사님에게 들은 얘기다."

점심을 먹으며 따뜻해졌던 마음이 한순간에 차게 식어 버렸다. 할아버지는 예전 목사님에 대해 항상 아주 좋은 얘기만 했었다. 내가 이렇게 혼란스러운 이유가 방금 들은 이야기 때문인지 아니면 할아버지가 그런 사실을 내게 숨겼다는 사실 때문인지 갈피를 잡을 수 없었다.

목사는 등을 곧게 펴더니 밝은 목소리로 이렇게 말했다.

"하긴 무니 목사님은 하루 여덟 시간은 늘 술에 취해 계셨으니, 그 말을 다 믿을 수 없긴 해! 내가 한 말에 너무 겁을 집어먹지는 말았으면 좋겠구나."

나는 대답하지 않았다. 목사는 오두막의 문을 다시 한번 쳐다보고는 교회로 시선을 돌렸다.

"난 일이 있어 그만 가 보마. 묘지 문의 자물쇠를 언제 교체할지 정해지면 알려 줄 테니 그런 줄 알고."

"담장은 어떻게 하실 거예요?"

"담장?"

"숲과 이어지는 곳의 담장이 무너졌어요. 누구든 마음만 먹으면 쉽게 넘어올 정도로요."

목사는 내 말에 짜증이 났는지, 모스카가 주변에 얼씬거릴 때처럼 허공에 손을 휘둘렀다.

"그럼 다시 쌓으면 되잖아. 그런 것까지 내가 해야 하니? 너도 돌멩이 몇 개쯤은 충분히 들어 나를 수 있을 것 같은데."

하지만 나는 그럴 수 있을 것 같지 않았다.

"문을 고치기 전까지는 교회 묘지의 경계를 두 배로 강화해야 할 거다. 할아버지가 아프시다니 그건 나도 참 안타깝게 생각한다만." 목사는 전혀 안타까워하지 않는 말투로 그렇게 말했다. "너에게 여러 번 기회를 주는 거니까 내가 새로운 교회지기를 알아보기 전에 알아서 잘 했으면 좋겠구나."

그 말을 끝으로 목사는 완만하게 경사진 길을 걸어 그늘진 나무 사이로 사라져 버렸다.

XI
네드

외딴곳에 홀로 떨어져 무성한 풀에 뒤덮인 이름 없는 무덤은 그래서 더 아름다웠다. 교회 첨탑 뒤편, 으슥한 구석에 자리를 잡아 묘지를 찾는 대부분의 사람은 그런 묘가 있는지도 모르고 지나치기 일쑤였다. 묘석은 비바람에 풍화되고 모양도 일그러져 석공이 깎아 만들었다기보다는 버섯처럼 땅에서 저절로 자란 것처럼 보였고, 무덤을 보호하기 위해 만든, 묘석 앞의 야트막한 격자무늬 쇠창살은 담쟁이덩굴로 둘러싸여 마치 지친 교구민이 누워 쉬라고 만들어 놓은 푹신한 나뭇잎 침대 같았다.

아무리 봐도 사악함과는 거리가 멀어 보였다. 이게 어딜 봐서 사악하다는 거지? 교회 묘지는 신성한 곳인데, 이런 성스러운 땅에 악마 같은 뭔가가 깃든다는 건 말도 안 된다고 나는 생각했다. 우리가 먼저 이 안에 자리를 잡았기 때문에 조금이라도 불길한 것이 담장 안에 숨어 도사리고 있을 거라고는 상상조차 하기 힘들었다.

나는 모스카와 함께 무덤 주위를 한 바퀴 돌았다. 쪼그리고 앉아 담쟁이덩굴을 헤치고 창살도 확인해 봤다. 쇠창살은 심하게 녹슬긴 했어도 여전히 아주 견고하고 튼튼했다. 그러다 창살 한편에 달린 경첩 두 개를 발견했는데, 마침 방호 장치의 전체 틀이 가늘게 진동하는 것처럼 반대쪽에서 약하게 윙윙거리는 소리가 들려왔다. 소리 나는 쪽을 보니 모스카가 흙으로 막힌 열쇠 구멍 주변을 기어다니고 있었는데, 그동안 나는 그런 게 있는지조차 모르고 있었다.

"네가 여기 있을 줄 알았다."

갑작스러운 할아버지 목소리에 나는 뛸 듯이 놀랐다. 자리에서 벌떡 일어나 무릎의 흙을 털고 모자도 바로 썼다. 할아버지는 간을 드신 후 한결 몸 상태가 좋아지신 듯했다.

"아! 그냥 확인하던 중이었어요. 창살 상태가 괜찮은지 보려고요. 그러니까, 바일스 목사님이 그러시는데……"

"목사님이 뭐라고 하는지는 나도 들었다. 하지만 저주니, 마법이니 하는 말도 안 되는 이야기는 곧이곧대로 믿을 게 못 돼."

"그럼, 사실이 아니란 말씀이세요?"

"당연히 아니지."

"그렇지만 할부지가 그 열쇠를 가지고 있는 건 맞는 거죠?"

"그래."

"왜죠?"

"열어 봐야 할 수도 있으니까."

"그걸 할부지가 왜 열어 봐야 하는데요?"

잘 보이지 않는 한쪽 눈이 눈구멍 안에서 움직이지 않고 고정됐다.

"내가 뭐라고 했니, 네드? 이 무덤에 대해서도, 거기 묻힌 사람에 대해서도 묻지 않는 게 좋다고 늘 말하지 않았니? 묘석에 이름이 없는 건 다 이유가 있어서란다."

"어떤 이유요?"

할아버지는 내가 아닌 무덤을 보고 있었다.

"이 무덤의 주인은 사람들에게 기억될 자격이 없는 사람이야."

그때 성난 듯한 누군가의 목소리가 교회 벽에 부딪혀 메아리가 되어 울려 퍼졌다. 할아버지가 고개를 들더니, 얼굴을 찌푸렸다.

할아버지는 교회 앞마당으로 이어진 길을 따라 절뚝거리며 걸어갔고, 나도 그 뒤를 따라갔다. 두 남자가 힉슨 부인의 묘 옆에 서서 소란을 피우고 있었다. 우리가 가까이 가기도 전에 두 사람은 몸을 돌려 우리를 마주 봤다. 둘 다 키가 크고 단단한 몸에 흰 머리카락이 살짝 덥수룩해서 나는 두 사람이 사냥개를 닮았다고 생각했다.

"당신! 우리 어머니께 대체 무슨 짓을 한 거지?" 두 사람 중 좀 더 작은 남자가 할아버지를 손가락으로 찌르며 말했다.

며칠 전 힉슨 부인의 장례식에서 봤던 사람들이었다.

할아버지와 나는 서로 얼굴만 쳐다보았다.

"부인께서 편히 쉬시도록 땅속에 잘 묻었습니다만, 나리." 할아버지가 조심스럽게 대답했다.

"편히, 라고 했나? 그렇다면 왜 마을에 그런 소문이 도는 거지? 한밤중에 당신이 랜턴을 들고 묘지 주변을 살금살금 돌아다닌다고 하던데?" 남자가 말했다.

나는 다시 할아버지를 바라봤다. 할아버지는 두 사람을 향해 애써 미소 짓고 있었는데, 점심으로 먹은 간 때문인지 입술에는 아직도 살짝 붉은 기가 남아 있었다.

"소문이 아닙니다, 나리." 할아버지가 말했다.

그때까지 아무 말 없이 가만히 있던, 좀 더 큰 남자가 할아버지의 낡은 코트 앞섶을 덥석 움켜잡았다.

"이 뻔뻔한 인간! 자기가 한 짓을 인정한다, 그거지?" 남자가 으르렁거리며 말했다.

할아버지는 혹시라도 남자가 때릴까 봐 장갑 낀 손을 들어 올렸다. 남자의 콧구멍이 씰룩거렸다.

"저희는 살금살금 돌아다닌 게 아니라 묘지 주변을 계속 지킨 겁니다. 정말이에요."

"요즘 시체 도둑이 설치고 다닌다는 얘기가 온 동네에 파다한데, 다들 하는 소리가 당신들 둘이 제일 의심스럽다더군!"

남자가 할아버지의 멱살을 잡고 흔들자, 할아버지는 맥없이 흔들리며 머리에 쓴 모자만 움켜잡을 뿐이었다. 나 역시 어쩔 줄 모르며 누구라도 도와줄 사람이 있나 싶어 주변을 두리번거리다가 교회 문에 반쯤 몸을 가리고 서서 이 모습을 지켜보는 목사와 눈이 마주쳤다. 하지만 목사는 우리를 도와줄 마음이 전혀 없어 보였다.

"시체 도둑 얘기는 사실입니다, 나리. 저희가 밤새 순찰을 도는 것도 그래서고요."

"흥, 핑계 한번 그럴싸하군." 먼저 화를 냈던 남자가 말했다. "그렇다면 우리 어머니 묘에 흙이 푸슬푸슬한 건 어떻게 설명할 거지? 이 발자국들은 다 뭐냐고?"

"부인을 묻은 지는 겨우 며칠밖에 지나지 않은걸요, 나리! 그건 나리께서도 잘 아시지 않습니까? 풀이 자랄 시간이 없었다고요."

"그런 소리에 우리가 속을 것 같아? 당신이나 당신 손자 같은 얼간이들보다는 우리가 한 수 위거든?"

나는 목청을 가다듬었다.

"제가 말씀드릴게요, 나리." 입을 열었지만, 더 길게 말할 수는 없었다.

"둘 다 입 다물지 못해! 너희들 입에서 나올 말은 추악한 거짓말뿐인 거 다 안다고!"

화난 모스카가 남자의 코와 귓속으로 날아 들어가 그를 공격하기 시작하자, 남자가 손을 휘두르며 욕을 해 댔다. 키가 좀 더 크고 말수가 적고 더 화난 듯 보였던 남자는 할아버지의 멱살을 잡은 손을 풀고, 자기 동생에게 불같이 화를 냈다. 상대방도 함께 고함을 질러 대며 자기 형, 모스카, 그리고 나와 할아버지를 모두 싸잡아 비난했다. 할아버지는 자신은 잘못한 게 없다며 계속 변명을 늘어놓았고, 나는 그런 할아버지를 말리려 했다. 모스카는 정신없이 날아다니며 계속 남자를 괴롭혔다.

이렇게 혼란스러운 가운데 처음 보는 남자가 우리 앞에 나타났다. 한 신사가 묘지 입구를 지나 길을 따라 성큼성큼 걸어왔고, 자신만만하게 웃고 있는 그의 표정만 보아도 이 모든 상황이 곧 정리될 것 같은 그런 생각이 들게 했다.

"제가 뭐 도울 일이라도 있을까요?"

신사가 크고 당당한 목소리로 말을 걸자, 옥신각신 다투던 형제도 그 즉시 동작을 멈췄다. 신사는 목소리뿐 아니라 외모도 매우 인상적이었다. 큰 키에 체격이 좋았고, 승마용 반바지와 연미복을 입었으며, 승마용 장화를 신고 아주 좋은 중산모를 쓰고 있었다. 모든 면에서 다 빛나고 반짝였지만, 가장 반짝이는 부분은 코였다. 광택이 도는 청동으로 만들어졌고, 눈에 띄지 않을 만큼 옅은 색의 가는 가죽끈을 머리 뒤로 돌려 코를 고정해 놓았는데, 나는 지금껏 그런 코는 본 적도 없었고, 이후로도 없었기에 그 모습이 너무나도 신기했다.

그 모습에 힉슨 형제도 나만큼이나 놀랐는지, 아무 말도 못 하고 그 자리에 얼어붙어 버렸다.

"도움 따윈 필요하지 않소." 두 사람 중 키가 작은 쪽이 마침내 입을 열었다. 지금껏 보였던 기세등등한 태도는 한층 누그러진 말씨였다. 키 큰 쪽은 뒤로 한 걸음 물러서며, 새로이 등장한 이 남자를 의심스러운 눈길로 바라보았다.

"글쎄요. 그쪽 분들이 뭘 하려는가에 따라 얘기가 달라질 것 같습니다만. 실례지만, 무슨 문제라도 있는 건가요?" 신사가 물었다.

이번에도 키가 작은 쪽이 대답했다.

"이 두 사람이 무덤을 파헤치고 시신을 팔아넘겼소."

"왜 그런 생각을 하신 거죠?"

"사람들이 전부 그렇게 떠드니까."

"그래요?"

"그리고 우리가 봤고. 우리 두 눈으로 똑똑히 봤소."

"아! 저처럼 경험주의자시군요!"

남자는 입술을 달싹거리며 '경험주의자'라는 말을 따라 하려 했지만, 어떤 말인지 잘 모르는 듯했다. 남자가 모르는 단어를 내가 안다는 사실에 나는 살짝 우쭐해지는 기분이 들었다.

"그렇다면 두 분이 관찰한 게 뭐죠? 파헤쳐졌다는 무덤은 어떤 건가요?" 신사가 물었다.

"바로 여기 이 무덤이요!" 힉슨 부인의 아들이 자기 어머니의 무덤을 가리키며 말했다.

"제가 보기에는 다 괜찮아 보이는데요."

"그건, 이 인간들이 다시 덮었기 때문이요. 안 그렇겠소? 저 사람들 하는 일이 무덤 파는 일인데, 제가 한 짓을 감쪽같이 숨길 줄도 알겠지."

"알겠습니다. 그렇다면 범죄에 대한 증거는 어떤 것도 제시하지 못

하신다는 거로군요."

힉슨 형제는 마치 또 다른 무덤이 파헤쳐진 풍경이 눈앞에 있기라
도 한 것처럼 미친 듯이 주변을 두리번거렸다.

"증거는 저자들 얼굴이요, 선생. 저 인간들 얼굴만 봐도 믿을 수 없
는 종자들이라는 걸 알 수 있소." 키 큰 쪽이 말했다.

"얼굴이 증거라고요?"

신사가 키 큰 남자 앞으로 다가서더니, 엄지와 검지의 간격을 이용
해 남자의 머리둘레를 쟀고, 순간 모두가 당황스러운 표정을 지었다.

"골상학적으로 당신은 영장류의 두개골을 가졌지만, 특별히 지적
능력이 있는 것 같지는 않군요. 그러니까 제 말은, 사람의 외모로 죄
를 판단하겠다고 주장한다면 당신이 증거라고 한 말은 무시할 수밖에
없다, 그런 뜻입니다."

나는 웃음이 나오려는 걸 애써 참았다.

"제가 보기에 두 분은 정직하게 열심히 일하는 사람들을, 두 사람
을요, 단지 편견만 가지고 괴롭히는 걸로 보이는군요. 법에 근거한 것
도 아니고, 성경 말씀에 근거하지 않은 건 말할 것도 없고, 그러면서
이 사람들을 비난하는군요. 게다가 이렇게 성스러운 교회 땅에서 말
이오! 당장 이 사람들을 내버려두라고 말하고 싶군요. 그리고 두 사람
에게 사과하고 집으로 돌아가시는 게 좋겠습니다."

키 큰 쪽이 앞으로 걸어 나왔다.

"그럼, 선생은 무슨 자격으로 그런 말을 하는 거요?"

신사는 이를 드러내고 환하게 웃었다.

"아, 제 소개를 먼저 했었어야 했는데, 미처 그 생각을 못 했군요.

저는 웰레스트 씨 댁의 사위가 될 사람입니다."

나는 형제의 얼굴이 새하얗게 질리는 걸 본 것 같았다.

"곧 이곳으로 이사 와 웰레스트 저택에 살 계획이고, 시기도 이미 다 정해진 상태입니다. 그렇게 되면 웰레스트 가문의 영지를 제가 관리할 생각인데, 소작인들의 소작료를 정하고 거두는 일도 아마 제가 하게 될 겁니다. 짐작건대 두 분도 웰레스트 영지를 임대하고 계시지 않나 싶군요."

거기 모인 사람들 각자가 앞으로 어떤 일이 벌어질지를 생각하느라 잠시 정적이 흘렀다. 그러다 힉슨 형제 중 키 작은 쪽이 먼저 신사를 향해 대충 고개를 숙이더니, 허둥지둥 자리를 떠나 버렸다. 남은 한 사람도 곧 그 뒤를 따라가며 할아버지와 나를 무섭게 노려보았지만, 신사 쪽으로는 눈길 한번 주지 않았다.

"마을 사람들도 모두 이 사실을 알게 될 거야. 내 말 명심하라고." 키 큰 남자가 자리를 뜨며 말했다.

묘지 철문을 통해 길로 나간 형제는 또 무슨 짓을 꾸미려는지 머리를 맞대고 수군거리고 있었다.

"감사합니다, 나리." 할아버지가 신사에게 말했다. 신사도 얼굴을 가릴 정도로 모자를 내리며 할아버지에게 고개 숙여 인사했다. "마을 주민들은 저희에게 호의를 보인 적이 없었어요."

"저토록 추잡하게 굴다니, 도저히 이해할 수가 없군요. 주민들에게 꼭 필요한 일을 해 주는 사람을 왜 저런 식으로 대하는지 모르겠어요."

"그렇게 말씀해 주시니 감사합니다, 나리." 할아버지가 말했다.

"궁금해서 그러는데, 이런 걸 좀 여쭤봐도 괜찮을지. 저 두 사람이 한 말에 조금이라도 사실이 포함돼 있긴 한가요?"

할아버지는 불편한 듯 얼굴을 찡그리며 옷소매를 잡아당겼지만, 대답은 하지 않았다.

"아무 말 못 하시는 걸 보니 무슨 뜻인지 알겠군요." 신사는 그렇게 말하면서도 별로 개의치 않는 것처럼 보였다.

"이 무덤이 아니었어요." 나는 불쑥 끼어들었다가 할아버지의 의미심장한 눈빛을 보고 나서야 하지 말아야 할 말을 했다는 걸 곧바로 깨달았다.

"아, 그럼 어느 무덤이지?" 신사가 말했다.

나는 애써 개릭 씨의 무덤이 있는 쪽을 보지 않으려고 노력했다.

"누가 그런 짓을 했는지는 아니?"

"저희는 아니에요, 나리. 진짜예요. 유인원처럼 생긴 덩치 큰 남자와 작은 여자가……"

"그만 해라, 네드." 할아버지가 말했다.

"남자와 여자라고? 부부란 말이니? 남녀가 같이 시체 도굴을 하러 다니다니, 거참 이상하네."

신사는 우리를 빤히 쳐다보았다. 하지만 할아버지가 더 이상 아무 말도 하지 않을 게 확실해지자, 그는 포기한 듯 중산모를 벗어 머리를 크게 흔들었다. 곱슬머리가 귀 주위로 흘러내렸다.

"그런 끔찍한 짓을 해서 돈을 벌려 하다니. 틀림없이 그 시신들은 대학으로 흘러들어 수술대 위에 오르게 되겠죠." 나는 '수술대'라는 단어만 들어도 왠지 모르게 온몸이 오싹해지는 기분이었다. "제가 거기 의사들한테 잘 얘기하면 정보를 좀 얻을 수도 있을지 모릅니다. 친하게 지내는 의사들이 꽤 많거든요. 어쩌면 여기 왔던 부활주의자들에 대해 뭔가 알 수 있을지도 모르고요. 어쩌면 여기서 훔쳐 간 시신이 아직 거기까지 흘러들지 않은 상태일 수도 있어요."

"정말 친절한 분이시군요, 나리." 할아버지가 말했다.

"제가 한번 알아보도록 하겠습니다."

신사가 고개를 끄덕이며 묘지 주변을 둘러보는데, 뭔가 할 말이 있는 눈치였다. 그는 갑자기 생각난 척 이렇게 말했다.

"아, 맞다! 실례지만, 제가 여기 온 이유를 까맣게 잊고 있었네요. 물어볼 게 하나 있습니다만."

"말씀하십시오, 나리."

"할아버지는 이 교회 묘지에 관해서라면 모르는 게 없겠죠?"

"물론입니다."

"여기 묻힌 분들의 이름도 모두 아시고요?"

"그럼요, 나리. 알고말고요."

"아주 잘됐네요. 그럼 혹시 허버트 웰레스트가 여기 어딘가에 묻혔는지도 아시겠군요?"

처음에 할아버지는 아무 대답도 하지 않았다. 얼굴을 찡그리고 코를 훌쩍이며 한쪽 눈을 손으로 문질렀다. 그렇게 꽤 한참 시간이 지난 것 같았다.

"할부지?" 내가 할아버지를 불렀다.

마침내 할아버지는 고개를 저으며 대답했다. "아니요, 나리. 웰레스트 가문은 영지 안에 가족 묘지를 따로 가지고 있는걸요. 그 집 사람들은 전부 거기 묻혔어요."

"사실 한 사람만 빼고 전부 거기 묻힌 게 맞죠. 그래서 허버트라는 사람이 어디 묻혔는지 궁금해하던 중입니다. 제가 듣기로 대략 이백 년 전에 돌아가셨다고 하던데요. 어쩌면 더 됐을지도 모르고요. 하지만 무덤이 완전히 사라질 정도로 그렇게 오래된 것도 아니라서요." 그 신사가 말했다.

할아버지는 어깨를 으쓱했다.

"제가 알기로는, 여기 묻힌 웰레스트 가문 사람은 없습니다. 한 사람도요." 할아버지가 말했다.

"그렇군요. 아무래도 이상하네요. 그렇다면 이웃 마을의 공동묘지를 찾아봐야 할까요?"

"그러셔야 할 것 같습니다, 나리."

우리 사이에 다시 침묵이 흘렀다.

"그럼 어차피 여기까지 왔으니, 교회 주변으로 기분 좋게 산책이나 해야겠군요. 관리를 정말 잘하셨네요! 물론 이곳을 단정하게 가꾸느라 두 분이 무척 애를 쓰셨을 것 같군요. 아까 그 사람들은 정말 제정신이 아니었어요."

다시 모자를 쓴 신사는 모자 끝을 기울여 우리에게 인사한 뒤, 길을 따라 걸어갔다. 할아버지는 그의 뒷모습을 바라보며 턱수염을 잡아당겼다.

"할부지, 어떠세요? 모두가 이렇게 저희랑 대화를 나누고 싶어 한다는 게 전 믿기지 않아요."

할아버지가 고개를 돌리고 나를 못마땅한 얼굴로 바라봤다.

"모두가 그렇다니, 그게 무슨 말이냐?"

"웰레스트 양 말이에요. 저 신사와 서로 아는 사이일까요? 둘 다 정말 친절한 사람들 같았어요."

"서로 아는 사이냐고? 아까 저 남자가 한 말 못 들었니?"

"무슨 말이요?"

"조만간 저택으로 들어와 살 거라고 했잖아. 그 말은, 웰레스트 양을 아주 잘 안다는 뜻이겠지. 장차 웰레스트 양의 남편이 될 사람이니까."

가슴속 심장이 납처럼 무겁게 가라앉는 것 같았다. 두 사람이 그런 사이라는 걸 전혀 연관 짓지 못하고 있다가 곧 결혼할 거라는 말을 들으니, 왜인지 알 수는 없지만, 지난 며칠 사이 일어난 그 어떤 일보다 충격적으로 느껴져 나는 그만 망연자실한 상태가 돼 버렸다.

XII
비드

함께 말을 탄 뒤, 피니어스는 볼 일이 있다며 어딘가로 사라져 한 시간쯤 나타나지 않았다. 그가 집에 돌아왔을 때, 우리는 다 같이 앉아 늦은 점심을 먹었다. 구운 닭고기가 빠졌다고 말한 사람은 아버지뿐이었다. 아버지는 수프와 딱딱한 빵뿐인 볼품없는 식사가 민망했던지, 손님이 예상보다 길게 머물게 되어 길리 부인이 닭은 저녁 메뉴로 내놓으려는 모양이라며 변명을 늘어놓았다. 그러고는 식사를 하는 내내 입가에 잔잔한 미소를 띤 채로 나와 피니어스를 번갈아 바라보았다. 마치 수프 그릇을 다 비우면 우리가 약혼 발표라도 할 거라 기대하는 듯했다. 물론 약혼 발표 같은 건 없었다. 대신 피니어스는 무도회와 파티 얘기를 했고, 만약 자신에게 조지 왕의 광기를 치료할 기회가 있었다면 개인적으로 어떤 방법을 썼을지 신이 나서 떠들어 댔다 (내 기억이 맞다면 불쌍한 왕의 콧속으로 전선을 연결해 뇌에 전기 충격을 줬을 거라고 했다).

식사를 마친 피니어스는 시연 준비를 하겠다며 자리에서 먼저 일어났고, 아버지와 나는 식당에 남아 부를 때까지 기다리기로 했다. 아버지는 식탁 맞은편에 앉아 여전히 희망을 저버리지 않은 얼굴로 나를 보고 있었다.

"그래, 어땠니?" 피니어스가 우리 얘기를 들을 수 없을 만큼 멀어졌을 때, 아버지가 물었다.

"뭐가 어때요?"

"오전에 같이 말 탔을 때 별다른 얘기 없었어? 사과는 했겠지?"

"사과할 필요 없다고 하던데요."

"비드."

"그렇지만 했어요. 당연히 사과했다고요." 나는 거짓말을 했다.

"아주 잘했다. 그리고?"

"그리고 뭐요?"

"둘 사이가 어떻게 됐냐고?"

"둘 사이는 그런대로 괜찮아요, 아버지."

"그냥 괜찮은 정도라고?"

"아버지, 저는 그 남자 싫어요. 계속 웃는 것도 그렇고, 듣기 좋은 말만 골라 하는 것도……"

"비드, 너는 어쩜 그렇게 세상을 삐딱하게만 보니? 생각해 봐라! 웃는 얼굴이나 좋은 말을 하는 게 뭐가 그리 나쁘다는 거니? 그저 피니어스가 좋은 사람이라 그렇게 한다는 생각은 왜 하지 못하는 거니?"

잠시 그렇게 생각해 보려다가 금세 그만둬 버렸다.

"그 사람, 뭔가를 노리고 있어요."

"뭔가를 노린다면 네 마음이겠지."

"다른 게 또 있다니까요."

"'다른 거'라니, 무슨 뜻이냐?"

나는 팔짱을 낀 채 아무 말도 하지 않았다. 허버트 할아버지 얘기를 꺼내면 이번에도 아버지가 벌컥 화를 낼 것 같아서였다. 게다가 피니어스가 뭘 원하는지, 그리고 우리 가족의 과거에 대해 얼마나 알고 있는지 나 역시 아직은 확신이 서지 않아서기도 했다.

"거봐라. 그 사람을 싫어하는 이유조차 말하지 못하잖니!"

몇 분 뒤, 퍼킨스가 우리를 부르러 왔는데, 그는 나와 눈조차 마주치지 않으려 했다. 나는 식탁 위에 떨어진 빵 부스러기를 짜증스럽게 손가락으로 꾹꾹 누르며, 아프다고 하고 자리를 피할까 생각해 봤다. 하지만 뭔가 재미있는 일이 있을 수도 있고, 피니어스가 허버트 할아버지에 대해 무슨 의도를 지니고 있는지 알게 될지도 모른다는 생각에 마음을 고쳐먹기로 했다.

무도회장에 들어서니, 창문마다 커튼이 내려져 있고 촛불은 환하게 켜져 있었다. 마치 실제 모인 사람보다 훨씬 더 많은 관중이 오기라도 할 것처럼 피니어스는 의자를 반원 모양으로 배치해 놓고, 탁자 위에 올려놓은 장치 뒤에 서서 환하게 웃고 있었다.

"자, 자, 어서들 오세요! 자리에 편하게 앉으시고요! 조금 소박하게 시연하는 점에 대해서는 미리 사과드리도록 하겠습니다. 이번 건 예행연습 같은 거라서요. 대학에서 다른 학자들도 오면 그때는 훨씬 화려하게 준비할 생각입니다."

탁자 밑이나 뒤쪽 구석에 아직 열지 않은 상자들이 많은 걸 보면, 이번 시연에서 피니어스는 자신이 가져온 장비 중 일부만 사용할 생각인 듯했다. 탁자 위에는 석유램프가 있고, 그 옆으로 금속 원판 여러 개가 끼워진, 대략 3~4피트(대략 1미터-옮긴이) 정도 길이의 기둥 하나가 함께 놓여 있었다. 바깥에 설치된 같은 길이의 막대 세 개로 안쪽의 원판들이 고정돼 있고, 장치의 맨 위와 바닥으로는 전선이 길게 튀어나온 형태의 장치였다. 나는 문학 및 철학회 강연에 참석하기 위해 바스라는 도시에 갔었는데, 거기서 이것과 비슷한 장치를 본 적이 있었다. 비록 여기 있는 것이 더 크고 덜 정교하게 조립되어 있다는 게 조금 다를 뿐이었다. 아버지는 무척 궁금하다는 표정으로 장치를 유심히 들여다보며 자리로 걸어갔다. 피니어스는 엘머 씨와 길리 씨, 길리 부인까지 모두 불러 모았고, 세 사람도 의자에 앉아 앞으로 고개를 내밀고는 이제 막 시연하려는 장치에 관해 서로 웅성웅성 떠들어 대고 있었다.

피니어스는 연설이라도 하는 것처럼 큰 목소리로 곧바로 시연을 시작했다.

"여러분은 천둥 번개가 칠 때, 하늘을 올려다보며 그 엄청난 힘에 공포와 함께 경이로운 감정을 느껴 본 적이 있으십니까?"

피니어스는 마치 수백 명의 관중이 앞에 있기라도 한 것처럼 이렇게 묻고는 사람들의 얼굴을 가만히 들여다보았다. 우리 중 누구도 그 질문에 답을 해야 하는지 확신하지 못하고 있었다.

"그 강력한 힘을 제어해 마을이나 도시, 우리 가정에서 그걸 동력으로 사용할 수도 있겠다고 생각해 본 적이 있으십니까?"

이번에도 대답하는 사람은 없었다. 여기 모인 사람 중 그런 걸 고민해 본 사람은 없을 것 같았다. 특히 매일같이 무거운 짐을 들어 올렸다 내렸다 하는 게 일인 길리 씨는 더더욱 그런 걸 고민했을 것 같지 않았다.

"자, 이제 제가 보여 드릴 것은, 하늘에서나 보는 천둥과 번개를 바로 이 공간 안에서 만들어 낼 수 있는 그런 장치입니다. 그리고 이 장치는 조작하는 사람이 사용법만 제대로 알고 있다면 언제든 안전하게 그걸 생산할 수 있게 만들어졌습니다."

아버지는 내가 깜짝 놀랐을 거라고 여겼는지 내 얼굴을 바라봤다.

"이 기계는 제가 직접 고안해서 발명한……"

"아뇨, 그럴 리 없어요."

모두가 나를 쳐다봤고, 피니어스도 입가에 미소를 띤 채 눈을 깜빡거렸다.

"방금 뭐라고 하셨죠, 웰레스트 양?"

"그건 볼타 파일이라는 거예요. 알렉산드로 볼타가 발명한 거고요."

"정확히 맞혔어요!" 피니어스는 지금까지 나를 시험했다는 듯 이렇게 말했다. "원래 파일은 이탈리아의 과학자가 고안한 게 맞지만, 저는 장치의 몇 가지 부분을 수정해서 전기 생산량이 크게 늘어나도록 만들었어요."

그때 아버지가 손을 들었다. 아마도 내가 무례하게 끼어든 걸 그런 식으로 관심을 보여 무마해 보려는 의도인 것 같았다.

"질문이 있네, 피니어스. 전기라는 게 정확히 뭔가? 듣기는 정말 많이 들었네만, 그게 어디서 나오는 건지, 그리고 실제 그걸로 뭘 한다는 건지 난 전혀 모르겠던데……"

이후 전하와 볼타 전지의 성질에 대해 길고 지루하고 때로는 정확하지 않은 설명이 한참 동안 이어졌지만, 나는 더 이상 듣고 있지 않았다. 전해지는 얘기에 따르면, 허버트 할아버지는 이탈리아의 과학자들보다 훨씬 먼저 전기를 발견했고, '생명의 불꽃'이라는 것에 대해 알아내기 위해 집착에 가까운 연구를 평생 해 왔다고 들었다. 피니어스가 관심 있는 분야가 전기라면 허버트 웰레스트의 연구에 대해 알고 싶어 하는 것도 어쩌면 당연할 거라는 데 생각이 미쳤다.

그러다 정신을 차려 보니, 피니어스는 부지런히 볼타 파일을 분해해 아버지와 하인들에게 아연판과 구리판을 보여 주고 있었다. 그는 길리 씨에게 금속판을 손가락으로 만져 보라고 하고, 젖은 헝겊의 소금물을 손으로 찍어 맛도 보라고 했다. 길리 씨는 그게 '길리 부인이 만든 돼지 다리 수프와 아주 비슷하다'면서 맛이 나쁘지 않다고 말했다.

피니어스는 장치를 다시 조립한 뒤, 각각의 극에 연결된 두 개의 막대기를 원판 기둥 앞에 가지런히 내려놓았다. 그러고는 양손에 장갑을 끼고 보호용으로 보이는 어떤 고약 같은 걸 자기 코에 문질러 발랐다.

"자 이제, 잘 보세요!"

사실상 이게 마지막 단계라는 건, 예전에 본 적이 있어서 알고 있었다. 피니어스가 금속 막대 두 개를 아주 살짝 떼어 놓으니, 청백색의 강렬한 불빛이 그 사이로 작게 나타났다. 나는 눈을 가늘게 떴고, 아버지는 팔로 눈을 가렸다. 하인들은 놀라서 탄성을 질렀다.

"이건 '전호'라고 부르는 건데, 전기로 인해 생긴 불꽃이에요. 감히 이렇게 말해도 될지 모르겠지만, 제가 모던트 전지라고 이름 붙인 장치로 이런 강력한 힘을 만들 수 있다는 걸 이 불꽃을 통해 알 수 있는 거죠." 피니어스가 말했다.

그는 볼타 파일의 윗부분을 손으로 톡톡 두드렸다.

"그걸로 뭘 할 수 있나?" 아버지가 물었다.

"모든 것에 다 쓸 수 있습니다. 빛을 내고, 열을 내고, 동력을 만들 수도 있죠."

"동력도 만든단 말인가?"

"아, 그럼요. 우리 몸의 근육이 움직이는 것도 다 전기 자극 때문이란 건 알고 계셨나요?"

피니어스가 루이지 갈바니의 개구리 실험을 언급하지 않는 게 오히려 이상했다. 그 무렵 부유한 집에서는 다 같이 모여 죽은 불쌍한 개구리에게 전류를 흘려보낸 뒤, 개구리가 다시 살아 움직이는 걸 지켜보는 게 사실상 오락거리처럼 여겨지곤 했기 때문이다.

생각이 거기에 이르니, 피니어스가 뭘 하려는지도 알 것 같았다.

내가 무슨 말을 하기도 전에 피니어스가 먼저 시연을 이어 갔다. "자, 이건 아주 작은 전호일 뿐입니다. 하지만 저는 이 전지의 출력을 눈에 띄게 늘려 여러분 모두에게 더 큰 볼거리를 선사하고자 합니다. 비드, 괜찮다면 저를 좀 도와주시겠어요?"

거절해야 한다고 생각하면서도 뭘 보여 주려는지 나 역시 궁금하긴 했다. 나는 자리에서 일어나 탁자 옆에 섰다. 피니어스가 장갑을 주며 끼라고 했지만, 이미 장갑은 끼고 있던 터라 괜찮다고 했다.

"음극 막대를 잡으세요. 아주 안전하니 걱정 마시고요." 그가 말했다.

나는 탁자에 놓인 막대를 들었고, 그게 긴 전선 타래와 연결돼 있다는 걸 처음으로 알게 됐다. 피니어스도 나머지 막대를 집어 들었다. 피니어스의 손과 내 손 사이, 두 개의 막대 끝에서 파란색 전호가 생겨나더니 점점 커져 여러 개의 가는 가닥으로 갈라지며 마구 흔들렸다. 팔의 피부에 난 털이 서는 게 느껴졌고, 머리카락도 곤추서면서 머리를 고정하고 있던 핀이 점점 헐거워지고 있었다.

"저희가 각각 무도회장 반대편까지 걸어가도 전호가 끊어지지 않을 만큼 모던트 전지의 힘은 아주 강력하답니다!"

나는 한 걸음 뒤로 물러섰고, 피니어스는 반대편으로 두 걸음 물러섰다. 전호는 그대로 유지됐고, 심지어 빛은 더 밝아지며 촛불을 압도할 정도의 빛을 냈다. 이 정도면 꽤 인상적이라고 인정해야 할 것 같았다. 한곳에 그렇게 큰 전하가 집중되는 걸 본 적이 없었다. 피니어스가 정말 집 안으로 천둥 번개를 몰고 오기라도 한 것 같은 그런 광경이었다.

피니어스의 뒤편 어두운 곳에서 슬그머니 돌아다니는 퍼킨스 씨를 보았고, 내가 뭘 물어보려 했는지 갑자기 떠올랐다.

"그래서 그 닭은 어디에다 쓴 거죠?" 내가 물었다.

피니어스가 얼굴을 찡그렸다.

"닭이라고요? 무슨 닭을 말하는 거죠?"

"비드" 전호에서 발생하는 찌지직 소리 때문에 아버지는 목소리를 더 높이며 말했다. "시연에 방해되는 엉뚱한 질문은 그만두는 게 좋겠다."

"닭에다 전기를 통하게 할 거라고 생각했는데요. 닭이 탁자 위에서 춤을 추거나 꼬꼬댁거리게 만들어 보세요."

"흠, 그거 아주 좋은 생각이네요. 하지만 공교롭게도 지금은 닭이 없어서요!" 피니어스가 말했다.

"퍼킨스 씨에게 있어요."

피니어스가 굳은 얼굴로 몸을 돌려 자기 하인을 쳐다봤다. 그 반응을 보는 게 어찌나 재밌는지 나는 장갑에서 연기가 나며 불이 붙는 줄도 모르고 있었다. 잡았던 막대가 말도 못하게 뜨거워졌다. 두꺼운 벨벳 장갑을 꼈는데도 너무 뜨거워 나는 그만 비명을 지르고 말았다. 피니어스가 얼른 고개를 돌렸다.

"그걸 놓아선 안 돼요!" 그가 소리쳤다.

물론 그래야 한다는 건 나도 알았지만, 때로는 동물적인 본능이 더 셀 때가 있었다. 아픈 느낌이 미처 손가락에 느껴지기도 전에 나는 금속 막대를 놓아 버렸고, 그게 바닥으로 떨어졌다. 나는 기묘하도록 고요한 가운데, 막대가 나를 향해 굴러와 내 발의 옆면에 닿는 장면을 모두 지켜보았다. 신고 있던 슬리퍼 틈새를 통해 막대가 피부에 닿았고, 순간적으로 내 몸은 붕 떠올랐다. 가장 먼저 강렬한 고통이 몸 전체에 퍼지고, 곧이어 완전한 어둠이 찾아왔다.

XIII
비드

정신을 차렸을 때, 나는 내 방 침대에 누워 있었다. 창에 커튼이 쳐져 있고 머리맡에는 초가 켜져 있었지만, 커튼 틈새로 햇빛이 들어오는 걸 보아 밤은 아닌 듯했다. 뼈마디에서 아직도 열이 나고 쑤셨다. 손가락과 발가락에도 찌릿한 느낌이 들었는데, 어쩌면 전기 충격을 받았을 때 감각이 계속 남아 그런 걸 수도 있겠다고 생각했다. 드레스는 점심을 먹을 때 입었던 걸 그대로 입고 있었고, 땀에 젖어 축축해진 상태였다. 그리고 방 안에서 머리카락이 탄 냄새도 희미하게 나고 있었다.

반쯤 눈을 뜨고 침대 발치를 내려다보니, 두 사람의 형체가 눈에 들어왔다. 등을 돌리고 있었지만, 말소리만 들어도 두 사람이 누군지 금세 알 수 있었다. 아버지와 피니어스였다.

"어떻게 사과 말씀을 드려야 할지 모르겠습니다, 그레고리. 그동안 똑같은 시연을 수도 없이 했지만, 이런 일은 없었거든요!" 피니어스가 말했다.

아버지는 피니어스의 어깨에 손을 올렸다.

"사고였잖은가. 그만하게. 오비디언스가 쓸데없는 질문으로 방해만 하지 않았어도 모든 과정이 순조롭게 잘 진행됐을 텐데."

'그래요, 아버지. 전부 제 잘못이에요.' 나는 씁쓸하게 속으로 중얼거렸다.

"그렇지 않습니다. 모든 책임은 저에게 있어요. 비드 양이 깨어나면 반드시 사죄할 생각입니다."

"성심껏 돌봤으니, 이미 사죄는 다 한 셈이네."

피니어스는 과장스럽게 한숨을 푹 내쉬며 고개를 저었다. "마음이 이끄는 대로 했을 뿐입니다. 비드 양 옆에서 간호할 수 있었던 것만도 제게는 큰 영광인걸요. 비드 양은 그처럼 비범한 사람이에요."

"그 말이 꼭 맞네. 어느 모로 보나 평범한 아이는 아니지. 내 딸의 이런 무모한 면을 자네가 앞으로 잘 이끌어 주었으면 싶네만."

"비드 양은 정말이지 생기가 넘치는 아가씨예요. 그게 다죠. 칭찬해 마땅한 자질이에요."

"그렇게 생각해 준다니 고맙네. 예전에 힉슨 부인은 비드라면 아주

학을 뗐었거든. 비드가 어디에서 뭘 하는지도 몰랐으니까. 조신하게 집에 머물러야 할 시간에 밖으로 나가 어딜 싸돌아다니는지. 미리 얘기도 하지 않고 옥스퍼드까지 말을 타고 가질 않나. 왕립 과학 연구소에서 하는 행사를 보겠다고 런던에도 두 번이나 갔다 왔다더군. 한번은 바스에 간 적도 있고 말이야. 그것도 동행하는 사람도 없이! 도저히 믿을 수가 없어!" 아버지는 한숨을 쉬었다. "제발 내가 걱정하는 만큼 몸조심 좀 했으면 더 바랄 게 없겠네. 그런데 아내가 죽고 난 뒤부터…… 가끔은 쟤가 자기 어머니를 따라가고 싶어 저러나 싶기도 하다네."

나는 꼼짝도 하지 않고 누워 두 사람이 하는 말을 들었다. 하지만 어머니 얘기에 눈물이 나오려 해 어쩔 수 없이 눈을 깜빡일 수밖에 없었다.

"아! 비드 양이 깨어났어요!"

피니어스가 침대 옆으로 다가와 내 손을 가만히 잡았다. 내 머리 위로 불쑥 그의 얼굴과 코가 나타났다.

"우리 여깄어요, 오비디언스. 그냥 누워 있어요."

피니어스가 미소 지었다.

나는 침대에서 몸을 일으키며 눈을 가늘게 뜨고 두 사람을 바라보았다. 팔다리에서 느껴지는 통증에 더해 심장이 쿵 내려앉았는데, 그건 전기 충격과는 관계가 없었다. 내 책. 책들이 한 권도 보이지 않았다. 누군가 가져간 듯했다.

아버지가 침대 옆으로 걸어와 손등으로 내 이마를 짚었다.

"내 딸, 우리가 얼마나 걱정했다고! 몸은 좀 어떠니?" 아버지가 말했다.

"푹 구워진 기분이에요. 길리 부인이 고기 구울 때 쓰던 쇠꼬챙이에 한 시간쯤 끼워져 있었던 것 같아요."

아버지가 웃었다.

"그래, 머리는 멀쩡한 것 같구나. 움직일 수 있겠니?"

발가락을 꼼지락거리고 손을 쥐었다 펴니, 그때마다 팔다리에 고통이 몰려왔다.

"근육이 썩어 문드러진 것처럼 뻐근하고 아프긴 한데, 다 제대로 붙어 있긴 하네요."

"네 머리카락도 그렇다고는 차마 말 못 하겠구나."

손을 들어 머리를 만져 보니, 구름 한 덩이가 머리를 감싼 것처럼 머리카락이 사방으로 뻗쳐 있었다. 아버지는 다시 미소를 지었다.

"힉슨 부인이 여기 없어서 정말 다행이에요. 제가 이렇게 꼴사나운 모습으로 있는 걸 알면 무덤에서 뛰쳐나오려고 할 게 분명해요."

아버지는 이 말이 고상하지 못하다고 생각했는지 얼굴을 찌푸리며 의자에서 일어났다. 커튼을 걷고 화장대에서 머리빗을 집더니, 내 옆 침대 위에 내려놓았다.

"네가 쓰러진 후로 피니어스가 줄곧 옆에서 간호했단다."

나는 피니어스를 향해 고개를 돌렸다.

"감사해요." 내가 말했다.

"별말씀을요."

나는 몸을 꼼지락댔다.

"제가 의식을 잃은 채로 얼마나 오래 있었죠?"

"거의 이십사 시간 동안 의식이 없었어요, 비드 양. 그래도 이렇게 깨어나다니, 죽었다가 살아난 거나 마찬가지예요!"

피니어스는 침대로 더 바짝 몸을 기대며 내 손을 꽉 잡았다. 나는 그의 어깨너머로 화장대와 책상을 살폈다. 거기에도 책은 없었다. 다이어리는 어디 있지? 피니어스가 설마 그걸 본 거야? 평소에는 내 방에 들어오는 사람이 거의 없었기에 나는 애써 그걸 숨겨 놓으려 하지도 않았었다.

"난 그만 내려가서 네가 깨어났다고 알려야겠구나. 하인들도 계속 걱정하고 있었거든. 그럼 푹 쉬거라, 비드. 그리고 피니어스가 시키는 대로 하고. 아무래도 자연 철학(19세기까지 과학과 자연 철학은 아직 분화되지 않은 상태였음-옮긴이)을 연구하는 학자니까 몸이 회복하는 데 뭐가 필요한지도 이 사람이 정확히 알 거라 믿는다."

애초에 나를 죽일 뻔한 장본인이 피니어스라는 사실을 말하고 싶었지만, 말씨름하기에 나는 몸이 너무 피곤했다.

아버지는 내 이마 위로 흘러내린 머리카락을 옆으로 쓸어 넘기고는 거기에 입을 맞췄다. 그리고 피니어스와 나만 남겨 놓고 방에서 나갔다. 우리는 가만히 앉아 한동안 아무 말도 하지 않았다. 지붕 위에서 비둘기가 돌아다니며 구구 소리를 내고 있었다.

"이제는 자연 철학자가 되셨네요? 처음에 저한테는 화학자라고 하지 않으셨나요?" 내가 말했다.

"화학이 제 전문인 건 맞아요. 하지만 그동안 자연 철학의 다른 분야에도 두루 흥미를 갖고 연구했었어요. 그런데 비드 양도 그런 것 같더군요."

나는 피니어스의 손에서 내 손을 빼냈다.

피니어스는 계속 말을 이어 갔다. "저녁 식사 자리에서는 자세한 얘기를 피하기에 이렇게 다방면에 걸친 독서를 하는 줄은 전혀 몰랐어요. 비드 양이 보던 책을 제가 몇 권 빌려 갔는데, 괜찮겠지요?"

그러니까 내 책을 자기 마음대로 가져갔다는 소리였다. 나는 흥분을 가라앉히기 위해 애를 썼다.

"무작정 가져가기 전에 먼저 물어보는 게 예의 아닌가요? 게다가 제가 읽을 책 한두 권은 남겨 뒀어야지, 이렇게 다 가져가면 어떡하죠?"

그는 후회하는 척 미안하다는 표정을 지어 보였다.

"미안해요, 비드 양. 당신이 언제 깨어날지 몰라서 그랬어요. 대학의 학자들을 불러 시연할 날은 다가오는데, 당신 책을 보니 눈길을 사로잡는 좋은 내용이 너무 많아 차마 못 본 척 지나칠 수가 없었어요!"

무슨 뜻으로 저런 말을 하는 거지? 나는 책상을 다시 봤다. 다이어리는 책상 위 눈에 잘 띄는 곳에 늘 두었기에 피니어스가 못 봤을 리가 없었다.

"우리의 관심 분야가 얼마나 비슷한지 알고 저는 무척 놀랐답니다. 그저 우연의 일치라고 하기에는 정말 신기했어요." 그가 말했다.

"참 신기하군요."

"내 생각에 우리는 아주 좋은 동료가 될 수도 있을 것 같아요, 당신과 나 말이에요. 지적으로 동등한 위치의 여성을 만나기란 워낙 드문일이라서 나는 우리 사이를 최대한 활용했으면 하는 생각이에요."

누군가 침대의 시트를 너무 꽉 끼워 놓아 내가 완전히 몸이 회복됐을 때도 침대 밖으로 빠져나오지 못하게 한 게 아닐까 싶게 침대에 꼼짝없이 붙잡힌 듯한 느낌이 들기 시작했다.

"이미 제 책을 다 가져갔잖아요. 제가 뭘 더 도와드릴 수 있을지 모르겠군요." 나는 짜증 섞인 목소리로 말했다.

"아, 당신도 아는 줄 알았는데요." 그가 말했다.

"뭘 말하는지 전 모르겠군요."

"아버님께서 우리가 결혼했으면 하시더라고요."

"그래요?"

"당신과 결혼하는 거, 나 역시 바라고 있어요."

나는 힘을 줘 침대 시트를 걷어 내고 몸을 더 일으켜 세웠다. 그리고 고개를 돌려 창밖을 바라봤다. 피니어스가 내 손을 잡았다.

"비드 양, 내가 청혼하면 받아 주겠어요?"

"당신에 대해 잘 알지도 못하는걸요. 당신이 무슨 의도로 우리한테 접근했는지도 모르고. 그리고 전 아직 어려서 적어도 십 년 뒤에나 결혼할 생각이에요."

"십 년이요?" 피니어스는 웃었다. "십 년 뒤면 당신은 사실상 노처녀예요."

"그쯤 되면 그걸 제 운명으로 받아들이게 될지도 모르죠. 하지만 지금은 남편감을 찾는 일보다 더 중요하게 생각하는 게 따로 있거든요. 실용적인 목적 때문에 결혼할 생각은 조금도 없어요."

그는 뭔가 납득할 수 없다는 표정이었다.

"아, 비드 양. 거기에 실용적인 목적 같은 건 없어요. 전 그저 당신을 좋아하게 된 것뿐이에요."

"믿을 수 없어요."

"괜찮다면 제 애정을 확인시켜 드려도 될까요?"

그는 연미복 주머니에 손을 넣더니 반지 하나를 꺼냈다. 테는 자신의 코와 같은 색깔이었고, 위에는 무척 커다란 다이아몬드가 올라가 있었는데, 알이 어찌나 큰지 샹들리에에서 떼어 낸 게 아닐까 싶었다.

"정말 예쁜 반지군요. 하지만 전 받을 수 없어요."

"받아 주세요." 그는 내 손을 들어 올리며 말했다. "예쁜 손가락에 껴 보기만이라도 해요."

"싫어요."

"장갑만 잠깐 벗으면 되잖아요."

"싫다고요."

그는 포기하지 않고 말했다. "이제 와 생각해 보니, 장갑을 벗은 걸 한 번도 본 적이 없는 것 같군요."

"앞으로도 그럴 일은 없을 거예요."

"최고급 도자기처럼 분명 아주 섬세할 것 같은데요!"

피니어스가 내가 낀 장갑의 손가락 끝을 잡고 당기려 했고, 당황한 나는 거칠게 그 손을 뿌리쳤다. 그러다 내가 그 사람의 청동 코를 친 모양이었다. 무안하면서도 화가 난 피니어스가 벌게진 얼굴로 나를 노려보았다. 옆으로 살짝 비뚤어진 청동 코 밑으로 흉터 자국이 언뜻 보였다. 피니어스는 재빨리 코의 위치를 바로잡고는, 반지를 주머니에 넣으며 자리에서 일어섰다.

"아버님에게 이 일을 모두 말하겠소." 그가 말했다.

"말하세요. 전 상관없으니."

"당신이 어떤 책을 읽고 있었는지도 말할 생각이오."

"제가 어떤 책을 읽는지는 아버지도 이미 아세요."

"허버트 웰레스트가 쓴 다이어리에 관해서도 아실까요?"

나는 아무 말도 하지 못했다. 우리는 서로 노려보며 씩씩거렸다. 피니어스가 시선을 내리깔더니 잔인하고 의기양양한 표정을 지으며 씩 웃었다. 그를 만난 후 처음으로 보는, 가식이 담기지 않은 진짜 웃음이었다.

"그래요, 비드 양. 당신이 그걸 가지고 있다는 걸 알고 있었어요. 지금은 내가 가지고 있지만."

나는 아무렇지 않은 척하려 했지만, 떨리는 심장 때문에 침대 틀까지 함께 흔들리는 것 같았다.

"어디 보여 줘 보세요. 거기 적힌 암호는 이해하지도 못하실 테니까요. 그냥 퍼즐이나 게임 같은 거라고 생각하시겠죠."

"암호는 무슨 뜻인지 모르실 수 있지만, 그림은 무척 이해하기 쉽게 그려져 있던데요? 사랑하는 딸이 그런 사악하고 기이한 내용을 머릿속에 담고 있던 걸 아시면 아버님이 제대로 충격 받으실 것 같은데요. 당신이 이렇게 제멋대로 쓸모없는 일에 매달리고 있었다는 걸 알면 분명 빨리 결혼시켜 아내의 도리를 다하게 하는 것만이 해결책이라고 생각하실 것 같네요. 안 그런가요?"

나는 대답할 말이 없었다. 피니어스가 문을 향해 걸어가다가 문을 열기 직전 고개를 돌렸는데, 예의 그 위선적인 미소가 다시 얼굴에 돌아와 있었다.

"그럼 푹 쉬도록 하세요."

피니어스는 고개를 숙여 인사하고 방에서 나갔다. 차츰 멀어지는 그의 발소리가 어찌나 가볍던지 계단을 팔짝거리며 내려가는 모습이 마치 눈에 보이는 것 같았다.

XIV
비드

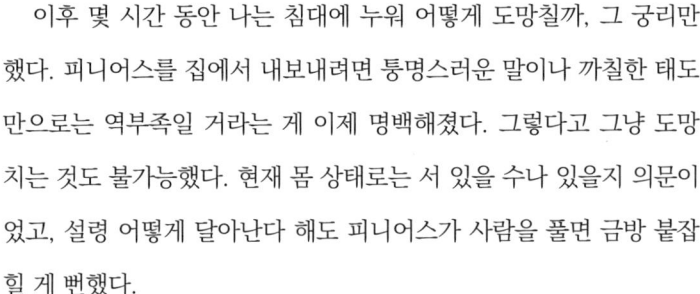

이후 몇 시간 동안 나는 침대에 누워 어떻게 도망칠까, 그 궁리만 했다. 피니어스를 집에서 내보내려면 퉁명스러운 말이나 까칠한 태도만으로는 역부족일 거라는 게 이제 명백해졌다. 그렇다고 그냥 도망치는 것도 불가능했다. 현재 몸 상태로는 서 있을 수나 있을지 의문이었고, 설령 어떻게 달아난다 해도 피니어스가 사람을 풀면 금방 붙잡힐 게 뻔했다.

나는 조만간 아버지가 불같이 화를 내며 올라올 거라고 생각했지만, 아버지는 오지 않았다. 오후가 지나 저녁이 되면서 창밖은 어두워졌고, 유리창에 비친 촛불만이 조금씩 흔들릴 뿐이었다. 지붕 위 비둘기들이 날개를 퍼덕이고 바닥을 긁어 대는지 시끄러운 소리가 계속 들려와 생각에 집중하기가 무척 힘들었다. 비둘기가 다락 안으로 들어오는 통로를 알아낸 게 아닌가 싶을 만큼 소음이 가까이에서 들려왔다.

일곱 시가 됐을 때, 길리 씨가 묽은 수프 한 그릇을 저녁으로 가져왔다. 도대체 나를 괴롭히려고 만든 건지, 먹고 기운을 차리라고 만든 건지 알 수 없는 그런 수프였다.

"안녕하세요, 아가씨. 깨어나셔서 정말 다행이에요. 무도회장에서 그런 일이 있었을 때 정말 놀랐었거든요."

길리 씨가 내 무릎 위에 쟁반을 내려놓았다. 손이 어찌나 큰지 그가 쥔 그릇과 숟가락이 마치 소꿉놀이 장난감처럼 보였다.

"고마워요, 길리 씨." 내가 말했다.

문으로 걸어가는 길리 씨를 보자, 문득 그 일이 생각났다.

"길리 씨?"

"네, 아가씨?"

"어제 오전에 모던트 씨와 마구간 마당에서 함께 이야기 나누는 걸 봤어요."

"그러셨군요, 아가씨."

아니라고 시치미 뗄까 망설이는 사람처럼 어딘가 애매한 말투였다.

"네, 봤어요. 열 시가 좀 넘었을 때, 빅터와 클레르발을 끌어내기 직전이었던 걸로 기억해요."

"맞아요. 그랬어요, 아가씨."

"그때 모던트 씨가 무슨 얘길 하던가요?"

"아." 길리 씨가 고개를 숙여 발밑으로 시선을 내리깔자, 그의 훤한 대머리에 불빛이 반사됐다. 평소 그렇게 영리하지 않은 사람이었기에 그럴싸한 거짓말을 생각해 내는 데 시간이 좀 걸리는 듯했다. 잠시 뒤 그는 이렇게 대답했다. "침대 데우는 그릇(손잡이가 달린 프라이팬 모양으로 잠자리를 덥힐 때 사용하는 도구-옮긴이)을 하나 더 달라고 부탁하셨어요, 아가씨. 밤에 잘 때 추웠다고 하시더라고요."

"아, 그렇군요. 알겠어요."

잠시 침묵이 흘렀다.

"그럼 나가 봐도 될까요, 아가씨?"

"네. 고마워요, 길리 씨."

그는 다시 한번 고개를 꾸벅하고는 아주 빠르게 문밖으로 나갔다. 모든 게 다 어렵게 돌아가고 있었다. 지난 며칠 사이 피니어스는 내가 소중히 여기는 것들을 하나씩 차지해 나가고 있었다. 아버지, 하인들, 내 책, 다이어리까지. 나랑 결혼하기 위해 그토록 애쓰는 이유는 어쩌면 다이어리가 유일한 이유인지도 모르겠다는 생각이 들었다. 피니어스는 내가 허버트 할아버지의 암호를 해석할 수 있을지 의심하는 듯했지만, 물론 나는 암호 푸는 방법을 알고 있었다.

수프가 이미 차게 식긴 했어도 배가 고팠던 터라 순식간에 한 그릇을 다 먹어 치웠다. 그 뒤로 아버지는 물론이고, 빈 그릇을 가지러 길리 씨나 길리 부인도 올라오지 않았다. 나는 침대에 누워 깜빡 잠이 들었다. 잠이 깼을 때, 꽤 여러 시간이 흐른 뒤인데도 천장의 비둘기는 소리 나는 위치만 달라진 채 계속해서 요란한 소음을 만들어 내고 있었다. 겨우 비둘기가 그렇게 큰 소음을 낸다는 게 도무지 믿기지 않았다. 그럴 리는 없겠지만, 여우나 오소리처럼 덩치 큰 동물이 지붕 위로 올라간 게 아닐까 싶었다.

소음이 신경 쓰여 좀체 잠을 이룰 수가 없었다. 딱따구리가 마룻바닥을 돌아다니며 벌레를 찾기라도 하는 것처럼 날카로운 발톱의 뭔가가 걸어가는 소리, 그리고 이따금씩 짧고 날카롭게 뭔가가 갈라지는 듯한 소리가 함께 들렸고, 그 소리는 지붕 위를 이리저리 돌아다니고 있었다. 나는 눈으로 계속해서 소리 나는 쪽을 쫓았다. 잠시 소리가 멎었을 때, 나는 어떻게 하면 피니어스에게서 벗어날 수 있을까를 다시 궁리했다. 하지만 몇 분 뒤 소음이 또 들리기 시작하더니, 이번에는 더 크고 더 가까이에서 들렸다. 층계참 어딘가에서 미친 듯이 바닥을 긁고 쪼는 듯한 소리가 요란하게 들려왔다. 비둘기 한 마리가 집 천장에 난 구멍을 통해 집 안으로 들어온 게 아닌가 싶었다.

그리고 잠시 뒤 비명 소리가 들렸다.

그건 사람이 내는 소리가 아니었다. 훨씬 작은 동물의 목청에서 나오는 가늘고도 높은 소리였다. 목에서 뭔가가 꼴딱거릴 때 날 법한 소리도 살짝 들렸다. 침대에 누운 채 들으니, 그 소리는 사람의 머리나 어깨높이가 아니라 바닥에서 난다는 생각이 들었다.

나는 침대 밖으로 조심조심 몸을 빼냈다. 발을 딛고 일어서니, 누군가 뜨거운 바늘로 마구 찌르는 것처럼 발바닥과 무릎 뒤가 따끔거렸다. 눈을 감고 크게 숨을 들이마시며 잠시 몸과 마음을 진정시켰다. 한 손에 촛대를 들고, 기운 없는 노파처럼 발을 질질 끌며 문가로 걸어갔다. 그리고 조심스럽게 문을 열고 복도로 나갔다.

몇 걸음을 떼었을 때, 나는 갑자기 그것과 마주쳤다. 이상한 소리를 내던 그것의 정체. 사방은 온통 깜깜했고, 불빛이라곤 내가 든 촛불뿐이었다. 그리고 그것이 빛 안으로 들어온 건 너무도 순식간이라 처음에는 그게 무엇인지 정확히 알아차리기도 어려웠다. 촛불을 그쪽으로 비춰 자세히 들여다보니, 그건 마치 다른 생명체에서 잘려 나간 듯한, 형체도 불분명한 살덩어리였다.

온몸에 털이 다 뽑히고, 목은 이미 한 번 부러져서 머리가 무척 괴상한 각도로 매달려 있긴 했어도, 닭은 닭이었다. 닭은 내 발 주변을 쓰러질 듯 이리저리 걸어 다니더니, 지금은 아무도 쓰지 않는 하인 방의 문을 향해 비틀비틀 걸어갔다. 그러고는 마치 지금의 이 고통을 스스로 끝내고 싶다는 듯 비뚤어진 머리를 벽 아래 널빤지에 몇 번이나 부딪쳤다.

그 닭을 도대체 어떻게 해야 할지 알 수 없었다. 이미 부러진 목을 한 번 더 비틀어야 하나? 그런다고 닭이 가만히 있을 것 같지도 않았다.

나는 촛대를 내려놓고 두 손으로 닭을 잡으려고 몸을 구부렸다. 내가 몸통을 와락 붙잡자, 녀석은 몸부림을 치며 꼴딱거리는 소리와 함께 소름 끼치는 비명을 내지르고는 허둥거리며 층계참 끝으로 달려갔다. 거기서부터 계단 두 단을 구르듯 내려가더니 바닥에서 다시 몸을 일으켜 무도회장 쪽으로 사라졌다.

그러고 싶지는 않았지만, 나는 어느새 괴물 뒤를 쫓고 있었다. 무도회장에는 피니어스가 시연을 할 때처럼 촛불이 환하게 켜져 있었다. 피니어스의 모습은 보이지 않았지만, 촛대 바닥에 촛농이 잔뜩 떨어져 있는 걸 보면 꽤 오랫동안 여기서 작업을 한 게 틀림없었다. 전날보다 바깥에 진열된 장비가 훨씬 많았고, 한눈에 봐도 무척 복잡해 보이는 도구들이었다. 구리 솥, 알코올램프들과 색이 있는 용액과 무색의 용액들이 담긴 실험용 플라스크, 라이덴 병(많은 양의 전기를 축적하게 만든 장치-옮긴이), 피니어스가 시연했던 종류의 볼타 파일도 서너 개는 더 밖으로 나와 있었다. 그리고 모든 장치가 전선이나 놋쇠로 된 관 따위를 통해 다른 것들과 서로 연결돼 있었다.

닭은 작업대 다리 사이를 미친 듯이 달려 도망치더니, 구석에 털썩 주저앉아 구슬픈 소리로 꼬꼬 하고 울었다. 설치해 둔 장비들의 수준이 워낙 엄청나 나는 잠시 홀린 듯 그것들을 하나하나 바라보았다. 왕립 과학 연구소에서 봤던 것만큼이나 인상적인 장치들이었다. 나는 전선과 관이 지나는 길을 손가락으로 따라가다가 책과 종이들이 어지럽게 펼쳐진 책상 앞에 이르렀다. 혹시 허버트 할아버지의 다이어리도 거기 있지 않을까 싶어 찾아봤지만, 없었다. 그 대신 다른 걸 발견했다.

책상 서랍 속에 사람의 코가 들어 있었다. 그러니까 피니어스의 원래 코가 초록빛 보존 용액에 담긴 채 보관돼 있었다. 병을 들어 불빛에 비춰 보았다. 태어나기 전 어미 배에 든 작은 동물 같다는 생각이 들었다.

"이걸 찾고 있나 보죠?"

피니어스가 얼굴을 반쯤 그늘에 가린 채 무도회장 문 앞에 서 있었다. 그는 상의 안쪽 주머니에서 허버트 할아버지의 다이어리를 꺼내 흔들어 보였다. 나는 병을 든 채로 잠시 가만히 있었다.

"맞교환하죠? 내 책과 당신 코."

"교환하자고요? 무슨 소리예요, 비드 양. 당신이 그걸 기념품 삼아 가지고 있다면 난 무척 기쁘겠는걸요! 그럼 내 일부는 항상 당신과 있을 수 있으니까요."

"참 낭만적이군요."

피니어스가 웃으며 나를 향해 성큼성큼 걸어왔지만, 뒤에는 작업대가 가로막고 있어 나는 달리 물러설 수도 없었다. 내 앞까지 걸어온 피니어스는 코가 담긴 병을 내 손에서 낚아채더니 아무 말 없이 서랍 속에 다시 넣었다.

"내 제안은 생각해 봤어요?"

"생각하고 말고 할 것도 없어요."

그는 한숨을 푹 쉬었다.

"나에 대한 사랑 때문에 잠도 못 이루고 여기까지 온 줄 알았는데, 아니었나요?"

"당신이 실험한 대상이 내 머리 위 다락방으로 기어든 바람에 잠을 잘 수가 없었다고요."

"실험 대상이라고?"

"닭이요. 저쪽 구석에 숨어 있잖아요."

피니어스의 눈이 갑자기 휘둥그레졌다.

"아! 이거 엄청나게 좋은 소식인데요!"

그는 어깨로 나를 밀어내고는 구석을 향해 걸어가더니, 커튼 아래 파묻히듯 숨어 있던 닭을 찾아냈다. 꼬꼬 소리가 다시 비명으로 바뀌었다. 피니어스가 닭을 두 손으로 움켜잡고 팔을 쭉 뻗은 채 장치들이 있는 곳으로 다시 돌아왔다. 닭은 마치 연체동물처럼 온몸을 비틀며 퍼덕거렸다. 피니어스는 생선을 찔 때 쓰는 긴 냄비 같은 모양의 커다란 구리 솥에 닭을 억지로 쑤셔 넣었고, 닭은 그 안에서 계속 날개를 퍼덕이며 요란하게 울어 댔다. 뭔가가 든 주사기를 집어 든 피니어스는 솥의 뚜껑을 조금 열고 그 틈새로 주사를 놓았고, 그 즉시 닭 소리도 잠잠해졌다.

피니어스는 솥을 작업대 아래에 내려놓은 뒤, 허리를 폈다.

"아무래도 당신에게 고마워해야겠네요. 수년간 가장 성공적인 결과였거든요. 진정제를 투입하려는데 그 전에 달아나 버려서 내가 얼마나 당황했는지 상상도 못 할걸요!"

"그런 것도 성공이라고 할 수 있는 건가요?"

"음, 맞아요. 겨우 한 발을 내디뎠을 뿐이라는 거 나도 알아요. 하지만 중요한 한 발이었어요!"

"그러니까 이게 당신 연구의 목적이었군요?" 나는 발끝으로 솥을 슬쩍 밀며 말했다. "죽은 생명체를 다시 살아 움직이게 하는 거?"

"오, 비드 양, 왜 그렇게 혐오스럽다는 투로 말하는 거죠? 허버트의 책에 그토록 열정을 쏟았던 사람은 바로 당신이었다는 사실을 내가 굳이 언급해야 하나요?"

"전 점심으로 먹을 닭을 소생시킬 목적 따윈 없었어요."

"그럼, 어떤 목적이었죠?"

"전 어떤 목적도 없어요. 말했잖아요? 실전보다는 이론에 더 관심이 많다고."

그가 나를 향해 더 가까이 다가서자, 와인과 시나몬 냄새가 풍겼다. 그에게서는 항상 좋은 냄새가 났는데, 나는 그것마저도 불쾌하고 싫었다.

"그렇다면 그게 당신과 내가 잘 어울리는 한 쌍이 되는 또 다른 이유가 되겠군요."

"그러니까 내가 연구를 하면 그 공은 당신이 가로채겠다, 그런 뜻인가요?"

"내 말 뜻은, 당신에게 이 작은 책의 내용을 파악할 만한 인내심과 해박한 지식이 있는 것 같다는 말이었어요." 그는 자기 주머니를 두드렸다. "게다가 당신이 말한 것보다 허버트나 그 사람이 연구한 이론에 대해 당신이 훨씬 많은 걸 알고 있다는 생각도 들고 말이죠."

"당신이 원하는 게 나와 함께 일하는 거라면 굳이 결혼까지 할 필요는 없잖아요."

피니어스는 아직도 거기가 아프다는 듯 자기 뺨을 문지르며 말했다. "아까 당신의 그런 행동을 본 후로 자진해서 나와 일하겠다는 말은 믿을 수 없게 됐어요. 그래요, 비드 양. 그걸 보증할 만한 확실한 뭔가가 필요해요. 결혼 정도면 훨씬 믿음이 가겠죠."

"난 절대 결혼 안 해요. 당신이 무슨 짓을 한대도 억지로 날 결혼하게 만들 순 없을걸?"

"당신 아버지라면 그럴 수 있죠."

"아버지는 그럴 수 있을지 몰라도 그러시지 않을 거예요."

"왜죠?"

"날 사랑하니까."

피니어스가 웃었다.

"당신 아버지가 딸을 억지로라도 결혼시키려고 그렇게 애쓰는 게 다 당신을 사랑해서라는 걸, 정말 모르겠어요? 당신 아버지는 당신이 안전하고 경제적으로 안정된 삶을 살길 원해요. 하지만 이렇게 다 망해 가는 집구석과 결혼하려고 매달리는 구혼자는 하나도 없을 것 같은데, 아닌가요?"

그의 뺨으로 팔을 뻗었지만, 이번에는 그가 먼저 내 손을 잡았다. 사타구니를 걷어차자, 그가 외마디 비명을 질렀다. 아파서 몸을 웅크린 사이, 나는 그의 재킷 안으로 손을 뻗어 다이어리를 낚아챘다. 달아나려 했지만, 다리의 관절과 발에서 느껴지는 통증이 엄청나 뛴다는 건 사실상 불가능했다. 얼마 못 가 피니어스에게 금세 붙잡혔고, 우리는 작은 책을 서로 차지하기 위해 몸싸움을 벌였다. 그때 무도회장의 큰 문을 통해 누군가 안으로 들어왔다.

"도대체 여기서 뭣들 하는 거지?"

나는 고개를 돌렸다. 아버지가 초를 들고 서 있었고, 평소 아버지를 시중드는 엘머 씨가 그 뒤에 서 있었다. 잘 때 쓰는 모자를 쓰고 실내화를 신은 아버지는, 유독 더 늙고 우스꽝스러워 보였다. 아버지의 등장에 놀란 틈을 타 피니어스가 내 손에서 다이어리를 낚아채듯 빼앗더니, 그것을 잘 보이게 손에 든 채 문가로 걸어갔다. 무슨 의도로 그러는지는 빤히 보였다. 그는 일을 꾸미는 데에 있어서 확실히 머리가 아주 잘 돌아가는 사람이었다. 적어도 그 점만큼은 인정해야 했다.

"아버님, 아주 걱정되는 일이 일어났는데, 아버님이 오셔서 정말 안심입니다."

"무슨 일인가?" 나를 보는 아버지의 시선에 근심과 불안이 가득 담겨 있었다. "비드? 뭘 한 거니?"

"전 아무것도 안 했어요! 모던트 씨가……"

"비드 양이 장치들을 직접 시험해 보려고 했던 모양이에요." 피니어스가 끼어들며 말했다. "그나마 제가 먼저 발견해서 얼마나 다행인지 모릅니다. 잘 모르는 사람이 이걸 만졌다가는 말할 수 없이 위험한 일이 벌어……"

"어제 그런 일을 겪고도 이걸 만졌다고, 오비디언스? 그런 사고가 났는데도? 대체 뭘 하려고 그랬던 거니?"

"아버지, 제발 제 말을 좀……"

피니어스가 다시 내 말을 잘랐다.

"감히 이런 말씀 드려도 될지 모르겠지만요, 아버님. 저는 아버님을 정말 제 친부모처럼 여기는 터라 마음 아프게 해 드리고 싶지 않습니다만."

"그게 뭔가? 비드가 뭘 했다는 건가?"

"그 말 믿으시면 안 돼요, 아버지!" 내가 외쳤지만, 피니어스는 개의치 않고 계속 말을 이어 갔다.

"비드 양이 이걸 가지고 있는 걸 발견했습니다."

피니어스는 다이어리를 건넨 뒤, 자기 손을 맞잡고 서로 비벼 댔다. 아버지가 오래된 다이어리를 휙휙 넘기는 동안 무시무시한 침묵이 공간을 메웠다. 아버지가 촛불에 책장을 비춰 볼 때마다 내 눈에도 여러 가지 도식과 그림들이 흘깃 들어왔다. 피부밑 근육으로 뒤덮인 사람의 신체, 반으로 가른 뇌, 절개해 넓게 펼쳐 놓은 폐. 아버지는 굳이 끝까지 보려고 하지도 않았다. 다이어리를 덮고는 슬픈 눈으로 나를 바라봤다.

"정말 네 거니, 비드?"

"아니요, 사실 제 것은 아니에요."

"그럼, 누구 거란 말이야?"

입을 열었지만, 차마 말이 나오지 않았다. 피니어스가 나를 대신해 말했다.

"웰레스트 가문의 조상, 허버트가 기록한 연구 노트 같습니다. 제가 생각했던 것보다 훨씬 더 무시무시하고 소름 끼치는 내용들이에요. 그리고 그 기호들은, 무슨 뜻인지도 모르겠지만, 아무래도 일종의 마법의 주문이 아닌가……"

"말도 안 되는 소리!" 내가 끼어들었다.

"정말 실망스럽구나, 오비디언스."

"저 사람은 거짓말을 하고 있어요, 아버지."

"왜 자꾸 이렇게 남부끄러운 짓을 하는 거니?"

"거짓말이라고요! 그 책을 이용하려는 사람은 바로 저 사람이라고요!"

피니어스는 아버지의 손에 있던 다이어리를 집어 들며 말했다. "이런 책의 용도는 딱 한 가지뿐이에요. 난로에 불을 붙일 때."

"저 사람은 도둑이에요, 아버지. 제 방에 있던 걸 훔쳐 갔다고요."

"오비디언스!"

"맞습니다, 제가 가져간 것은 인정합니다. 너무 걱정되어 거기 두면 안 된다고 생각했거든요." 피니어스는 잠시 멈추었다가 말을 이어 갔다. "그래서 제가 가져가려고 했더니, 비드 양이 저를 때리기까지 하더군요."

한동안 침묵이 흘렀다.

"정말이냐?" 아버지가 물었다.

내가 대답하지 않자, 아버지는 한숨을 내쉬며 엘머 씨를 향해 몸을 돌렸다.

"로버트, 비드를 방까지 좀 데려가 주게."

"아버지, 어떻게 이러실 수 있어요? 딸 말은 안 들으시고, 코도 없이 잘난 척하는 이 남자 말만 믿으신다고요?"

아버지가 발을 쾅쾅 구르자, 유리로 된 실험 도구들이 파르르 흔들렸다.

"그만해라!" 어머니가 돌아가신 후로 한 번도 그런 적이 없었는데, 아버지는 무척이나 성난 목소리로 내게 소리를 질렀다. "네게 대체 무슨 일이 있었던 거냐, 오비디언스. 네가 이런 사람인지 난 몰랐다. 내 딸이 이런 사람인지 난 정말 몰랐어."

잠깐 아무도 입을 열지 않았다. 피니어스는 자기 책상 앞으로 돌아가 있었다. 그가 책상 서랍을 열고, 유리병 옆에 다이어리를 조심스럽게 내려놓는 모습을 나는 가만히 지켜보았다.

"저도 아버지가 이런 사람인지 몰랐어요." 나는 그렇게 말한 뒤, 다른 하인의 도움 없이 스스로 내 방으로 걸어 돌아갔다.

XV
비드

나는 이 모든 상황이 불만스러웠고, 또 한편으로는 두렵고 괴롭기도 했다. 잠옷 차림으로 침대에 누웠지만 밤새 뒤척이느라 거의 잠을 이루지 못했다. 어차피 잠도 오지 않으니 피니어스를 처리할 계획이나 세워야겠다 싶어 침대에서 일어났다. 머리가 맑아지게 가볍게 산책이나 할까 싶어 문을 열었지만, 잠겨서 열리지 않았다. 문 잠그는 소리는 듣지 못했는데, 잠깐 잠든 사이 누군가 다녀간 모양이었다.

나는 창피한 줄도 모르고 마구 화를 냈다. 주먹으로 문을 내리치고 고함을 질러 댔다. 자물쇠 구멍에 머리핀을 넣고 돌려 봤지만 소용이 없자, 난로에서 부지깽이를 들고 와 쑤셔 보기도 했다. 마침내 문 반대편에서 누군가 다가오는 인기척이 느껴졌다.

"거기 누구죠? 길리 씨예요?" 내가 소리쳤다. "제발 문 좀 열어 주세요! 여긴 우리 집인데, 도대체 왜 내가 갇혀 있어야 하죠?"

아무 대답도 없었다.

"모턴트 씨? 당신이라면 내 어머니의 명예를 걸고 반드시 내가……"

"나다, 오비디언스."

머리를 나무문에 기댄 채 말하는지, 아버지의 목소리가 울리는 것처럼 들렸다.

"아버지가 이러신 거예요? 아버지가 문 잠그셨어요?"

"피니어스와 이야기를 나눴다."

"아버지, 진짜 딱하시네요!"

"피니어스만큼 인내심도 강하고, 너그러운 사람은 없어. 아무래도 전기에 감전되는 사고를 당해 네 분별력에 문제가 생긴 게 아닌가 싶다고 그 사람이 말하더라."

"제 분별력에 문제가 있다고요? 자기는 아니고요? 젊은 여자 방에서 물건을 훔쳤다고요!"

"어젯밤 사건은 다 잊고, 날짜를 잡자고 하더구나."

"날짜요? 무슨 날짜요?"

"결혼식 날짜 말이다."

나는 한동안 아무 말도 못 하다가 문가에서 물러섰다.

"참 좋은 소식이네요. 그럼, 그 사람이 누구랑 결혼하는지 제가 좀 여쭤봐도 될까요?"

"내 말 들어라, 오비디언스."

"저 대신 미안하다는 말 좀 전해 주시겠어요? 저도 꼭 참석하고 싶지만, 불행하게도 누가 제 방문을 잠가서 나갈 수가 없다고요."

"내 말 잘 들어."

나는 한쪽 귀로는 아버지 말에 귀를 기울이면서 쇠로 된 부지깽이를 다시 집어 들었다. 그리고 아버지가 말하는 사이 창문가로 다가갔다.

"그동안 네가 얼마나 힘들었는지 잘 안다. 네가 얼마나 큰 슬픔에 잠겨 있었는지도 알고. 하지만 나도 그랬어. 네 엄마를 잃었는데, 너마저 잃고 싶지는 않아. 이해하겠니? 너와 사이가 틀어지길 바라질 않아. 하지만 네가 계속 이런 식으로 행동한다면……"

창문은 위로 밀어 올리면 열릴 것처럼 보였지만, 창문 틈을 아예 페인트칠로 막아 버려 한 번도 열어 본 적이 없었다. 나는 부지깽이의 갈고리 끝을 창틀 밑으로 밀어 넣었다.

"오비디언스?"

"듣고 있어요, 아버지." 나는 방 반대편에서 얼른 대답했다.

"사람은 자기 하고 싶은 것만 하면서 살 수는 없어. 우리는 자기 자신은 물론 다른 사람에 대해서도 책임을 져야 하거든. 그래서 때로는 하고 싶지 않아도 해야 할 때가 있지만, 결국엔 그게 자신에게도 좋은 일이란다."

그나마 다행인 건 집의 다른 창문들처럼 이 창문도 상태가 형편없고 틀이 죄다 썩어 건드리기만 해도 쉽게 문드러진다는 사실이었다. 축축한 나무틀의 밑부분이 전부 조각날 때까지 계속해서 쑤시고 파내고를 반복했지만, 창문은 열리지 않았다. 아버지는 무척 큰 소리로 일장 연설을 늘어놓느라 방 안에서 내가 뭘 하는지 알아차리지 못했다.

"모던트 씨와 결혼하는 건 우리로서는 더 바랄 게 없을 만큼 축복이란다. 내가 죽고 나면 피니어스가 우리 영지를 관리할 수도 있고, 경제적인 면에서 우리 둘 모두를 돌봐 줄 수도 있을 거야. 결혼하면 아이가 생길 테니 그것도 좋은 일이고. 그리고 네가 그 연구를 꼭 그렇게 해야겠다면……"

나는 아버지가 뭐라고 말할지 궁금해, 하던 일을 잠시 멈췄다.

"……취미로 계속할 수도 있지 않겠니? 좀 더 의미 있는 연구를 할 수 있게 피니어스가 방향도 알려 줄 테고. 피니어스와 결혼하게 되면 네 인생에 체계와 목적이 생길 게다. 아무리 생각해도 네가 싫어할 만한 점이 단 하나도 없다는 생각이 드는구나."

나는 창문틀의 옆 틈새에 부지깽이를 끼워 넣은 뒤 온 힘을 다해 눌렀다. 뜻밖에도 내리닫이창의 아래쪽 반이 너무 쉽게 뚝 떨어져 나갔고, 그 정도 틈이면 내 몸이 빠져나가기에 충분했다. 창이 떨어지는 건 가까스로 잡았지만, 그 바람에 쇠 부지깽이를 바닥에 떨어뜨려 요란한 소리가 났다.

방금 그게 무슨 소리냐며 아버지가 문을 벌컥 열고 들어올 것 같아 기다렸는데, 문은 열리지 않았다.

"오비디언스?" 아버지가 나를 불렀다.

나는 떨어진 창문틀을 카펫 위에 살며시 내려놓은 다음 벽에 기대

세웠다. 지금 숨이 찬 채로 대답하면 아버지가 이상한 낌새를 눈치챌 까 봐 조금 뜸을 들였다.

"무슨 말씀인지 알겠어요, 아버지." 나는 마침내 입을 열었다. "그 동안 제가 어리석게 군 거, 저도 알아요. 그리고 무례하게 굴었고요. 부끄러운 짓 한 거 정말 죄송하게 생각하고 있어요."

아버지가 한숨을 내쉬었다.

"그래, 이제야 마음이 놓이는구나. 그럼, 우리랑 같이 아침 식사 하 면서 결혼식 일정에 관해 좀 더 자세히 얘기 나눠 보면 어떻겠니? 결 혼에 관한 실질적인 문제들을 고민하다 보면 분명 너도 마음이 들뜨 게 될 거야."

나는 창문을 바라보았다.

"오비디언스? 내가 문을 열어 주면 아침 먹으러 내려올 테냐?"

"네, 그럴게요, 아버지."

"그래, 착하구나."

자물쇠에 열쇠 꽂히는 소리가 들렸다. 아버지에게 부서진 창문이 보이지 않도록 나는 문을 조금만 열었다. 면도도 하지 않아 거뭇한 아 버지의 얼굴이 무척이나 피곤해 보였다.

"옷 갈아입었니?"

"아직이요. 적당한 옷으로 갈아입고 금방 내려갈게요, 아버지."

아버지는 지친 표정으로 웃어 보이고는 눈을 천천히 몇 번 깜빡이 더니 돌아서서 계단을 내려갔다.

아버지의 발소리가 사라지자마자 나는 뚫린 창문으로 다가갔다. 창문턱을 밟고 올라서서 틈새로 몸을 밀어 넣었다.

차가운 새벽 공기를 들이마시니 정신이 번쩍 들었다. 나는 한동안 창틀을 밟고 선 채 저 아래 바닥을 내려다보았다. 주위가 서서히 밝아지면서 자갈이 깔린 마구간 마당이 점점 더 멀게 느껴졌다. 그 정도 높이에서 떨어지면 어떻게 될까? 분명 팔다리가 빠지거나 부러질 것 같았다. 나는 장갑을 벗어 입에 물고 뒤로 돌았다. 그리고 머리 위 지붕의 홈통을 손으로 잡고 창턱을 따라 발을 조금씩 움직였다.

배수관이 있는 곳까지 갔을 때, 나는 차가운 금속관을 붙잡고 조금씩 아래로 내려가기 시작했다. 반쯤 내려오니, 바로 옆이 응접실 창문이었고, 거기서 아버지와 피니어스가 이야기를 나누는 소리가 들려왔다.

"비드는 옷 갈아입고 내려온다고 했으니, 금방 올 걸세. 자네에게 잘 보이고 싶은지, 뭔가 예쁜 걸 찾아 입으려는 모양이야." 아버지가 말했다.

곧이어 실제 있지도 않은 내 장점들을 장황하게 늘어놓는 피니어스의 목소리가 들려왔다. 계속 이어지는 나에 대한 칭찬을 들으며, 나는 마침내 대지에 발을 디뎠다. 그러고는 나를 기다리는 아침 식사와 결혼, 강요된 삶으로부터 멀리 달아나기 시작했다.

XVI
네드

야간 순찰이 끝나고 동쪽 하늘이 서서히 밝아 올 무렵, 묘지 정문에 그 애가 나타났다. 입고 있던 옅은 색 원피스형 잠옷이 바람에 너울거려, 그 애는 마치 물속에 잠긴 사람처럼 보였다. 장례식 예복을 입었을 때보다 훨씬 더 유령 같았고, 그래서 더 아름다웠다.

문가에 선 그 애를 봤을 때, 나는 심장이 쿵쾅대는 소리를 들으며 길 위에 멍청히 서 있기만 했다. 문을 열어 주길 바란다는 걸 꽤 한참이 지나서야 깨달았다. 아직 바일스 목사가 잠긴 문을 열어 주러 오지 않은 때였다.

나는 모자를 고쳐 쓰고 문을 향해 걸어갔다. 윙윙거리며 점점 빨라지는 모스카의 날갯소리가 왠지 나를 놀리는 것만 같았다.

"안녕하세요." 내가 문에 닿기도 전에 그 애가 외쳤다.

"안녕하세요, 웰레스트 양." 나는 쇠창살 앞까지 다가가 걸음을 멈췄다. 그 애의 눈 밑은 거무스름하게 그늘져 있었고, 피부는 약간 번들거려 보였다. 마지막으로 본 이후로 잠을 통 못 잔 것처럼 보이는 얼굴이었다.

"교회지기 할아버지랑 얘기를 좀 나눌 수 있을지 궁금해요."

"우리 할부지랑요?"

"네, 맞아요."

그 애는 마치 누가 자신을 지켜보거나 쫓아오기라도 하는 것처럼 재빨리 뒤를 돌아보았다.

"당연히 되죠. 내가 할부지를 불러올게요."

"그냥 문을 열어 주면 되잖아요."

"못 열어요."

"왜 못 열어요? 그쪽도 여기 교회지기 아니었어요?"

"그렇긴 한데, 지금 열쇠가……" 나는 상황을 전부 설명하고 싶지 않아서 그냥 '열쇠가 없다'고만 했다.

그 애는 나를 한 번 쳐다보고, 자기가 서 있는 쪽의 담장을 한 번 살피더니, 문가에서 모습을 감췄다. 그러고는 아무 소리도 나지 않았다. 나는 그 애가 가 버린 줄 알고, 그 애와 이야기를 나눌 좋은 기회였는데 그걸 놓친 나 자신을 원망하고 있었다. '끙' 하는 소리가 작게 들리고, 슬리퍼가 벽돌을 긁는 소리가 나더니, 그 애의 머리가 담장 위로 쑥 올라왔다. 그 애는 다리 한쪽을 올려 담장을 짚고는 몸을 굴려 땅 위로 뛰어내렸다. 나는 그 애가 잠옷에 묻은 흙을 털어 내는 동안 그 모습을 멍하니 지켜보기만 했다. 그 애가 고개를 들었고, 우리 둘 사이에 잠시 침묵이 흘렀다.

"자, 그럼?" 그 애가 말했다.

"뭘요?"

"할아버지가 계신 곳으로 안내하는 거 아니었어요?"

"아, 그렇지. 따라와요."

맑게 갠 하늘 아래, 새들이 지저귀는 소리를 들으며 나는 길을 따라 걷기 시작했다. 우리는 한동안 서로 아무 말 없이 걷기만 했다. 지난번 봤을 때보다 훨씬 긴장한 얼굴에 말투도 상냥하지 않아서 나는 당연히 '내가 뭘 잘못해서 그러나?'라고만 생각했다.

"까치들을 대신해 사과할게요." 내가 말했다.

그 애는 무슨 소리냐는 듯 나를 봤다.

"까치가 왜요?"

"항상 남의 뒷얘기 하는 걸 좋아하는 애들이라서요. 쟤들이 하는 말은 신경 쓸 거 없어요."

그 애가 다시 앞으로 고개를 돌렸다. 살며시 웃는 것 같았지만, 차마 얼굴을 쳐다볼 엄두는 나지 않았다.

"그쪽 참 특이한 사람이군요."

나도 슬며시 미소 지었다. 살면서 특이한 애란 소리는 수도 없이 들었지만, 이번만큼은 그게 칭찬처럼 들렸기 때문이었다.

대화는 다시 끊겼고, 나는 무슨 말을 하면 좋을까 열심히 머리를 굴렸다. 그 애의 약혼자라던 금색 코의 잘생긴 남자가 며칠 전 교회 묘지에 왔었다고 말할까 하다가 왠지 그 얘기는 안 하는 게 나을 것 같아 그만두었다.

"우리 할부지랑은 무슨 얘기를 하려는 거예요?" 내가 물었다.

그 애는 몇 걸음을 더 걷다가 대답했다.

"식물 얘기."

"정말?"

그 애가 고개를 끄덕였다. "지난번 여기 왔을 때 텃밭에 여러 가지 식물을 가꾸는 걸 봤거든요. 가정교사 할머니가 돌아가시고 시간이 좀 많아져서요, 허브나 나무를 심고 가꾸는 법을 좀 배워 볼까 생각 중이에요."

"우리한테 직접? 저택에는 분명 정원사도 있을 텐데요?"

"저택에서 일하는 길리 씨는 식물 가꾸는 일보다는 힘쓰는 일이 더 잘 맞는 사람이에요. 게다가 교회 주변 텃밭을 둘러보다가 특별한 식물 몇 가지를 발견해서 할아버지한테 좀 물어보고 싶었어요. 아주 희귀한 식물종 같더라고요."

도무지 믿기 힘든 말들이었다. 평소 목사 말고는 할아버지를 찾아오는 사람은 단 한 명도 없었고, 그건 나도 마찬가지였다. 더구나 원예에 관한 지식을 얻겠다는 사람은 더더욱 없었다.

오두막에 도착하니, 할아버지는 계단에 앉아 버터 바르는 칼로 장화에 붙은 진흙을 파내고 있었다. 우리를 본 할아버지가 버터 칼을 호주머니에 넣으며 자리에서 일어섰다.

"웰레스트 양이 왔어요." 내가 말했다.

"그렇구나. 뭘 도와드릴까요, 아가씨?" 할아버지가 말했다.

"텃밭에 자라는 식물에 관해 물어보고 싶대요."

"굳이 네가 나서서 대신 말하지 않아도 될 것 같구나."

"아, 그렇네요. 죄송해요, 아가씨."

그 애는 마치 자기만 아는 농담을 듣기라도 한 것처럼 우리를 번갈아 바라보며 웃었다.

"맞아요, 제가 온 건 텃밭에 관해 여쭤보고 싶은 게 있어서예요. 혹시 시간 괜찮으시면 오두막 뒤편에 자라고 있는 식물에 관해 얘기 좀 나누고 싶은데, 어떠세요?"

할아버지는 의아하다는 표정이었다.

"이유를 물어봐도 될까요?"

"약효 성분이 있는 식물이라고 알고 있는데, 맞죠?"

"대부분은 그래요. 식물 볼 줄 아시는군요, 아가씨. 식물에 관한 지식이 이미 상당히 있는 것 같은데요?"

"조금 알고 있긴 해요. 그래도 할아버지가 기르는 것들을 자세히 보여 주시면 정말 감사할 것 같아요. 저택에도 심고 싶은데, 한두 뿌리 가져갈 수 있게 허락해 주시면 더 좋고요."

"기꺼이 드리긴 하겠지만, 그래도…… 그걸 어디다 쓰려고 하는지 물어봐도 될까요?"

그 애는 이번에도 뭔가 의미심장한 미소를 지어 보였다.

"설명하자면 좀 긴데, 괜찮으시면 안에 들어가서 조용히 말씀드려도 될까요?"

"그럼요, 아가씨."

할아버지가 문을 밀며 먼저 오두막으로 들어갔고, 웰레스트 양이 뒤따랐다. 그 애는 안에 발을 들이자마자 갑자기 걸음을 멈추고 나를 돌아봤다.

"그쪽은 할 일이 많지 않아요? 내가 궁금한 건 할아버지가 다 알려 주실 수 있을 것 같거든요."

들어오지 말라는 뜻인 걸 깨닫고 서운한 기분이 들었지만, 아닌 척 대답했다. "아, 맞아요. 일거리야 항상 있죠."

"잘됐네요. 우리 아버지가 나를 찾으러 올지도 모르거든요. 하인이나 아니면 다른 누가 올 수도 있고. 혹시 누구든 나를 찾으면 여기 없다고 말해 주면 좋겠어요. 아니다, 아예 못 봤다고 해 주면 더 좋겠어요."

나는 눈을 깜빡이며 고개를 끄덕였다.

"그럴게요, 아가씨."

"비드."

"뭐라고요?"

"나는 비드야. 우리 나이도 거의 비슷해 보이는데, 격식 차리지 말고 앞으로 편하게 말하는 거 어때? 격식 차리는 건 집에서 하는 걸로 이미 충분하거든."

"그래, 그럴게."

나는 뒤돌아서다 말고, 그 애가 막 안으로 들어가 문을 닫으려는 순간에 다시 돌아섰다. 그 바람에 문틈에 코가 끼일 뻔했다.

"식물에 그렇게 관심이 많으면 다윈이 쓴 책을 한번 읽어 봐."

그 애는 놀란 표정을 짓더니, 아까보다 더 환하게 미소 지었다.

"다윈?"

"응, 에라스무스 다윈. 『식물원』이라는 책인데, 우리 할부지한테도 한 권 있어. 적힌 글도 그림도 무척 아름다운 책이야."

"교회지기인데, 학자처럼 아는 것도 많구나. 진짜 대단하다. 책 추천해 줘서 고마워."

그 애가 문을 닫을 때 문 틈새로 할아버지의 얼굴이 살짝 보였는데, 잔뜩 찌푸린 표정을 짓고 있는 게 뭔가 분위기가 심각한 것 같았다.

나는 생각도 정리할 겸 교회 담장을 따라 천천히 걸어 다녔다. 시간이 지날수록 날씨는 더 좋아졌고, 따뜻한 공기 속에서 풀벌레들도 흥겹게 노래를 불러 댔다. 나는 오솔길 주변과 묘석 사이에 자라는 야생화의 이름을 하나씩 암기해 보았다. 우엉, 수레국화, 매발톱꽃, 미나리아재비, 칼타 팔루스트리스(동의나물-옮긴이). 나는 할아버지에게 배워 여러 가지 식물 이름을 알고 있었고, 평소 할아버지가 갖고 있는 책도 자주 펼쳐 보는 편이었다. 그래서 식물만큼은 나도 꽤 아는 게 많다고 생각했는데, 나를 대화에 끼워 주지 않았다는 게 자꾸만 아쉽고 섭섭하게 느껴졌다. 비드만 좋다면 내가 아는 걸 전부 가르쳐 줄 텐데. 이런 생각을 모스카에게 말했지만, 모스카는 따뜻한 날씨를 즐기며 이리저리 날아다니느라 내 말에는 전혀 관심이 없는 듯 보였다.

비드. 정말 특이한 이름이구나! 하지만 다시 생각해 보니, 그 당시에 나는 아는 이름이 많지 않았기에 거의 모든 이름이 다 특이하게 들린다는 걸 새삼 깨닫게 되었다.

돌아가신 아버지, 어머니와 한참 이야기를 나누고 있는데, 녹슨 교회 철문에서 '끼익' 소리가 났다. 그쪽으로 가 보니, 바일스 목사가 손에 열쇠를 든 채 웰레스트 양의 약혼자와 이야기를 나누고 있었다. 묘석 사이로 나를 본 목사가 손가락을 튕기며 나를 불렀다.

"어이! 이리 와 봐!"

두 사람을 향해 걸어가며, 벌써부터 얼굴이 달아오르는 것이 느껴졌다. 무슨 질문을 하려는지는 이미 짐작이 갔지만, 나는 거짓말을 그리 잘하는 편이 아니었다. 사실 지금껏 거짓말을 해야 할 필요조차 느끼지 못하며 살아왔던 터였다.

"여기 모던트 씨가 물어볼 게 있으시다는데……" 목사가 말했다.

모던트 씨가 목사의 말을 끊으며 물었다.

"혹시 젊은 여자가 여기로 지나가는 거 못 봤니?"

"젊은 여자요? 어떤 사람인데요?"

"웰레스트 씨네 딸이야. 몸은 가냘프고 피부는 창백해. 머리색은 짙은 갈색이고. 그리고 아마 잠옷을 입고 있었을 거야."

"아뇨. 못 본 것 같아요, 나리."

"못 본 것 같다고?"

"오늘 아침 아무도 못 봤어요. 게다가 묘지 문도 조금 전까지는 잠겨 있었고요."

"3층 창문에서도 도망친 여자니, 교회 담장쯤은 충분히 넘고도 남았을 거다."

남자가 교회 묘지를 둘러보느라 고개를 이리저리 돌리자, 그때마다 그의 코가 햇빛을 받아 번쩍거렸다. 비드와 마찬가지로 그 남자도 지난번 봤을 때처럼 그렇게 상냥한 말투가 아니었고, 어딘가 다급하고 화가 난 듯한 모습이었다.

"저는 못 봤습니다. 확실해요." 내가 말했다.

그 남자는 못 믿겠다는 표정을 짓더니 우리 오두막을 향해 난 길을 따라 성큼성큼 발걸음을 옮기기 시작했다. 낚싯줄에 걸려 파닥대는 물고기처럼 내 심장도 두근댔다.

"저희 할아버지한테 가서 물어볼게요. 어쩌면 할아버지는 보셨을지도 모르니까요!"

나는 남자보다 앞서 달려 오두막에 도착한 뒤, 문을 주먹으로 쾅쾅 두드렸다. 대답이 없었다. 귀를 기울이니, 집 뒤쪽에서 말소리가 들렸다. 집 뒤 텃밭으로 돌아가니, 할아버지와 비드가 거기 있었다. 비드는 할아버지가 내준 작은 유리병을 들고, 텃밭을 돌아다니며 식물의 잎과 씨를 따 병에 담고 있었다.

고개를 돌려 나를 보는 두 사람에게서 뭔가를 숨기려는 듯한 기색이 느껴졌다.

"네드, 누가 오는지 보고 있으라고 했잖니!" 할아버지가 말했다.

"보고 있었어요. 웰레스트 양…… 아니, 비드…… 네 남편이……"

"나는 남편 같은 거 없는데?"

"그러니까, 네 약혼자가……"

"약혼자도 없어."

나는 잠시 멈칫했다. 처음에는 혼란스러워서였고, 잠시 후에는 엄청난 안도감이 몰려왔기 때문이었다. 비드는 결국 결혼한 게 아니었구나!

"아무튼, 묘지 입구에서 너를 찾는 남자가 있었어. 자기가 네 약혼자라고 하던데?"

"아, 알겠어. 피니어스라는 사람이야. 원래 쓸데없는 소릴 많이 해. 열 마디 중 아홉 마디는 거짓말이니까 신경 쓰지 마."

"웰레스트 양…… 아니, 비드…… 시간이 없어. 그 남자가 지금 이쪽으로 오고 있어."

"나 여기 없다고 말 안 했어?"

"했어. 그런데 내 말을 믿질 않아."

그 애가 웃었다.

"그 인간, 나에 대해 너무 잘 안단 말이야. 같이 뭘 하면 진짜로 손발이 잘 맞을 수도 있겠어."

마음이 급해져 지금 이럴 때가 아니라고 다시 말하려는데, 그 애가 병의 뚜껑을 돌려 닫더니 할아버지를 향해 말했다. "혹시 까먹기 전에 이것부터 받으세요."

그 애는 목에 걸고 있던 목걸이를 재빨리 풀었다. 목걸이에는 밝은 은빛이 도는 섬세한 로켓(사진 또는 기념물 등을 넣어 목걸이에 다는 작은 갑-옮긴이) 장식이 달려 있었다. 그 애가 장갑 낀 손으로 한 손에서 다른 손으로 그걸 옮겼다가 할아버지에게 내밀자, 할아버지가 집어 들었다. 할아버지는 나를 힐끗 쳐다봤는데, 내가 그 모습을 본 게 영 못마땅한 표정이었다.

"정말 감사해요. 조만간 다시 만날 수 있길 바랄게요." 그 애가 할아버지에게 말했다.

모던트 씨가 자갈을 밟으며 걸어오는 소리가 이제는 정말 가까이에서 들리고 있었다. 비드는 나와 할아버지 모두에게 재빨리 고개 숙여 인사한 뒤, 무너진 담장을 넘어 숲속으로 사라졌다. 비드의 약혼자인지 뭔지가 잠시 후 도착했고, 나는 그를 향해 몸을 돌렸다.

"저희 할아버지도 못 보셨대요." 너무 급하게 말해 오히려 더 신뢰가 안 갈 것 같다고 생각하며, 내가 말했다.

"오늘 아침 여기 온 사람은 아무도 없었습니다, 나리. 사실대로 말하면, 지난 일 년간 목사님 말고는 저희를 찾아온 사람은 단 한 사람도 없었답니다."

모던트 씨는 웃고 있었지만, 그의 눈은 전혀 웃고 있지 않았다. 이틀 전 우리를 도와줬던 그 사람과는 완전히 다른 사람인 것처럼 느껴졌다.

"그렇다면 죄송하다는 말 먼저 해야겠군요. 마을 사람 중에 비드 양이 교회 묘지 쪽으로 가는 걸 봤다는 사람이 있었거든요. 아무래도 그 사람이 잘못 본 모양이네요." 그가 말했다.

"어쩌면 물레방앗간 쪽으로 내려간 게 아닐까요?" 내가 말했다.

"어쩌면 그랬을 수도 있겠군. 너무 멀리 간 게 아니어야 할 텐데. 지금 모두가 비드 양의 안전과 정신 건강을 걱정하고 있거든."

"정신 건강을요?"

남자는 내 말에 대답하지 않았다. 그는 비드가 덤불 속 어딘가에 웅크리고 있기라도 한 것처럼 정원을 한 바퀴 둘러보았다. 그러더니 허락도 받지 않고 오두막 앞문으로 걸어가 문을 열고 집 안으로 들어갔다. 서로 눈이 마주친 나와 할아버지도 얼른 그 뒤를 따라갔다.

"여긴 저희 말고는 아무도 없습니다. 정말입니다." 할아버지가 얼른 뒤따라 들어가 말했다.

남자는 오두막 안에 남아 있던, 말의 간을 자세히 들여다보고 있었다.

"여기 아주 놀라운 게 있군요. 이걸 어디서 구하신 거죠?"

우리는 둘 다 대답하지 못했다.

"아주 훌륭한 표본이 될 수도 있었겠네요."

"저희가 저녁으로 먹고 남은 겁니다. 이렇게 너저분한 꼴을 보여드려 부끄럽군요."

"이건 어디서 구하신 겁니까?"

"돌아다니면서 죽은 동물을 수습해 가는 여자가 있어요. 그걸로 아교나 털 장식 같은 걸 만드는 건데, 먹을 만한 것도 꽤 있거든요."

"아, 그런 사람들, 나도 압니다." 모던트 씨가 말했다.

그는 왠지 짜증이 난 것처럼 보였다. 어쩌면 고기 파는 아주머니가 말했던, 잡스러운 부위를 찾는다는 그 사람이 이 남자는 아닐까, 라는 생각을 하게 했다. 하지만 말이 안 됐다. 저렇게 높은 신분의 사람이라면 훨씬 좋은 부위의 고기를 먹을 게 틀림없었다.

계속 오두막 안을 두리번거리던 남자의 시선이 이번에는 할아버지 침대 선반에 꽂혀 있던 책에서 멎었다. 남자는 책을 빼 들고는 몇 장을 휙휙 넘겼다.

"에라스무스 다윈? 묘지기치곤 너무 훌륭한 책을 읽고 계시는군요!"

그는 웃고 있었지만, 동시에 뭔가 설명해 보라는 듯한 눈빛으로 할아버지를 뚫어지게 보고 있었다.

"밤이 워낙 기니까요, 나리. 그냥 재미 삼아 조금 훑어본 거예요. 뭘 좀 배울 게 있을까 하고."

"이런 책을 재미 삼아 보는 사람은 없을 것 같군요. 웰레스트 양이라면 틀림없이 아주 즐겁게 읽었겠지만."

할아버지와 그의 시선이 마주치자, 갑자기 오두막 안이 견딜 수 없게 뜨거워지는 기분이 들었다.

"웰레스트 양을 꼭 찾고 싶은 마음이 간절하신 것 같은데, 도와드리지 못해 죄송합니다."

한동안 침묵이 흘렀지만, 잠시 후 모던트 씨는 표정을 완전히 바꾸더니 다시 미소를 지어 보였다.

"아뇨, 아닙니다! 신경 쓰지 마세요. 아침부터 찾아와 죄송합니다. 혹시라도 제 약혼녀를 보신다면 꼭 집으로 데려다주세요. 우리 모두 웰레스트 양을 너무나 걱정하고 있거든요."

"보게 되면 꼭 그렇게 하겠습니다. 좋은 하루 보내십시오, 나리."

할아버지가 말했다.

"네, 두 분도 좋은 하루 보내세요."

우리는 서로 인사했다. 모턴트 씨는 간이 담긴 쟁반을 한 번 더 흘깃 보더니, 모자를 고쳐 쓰고 오두막을 나갔다. 그 남자는 내가 자신을 그렇게 가까이에서 지켜보고 있었다는 걸 몰랐겠지만, 문밖을 나서기도 전에 미소 짓던 표정이 험악할 정도로 찌푸린 표정으로 순식간에 바뀌는 걸 나는 옆에서 다 보고 있었다.

XVII
네드

"그 애가 무슨 얘길 하던가요?"

할아버지는 두 손을 허리에 얹은 채 문 앞 계단에 서서 어딘가를 열심히 내려다볼 뿐 내 질문에는 대답하지 않았다. 할아버지의 시선은 양쪽으로 주목 나무가 길게 늘어선 큰길을 향하고 있었다. 강한 햇빛과 나뭇가지 때문에 생긴 푸른 그늘이 번갈아 줄무늬를 만들어, 길은 고등어의 푸른 등처럼 얼룩덜룩하게 보였다.

"할부지? 아까 비드가 병에 모은 건 뭐였어요?"

할아버지는 발작하듯 한바탕 기침을 하더니 목에서 올라온 뭔가를 손수건에 뱉었다. 그리고 나서도 한참 거친 숨을 몰아쉰 뒤에야 목청을 가다듬었다.

"웰레스트 양이 요즘 통 잠을 못 이룬다고 하더구나." 할아버지는 굽은 등을 여전히 내게 돌린 채 그렇게 말했다.

"아, 그게 다예요?"

할아버지는 고개만 끄덕이고 더는 말하지 않았다. 또 다른 비밀이 있다는 걸, 나는 확신했다. 그 애가 단순히 수면제를 부탁하려고 여기 온 것 같지는 않았기에, 할아버지가 말을 아끼면 아낄수록 모든 게 점점 더 의심스러울 뿐이었다.

"자기가 여기 온 걸 왜 누구에게도 말하지 말라는 건지, 정말 이상하지 않아요? 그리고 모던트 씨라는 사람은 대체 누굴까요? 두 사람은 결혼한다는 걸까요, 안 한다는 걸까요? 비드를 정말 애타게 찾는 것 같던데요."

"사실 네가 생각하는 것만큼 그렇게 애타게 찾는 것 같지는 않구나."

"무슨 말씀이세요?"

"아직도 교회 묘지 안에 있어. 저길 봐."

나는 일어나 문가로 갔다. 저 멀리 나무들 사이로 이름 없는 무덤 주변을 천천히 돌고 있는 남자의 모습이 눈에 들어왔다. 그는 일이 분 더 주변을 맴돌더니 마침내 어딘가 다른 곳으로 가 버렸다.

"그래, 저 사람이 왜 무덤에 관심을 보인다고 생각하니?"

어지럽게 뒤섞인 머리가 갑자기 차분해지더니, 서로 관련 없어 보이던 몇 가지 기억들이 하나로 끼워 맞춰지는 것 같았다.

"이상해요." 하지만 그다음 말이 얼른 생각나지 않았다.

"뭐가 이상하다는 거냐, 네드?"

나는 다시 기억을 더듬어 보았다.

"제가 터무니없는 상상을 한 걸 수도 있지만, 한번 들어 보세요. 그 남자, 말의 간에 관심을 아주 많이 보였잖아요? 그걸 표본이라고 불렀고요."

"그랬었지. 계속해 봐라."

"엊그제 만났을 때 자기가 과학을 연구하는 사람이라고 했고, 대학 의사들과도 잘 아는 사이라고 했고요. 또, 부활주의자들에 대해서도 다 알고 있었잖아요. 오두막에 도둑이 들어 열쇠를 잃어버렸을 때 그 남자랑 여자가 하는 소리를 들었는데, 그때 여자가 뭐라고 했냐면요……"

나는 그때 들은 말을 아주 선명하게 기억하고 있었다.

"그래, 뭐랬니?"

"그래도 그 남자가 이번에는 시체를 가져오라고 하지 않았으니 고맙게 생각해야 한다'고 말했어요. 그때는 '그 남자'가 누군지 몰랐지만 두 사람이 배를 타고 상류로 간 걸 보면, 그 남자가 있는 곳이 그리 멀지 않을 가능성이 높은 거죠." 나는 잠시 말을 멈췄다. "어쩌면 그 남자가 모던트 씨일지도 모르겠다는 생각이 들어요."

할아버지는 내 말을 한참 곱씹어 보는 듯했다. 새들이 주목 나무 주위로 부지런히 날아다니며 즐겁게 노래했다. 마침내 할아버지가 고개를 천천히 저었는데, 내 말에 동의할 수 없다는 뜻인지, 생각해 봐도 모르겠다는 뜻인지 알 수 없었다.

"어떻게 받아들여야 할지 나도 잘 모르겠다. 하지만 그 남자의 의도가 무엇이든 간에 저 무덤만큼은 우리가 유심히 지켜봐야겠다는 생각이 드는구나." 할아버지가 말했다.

"알겠어요. 그런데 그게 누구 무덤인지는 말씀 안 해 주실 거예요, 할부지?"

할아버지는 잘 보이는 눈으로 나를 똑바로 바라보며 '안 된다'고 말했다.

할아버지는 오두막 안으로 들어가 안락의자에 앉더니, 미지근해진 찻주전자에서 차 한 잔을 따른 다음, 손가락으로 관자놀이를 꾹꾹 눌렀다. 어쩌면 그렇게 피부에 탄력이 없는지 손가락으로 조금만 더 세게 문지르면 피부 전체가 아예 떨어져 나갈 것만 같았다.

"이곳에 사건, 사고가 이렇게 많이 생길 줄은 꿈에도 몰랐어. 죽은 사람들은 말이 없으니 조용할 줄만 알았지. 그런데 이게 뭐냐. 무덤이 엉망이 되질 않나, 오두막에 도둑이 들질 않나, 이제는 웰레스트 양과 모던트 씨까지 우릴 찾아왔구나." 할아버지가 말했다.

할아버지는 비드가 주고 간 로켓을 꺼내 난로 위에 올려놓았다. 로켓은 목걸이 체인에 돌돌 감겨 있었다. 할아버지가 비드와 어떤 얘기를 나눴는지 말하려는 줄 알았는데, 그저 나를 바라보며 이렇게만 말했다. "미안하구나, 네드. 널 위해서라도 조용한 환경을 만들어 주고 싶었단다. 그래도 교회 담장 안은 안전할 거라고 믿었는데, 그렇지가 않은 것 같구나."

나는 할아버지의 맞은편 의자에 앉았다. 지난번 도둑이 든 후로 의자 다리 하나가 자꾸 흔들거리고 있었다. 틈새에 끼워 고정할 만한 게 있을까 싶어 주위를 두리번거리다가 의자 밑에 손수건이 떨어져 있는 걸 발견했다. 아마도 비드가 흘리고 간 모양이었다. 살펴보니, 오비디언스 웰레스트를 뜻하는 머리글자 'O.W.'가 수놓아져 있었고, 전에 맡았던 그 꽃향기도 희미하게 남아 있었다.

"어! 비드가 이걸 놓고 갔어요!"

할아버지는 여전히 생각에 잠긴 듯 고개만 들 뿐, 아무 말도 하지 않았다.

"제가 갖다줘야겠어요."

"웰레스트 양에게 그게 당장 필요할 것 같지는 않구나, 네드."

"숙녀에게는 당연히 손수건이 있어야죠."

"네드, 쓸데없는 짓 할 생각 마라. 지금 웰레스트 저택에 찾아가서 문이라도 두드리겠다는 거냐?"

"그럼 안 돼요?"

"왜 안 되는지는 너도 알잖니."

나는 손수건을 들여다보다가 코에 대고 깊이 숨을 들이마셨다. 비드의 냄새는 상실감과 기대감이 뒤섞인 묘한 감정을 불러일으켰다. 그 애가 떠난 지 30분도 채 안 됐지만, 벌써 그 애가 보고 싶어졌다. 그 애를 꼭 다시 봐야만 했다.

나는 의자에서 일어섰다.

"지금이라도 쫓아가면 그 애를 따라잡을 수 있을 거예요."

할아버지가 한숨을 쉬었다.

"네드, 나도 안다……" 할아버지는 적당한 말을 찾는 듯했다. "웰레스트 양에게 자꾸 관심이 가는 건 알겠다만, 지금은 뒤쫓아 가선 안 돼. 이미 인생이 꼬일 대로 꼬인 웰레스트 양에게 지금 필요한 건 다른 구혼자야."

"어떻게 꼬였다는 건데요?"

"모던트 씨와는 결혼하고 싶지 않다고 하더구나."

그 말에 나도 모르게 웃음이 나왔다. 그렇다면 내게도 희망이 있는 거였다!

"하지만 집에서는 억지로 결혼시키려고 한다더구나. 요즘 잠을 못 자는 이유도 그래서고."

마구 부풀었던 심장이 누가 바늘로 찌르기라도 한 것처럼 다시 쪼 그라들었다.

"아, 그래요?"

"그러니, 지금은 그냥 내버려두는 게 좋을 것 같구나."

나는 다시 의자에 앉았다. 그리고 손수건을 접고 또 접었다. 고개 를 드니, 할아버지는 내가 안쓰럽다는 듯 나를 보며 웃고 있었다. 내 가 비드를 좋아하는 건 사실이었다. 그것도 아주 많이. 하지만 내가 비드를 다시 만나려는 데는 다른 이유가 있었다. 비드가 할아버지를 만난 건 쉽게 잠드는 약초를 얻는 것 외에도 뭔가 다른 사정이 있는 게 틀림없었다. 두 사람만 조용히 이야기를 나눌 수밖에 없었던 이유 가 있었을 터였다.

"할아버지 말씀대로 할게요. 다른 손수건도 이미 많을 테니까요." 내가 말했다.

나는 이미 다 식어 버린 차를 조금 따른 뒤, 홀짝거리고 마셨다. 목 이 말라서라기보다는 어떻게든 표정을 감추고 싶어서였다. 앞에서도 말했지만, 나는 거짓말을 그리 잘하는 편은 아니었다.

XVIII
네드

나는 오두막 뒤편 담장이 무너진 곳을 넘어 숲으로 들어갔다. 비드가 떠난 지 한 시간은 족히 지난 뒤라 그 애의 흔적을 찾기란 나도 모스카도 쉽지 않았다. 진흙탕에 어지럽게 찍혀 있는 발자국 몇 개를 발견했지만, 며칠 전 밤에 내가 이곳을 지날 때 남긴 발자국이지 비드의 것은 아니었다. 지나가던 울새에게 비드의 흔적을 보지 못했냐고 물어봤지만, 숲을 오가는 사람의 뒤를 쫓는 건 자기 일이 아니라는 듯 굉장히 거만한 태도로 짜증만 냈다.

오전 내내 주변을 뒤져도 나오는 게 없었다. 언젠가는 집으로 돌아갈 테니 차라리 저택에서 비드를 기다리는 게 낫겠다는 생각이 들었다. 지난번처럼 마을을 지나가고 싶지는 않았기에 강가에 난 오솔길을 따라가다가 숲을 가로질러 걸었다. 다시 길이 나왔고, 저택으로 이어진 긴 진입로 끝에 이르렀다.

웰레스트 가문이 망한 지 오래라는 건 저택의 외관만 봐도 분명히 알 수 있었다. 입구의 문기둥은 담쟁이덩굴로 뒤덮이고, 여기저기 갈라진 돌담에는 하얗게 바랜 돌들이 오래된 치즈처럼 부스러지고 있었다. 철문 자체도 잔뜩 녹슬어 표면이 얇게 일어나며 떨어지고 있었고, 한쪽 문은 경첩에서 아예 분리되어 문 두 쪽의 아귀가 제대로 맞지도 않았다. 나는 엉성하게 닫힌 문 틈새를 통해 쉽게 영지로 들어갈 수 있었다.

잡초가 무성한 긴 진입로를 따라 걸어가니, 고요한 가운데 삐딱하게 주저앉은 저택의 모습이 눈에 들어왔다. 혹시라도 그사이 상황이 바뀌어 더 이상 거기에 사람이 살지 않는 건 아닐까 싶을 정도로 폐가처럼 보이는 집이었다. 지붕은 늙은 말의 등처럼 굽었고, 바깥으로 흰벽은 군데군데 대포알을 맞은 것처럼 움푹 패어 있었다.

할아버지 말처럼 차마 그 집 현관문을 두드릴 수는 없는 노릇이라 나는 집 뒤를 돌아 마구간으로 향했다. 마구간 칸막이 안에는 사색에 잠긴 듯 보이는 늙은 말 두 마리가 쉬고 있었다. 혹시 비드가 돌아온 걸 봤냐고 물었더니, 그중 한 마리가 고개를 저었다. 하지만 말들은 어떤 말에도 늘 고개를 젓기 때문에 말이 하는 말을 곧이곧대로 믿을 수는 없었다.

그때 누군가 자갈을 밟으며 이쪽으로 걸어왔다. 비드의 발소리는 아니었다. 이제 나는 어디서든 발소리만 들어도 그게 비드의 발소리인지 아닌지 분간할 수 있을 것 같았다. 비드의 발소리는 가볍고 신중했는데, 지금 이건 정신없이 서두르는 듯한 발소리였다. 나는 마구간 문을 풀쩍 뛰어넘어 좀 더 나이 든 말 옆에 쌓인 건초 더미 위에 납작 엎드린 뒤, 칸막이 틈새에 눈을 갖다 댔다.

오두막에서 열쇠를 훔쳐 갔던 그 키 작은 여자였다. 공범은 옆에 없었지만, 그 여자를 본 것만으로도 팔에 닭살이 돋으며 소름이 끼쳤다.

말똥 주변을 날아다니던 모스카는 마치 자신이 여자를 처음 발견하기라도 한 것처럼 곧장 내 귓속으로 파고들어 괴롭히기 시작했다.

"알아, 안다고! 조용히 좀 해! 너 때문에 가만히 있을 수가 없잖아!"

키 작은 그 여자는 두 손을 앞치마 주머니에 찔러 넣은 채로 이쪽저쪽을 두리번거리며 자갈밭 위를 초조하게 서성거렸다. 누군가를 기다리는 모양이었다. 일이 분 뒤, 또 다른 발소리가 들렸다. 그리고 곧 황금색 코를 달고 다니는 남자, 모던트 씨가 말끔한 옷차림에 활짝 웃는 얼굴로 저택 옆을 돌아 모습을 드러냈다.

"그렇게 불안해할 필요 없어요!"

그가 목소리를 낮추지 않고 큰 소리로 말하자, 여자가 질겁하며 등 뒤를 계속 살폈다. 그 모습에 남자가 웃었다.

"당신 남편을 제외하면, 여기서 우릴 몰래 지켜볼 사람은 아무도 없어요. 당신 남편이 당신을 배신할 리는 없잖아요?"

"어디 다른 데서 만났으면 좋잖아요? 혹시 웰레스트 씨가 보기라 도 하면……" 여자가 말했다.

"지금 웰레스트 씨는 사람들과 딸을 찾으러 나갔어요. 여기도 안전 하니 걱정하지 말아요, 길리 부인."

여자는 내가 숨어 있던 마구간 쪽을 보았고, 여자를 따라 모던트 씨의 시선도 이쪽을 향했다. 나는 틈새에서 살짝 얼굴을 뗐다. 두 사 람이 나를 본 것만 같았다. 그리고 딸깍 소리가 들렸다.

"혹시라도 말들이 떠들고 다닐지도 모르니, 내가 쏴 죽이면 마음이 놓이겠어요?" 그가 말했다.

"아니요! 세상에, 왜 그러세요……"

틈새에 다시 눈을 갖다 댔더니, 모던트 씨가 권총을 들어 마구간을 똑바로 겨냥하고 있었다. 나는 너무 놀라 하마터면 소리를 지를 뻔했 다. 그 남자는 보면 볼수록 점점 더 이상하고 잔인한 사람처럼 행동하 고 있었다. 그는 다시 웃음을 터트리고는 팔을 내렸다.

"농담이에요, 길리 부인! 맙소사, 왜 그렇게 긴장하는 거죠? 집도 비었는데 좀 누워서 쉬기도 하고 그래요. 한두 시간은 여유 좀 부려도 되잖아요."

"집이 비었으니 더더욱 쉴 수 없는 거죠, 나리. 지금 아가씨를 찾으러 모두 밖에 나가 있으니 제 일거리가 세 배는 많아졌다고요." 여자는 혀를 끌끌 차며 말했다. "저한테 물으신다면 누군가 반드시 저 어린 여자애에게 목줄을 채워야 한다고 말씀드리고 싶군요."

"그럴 거예요." 남자는 씩 웃었다. "그렇게 할 일이 많으시다니, 그럼 이것부터 얼른 끝내야겠군요. 그건 가지고 왔겠죠?"

여자가 고개를 끄덕이더니, 앞치마 주머니에서 짤랑거리는 열쇠 꾸러미를 꺼내 남자에게 건넸다. 내 입에서 헉 소리가 나오려는 걸 두 손으로 꽉 틀어막았다.

"아주 좋아요! 이게 아무것도 아닌 것 같겠지만, 당신은 지금 과학의 발전에 엄청난 기여를 한 거라고요." 모던트 씨가 말했다.

"그럼, 그게 무슨 열쇠인지 안다는 거예요?"

"아직 확실한 건 아니에요, 길리 부인."

여자가 한숨을 쉬었다.

"이제 제가 할 일은 끝인 거죠, 나리?"

"지금은요."

"그리고 다른 신사는요? 그 사람이 물으면 뭐라고 하죠?"

"그 사람이 물으면 내가 있는 곳을 알려 주세요. 아마도 열쇠를 손에 넣고 싶어 흥정을 하려 하겠지만, 아마도 내가 제시한 돈에 반이나 줄 수 있을지 모르겠군요. 참, 그렇지."

그는 지갑에서 동전 한 움큼을 꺼내 개수를 세더니 그걸 여자에게 주었다.

"그거면 닭 두세 마리는 더 살 수 있을 거예요, 그렇죠?"

여자는 직접 동전을 세더니 살짝 고개를 숙여 인사했다. 그때 유인원처럼 생긴 남자가 뒤편 부엌문 앞에 나타났다. 내 기억대로 남자는 덩치가 아주 컸지만, 밝은 곳에서 보니, 무표정한 얼굴이 그리 위협적으로 보이지는 않았다. 문 앞에서 얼쩡거릴 뿐 마구간 마당으로 걸어 나오지는 않았는데, 아마도 덩치가 너무 커 좁은 문 사이로 빠져나오기도 힘든 모양이었다.

"뭐죠, 길리 씨?" 모던트 씨가 물었다.

"돌아왔어요. 그러니까 아가씨 말이에요."

모던트 씨가 한숨을 쉬었다.

"여기서 잠시라도 좀 편안하게 쉬려면 도대체 어떻게 해야 하는 거죠?"

모던트 씨가 저택 안으로 걸어 들어가자, 그가 지나갈 수 있게 길리 씨가 옆으로 비켜섰다. 길리 씨와 길리 부인은 잠시 서로 눈을 마주치고 입을 크게 움직이지 않으면서 몇 마디를 주고받는 듯하더니, 모던트 씨를 따라 안으로 들어갔다.

XIX
네드

문 닫힌 마구간은 어둑하고 따뜻했다. 나는 그곳에서 한참을 머물렀다. 공간이 넓지는 않아도 꽤 아늑했고, 말들도 워낙 온순해서 함께 지내기 좋은 친구들이었다. 이곳을 떠나기 싫었다. 어차피 세상은 나 없이도 잘 굴러갈 테니, 여기 건초 더미에서 새 삶을 시작하는 것도 나쁘지 않을 것 같았다. 그러면 내가 보고 들은 일에 대해 걱정할 필요도 없을 텐데.

그런데도 자꾸 걱정이 됐다. 무슨 일이 벌어지고 있는지 어렴풋이 짐작은 갔지만, 아직 확실하지 않은 부분도 있었다. 교회 묘지와 이름 없는 무덤의 열쇠가 현재 모던트 씨에게 있다는 건 분명했다. 모던트 씨가 웰레스트 씨네 하인에게 돈을 주고 일을 시켰다는 것을 알게 됐고, 시체를 가져오라고 시켰으리라는 추측도 충분히 가능한 얘기였다. 이 모든 게 그토록 끔찍하지만 않았어도 지난번 내가 할아버지에게 한 이야기가 거의 맞아떨어졌다는 사실에 무척 뿌듯함을 느꼈을 터였다.

하지만 이해가 안 되는 부분도 많았다. 일단 모던트 씨가 왜 그런 짓을 했는지 이유를 몰랐고, 또한 길리 부인이 사흘 전에 훔친 열쇠를 이제야 건넨 것도 이해되지 않았다. 길리 부인은 '다른 신사'에 관해 언급하면서 그 사람이 화를 낼까 봐 걱정하는 듯한 말도 했었다. 그렇다면 길리 부인은 원래 다른 누군가에게 열쇠를 넘기기로 약속했던 걸까? 서로 경쟁 관계에 있는 부활주의자들이 더 있는 건 아닐까?

그렇게 몇 시간이 흘렀다. 날은 점점 어두워졌고, 하늘은 습기 먹은 구름으로 마치 물에 젖은 담요 같았다. 몇 끼를 건너뛴 거지? 속으로 헤아리다 보니, 배에서 꼬르륵 소리가 절로 흘러나왔다. 집 안에서 고성이 오가고 연이어 계단 오르내리는 소리가 들리더니, 이후 위쪽 창문에서 망치질하는 듯한 소리도 들려왔다.

이제 그만 오두막으로 돌아가 여기서 본 일을 할아버지에게 말해야겠다고 생각할 무렵이었다. 조금 전 망치질 소리가 들렸던 그 창문가에 촛불 빛이 어른거리더니 누군가의 형상이 보였는데, 틀림없는 비드의 그림자였다. 비드의 모습을 얼핏 봤을 뿐인데도 상황이 안 좋게 흘러간다는 생각은 싹 사라지고 용기가 불끈 솟았다. 그래, 피니어스와 길리 부인 사이에 있었던 일을 비드에게 먼저 알려 줘야겠어! 어차피 여기까지 왔으니 그게 맞을 것 같았다. 그리고 손수건도 돌려줘야 하잖아!

모스카가 비웃는 것처럼 윙윙거리기에 나는 가서 말똥 냄새나 실컷 맡으라고 말해 주었다.

뻥 뚫린 마당에 서서 삼 층 창문에 돌을 던졌다가는 금세 걸릴 것 같았다. 나는 주변이 완전히 깜깜해질 때까지 조금 더 기다렸다가 배수관이 있는 곳까지 조심조심 다가갔다. 걱정스레 주변을 배회하는 모스카를 내버려두고, 배수관을 타고 오르기 시작했다. 나는 평소 담이나 나무를 잘 탔고, 심지어는 교회 첨탑을 기어 올라간 적도 있었다. 그런 내 능력에 항상 자부심이 있었다. 특이한 성격에 호리호리한 몸으로 소리 없이 걸을 수 있는 내가 오늘따라 더 마음에 들었다.

반쯤 올라갔을 때, 길리 부인이 양동이를 들고 부엌에서 나오더니, 양동이에 든 걸 하수구에 쏟아 버렸다. 어둠에 몸을 가린 채 배수관에 매달려 있으려니 팔이 떨어질 듯 아팠다. 길리 부인은 마당에 서서 한동안 한숨만 푹푹 내쉬었다. 뭔가 걱정스러운 일이 있는 듯했다. 마침내 길리 부인이 안으로 들어갔고, 나도 다시 움직였다.

배수관 끝까지 오르니, 벽을 따라 가로로 좁은 돌 선반 같은 게 삐죽 튀어나와 있었다. 나는 몸을 끌어올려 거기에 발을 디딘 다음, 옆으로 조금씩 발을 옮겼다. 비드 방 창문이 있는 곳까지 다다랐을 때, 나는 괴물 석상처럼 거기 쪼그리고 앉았다. 창문은 열려 있었는데 — 정확히 말하면 아래쪽 반이 떨어져 나가 있었다 — 두 뼘 정도 되는 공간을 안쪽에서 나무 막대로 대충 가로질러 막아 놓은 게 밖에서도 보였다.

처음에는 방에 아무도 없는 줄 알았지만, 잠시 후 비드가 네 개의 기둥이 있는 커다란 침대 뒤에서 모습을 드러냈다. 그 애는 구석에 놓인 책상 앞에 앉더니, 장갑 안쪽에서 작은 유리병 하나를 꺼냈다. 그리고 그걸 엄지와 검지로 잡고 촛불에 갖다 댄 채, 그걸 지켜보느라 완전히 몰입해 있었다.

나는 그 모습을 잠시 지켜보다가 '흠흠' 헛기침을 했다. 주위를 두리번거리다가 나와 눈이 마주친 비드는 그다지 놀란 표정이 아니었다. 그 애가 의자에서 일어나 창가로 다가왔다. 비드를 만나 무슨 말을 할지 전혀 생각해 놓지 않았다는 걸 깨닫고, 갑자기 심장이 열 배는 빠르게 뛰기 시작했다.

비드는 나무 막대 앞에 서서 팔짱을 꼈다. 내가 먼저 말하기를 기다리는 눈치였다.

"안녕하세요, 아가씨." 서로 편하게 말을 놓기로 했으니 그런 호칭은 쓰지 말았어야 했는데, 오늘따라 내가 너무 어리숙하게 느껴져 속으로 나 자신에게 욕을 퍼부었다.

"안녕." 비드가 말했다. 그리고 그게 다였다. 비드는 눈을 가늘게 뜨고 막대 틈새로 나를 보았다. 무릎을 굽히고 엉거주춤하게 거기 앉아 있는 내 모습은 분명 아주 이상해 보였을 터였다. 빗방울이 떨어지기 시작했다.

"내가 누군지 아마 기억 못 할 거야." 내가 말했다.

"우리 겨우 몇 시간 전에 만났었잖아."

"아, 그래, 그랬었지?"

"그런데 거기 위험하지 않아? 지금 아무것도 안 붙잡고 있는 것 같은데."

"아가씨, 아, 아니, 비드. 난 괜찮아. 이렇게 몇 시간도 앉아 있을 수 있어. 내가 균형 감각이 아주 좋은 편이거든."

그리고 한동안 침묵이 이어졌다.

"미안하지만 본론만 말할게. 지금 여기서 뭐 하는 거야?" 비드가 물었다.

"할 얘기가 있어서 왔어."

"그렇구나."

또다시 침묵이 흘렀다.

"그럼, 빨리 말하는 게 좋겠어. 우리 얘길 누가 듣기라도 하면 우리 둘 다 아주 난처해질 거야."

"그래. 빨리 말할게. 당연히 그래야지." 나는 생각을 정리하려고 애썼다. "먼저, 우리 오두막에 네가 손수건을 두고 가서 그걸 돌려주고 싶었어."

나는 조끼 주머니에서 똘똘 말린 손수건을 꺼냈다. 어쩐지 내가 주머니에 넣은 후로 더 더러워지고 축축해진 느낌이었다. 내가 나무 막대 사이로 손수건을 내밀자, 비드가 잠시 그걸 보다가 받아 들었다. 비드의 맨손이 내 손에 닿았다. 장갑을 끼지 않은 비드의 손을 본 건 그때가 처음이었는데, 불에 덴 상처와 거친 흉터로 손이 엉망이었다.

"다쳤잖아!" 미처 생각하기도 전에 말이 먼저 튀어나왔고, 비드는 재빨리 손을 빼더니 치맛자락 뒤로 손을 감췄다.

"그래서 뭐?"

"왜 그런 거야? 아픈 거 아니야?"

"걱정해 줘서 고맙지만, 아무것도 아니야. 할 말은 그게 다야? 손수건 하나 돌려주겠다고 너무 먼 길을 온 것 같은데?"

나는 비드 손의 상처를 걱정하느라 얼른 다음 말이 떠오르지 않았다.

"아니, 또 있어. 나도 조금 전 알게 된 건데, 무척 중요한 거야."

"혹시 식물에 관한 거라면 내가 알고 싶은 건 할아버지가 다 알려주셨어."

"아니, 식물 얘기 아니야. 네 약혼자에 관한 거야."

"난 약혼자 없어."

"내 말은, 너랑 결혼하고 싶어 하는 남자를 말하는 거야. 모던트 씨." 나는 창가로 더 바짝 얼굴을 가져갔다. "그 남자 보기와는 다른 사람이야."

"아, 전혀 몰랐던 사실이네. 그 사람은 보기에도 그렇고, 실제로도 아주 거만하고 믿을 수 없는 개자식이거든."

비드가 욕하는 걸 들으니, 순간 머리가 멍해지는 기분이었다. 마치 질긴 고기 조각이라도 삼키는 것처럼 나는 침을 한번 꿀꺽 삼킨 다음,

말을 이어 갔다.

"그 이상이야. 그 남자, 그동안 악마처럼 무덤들을 훼손하고 있었어."

비드의 눈썹이 위로 올라갔다.

"그게 정말이야?"

"무덤을 파헤쳐 시체를 훔쳤어. 직접 한 건 아니고, 다른 사람한테 시켜서 한 거야. 이런 말 하게 돼서 진짜 미안한데, 비드, 너희 집 하인들에게 돈을 주고 시켰더라고."

나는 비드가 뭐라고 말하길 기다렸지만, 비드는 미간을 좁힌 채 아무 말도 하지 않았다.

"길리 부부가 그러는 걸 내가 직접 봤어. 두 사람이 교회 묘지 열쇠를 훔쳐 갔고, 조금 전엔 열쇠를 넘기면서 그 대가로 모던트 씨한테서 돈을 받는 것도 내 눈으로 똑똑히 봤다고. 그것도 너희 집 마구간 마당에서!"

나는 손으로 뒤쪽을 가리키다가 발이 살짝 미끄러져 하마터면 떨어질 뻔했다. 얼른 창틀로 손을 뻗었고, 막대 틈새에서 비드의 손이 튀어나오더니 내 상의 앞섶을 움켜잡았다.

"조심해." 비드는 내 옷깃을 계속 잡고 있다가 내가 다시 중심을 잡자, 손을 뗐다. "네가 직접 본 거지? 진짜 확실한 거야?"

"내가 전부 다 봤다니까. 네가 돌아오기 직전에 있었던 일이야. 그리고 그 세 사람이 모두 이 집에 있는데, 넌 여기 갇혀 있잖아. 아무래도 여긴 안전한 곳이 아닌 것 같아. 네 말대로 그 남자는 믿을 만한 사람이 전혀 아니거든." 나는 다음 말을 어떤 식으로 표현하면 자연스러울까 생각했지만, 생각에 앞서 말이 먼저 튀어나왔다. "너, 여기 있으면 안 될 것 같아. 그러니까 나랑 같이 오두막으로 가자. 작긴 해도 충분히 안락한 곳이야. 누군가 이 끔찍한 일을 해결하는 동안 교회 땅에 머물면 아무래도 훨씬 안전할 거야. 모던트 씨는 위험한 인간이야, 비드. 그 남자랑 결혼해선 안 돼."

한동안 아무 말이 없는 비드를 보며, 내가 너무 선 넘는 소리를 했나 싶은 생각이 들었다.

"당연히 그 남자랑은 결혼 안 할 거야." 마침내 비드가 입을 열었다. "방금 나한테 한 얘기 다른 사람도 알아?"

"아니, 너희 집 하인들 말고는 아무도 몰라. 그 사람들도 위험하긴 마찬가지인 것 같아."

비드는 가는 손가락을 입술에 대고 뭔가를 생각하는 듯했다.

"재밌네. 아주 재밌어. 이렇게 목숨 걸고 말하러 와 줬으니 고맙다고 해야겠네."

"별거 아니었어. 넌 앞으로 어떡할 거야?"

"모르겠어. 아직은."

"오두막에 가 있지 않을래?"

몇 초도 안 되는 짧은 시간이었지만, 나는 잔뜩 기대에 부풀어 대답을 기다렸다.

"고맙지만, 괜찮아. 가고 싶어도 이 방을 나갈 방법도 없고 말이야. 게다가 여기서 끝내야 할 일도 있거든."

"알겠어. 하지만 내가 도울 일이 있으면 뭐든 말해."

모르긴 몰라도 내 목소리에서 분명 실망하는 기색이 느껴졌을 터였다. 비드는 가만히 나를 바라보더니 눈을 반쯤 감았다. 그대로 선 채 잠이 든 게 아닐까 생각할 즈음, 비드가 나를 손가락으로 가리켰다.

"말이 나왔으니 말인데, 네가 좀 도와줄 만한 일이 생각났어."

"말만 해! 뭐든 다 할게!" 내가 말했다.

비드는 한쪽 입꼬리를 씩 올리며 웃었다.

"좋았어. 너 정도면 충분히 해낼 수 있을 거야."

뭐라고 답해야 할지는 몰라도 귀가 빨개지도록 기분이 좋아졌다. 나는 창문틀을 단단히 잡고 비드가 하는 말에 온전히 귀를 기울였다.

"여기까지 기어 올라올 실력이라면 무도회장으로 몰래 들어가는 데도 전혀 문제없을 거야." 비드가 말했다.

"아, 그래. 나는 균형 감각도 좋지만, 살그머니 들어가는 것도 아주 잘해!"

비드가 웃었다. 지금껏 그렇게 환하게 웃는 건 처음 본 것 같았다.

"대단하다. 그럴 줄 알았어."

"무도회장은 어디야?"

"일 층이고, 내 방 반대편에 있어. 중앙에 밖으로 돌출된, 커다란 창이 하나 있는데, 연기를 내보내느라 요즘 그 창을 거의 항상 열어 놓더라고."

"연기라고?"

"어, 그 남자가 거기서 실험을 하는데, 그 과정에서 생기는 거야."

그 실험이라는 게 어떤 걸까 문득 궁금해졌다. 또 한편으로는 괜히 돕겠다고 나선 건 아닌지 후회스러운 감정도 살짝 들었다. 하지만 비드의 부탁이라면 뭐든 할 수 있다고 마음을 다잡았다.

"이제 곧 저녁 식사 시간이거든. 피니어스가 그곳을 비우는 유일한 시간이야. 장미 넝쿨 지지대가 있으니, 그걸 타고 올라가서 창문을 통해 무도회장으로 들어가면 돼." 비드는 갑자기 손가락 하나를 펴더니, 경고하듯 말했다. "일단 안으로 들어가면 어떤 것도 건드려선 안 돼."

"그럴 생각도 없었어."

"무도회장 어딘가에 작은 책이 한 권 있을 거야. 책상 서랍 안에 있을 가능성이 가장 큰데, 어쩌면 그 남자가 보다가 어디 다른 데 뒀을지도 몰라. 하지만 찾기 쉬우니까 걱정하지 마. 실로 엮었고, 표지는 불에 그슬렸어." 비드가 다시 손가락을 폈다. "절대 펴 보면 안 돼."

"안 볼게, 약속해." 내가 말했다.

"좋아."

비드는 한동안 나를 가만히 보기만 할 뿐 아무 말도 하지 않았다. 이 계획을 정말 시도해도 될지, 다시 생각해야 할지 고민하는 것 같았다.

"책을 찾은 다음에는 어떻게 해? 너한테 갖다주면 돼?" 내가 물었다.

"아니. 그러면 절대 안 돼. 여기서 가지고 나가야 해. 너희 할아버지한테 가지고 가. 적절한 때에 내가 다시 찾으러 가겠다고 말씀드려 줘." 비드는 잠시 말을 멈췄다. "생각해 보니까, 어쩌면 할아버지가 잃어버린 열쇠도 거기 있을 것 같아. 아무래도 피니어스가 뭔가 중요한 물건들을 다 거기 두는 것 같거든."

나도 무슨 말인가를 하려는데, 비드가 갑자기 고개를 돌렸다.

"누가 오고 있어. 너, 가야 돼. 진짜 고마워……" 비드가 얼굴을 찡그렸다. "그런데, 너 이름이 뭐야? 아직 이름도 모르고 있었네."

"네드릭이야. 줄여서, 네드."

"고마워, 네드."

"천만에. 이런 안 좋은 상황이 빨리 해결돼서 네가 예전처럼 편안하게 잘 수 있길 바랄 뿐이야."

비드가 고개를 갸웃거리며 물었다.

"왜 그런 말을 하는 거야?"

"할아버지가 그랬거든. 네가 수면제를 만들 약초를 구하러 왔었다고." 나는 책상 위에 놓인, 황갈색 액체가 담긴 작은 유리병을 손으로 가리켰다. 비드는 병을 확인하더니 다시 나를 봤다.

"아, 그건 걱정할 거 없어. 오늘 밤에 난 아주 단잠을 잘 예정이거든." 비드가 말했다.

XX
비드

그 남자애 말을 들은 후로 내 머릿속은 훨씬 더 혼란스러워졌다. 그렇다고 계획을 전부 바꿀 정도는 아니었지만, 어쨌든 전혀 예상하지 못한 소식을 듣게 되니 이번 일이 뜻대로 되지 않을 수도 있겠다는 생각이 점점 커졌다. 그리고 내가 혼란스러워진 건 그 남자애 때문이기도 했다. 참 특이한 애였다. 내게 잘 보이고 싶어 그토록 애를 쓰고 다정하게 구는 사람은, 어느 정도 자란 후로 처음 본 것 같았다. 뼈가 앙상할 만큼 말랐고 모든 면에서 평범하지 않았지만, 그래도 잘생긴 편이라는 건 인정해야 했다.

잠긴 방문에서 자물쇠 돌아가는 소리가 들리기에, 나는 얼른 장갑부터 꼈다. 아버지가 문을 열었지만 안으로 들어오려고 하지는 않았다. 평소 그 어느 때보다 지쳐 보이는 모습이었다. 내가 지금 당장 악마를 부르겠다고 해도 너무 피곤한 나머지 별다른 반응을 보이지 않을 것 같은 얼굴이었다.

"뭘 하고 있었니? 왜 창가에 서 있는 거야?" 아버지가 물었다.

"바람 좀 쐬고 싶어서요."

"엘머 씨가 그러는데, 네가 말하는 소릴 들었다는구나."

"혼잣말 좀 했어요. 아무도 못 만나게 하시더니, 이제는 저 혼자 떠드는 것도 못 하게 하시려고요?"

나나 아버지나 다투는 데는 이미 진력이 나 있었기에 더 심한 말은 일부러 서로 피하고 있었다.

"피니어스가 저녁 식사를 함께 하고 싶다는구나."

"너무 잘됐네요."

"결혼식을 어떻게 치를 건지, 세부적인 내용들을 얘기하고 싶다고 하더라."

"결혼식 준비에 저를 끼워 주다니 정말 친절하기도 하네요. 제 입에 재갈을 물리고 밧줄로 묶어서 교회로 끌고 갈 줄 알았거든요."

"길게 말할 거 없다, 오비디언스. 가자."

"지금요?"

"그래, 지금."

아버지도 나도 서로 눈치만 보며 꼼짝도 하지 않았다. 나는 책상 위에 올려놓은 작은 유리병을 힐긋 쳐다봤다. 눈에 잘 띄는 곳에 놓여 있었지만, 아버지가 방 안으로 들어오지 않는 한 들킬 염려는 없었다.

"그래도 창피하지 않을 만한 옷으로 좀 갈아입고 가면 안 될까요?"

아버지가 한숨을 쉬었다.

"지난번처럼 또 도망치려고? 창틀에 못도 단단히 박아 놨고, 난로 부지깽이도 전부 치웠으니, 이번엔 그리 쉽게 안 될 거다."

"도망치려는 게 아니라 화해하고 싶어서 그러는 거예요, 아버지. 혹시 길리 부인을 좀 올려 보내 주실 수 있으세요?"

"길리 부인은 지금 저녁 준비하느라 바쁠 거야."

"오늘은 또 무슨 괴상한 수프를 만드는지 몰라도 잠깐 혼자 끓게 놔둔다고 맛이 갑자기 달라지거나 하진 않을 거예요. 코르셋을 입으려면 등 뒤에서 끈 묶어 줄 사람이 필요하단 말이에요."

내 말에 아버지도 마음이 좀 풀린 모양이었다.

"그래, 불러 주마. 하지만 준비가 끝나는 대로 서둘러 내려와야 한다."

아버지는 몸을 돌려 복도 쪽으로 걸어갔다. 아버지가 문가에서 사라지자마자 나는 유리병을 집어 얼른 책상 서랍 속에 숨겼다.

몇 분 뒤 길리 부인이 들어왔다. 길리 부인은 이상하리만치 입을 꾹 다문 채 평소와 다른 분위기를 풍겼다. 티가 날 만큼 죄지은 사람처럼 굴었지만, 왜 그러냐고 대놓고 물어볼 수도 없는 노릇이었다.

문득 네드가 집 안으로 몰래 들어갈 수 있게 길리 부인을 여기 붙잡아 두는 것도 좋겠다는 생각이 들었다. 그래서 부인이 옷 입는 걸 돕는 동안 나는 최대한 비협조적으로 굴었다. 괜히 몸을 비틀고 투덜거리고 시간을 오래 끌기 위해 할 수 있는 건 다 했다. 결국 길리 부인도 인내심이 한계에 달했는지 코르셋 끈을 거칠게 잡아당겨 뒤에서 꽉 묶었다. 어찌나 힘을 줘 당겼는지 옆구리가 주먹으로 한 대 맞은 것처럼 뻐근했다. 부인은 고개만 까딱하고 얼른 방에서 나갔다. 나도 부인을 따라가는 척하다가 책상 앞으로 돌아왔다. 그러고는 유리병을 꺼내 보디스(여성이 드레스 위에 입는 꽉 끼는 조끼-옮긴이) 앞섶에 숨긴 다음, 남편이 될 사람을 만나기 위해 아래층으로 내려갔다.

식당에 들어서자, 피니어스가 싱글벙글 웃는 얼굴로 예의를 차려 나를 맞았다. 아버지는 없고 피니어스가 식탁 상석에 앉아 있는 걸 보면, 아마도 아버지에게 자리를 피해 달라고 부탁한 듯했다.

"비드 양, 함께 식사하러 와 줘서 정말 기뻐요." 그는 자기 옆자리 의자를 뒤로 빼며 말했다.

나는 일부러 피니어스의 반대편 자리에 앉은 뒤, 긴 식탁 너머로 그를 노려보았다.

"바깥바람을 쐬고 오더니 얼굴이 훨씬 좋아 보이는군요! 내가 얼마나 걱정을 했는지 몰라요. 도대체 어딜 갔었던 거죠?"

나는 대답하지 않았고, 그는 웃음을 터트렸다.

"이것도 비밀인가요? 어차피 상관없어요. 우리 지나간 일은 마음에 담아 두지 맙시다. 오늘 저녁, 나는 우리의 미래에 관해 얘기 나누고 싶으니까요."

"모던트 씨, 우리 결혼식에 대해 상의할 생각이라면 전 할 말이 없어요. 어디 웨스트민스터 성당(국왕의 대관식이 거행될 만큼 명예로운 장소임-옮긴이)을 결혼식장으로 잡아 보시죠. 그런다고 제가 거기 서 있을 일은 없을 테니까요."

피니어스는 두 손을 서로 맞대며 웃었다.

"당신답지 않게 왜 순진한 척을 하고 있죠? 뭐, 당신 아버지께는 결혼 준비를 하겠다고 말씀드리긴 했죠. 하지만 지금 나는 결혼 준비 따윈 전혀 관심이 없어요."

"그렇다면 왜 절 내려오라고 한 거죠?"

"여긴 우리 둘밖에 없잖아요, 오비디언스. 서로의 관심사가 뭔지도 다 알았고. 어쩌면 너무 많이 알고 있다는 게 문제긴 하죠. 그래서 말인데, 우리가 뭘 원하는지, 어떤 야심을 품었는지 그냥 솔직하게 터놓고 말해 보는 건 어떨까요?"

나는 잠시 뜸을 들이다 대답했다.

"제가 뭘 바라는지는 이미 아실 텐데요, 모던트 씨."

"그랬던가요?"

"알 거라고 생각했는데. 아무래도 저에게 별로 관심이 없는 모양이군요."

"알려 주시죠."

"제가 바라는 건 당신을 우리 집 가장 높은 곳으로 데려가 열린 창문을 통해 밀어 버리는 거예요. 그게 어떻게 당신의 바람이나 야심과 일치한다는 거죠?"

길리 씨가 노크하고 안으로 들어와 우리는 둘 다 입을 다물었다. 길리 씨가 우리 둘에게 각각 와인을 따라 주었고, 피니어스는 고맙다고 말했다. 손에 든 와인 잔을 통해 나를 보는 피니어스의 눈빛이 시뻘겋게 타오르는 석탄처럼 이글거렸다.

길리 씨가 느릿느릿 문을 닫고 밖으로 나갔고, 피니어스는 와인을 한 모금 마셨다.

"며칠 전 내가 했던 말은 진심이었어요. 우리가 힘을 합친다면 실로 누구도 따라올 수 없을 만큼 어마어마한 능력을 발휘하게 될 겁니다. 내가 알고 있는 실용적인 전문 지식과 당신이 알고 있는 이론을 서로에게 알려 주고 결합시킨다면 우리는 인류 역사를 바꾸게 될지도 몰라요, 오비디언스. 만약 연구가 성공한다면 우리는 역사의 한 페이지를 장식하고, 우리 둘의 이름은 지구상에 인류가 존재하는 한 오래오래 기억될 거예요."

"허버트 웰레스트도 그랬어요. 그런 생각을 하다가 비참하게 죽었고, 묘비도 없는 무덤에 묻히게 됐고요."

"아, 그러니까 그분이 어디 묻혔는지 당신은 알고 있단 뜻이군요!"

순간 내 얼굴이 빨개졌다. 이런 바보 같은 실수를 하다니!

"그래요, 무덤이 어딨는지는 나도 알아냈어요." 피니어스가 말을 이어 갔다. "정말 음산한 곳에 자리를 잡았더군요! 방호 장치가 너무 튼튼하게 돼 있는 걸 보고 낙심했지만, 다행스럽게도 해결책을 찾은 것 같군요."

피니어스는 내 얼굴을 가만히 바라보며 내 반응을 살폈다. 밖에서는 바람이 어찌나 거세게 부는지 창문 유리에 빗방울이 부딪칠 때마다 마치 돌멩이를 던지는 것 같은 소리가 났다. 멀리서 천둥소리도 들려왔다.

"무슨 소릴 하는지 모르겠네요." 내가 말했다.

"잘 생각해 봐요, 오비디언스. 분명 내 연구가 한 단계 높은 수준으로 진화될 거라고요." 그는 와인을 한 모금 더 마셨다. "허버트의 다이어리에 적힌 암호를 일부 해독하긴 했지만, 당신은 내가 아는 것보다 훨씬 많은 걸 이해한다고 확신해요. 정말 흥미롭지 않나요? 극히 이성적인 과학 지식과 말도 안 되는 생각들이 그렇게 뒤죽박죽 섞여 있다는 게. 하지만 그걸 무시해선 안 되는 이유가 바로 여기 있죠. 소위 자연 철학을 연구한다는 과학자들 중에는 너무 편협한 생각을 하는 사람들이 참 많아요. 하지만 허버트는 모든 것에 열린 마음을 갖고 대했죠. 바로 나처럼."

"이미 수 세기 전에 폐기된 법칙을 다시 되돌리고 싶다면, 말리지는 않겠어요. 하지만 내가 보기에 허버트 할아버지의 연구 내용은 완전히 말도 안 되는 것들뿐이에요."

"그렇다면 애초에 왜 그 다이어리를 연구했죠? 그리고 그걸 되찾으려고 그렇게 필사적이었던 건 왜고요? 숨기려 할 것 없어요, 오비디언스. 부끄러워할 것도 없고요. 그 다이어리에는 얻을 게 정말 많다는 걸 난 알고 있어요. 하지만 허버트가 알고 있던 모든 지식이 다 거기에 담기진 않았잖아요, 안 그래요?"

나는 대답하지 않았다.

"그분이 다른 연금술사에게 보낸 편지 몇 통을 내가 가지고 있어요. 엄청난 노력과 비용을 들여 입수했죠. 그 편지에, 가장 중요한 비밀은 무덤까지 가져가겠다는 말이 반복해서 적혀 있었어요. 그분이 자신이 묻힐 장소를 그토록 숨기고 또 철저히 보호하려고 했던 걸 보면, 말 그대로 그걸 무덤으로 가져갔을 거라는 확신이 들더군요!"

그때 창밖에서 번갯불이 번쩍하며, 잔뜩 흥분한 피니어스의 얼굴을 환하게 비췄다. 몇 초 뒤 천둥소리가 그 어느 때보다 요란하게 우르릉거렸다. 마치 폭풍이 이 집을 차지하기라도 한 것처럼 창틀이 떨리고 촛불이 흔들리면서 식당 전체가 부르르 진동했다. 그런데 어쩐지 귀를 기울이면 기울일수록 벼락 치는 소리가 바깥이 아닌, 사실은 우리 집 무도회장 쪽에서 들려오는 것만 같다는 생각이 점점 들기 시작했다.

XXI
네드

비가 내려 미끄러웠지만, 그래도 배수관보다는 장미 넝쿨 지지대가 잡고 오르기에 훨씬 수월했다. 나무 막대 곳곳이 썩고 전체적으로 푸석푸석하게 무른 상태긴 해도 내 몸무게를 지탱하지 못할 정도는 아니었다. 비쩍 마른 내 몸이 이번에도 큰 도움이 되었다. 나는 지지대 끝까지 오른 다음, 거기서 저택의 정문 현관 위 박공지붕을 밟고 올라섰다. 그리고 반쯤 열린 창문을 통해 무도회장으로 슬쩍 들어갔다.

제일 먼저 콧속으로 들어온 건 눅눅한 먼지 냄새였다. 아주 오랫동안 무도회가 열리지 않았을 뿐 아니라 앞으로도 한동안은 열리지 않을 것 같은 그런 곳이었다. 모던트 씨가 이곳을 실험실로 쓰고 있다는 말을 비드에게 듣긴 했지만, 이 정도로 규모가 크고 복잡한 장치들이 설치되어 있을 줄은 미처 몰랐었다. 유리와 금속으로 만든 구체, 원뿔, 원기둥 모양의 각종 도구와 장치들이 마치 꿈에서 본 도시 모형을 닮아 있었다. 그리고 중앙에 놓인 석유램프에서 나온 불빛이 사면의 벽과 천장에 수많은 무지갯빛을 만들고 있었다.

"지금쯤 여기 아무도 없을 거라고 비드가 말했는데…… 방금 전까지 누가 있었나 봐." 나는 모스카에게 말했다.

층계참에서 사람의 말소리가 들려왔다. 나는 얼른 한쪽 구석으로 가 무겁고 축축한 커튼 뒤에 몸을 숨겼다. 누군가 무도회장 문 바로 앞에 서 있는 듯했다. 딱 부러지는 말투로 보아 모던트 씨인 것 같았다. 문이 쾅 하고 닫히더니, 문 잠그는 소리가 들렸다. 그리고 휘파람

부는 소리와 함께 발소리도 점점 멀어져 갔다.

"나는 책을 찾을 테니, 모스카 넌 열쇠를 찾아. 어떤 냄새였는지는 기억하지?"

모스카가 어둠 속으로 날아갔고, 나는 실험 장치들이 산처럼 쌓인 곳으로 천천히 다가갔다. 정교한 미로처럼 설치된 유리병과 관, 유리탑 사이를 조심스럽게 지나갔다. 장치의 대부분은 커다란 황동 판 위에 놓여 있었는데, 판이 피처럼 보이는 뭔가로 잔뜩 얼룩져 있었다. 그걸 보니, 할아버지가 간을 자를 때 쓰는 큰 서빙용 접시가 생각났다.

방 반대편 끝에 벽을 향해 밀어 놓은 책상 하나가 눈에 띄었다. 그리고 그 위에는 누군가의 초상을 그린 유화 하나가 걸려 있었다. 무척이나 근엄한 표정을 지은 데 반해 아주 우스꽝스러운 옷을 입고 있어 어쩐지 어색하고 우울해 보이는 그림이었다. 나는 그 사람의 얼굴이 낯익은 듯 보여 쓸데없이 한참을 쳐다보았다. 어쩐지 비드와 닮은 듯했는데, 아무래도 비드의 먼 친척이라서 그런 게 아닐까 싶었다. 사실대로 말하면, 그즈음 내 눈앞에는 늘 비드의 얼굴이 어른거렸다. 어떨 때는 비드의 얼굴이 죽 그릇 속에서 나를 보고 웃고 있기도 했다.

또 다른 사람의 목소리가 들려 그제야 나는 다시 정신을 차렸다. 석유램프를 들고 서둘러 책상으로 가 보니, 그 위에는 갖가지 책과 종이 뭉치들이 잔뜩 쌓여 있었다. 책을 하나씩 살펴보았다. 할아버지 선반에서 봤던 것과 비슷한 책도 여러 권 있었지만, 비드가 설명한 그런 책은 없었다. 너무 크거나 두껍거나 표지 색이 달랐다. 실로 엮었고, 표지가 불에 그슬린 작은 책은 눈에 띄지 않았다.

나는 비드가 한 말을 떠올리며 책상 서랍을 열었다. 이런저런 설명이 그림으로 그려진 종이들이 더 있었는데, 주로 사람의 팔과 다리, 근육과 뼈가 그려진 그림들이었다. 모던트 씨가 연구한다는 게 이런 거였나? 내가 알기로 이건 묘지 주민들을 스케치한 그림인데. 이것 역시 그 남자가 시체 도둑이라는 증거라고 나는 생각했다.

마지막 서랍을 열자, 내가 찾던 두 가지가 거기 들어 있었다.

먼저 눈에 들어온 건 열쇠였다. 난로 위 못에 걸려 있는 걸 평생 봐왔기에 무척이나 눈에 익은 열쇠들이었다. 혹시라도 서로 부딪쳐 소리가 나지 않도록 나는 열쇠 꾸러미를 조심스럽게 들어 올렸다. 묘지 입구, 교회 문, 오두막, 그리고 한 번도 물은 적 없는 또 다른 열쇠 하나가 고리에 걸려 있었다. 바로 이름 없는 무덤의 열쇠였다. 나는 열쇠 꾸러미를 허리춤에 매달았다.

비드가 말한 책도 그 아래 있었다. 책을 꺼내 램프 불빛에 비춰 보았다. 불 속에서 타고 있던 걸 겨우 끄집어낸 것처럼 표지가 시커멓게 그슨, 굉장히 낡은 책이었다. 그리고 아주 이상한 냄새도 났다. 새 끈으로 묶여 있었는데, 비드에게 절대 펴 보지 않겠다고 약속했는데도 불구하고 끈을 풀어 열어 보고 싶은 유혹이 너무 강하게 일어, 나는 무척이나 자제심을 발휘해야 했다.

책을 조끼 주머니에 꽂은 뒤, 모스카를 찾았다. 모스카는 실험 장치 주변을 이리저리 날아다니기만 하면서 물건 찾는 건 도와주지도 않더니, 이제는 어디에 숨었는지 날갯소리조차 들리지 않았다. 들리는 소리라고는 유리창에 부딪히는 빗소리와 멀리서 들려오는 천둥소리뿐이었다.

"모스카? 어딨어? 이제 나가자!" 내가 속삭였다.

계단에서 누가 떨어지기라도 한 것처럼 어디선가 '쿵' 하는 소리가 들려왔다. 그런데 그 소리는 창문이 아닌 작업대 아래에서 난 듯했다.

"모스카?"

책상 위에 있던 램프를 들고, 장치들이 있는 곳으로 걸어가며 귀를 기울였다. 또다시 천둥소리가 들리고 연이어 '쿵' 소리가 들렸다. 탁자 밑에는 금속 걸쇠가 달린 작은 나무 상자 하나가 놓여 있었다. 실험실에 있는 다른 모든 도구가 매우 가지런히 정렬돼 있는 데 반해 이 상자만 옆으로 누워 있었다. 모스카는 마치 자신이 상자를 쓰러뜨리기라도 한 것처럼 그 위를 천천히 기어다니고 있었다. 날개를 계속 흔들었지만, 공중으로 날아오르지는 않았다.

내가 상자를 들어 바로 세우자, 안에서 부드럽고 묵직한 뭔가가 털썩 움직였다. 닭이 꼬꼬 하고 우는 듯한 소리도 요란하게 들렸다. 나는 상자를 작업대에 올려놓고 걸쇠를 풀었다. 뚜껑을 살짝 들어 안을 들여다봤다. 구슬 같은 까만 눈에 램프 불빛이 반사됐다.

"오, 안녕……"

그 순간 '우르릉, 쾅!' 천둥 번개가 치며 저택 전체가 흔들렸다. 평소 천둥소리를 무서워하지 않았지만, 오늘 있었던 여러 가지 일로 무척이나 지치고 불안한 상태였던 나는 그 소리에 그만 상자를 떨어뜨리고 말았다. 상자가 바닥에 부딪치며 뚜껑이 떨어져 나갔다. 그리고 안에 들어 있던 것이 내 발밑으로 굴러왔다.

포동포동한 연분홍색 살덩어리가 엎어져 있는 걸 보고, 아주 잠깐 그게 갓난아기인가 싶어 온몸에 소름이 끼쳤다. 하지만 다시 보니, 부리가 있고 발톱도 있었다. 털이 죄다 뽑히긴 했지만 분명 살아 있는 닭이었다. 닭은 무도회장의 마룻바닥을 마구 긁어 댔지만, 스스로 일어서지는 못했다. 그토록 끔찍하고 불쌍하게 생긴 건 본 적이 없었다.

뭘 어떻게 해야 할지 알 수가 없었다. 만약 내 앞에 모던트 씨가 있다면 나는 당장 그의 목을 졸랐을 터였다. 누구에게도 느껴 본 적 없던 엄청난 적개심에 나조차 놀랄 정도였지만, 눈앞의 닭은 어떻게 다뤄야 할지 당황스럽기만 했다.

나는 그 앞에 쪼그려 앉아 닭을 진정시키려고 해 봤다. 더 요란한 소리로 다시 천둥이 쳤고, 닭이 부리로 있는 힘껏 나를 쪼았다. 나도 모르게 그만 소리를 지르며 램프를 떨어뜨렸다. 그리고 뒤로 휘청거리다가 작업대를 건드렸다. 고개를 돌리자, 실험 장치들이 흔들거리고 있었다. 찰나가 몇 시간처럼 느껴지는 순간이었다. 엄청난 재앙이 눈앞에서 천천히 펼쳐졌다. 금속관들이 삐걱 소리를 내며 뒤틀리고, 유리그릇들이 바닥에 떨어지며 산산조각이 났다. 그 모든 것은 마치 반짝이는 폭포수처럼 우르르 무너져 내렸다.

나는 넋 나간 꼴로 그 장면을 바라보았다. 그 중앙에서 닭이 미친 듯이 마구 날개를 퍼덕이고, 바깥 층계참에서 발소리가 다가오고 있었다. 누군가 문의 자물쇠를 돌렸다.

닭을 데리고 갈까도 생각했지만, 내 몸 하나 빠져나가기도 바쁠 것 같았다. 그 생명체가 불쌍하고 가련했지만 아무래도 구해 주기는 힘들 것 같았다. 나는 반만 열린 창으로 기어올라 현관의 경사진 지붕으로 나갔다. 그리고 창턱 아래 몸을 웅크리고 안쪽에서 벌어지는 일을 지켜보았다. 모던트 씨가 큰 문을 열어젖히며 무도회장 안으로 뛰어들어왔다.

그는 아수라장이 된 현장의 한가운데 섰다. 두 손을 허리에 올린 채, 지금 이 광경이 믿기지 않는다는 듯 몇 번이나 고개를 돌려 주위를 보았고, 무척이나 화가 난 듯 가슴을 들썩거렸다. 깨진 실험 도구를 하나둘 집어 들었다가 다시 바닥으로 집어 던졌다. 그러더니 닭에게 다가갔다.

모던트 씨는 마치 말 안 듣는 아이를 보듯 잠시 그 앞에 서서 고개를 가로저었다. 나는 현장에서 도망침으로써 이 모든 재앙의 책임을 털이 뽑힌 그 닭에게 떠넘긴 꼴이 됐다는 사실을 그제야 깨달았다. 실험 도구가 전부 망가진 만큼 책임도 더 무거울 터였다.

모던트 씨의 청동 코가 씰룩거렸다. 앞으로 벌어질 일을 알면서도 나는 그 모습을 끝까지 지켜보았다. 어떤 일이 벌어질지 알았기에 더더욱 시선을 돌릴 수가 없었다. 그런 일이 벌어지도록 한 것에 대해 이렇게라도 속죄하고 싶었다.

무도회장 문으로 들어오는 한줄기 불빛 가운데, 모던트 씨가 잘 닦인 가죽 장화 한 짝을 높이 치켜들었다. 그러고는 온 힘을 다해 내리쳤고, 장화 굽이 마룻바닥을 내리찍을 때와는 다른 소리가 집 안에 크게 울려 퍼졌다.

XXII
비드

　식당에서 무도회장까지는 방을 세 개나 지나가야 할 만큼 꽤 멀었는데도 피니어스가 발을 쿵쿵거리며 걸어 다니는 소리가 여기까지 다 들렸다. 잠시 후 하인들이 서둘러 식당 문 앞으로 지나갔고 뒤이어 아버지도 따라갔다. 나는 그걸 보면서도 가만히 앉아 있기만 했다. 혹시 그 남자애가 잡힌 건 아닌지 걱정도 됐지만, 한편으로는 어수선한 분위기가 반갑기도 했다. 다이어리나 도둑맞은 열쇠보다 내게는 더 시급한 문제가 남아 있었다.

　나는 와인을 한입 가득 마신 뒤, 보디스에서 유리병을 꺼냈다. 그 작은 유리병에 정말 많은 게 달려 있었다. 작은 찻숟가락 한두 스푼 정도밖에 안 되는 양에 내 나머지 인생이 걸린 셈이었다. 거기에 들어간 성분을 내가 정확히 계량했기만을 바랄 뿐이었다.

　유리병을 계속 손가락 사이로 굴리며 잠시 생각에 잠겨 있을 때, 피니어스가 쿵쾅거리며 식당으로 걸어 들어왔다. 나는 얼른 유리병을 손으로 감싼 뒤, 두 손을 무릎 사이로 내렸다.

　지금 피니어스는 너무 화가 나 아무도 눈에 들어오지 않는 모양이었다. 식탁으로 돌아오자마자 냅킨을 집어 자기가 신은 장화의 한쪽을 문지르더니, 다시 접시 위에 던졌다. 흰색 리넨으로 된 냅킨에 피 같은 게 잔뜩 묻어 있었다.

　등골이 서늘해지며 심장이 쿵 내려앉았다. 설마 그 애 피는 아니겠지? 그래, 아니겠지. 아무리 피니어스라도 그렇게 끔찍한 짓을 저지르지는 않았을 거야. 게다가 냅킨에 묻은 피는 어딘가 타르처럼 끈적하면서 검붉은 것이, 사람 피 같아 보이지는 않았다.

"뭐가 잘못됐나요?" 태연한 척 애를 쓰며 내가 물었다.

피니어스가 나를 노려보았다. 그의 코가 고대 전함의 뱃머리처럼 단단하고 날카롭고 난폭해 보였다. 이번에도 그는 웃지 않았다.

"네가 일부러 풀어 준 거지?" 그가 말했다.

"뭘 풀어 줬다는 거죠?"

다행히 네드 얘기는 아닌 것 같았다. 무심결에 안도하는 빛이 내 얼굴에 스친 모양이었다.

"이것 봐. 좋아서 어쩔 줄 모르겠다는 표정이잖아! 당신은 싸구려 소설 같아서 얼굴만 봐도 무슨 생각을 하는지 다 알겠어, 오비디언스. 그럴 줄 알았어. 네가 일부러 그걸 꺼내 준 거야."

"무슨 소린지 모르겠어요."

"닭 말이야! 그놈의 닭이 미친 듯이 날뛰어 실험실을 전부 엉망으로 만들었다고!"

"아, 이런."

나도 모르게 웃음이 나왔다. 네드가 일을 아주 잘 해냈구나 싶었다. 피니어스는 내가 앉은 곳까지 씩씩거리며 걸어왔다.

"이 장비들을 다시 갖추려면 비용이 얼마나 드는지 알아? 당신 때문에 지금껏 해 온 게 모두 헛수고가 됐다고! 대학에서 연구하는 학자들이 며칠 뒤면 여기로 올 텐데, 그 사람들에게 보여 줄 게 전부 사라졌다고!"

"전부요? 그럼 그 닭도 달아났나요?"

나는 피 묻은 그의 장화를 힐끗 쳐다봤다. 그는 나를 향해 손가락질했다.

"이 고집스럽고, 괴팍하고, 유치하기 짝이 없는 마녀 같으니라고!"

"말조심하세요, 모던트 씨. 지금 아버지가 복도에 계시거든요."

"당신 아버지도 나랑 똑같은 생각일 거야. 이 모든 게 네가 꾸민 짓이라는 걸 내가 다 말하고 올 테니, 거기서 꼼짝 말고 기다리라고. 당신 아버지도 이런 말도 안 되는 짓은 더 이상 못 봐주겠다고 하실걸? 골칫덩어리를 더 이상 안 보게 되면 그보다 더 좋은 게 없다고 하실 거야. 이건 전부 당신 아버지가 먼저 내게 했던 말이라고. 이게 당신에게는 마지막 기회야. 복종하지 않고 그렇게 반항하면 할수록 당신은 내 손아귀에 들어올 수밖에 없어."

피니어스가 나를 향해 한 발 더 다가왔고, 나는 유리병을 든 손을 더 꽉 쥐었다.

"우리는 결혼하게 될 거야, 오비디언스 웰레스트. 그러고 나면 당신은 내가 시키는 대로 해야만 할걸? 네가 아는 걸 전부 털어놓을 때까지 지하실에 가둬 놓을 거니까. 허버트가 자기 다이어리에 뭐라고 썼는지 전부 말해야 할 거야. 그리고 무덤을 파헤치고 나면 시체와 함께 파묻은 다른 비밀들도 전부 해석해야 할 거고. 지금 당신이 이렇게 입을 닫고 있지만, 훨씬 많은 걸 알고 있다는 거 다 알아. 그래야 한다면 당신 목에 칼끝을 들이대서라도 전부 듣고 말 테니, 두고 보라고."

"얼마든지 위협해 봐요. 확실히 말하지만, 난 죽는 게 조금도 무섭지 않거든요."

피니어스는 내 말이 과연 진심인지 가늠이라도 하려는 듯 내 얼굴을 천천히 뜯어봤다. 우리 사이에는 한동안 정적이 흘렀고, 침묵은 아주 오래 이어졌다. 무도회장에서 비질하는 소리가 들리고, 길리 씨가 아둔한 손으로 실험 장비들을 치우다 떨어뜨렸는지 유리 깨지는 소리도 들려왔다.

"왜 그런 자세로 앉아 있지?" 피니어스가 물었다.

갑자기 얼굴로 피가 확 쏠리면서 당황한 기색이 쉽게 가라앉질 않았다.

"뭐가 어때서요?"

"손에 뭘 들고 있지?"

"아무것도 없어요."

"손 펴 봐."

나는 식탁 위로 두 손을 올리다가 유리병을 놓치고 말았다. 병은 의자 쿠션에 맞고 내 발 사이로 떨어졌다. 식당에는 카펫이 깔려 있지 않아서 단단한 마룻바닥에 유리병 떨어지는 소리가 마치 총소리처럼 요란했다.

피니어스가 앞으로 달려와, 나와 내가 앉은 의자를 옆으로 밀쳤다. 나는 엉덩방아를 찧고 바닥에 쓰러졌다. 재빨리 유리병을 낚아챈 뒤, 유리병을 한 손에 쥐고 일어난 피니어스는 미치광이처럼 의기양양한 얼굴을 하고 있었다. 그는 독약을 촛불 빛에 비춰 보더니, 코르크 마개를 뽑아 코에 대고 냄새를 맡았다. 그는 적을 물리친 영웅이라도 되는 것처럼 다리를 쩍 벌리고 내 앞에 섰다. 그러고는 혀를 찼다.

"이런, 이런, 오비디언스. 줄곧 말썽을 일으키는 건 알았지만, 이제 보니 살인까지 저지르려고 한 거야?"

197

"피니어스, 내 말 들어 봐요."

"허버트의 비밀을 넘기기도 전에 나를 죽이려고 한 거야? 그런데 어쩌나? 당신이 이러니 내 호기심만 점점 더 커질 뿐인걸. 당신이 이 정도로 애쓰는 걸 보면 정말 엄청난 게 거기 숨겨져 있는 게 분명해."

"당신이 생각하는 그런 게 아니에요, 피니어스."

고양이에게 실뭉치를 들이대며 장난치는 것처럼 그는 내 얼굴 앞에 유리병을 들이대고 흔들었다.

"지금 보니, 실용적인 화학 지식도 꽤 많이 알고 있는 것 같군, 안 그래? 그런데 이 정도는 나도 알거든. 독약마다 어떤 빛깔과 냄새를 가졌는지, 그런 특징에 대해 나도 아주 빠삭하지. 이건 젤세뮴(독성이 있는 덩굴 식물로 옐로우 재스민이라고도 부름-옮긴이)을 넣어 만든 거로 군, 그렇지?"

피니어스가 보기보다 똑똑하다는 사실에 나는 좀 놀랐다. 나는 한참 동안 바닥에 쓰러진 채 진실을 말할 기회만 기다리고 있었다. 나는 숨을 깊이 들이마셨다.

"맞아요." 내가 말했다.

"이건 그냥 독성이 있는 정도가 아니라 아주 치명적인 거지! 몸에 마비와 발작을 일으켜서 더 나쁜 결과를 가져올 수도 있고. 이것도 당신 아버지에게 말해야겠지? 아니면 곧장 옥스퍼드로 가 경찰에 신고할까? 살인죄가 어떤 벌을 받는지는 알고 있겠지?"

"알아요. 하지만 이미 말했을 텐데. 나는 죽는 게 전혀 두렵지 않다고."

나는 피니어스의 정강이를 향해 의자를 힘껏 걷어찼다. 피니어스가 몸을 구부린 사이, 나는 그의 손에서 유리병을 잡아챘다. 그리고 재빨리 마개를 열고 안에 든 것을 단번에 쭉 들이켰다. 나를 보는 그의 얼굴이 잿빛으로 변했다. 복도에서 들리던 목소리들이 점점 멀어지는 것처럼 느껴졌다.

"자, 이제 이 일도 우리 아버지에게 말해 봐요."

그리고 눈앞이 빙빙 돌기 시작했다.

XXIII
네드

장미 넝쿨 지지대를 타고 내려오느라 옷 여기저기가 뜯기고 찢어졌다. 바닥까지 거의 다 내려갔을 때쯤에는 벽에 비스듬히 박혀 있던 못에 그만 바지가 걸려 허벅지 부위에 커다랗게 구멍이 나고 다리에 상처도 생겼다. 그래도 나는 절뚝거리며 계속 걸었다. 등 뒤, 저택 창문으로 불빛이 하나둘 켜지고 사람들 목소리가 점점 더 크게 들려왔지만, 나는 감히 뒤돌아볼 엄두도 내지 못했다. 물웅덩이가 고인 진입로를 따라 서둘러 그곳을 빠져나왔다.

망가진 철문에 도착한 뒤에야 잠시 멈춰서 숨을 골랐다. 헉헉거리는 내 숨소리와 이따금씩 나뭇잎에서 떨어지는 빗방울 소리만 들릴 뿐 사방이 고요했다. 그때 저 멀리 저택에서 누군가의 울부짖는 소리가 긴 진입로를 따라 들려왔다. 울음소리가 너무도 슬프고 절망스러워서 나는 그 자리에 그대로 얼어붙고 말았다.

"모스카? 저게 무슨 소리지?"

내 귀에 앉아 있던 모스카도 나만큼 꼼짝하지 않고 가만히 있었다. 잠시 뒤, 더 낮고 긴 신음이 이어지더니 다시 잠잠해졌다. 비드의 목소리였을까? 아니, 여자애보다는 어른 남자의 목소리인 것 같았다. 아마도 실험 장치가 전부 엉망이 된 것 때문에 완전히 넋이 나간 모던트 씨가 또다시 흥분해 소리를 지른 건지도 몰랐다. 그 남자를 그렇게 화나게 했다고 생각하니, 가슴 한편이 짜릿할 만큼 통쾌한 기분이 들었다.

혹시 다른 소리도 들릴까 싶어 잠깐 더 귀를 기울였지만, 주위는 어둠에 싸여 적막하기만 했다. 나는 비드의 책이 주머니에 잘 꽂혀 있는지, 열쇠는 허리띠에 잘 걸려 있는지 확인한 뒤, 할아버지가 있는 교회 묘지를 향해 다시 달려가기 시작했다.

마을을 가로지르는 길이 온통 진흙탕으로 변해 걷는 속도도 느려졌다. 교회 담장이 보이는 곳에 도착했을 즈음, 내 꼴은 말도 아니었다. 온몸이 푹 젖고, 옷은 찢어지고, 여기저기 진흙이 잔뜩 묻어 있었다. 나는 되찾은 열쇠를 이용해 묘지로 들어가는 철문을 열고, 진창이 된 오솔길을 걸어 오두막으로 향했다.

평소보다 더 여위고 초췌한 모습의 할아버지가 오두막 문을 열었다. 할아버지는 잠시 나를 가만히 바라보더니 내 팔을 당겨 꽉 끌어안았다. 나도 할아버지를 안았는데, 옷 아래로 느껴지는 할아버지의 골격이 어딘가 느슨해진 것 같아 느낌이 이상했다. 할아버지는 팔을 풀고, 나를 머리끝에서 발끝까지 천천히 훑어보았다.

"네드, 시체 도굴꾼들이 널 잡아간 줄 알았다. 세상에, 어디 있었던 거냐? 물에 빠진 생쥐 꼴에 거지가 따로 없구나."

"죄송해요, 할부지."

"뭐가 죄송하다는 거냐?"

"말도 없이 나가서요."

"네 발로 나갔단 말이야? 도대체 어딜 갔었던 거야?"

"웰레스트 양을 만나러 갔었어요."

할아버지의 얼굴에 얼핏 재미있어하는 표정이 떠올랐다.

"그래, 그랬구나. 손수건을 돌려주니 웰레스트 양이 좋아하긴 했고?"

"네, 아주 좋아했어요."

"그래, 고맙다고 저녁 초대라도 받은 모양이구나? 그렇게 오랫동안 안 돌아온 걸 보면."

"아뇨, 저녁을 먹진 않았어요." 나는 눈가에 묻은 진흙과 빗물을 손으로 닦아 냈다. "할부지, 아무래도 저 아주 바보 같은 짓을 저지른 것 같아요."

할아버지의 성하지 않은 쪽 눈알이 위로 올라가 온통 누런빛 흰자만 보였다.

"그 얘길 들으려면 먼저 좀 앉아야겠구나." 할아버지가 말했다.

할아버지는 내 어깨에 팔을 두른 채 의자가 있는 난롯가로 나를 데려갔다. 내가 낡은 셔츠로 머리카락과 얼굴의 물기를 닦는 동안 할아버지는 바닥에 있던 찻잔을 들어 몇 모금을 마신 뒤, 나를 유심히 바라보았다.

"열쇠를 찾았어요."

내가 허리춤에서 열쇠 꾸러미를 꺼내 차 상자 위에 내려놓자, 할아버지의 얼굴이 단박에 환해졌다. 할아버지는 앞으로 당겨 앉으며 꾸러미를 집어 들더니, 열쇠를 하나하나 확인했다.

"네드! 바보 같은 짓을 했다더니, 전혀 반대잖니! 아니, 어떻게 이걸 찾은 거냐?"

나는 그동안 있었던 일과 모던트 씨에 관해 알게 된 사실을 할아버지에게 모두 말했다. 벽을 타고 비드의 방까지 올라간 일, 그리고 비드의 부탁을 받고 저택 안으로 들어갔던 일을 말하는 동안에도 할아버지는 가만히 내 말을 듣기만 했다. 그러다 모던트 씨의 실험실과

202

책, 그리고 불쌍하게 죽은 닭에 관해 얘기하자, 할아버지의 얼굴은 점점 더 심각하게 굳어지는 듯했다. 내 이야기를 다 들은 할아버지가 입을 열었다.

"이거 정말 큰일이구나. 혹시 실험실에서 다른 건 보지 못했니? 닭 말고 다른 건 없었어?"

"다른 거라니, 무슨 말씀이세요?"

"그러니까 그 남자가 훔친 시체 같은 건 보지 못했느냐는 말이야."

"못 봤어요. 사람 몸을 그린 그림은 봤어요. 모턴트 씨의 책상에 있던 종이 뭉치 속에서요."

"그리고 그 종이 뭉치들과 함께 이 책이 있었단 말이지?"

"네."

"내가 좀 봐도 되겠니?"

나는 주머니에서 비드의 다이어리를 꺼내 앞으로 내밀었다. 그걸 본 할아버지의 눈이 반짝이고 허리도 반듯하게 펴지는 것 같았다.

"비드가 이걸 할아버지께 드리라고 했어요. 며칠 안으로 찾으러 오겠다고요." 조만간 비드를 다시 만난다고 생각하니, 피곤한 와중에도 마음이 한없이 즐거워졌다. "혹시 비드가 왔을 때 같이 저녁이라도 먹으면 어떨까요? 돈이 좀 있으면 고기 파는 아주머니한테 살코기를 좀 살 수도 있을 거예요. 물론 비싸긴 하겠지만, 숙녀에게 간이나 콩팥, 소의 뇌 같은 걸 먹으라고 줄 순 없잖아요."

할아버지는 대답하지 않았다. 고개를 들어 나를 보더니, 다시 책을 내려다봤다. 그러고는 책을 묶고 있던 끈을 천천히 풀기 시작했다. 나는 팔을 뻗어 할아버지 손을 잡았다.

"비드가 책은 열어 보지 말라고 했어요."

내 말에도 불구하고 할아버지는 동작을 멈추지 않았다. 마침내 끈이 다 풀리자, 할아버지는 조심스럽게 책을 펼쳤다. 두꺼운 장갑을 낀채 서툴게 책장을 넘기는 할아버지를 보니, 문득 상처투성이였던 비드의 손이 떠올랐다. 할아버지가 워낙 가슴팍 가까이에 책을 들고 있었기에 나는 책에 어떤 게 적혀 있는지 내용은 전혀 볼 수가 없었다. 할아버지는 고개를 가로젓더니, 난로의 뚜껑을 열고 책을 그 안으로 던졌다.

나는 벌떡 일어났다.

"안 돼요! 이건 할부지 책도 아니잖아요!"

할아버지는 부지깽이를 들고 책을 더 깊이 쑤셔 넣었다. 책장은 금세 불이 붙어 시뻘건 빛을 내며 타들어 가다가 순식간에 하얀 재가 되어 부서졌다.

"웰레스트 양이 갖고 있으면 안 될 책이야. 이 책은 누구도 봐선 안돼." 할아버지가 말했다.

"하지만 비드는 이 책을 원했다고요! 저도 가져다준다고 약속했고요!"

"웰레스트 양이 책을 가지러 오면 내가 직접 설명하마."

"왜 그러신 거예요? 지금 당장 설명하세요!"

할아버지가 놀란 표정으로 나를 쳐다봤다. 피로에 지친 몸이 분노로 벌벌 떨리고 있었다. 그 모든 노력이 헛수고가 되다니. 비드는 뭐라고 할까? 책이 없어진 걸 두고 내 탓을 하겠지? 그렇게 되면 우리관계는 절대 예전 같지 않을 것 같았다.

"지금은 설명할 수 없다."

"아뇨, 지금 하셔야 해요." 나는 할아버지에게 대들었다.

"네드, 내 말 들어 봐……"

"전 이제 어린애가 아니에요. 더 이상 절 그렇게 대하지 마세요. 항상 저를 감싸고 돌면서 다른 사람도 못 만나게 하시는데, 할아버지가 그러는 게 정말 싫어요."

오랫동안 내 속에 있던 말들이 마구 튀어나왔다. 새가 알을 품듯, 그동안 속에 품고 있던 말들이 마침내 껍데기를 깨고 밖으로 나와 큰 소리로 외치는 것만 같았다.

"나도 안다, 네드. 알고 있어." 할아버지가 조용히 말했다.

"그렇다면 이유를 말해 보세요."

"그럴 순 없다. 아직은 안 돼. 제발 내 말을 믿어. 이건 정말 나쁜 책이야. 재앙을 가져올 거라고. 어떤 사람도 봐선 안 돼. 언젠가 너도 이해하게 될 거야."

그 무렵 비는 거의 그쳐, 귓가에 들리는 소리라고는 불이 붙은 책장이 타는 '쉬익, 지그르르' 하는 소리뿐이었다. 하얗게 타 버린 그 책이 어쩐지 나 같다는 생각이 들었다. 나라는 존재는 너무나 얇고 연약해서, 살짝만 건드려도 전부 부서져 버리는 재 같았다.

할아버지는 타다 남은 불씨를 말없이 응시하더니, 낡은 재킷에 팔을 끼웠다.

"그럼, 씻고 침대에 누우렴. 무척 피곤할 테니. 오늘 묘지 순찰은 나 혼자 하고 오마."

할아버지는 못에 걸린 램프를 들어 불을 붙였고, 나는 그 모습을 못마땅한 표정으로 지켜보았다. 할아버지는 다리를 절뚝이며 문가로 걸어가 문을 열고 밖으로 나갔다. 할아버지를 따라가고 싶은 마음이 전혀 들지 않은 건, 내 평생 그때가 처음이었다.

XXIV
네드

나는 밤새 잠을 설쳤다. 얼핏 잠이 들면 그때마다 비드, 할아버지, 모던트 씨가 꿈에 나타나 이유도 없이 내게 화를 냈다. 묘지 순찰을 나간 할아버지는 밤이 다 가도록 돌아오지 않았다. 오두막에 혼자 있으려니 무척이나 외롭고 쓸쓸했다. 불과 일주일 전만 해도 교회 담장으로 둘러싸인 작고 조용한 이 공간은 누구의 방해도 받지 않는 온전한 우리만의 세계라고 느꼈는데, 어떻게 그 모든 게 이토록 빨리, 그리고 완전히 무너질 수 있는지 나로서는 잘 이해가 되지 않았다.

막 해가 뜨려고 할 때, 마침내 할아버지가 오두막으로 돌아왔다. 할아버지는 난롯불을 되살리고, 컵과 컵 받침, 냄비와 팬 따위를 정리하며 줄곧 조용히 움직였고, 나는 이불 속에서 그 모습을 몰래 지켜보고 있었다. 내 숨소리는 여전히 거칠었는데, 할아버지가 책을 그렇게 한 것에 화도 났지만, 또 한편으로는 할아버지와 어떻게 화해해야 하나 걱정이 되어서이기도 했다. 할아버지가 없다면, 내 옆에는 누가 있을까? 비드는 확실히 아닐 것 같았다.

"이제 그만 일어나서 옷 갈아입자." 할아버지는 내게 고개도 돌리지 않고 말했다.

나는 계속 침대에 누워 자는 척을 했다. 할아버지가 침대로 다가왔다.

"서둘러라, 네드. 한두 시간 후엔 집을 나서야 할 거야."

나는 이불을 젖히고 일어나 앉았다.

"집을 나가라고요? 왜요? 저보고 여길 떠나라는 말씀이세요? 그런 거군요? 제가 어젯밤 했던 말들 때문에 그러시는 거죠? 할부지, 전 그런 뜻이 아니었어요. 정말이에요."

하지만 어제 한 말은 진짜 내 속마음이 맞긴 했다.

"아이고, 네드. 영원히 떠나라는 말이 아니야. 당연히 아니고말고!"

"그럼 뭐죠?"

할아버지가 내 침대 끝자락에 앉자, 침대에서 삐걱 소리가 났다.

"곰곰이 생각해 봤어. 만약 네가 한 말이 사실이라면, 그리고 그동안 무덤을 파헤친 게 모던트 씨가 한 짓이 맞다면, 누군가 다른 사람한테 이 사실을 알려야 한다는 생각이 들더구나."

"누구한테요?"

"법을 집행하는 치안 판사 말이야. 힘이 있는 사람에게 이 일을 알려야겠다 싶었어. 그러니 네가 옥스퍼드에 다녀와야겠다."

심장이 어찌나 쿵쾅거리는지 입 밖으로 튀어나올 것 같았다.

"옥스퍼드요? 하지만 전 위디 바텀을 떠난 적도 없는걸요!"

"어젯밤에 네가 그랬잖니? 더 이상 아이 취급하지 말라고. 그래, 네 말이 옳아. 사실 나도 널 여기 가둬 둘 생각은 없었다. 이제 너도 밖으로 나가 세상 사람들과 만날 때가 된 거지. 도시로 가서 모던트 씨를 신고하는 일부터 시작하자꾸나."

"하지만, 할부지……" 머릿속의 어지러운 생각들을 정리하느라 다음 말이 곧바로 이어지지 않았다. "더 이상 아이 취급받고 싶지 않은 건 사실이에요. 네, 그래요. 다른 세상을 보고 싶은 것도 맞고요. 하지만 그런 생각에 익숙해지려면 아직은 시간이 좀 더 필요한 것 같아요."

"그런 생각은 뭘 말하는 거냐?"

"어른이 되고, 스스로 책임질 줄 아는 사람이 되는 거요."

할아버지가 쓸쓸하게 웃었다.

"네 말대로 시간이 필요한 건 맞다. 하지만 안타깝게도 지금은 그럴 시간이 없구나. '모던트'라는 그 남자를 당장 막아야 해. 오늘. 이건 단지 교회와 묘지 입주민을 위해서만이 아니야. 그 사람을 웰레스트 저택에서 내보내면 비드도 더는…… 힘든 일을 겪지 않아도 될 게다."

"하지만, 할부지." 아이 취급하지 말라며 그렇게 화를 내 놓고, 방금 할아버지를 부르는 이 말이 얼마나 애 같았는지 깨닫고 나니, 얼굴이 절로 붉어졌다. "범인이 모던트 씨라는 확실한 증거가 없잖아요. 이런 상황에서 누가 제 말을 믿어 주겠어요? 모던트 씨는 신사에다 사회적으로 존경받는 사람인데, 저나 할아버지는, 우리는 그저……" 나는 굳이 다음 말은 하지 않았는데, 그럴 필요가 없어서였다. "게다가 모던트 씨가 직접 무덤을 파헤치고 열쇠를 훔쳐 간 것도 아니잖아요. 그걸 한 건 저택의 하인 두 사람이었어요. 모던트 씨는 그 사람들한테 돈을 주고 시킨 거고요."

"그렇다면 그건 좋은 소식이지. 누군가 관여된 사람이 있다는 건

증인이 더 있다는 말도 되니까."

나는 잠시 침대에 앉은 채로 옥스퍼드의 거리를 걷는 내 모습을 상상해 봤다. 세련된 법조인들과 대화를 나누는 모습도 상상해 봤다. 마을을 지나는 데도 온갖 조롱과 멸시를 받는 내가 복잡한 도시에서 과연 잘 해낼 수 있을까?

바깥에서 누군가 걸어오는 소리가 들렸다. 할아버지와 나는 서로 얼굴을 쳐다봤다. 그 사람은 걸음을 멈추더니, 우리 오두막의 문을 천천히, 그리고 오두막 전체가 흔들릴 만큼 아주 세게 두드렸다.

할아버지는 또다시 기침이 터져 나오려는지 팔로 입을 막았다. 기침이 좀 진정되자, 자리에서 일어나 옷매무새를 가다듬었다. 나는 침대에서 일어나 오두막 창문으로 다가갔다. 누군가 날 잡으러 온 거라면 창문을 넘어 달아날 생각이었다. 할아버지가 걸쇠를 벗기고 문을 열었다.

문 앞에 서 있는 남자는 할아버지보다 키가 작았다. 하지만 허리가 굽진 않아서 눈높이가 서로 비슷했다. 나는 처음 보는 사람이었다. 검은색 중산모를 쓰고 긴 외투를 입고 있었는데, 소박하면서도 어딘가 구식처럼 보이는 느낌의 옷차림이었다. 웃음기 없이 매우 심각한 표정을 짓고 있었지만, 그렇다고 악의가 있어 보이진 않았다. 어딘가 침울한 기운이 감돌았고, 나는 그런 사람을 보면 괜히 잘해주고 싶어졌다.

"안녕하세요." 그가 모자를 벗으며 인사했다. 모자를 벗자, 얇은 백발이 드러났다.

"안녕하십니까, 나리. 뭐 도와드릴 일이라도 있나요?" 할아버지가 말했다.

할아버지를 마주하자, 그 남자의 콧구멍이 크게 벌어졌다. 누구든 할아버지를 처음 본 사람은 그런 반응을 보였다. 물론 비드는 예외였다. 그 애는 그런 걸 전혀 신경 쓰지 않아서 좋았다.

"목사님을 뵈러 왔는데……" 남자는 한 손으로 교회 방향을 가리켰다. 그 고생을 하며 열쇠 꾸러미를 되찾아 놓고 정작 교회 문을 열어 두지 않았다는 걸 나는 그제야 깨달았다.

"아직 이른 시간이라서요, 나리. 바일스 목사님은 조금 후에나 나오시거든요. 혹시 뭐 다른 볼일도 있으신가요?"

"네, 그래요. 실은 그쪽에게 용건이 있어 찾아온 겁니다."

남자가 다시 한숨을 내쉬었다. 그는 손을 들어 천천히 한쪽 눈가에 가져갔다. 그런데 그 동작이 너무나 침착하고 기품 있어서 나는 그가 울고 있다는 것도 처음에는 눈치채지 못했다. 남자가 검은 옷을 입은 이유를 알아차리고 나니, 왠지 모르게 끔찍한 예감이 밀려왔다.

남자는 잠시 감정을 추스르고는 입을 열었다. "주로 교회 안에 머무르시니, 아마도 제가 누군지 모르실 겁니다. 저 역시 마을에는 거의 가질 않았고요. 하지만 제 아내는 아실 거라고 생각합니다. 제 아내가 죽었을 때 땅에 묻는 걸 도와주셨거든요."

"그랬던 것 같습니다, 나리. 누구신지 알겠네요." 할아버지가 말했다.

여전히 나는 그 남자가 누군지 알지 못했지만, 짚이는 데가 있긴 했다. 움푹 들어간 눈매와 갸름한 얼굴형. 중년의 남자인데도 어딘가 외모가 비드와 매우 닮아 있었다.

남자는 고개를 끄덕이며, 손에 든 모자 끝을 만지작거렸다.

"이런 부탁을 하게 돼 죄송하지만, 우리 저택이 있는 영지로 와서 일을 좀 해 주셨으면 합니다."

"슬픈 일을 겪으셨군요. 매우 유감입니다." 할아버지는 고개를 돌려 나를 쳐다봤지만, 나는 그대로 얼어붙은 채 남자의 다음 말만 기다리고 있었다.

"가족 한 사람을 또 보내게 되었습니다. 지난밤, 나의 천사 같은……" 남자는 떨리는 숨을 길게 내뱉고는 다시 말을 이었다. "제 딸 오비디언스가…… 예쁘고 가여운 제 딸, 비드가 죽었어요."

남자는 본격적으로 울기 시작했다.

보통 이럴 때 다른 교회지기라면 조의의 뜻으로 모자를 벗었겠지만, 할아버지는 한 번도 장갑을 벗지 않은 것처럼 모자 역시 벗은 적이 없었다. 할아버지는 웰레스트 씨를 오두막 안으로 안내해 내 의자에 앉게 했다. 웰레스트 씨는 거기 웅크리고 앉아 한참을 더 흐느껴 울었다. 나도 그러고 싶었지만, 몸도 머리도 멍해져 눈물조차 나오지 않았다. 그럴 리 없다고 머리가 계속 사실을 부인하고 있었다. 분명 뭔가 다른 게 있을 거야. 모던트 씨가 꾸민 계략일 거야. 아니, 어쩌면 이 남자가 말하는 비드는 다른 사람일지도 몰라. 그래, 그렇겠지! 내가 아는 비드가 아닐 거야. 만약 죽은 사람이 진짜 비드가 맞다면 내가 이렇게 멀쩡히 살아 있고, 세상 모든 게 이렇게 전과 똑같을 리 없었다.

나는 남자가 어깨를 들썩이는 모습을 가만히 지켜보았다. 웰레스트 씨가 숨이 막힌 듯 여러 번 헉헉거리는 동안 나는 숨조차 쉬어지지 않았다.

할아버지가 두 손을 어색하게 맞잡은 채 웰레스트 씨 맞은편에 앉았다.

"정말 상심이 크시겠습니다." 할아버지가 말했다.

"부끄럽군요. 다 큰 어른이…… 이런 모습을 보여서……" 그는 잠시 말을 멈추고 숨을 크게 들이마신 뒤, 코를 세게 문질렀다. "가족 묘지에 그 앨 묻을 생각입니다. 관을 안치할 수 있게 준비를 해 줬으면 합니다. 내일 아침에 장례를 치를 거예요."

생각만 해도 견딜 수가 없었다. 비드가, 나의 비드가 그토록 차가운 땅속에 벌레와 함께 누워 썩어 간다니. 평생 아이 어른 할 것 없이 수많은 사람이 땅에 묻히는 걸 보았지만, 단 한 번도 그걸 보고 마음이 어지러웠던 적이 없었다. 그러고 보면, 그 사람들은 살아 있을 때 나와 알고 지낸 사이가 아니었고, 오비디언스 웰레스트처럼 내가 아끼고 좋아했던 사람도 아니었기 때문에 그런 거였다.

"당연히 원하시는 대로 해 드려야죠. 그런데 정말 죄송하게도 최근 제가 몸이 많이 약해져서 나리 영지까지 걸어가기가 힘들 것 같습니다."

웰레스트 씨의 인상이 구겨졌다.

"그렇게 멀지 않은걸요." 그는 약간 불쾌한 듯 말했다.

"제가 교회 묘지 이 끝에서 저 끝까지 걷기도 힘들 만큼 류머티즘이 심해서요. 하지만 제 손자 네드는 젊고 힘도 아주 셉니다. 땅을 파는 데 걸리는 시간이 저의 반도 안 될 겁니다. 네드? 웰레스트 씨께서 요청하신 대로 할 수 있겠지?"

할아버지가 내 이름을 부르는 걸 듣긴 했지만, 마치 물속에 있는 것처럼 나머지 말들이 전부 흐릿하게 들릴 뿐이었다.

"따님이 죽은 게 확실한가요?" 내가 말했다.

웰레스트 씨가 할아버지를 보고, 다시 나를 보았다. 당황스럽다는 표정이 어느새 화난 표정으로 변해 있었다.

"이게 무슨 무례한 말버릇인가? 내 딸이 죽은 게 확실하냐고?" 그의 눈에 다시 눈물이 흘렀다. "심장이 멎었고, 피부는 시퍼렇게 변했고, 입으로는 숨도 쉬지 않아. 지금까지 밀랍 인형처럼 계속 침대에 누워만 있다고. 그래, 내 딸은 죽은 게 확실해."

"따님이 어쩌다 죽었는지, 여쭤봐도 될까요?"

웰레스트 씨는 다시 또 화를 낼 것처럼 잠시 나를 쳐다보았다. 그러더니 갑자기 의자에 푹 쓰러지며 자신의 두 손을 내려다봤다.

"정말 갑자기 죽었어. 그냥 심장이 멎다니, 상상이 되나? 그 애 약혼자가 하는 말이, 아무래도 우리 애가 뭔가 이상한 걸 먹은 것 같다고 하던데, 하지만 확실한 건 우리도 몰라. 그냥 나를 위로하려고 한 소리 같아." 그는 한동안 말을 잇지 못했다. "이건 다 내 잘못이야."

"나리, 그건 아닐 겁니다." 할아버지가 말했다.

"괜한 말로 나를 위로할 필요 없어요." 웰레스트 씨는 내뱉듯 말하고는 한두 차례 크게 숨을 들이마셨다. 조금 전까지 그렇게 갑자기 화를 내더니 이번엔 금세 풀이 죽어 말했다. "맞아요. 내 탓이에요. 그 애 엄마가 죽은 후로 비드가 그렇게 힘들어했는데, 내가 그 앨 직접 돌봐야 했어요. 내가 얼마나 사랑하는지 표현해야 했어요. 그런데도 나는 실의에 빠져 내 감정 하나 추스르지 못하고, 그 앨 가정교사에게만 맡겨 놨어요. 그렇게 어린 애를 억지로 결혼시키려고도 했고. 아직 어린데, 그렇게 여린 애를." 그는 고개를 저었다. "어쩌면 심장이 멎을 만큼 충격을 받은 것도 당연해요."

웰레스트 씨는 다시 울기 시작했다.

"너무 자책하지 마세요. 때론 신께서 가련한 영혼을 더 일찍 데려 갈 때도 있지 않습니까. 인생이란 게 다 그런 거죠. 따님의 운명을 정한 건 신의 뜻이지, 나리 탓은 아닐 겁니다."

"좋은 말씀은 감사하지만, 저는 그런 말 들을 자격도 없어요. 남편으로서도 형편없었는데, 아버지 노릇도 제대로 못 했어요."

한동안 침묵이 흘렀다.

"차 한 잔 드릴까요, 나리? 마음을 진정시키는 데 효과가 있거든요."

남자는 고개를 저었지만, 할아버지는 성찬 예식용 잔에 차를 따랐다.

웰레스트 씨는 놀란 표정으로 고개를 들더니 '고맙다'고 말했다.

그는 찻잔을 들어 한 모금을 마시고는 얼굴을 찌푸렸다. 그러더니 크게 또 한 모금 마셨다. 그러자 뺨에 약간 혈색이 돌아오는 듯했다. "왠지 모르게 기운이 나는군요." 그가 차분하게 말했다.

할아버지는 미소를 지으며 고개를 끄덕였다. "예전부터 전해 내려오는 약초 차입니다."

웰레스트 씨는 남은 차를 빠르게 다 마셨다. 그러고는 몇 번 심호흡을 하더니 훨씬 차분한 모습이 되었다.

"너무 주절주절 떠들어 댔네요. 이제 그만 가 봐야겠습니다. 아무래도 제가 너무 폐를 끼친 것 같은 생각이 드는군요." 남자는 의자에 앉은 채로 고개를 돌려 나를 올려다봤다. "내일 아침 일찍 우리 집으로 와 주게. 자네에게 가족 묘지의 위치를 알려 주라고 우리 집 하인에게 미리 말해 놓을 테니."

그 하인은 누굴 말한 걸까? 길리 씨? 아님 길리 부인? 그 사람들을 만날 거라 생각하니 기분이 좋지 않았다. 나는 침을 꿀꺽 삼키고 고개만 끄덕였다. 웰레스트 씨가 다시 할아버지를 향해 돌아섰다.

"정말 손자분이 대신할 수 있는 거 맞겠죠?"

"아, 그럼요, 나리. 걱정 마십시오. 제가 직접 가르쳤으니, 다 잘할 겁니다."

웰레스트 씨는 큰 소리로 코를 훌쩍이고는 상체를 세워 똑바로 앉았다. 그러고는 마치 운 적이 없다는 듯 입고 있던 외투의 앞섶을 단정하게 매만졌다.

"좋습니다. 도와주셔서 감사합니다. 시간을 너무 많이 빼앗아 죄송합니다. 차 대접도 감사드리고요."

그는 의자에 앉은 채로 몸을 앞으로 기울여 성찬 예식용 잔을 난로 위에 올려놓았다. 그러더니 팔을 반쯤 뻗은 자세로 가만히 있었다. 할아버지와 나는 거의 동시에 그가 뭘 보는지 알아차렸다. 비드가 할아버지에게 건넸던 로켓이 너무 잘 보이는 곳에 놓여 있었다.

"예쁘군요." 웰레스트 씨가 로켓을 집어 들며 말했다.

"저희가 가진 것 중에 유일하게 값어치 있는 물건입니다. 어디 안전한 곳에 보관해야 했는데, 실수했네요." 할아버지가 재빨리 말했다.

할아버지가 돌려받기 위해 손을 뻗었지만, 웰레스트 씨는 자리에서 일어나더니 문가로 발을 옮겼다. 그러고는 로켓을 열어 속에 든 것을 보았고, 할아버지와 나는 어찌할 바를 모르고 그 모습을 지켜봤다. 웰레스트 씨가 우리를 향해 로켓을 돌렸다. 타원형으로 된 두 개의 틀 속에는 두 사람의 초상화가 끼워져 있었다. 한 사람은 비드였고, 또 한 사람은 비드와 매우 닮은 여자 어른이었다.

웰레스트 씨는 매우 차분한 목소리로 입을 열었다.

"이게 어떻게 여기 있는 건지 설명을 해 주시겠습니까?"

"선물 받은 겁니다." 할아버지가 말했다.

"선물 받았다고요? 누구한테서?"

"사실은요, 나리, 따님에게서 받았습니다."

"그래요? 그렇다면 이 년 전 아내가 죽었을 때, 이 똑같은 목걸이를 관에 넣고 묻었다는 걸 알면 무척이나 놀라시겠군요."

두 사람은 서로를 마주 본 채 꼼짝도 하지 않았다. 할아버지의 가슴에서 가래 끓는 소리만 들릴 뿐, 방 안에는 정적이 흘렀다.

"전혀 몰랐습니다, 나리. 하지만 속이려는 게 아니라 정말로 따님이 제게 준 게 맞습니다."

"그렇다면 내 딸은, 우리 비드는 자기 어머니의 소중한 보물을 왜 무덤 파는 사람에게 줘야겠다고 생각했을까요? 그리고 애초에 여긴 왜 온 거죠? 당신이랑 이야기는 왜 나눴고?"

할아버지가 너무 오래 머뭇거리자, 그는 계속 추궁했다.

"여기 두 가지 가능한 설명이 있소. 첫 번째는 죽은 내 딸이, 이제는 신의 곁으로 가 버린 내 딸이 가장 소중한 유품을 자기 어머니 무덤에서 훔친 다음, 그걸 생판 모르는 남에게 넘겼다는 거요."

216

"나리, 제 말씀을 좀……"

"두 번째 설명은 이런 거죠. 마을에 교회지기 두 명이 있는데, 그 사람들은 최근 십 년간 마을 사람 모두의 장례를 치르며 시신과 함께 관에 뭘 묻었는지 매번 지켜봐 왔소. 그런데 최근 마을에는 그 사람들이 무덤을 파헤쳐 시체를 팔아넘기고, 함께 묻은 유품을 훔친다는 소문이 돌고 있소." 그는 벌벌 떨며 잠시 말을 멈췄다. "자, 둘 중 어느게 더 그럴듯한 설명 같소?"

"왜 그런 생각을 하게 됐는지 이해는 합니다만, 나리……" 할아버지가 말했다.

웰레스트 씨는 발로 바닥을 쾅쾅 굴렀다.

"무슨 변명이 더 남았나? 당신들은 교회 묘지에서 좀도둑질하는 것도 모자라 이제는 남의 사유지까지 넘보며 물건을 훔친 거야! 도무지 믿을 수가 없군. 사람의 탈을 쓰고 어떻게 그런 악마 같은 짓을 할 수 있지!"

그는 휙 몸을 돌려 오두막 문을 열었다. 그리고 문밖으로 나가기 전, 우리를 돌아보며 손가락질했다.

"당신들 각오하는 게 좋을 거야. 마을 사람들이 이 소식을 듣게 되면, 차라리 감옥에 갇혀 사형을 당하는 게 낫겠다고 생각하게 될걸!"

그는 벗었던 모자를 다시 썼다. 그러고는 그늘진 주목 나무 길을 따라 성큼성큼 멀어져 갔다.

우리는 둘 다 아무 말도 못 하고 한참을 멍하게 있었다. 마침내 할아버지가 자리에서 일어나 내가 간을 담아 왔던 그 마대 자루를 꺼냈다. 그리고 침대 밑에 말아 뒀던 또 다른 자루도 끄집어냈다. 자루 하나를 내게 건넸는데, 붉은 얼룩이 묻은 그 자루는 아직도 조금 축축했다.

"짐 싸자. 꼭 필요한 것만 챙겨라." 할아버지가 말했다.

할아버지는 책을 베 자루에 담기 시작했다. 그리고 차를 끓일 때 넣는, 말린 약초도 몇 가닥 넣었다. 내가 꼼짝도 하지 않자, 할아버지는 동작을 멈추고 나를 쳐다봤다.

"네드? 지금 이럴 시간이 없어. 두 번 왔다 갔다 하려면 서둘러야 해."

"우리 떠나는 거 아니죠?"

"물론 떠나는 거지. 너도 다 들었잖니."

"하지만 우린 잘못한 게 없잖아요!"

"마을 사람들이 우리 말을 믿을 것 같니?"

"비드의 장례식은 어쩌고요? 장례도 안 치르고 떠날 순 없어요!"

"웰레스트 양 일은 나중에 생각하자. 일단 사람들이 몰려오기 전에 여길 벗어나야 해."

"우린 어디로 가는 거죠?"

"당분간 숲으로 피하는 게 좋겠어."

"그런 다음에는요?"

"모르겠구나. 뭔가 방법이 생기겠지."

"숲에 계속 머물 순 없어요, 할부지. 건강도 안 좋으시잖아요!"

"사실 전에도 숲에 살았던 적이 있어서 난 괜찮다. 너도 그리 나쁘진 않을 거야."

할아버지가 숲에 살았다는 건 처음 듣는 말이었다.

"전에 언제요?"

"아, 아주 오래전 일이야. 네가 태어나기도 전에."

할아버지는 다시 짐을 꾸리기 시작했다.

"그래도 다시 돌아올 수 있겠죠? 그렇죠?"

"질문은 그만하자, 네드. 머지않아 마을 사람들이 쇠스랑과 횃불을 들고 이리로 몰려올 거야. 그 사람들과 마주치면 진짜 큰일이야."

"하지만 할부지……"

"네드!"

나는 비참해진 심정으로 오두막 안을 돌아봤다. 두 벌뿐인 바지 중 나머지 바지 한 벌, 셔츠 하나, 담요, 모스카가 들어가 쉬는 병을 자루에 넣으면서도 비드 생각을 멈출 수가 없었다. 비드를 땅에 묻고 싶지 않았지만, 꼭 그래야 한다면 내가 직접 묻어 주고 싶었다.

XXV
네드

웰레스트 씨를 따라 마을로 갔던 모스카가 돌아왔다. 창문을 통해 들어온 모스카는 윙윙거리고 날아다니며, 생각보다 빨리 사람들이 오고 있으니 어서 피하라고 알려 주었다. 짐을 담은 자루를 손에 들고 뉴 쿼터 쪽으로 가 보니, 꽤 많은 사람이 손에는 갈퀴, 괭이, 밀방망이처럼 각종 연장과 도구들을 머리 위로 치켜들고 묘지 문 앞으로 몰려오고 있었다. 무리의 제일 앞 중앙에는 웰레스트 씨가 있고, 양옆으로는 힉슨 형제가 서 있었다. 나를 본 사람들이 고함을 지르며 온갖 무서운 말들을 쏟아 내기 시작했다.

"저 녀석, 도망치고 있어요!"

"저길 봐요! 무덤에서 훔친 물건을 전부 저 자루에 담은 게 틀림없어요!"

"네 이놈, 우리 어머니 결혼반지도 훔쳤지?"

"어머니의 손가락까지 잘라 갔을지도 몰라. 어쩌면 어머니의 손가락, 발가락을 전부 잘라 갔는지도 모르고. 그걸로 목걸이를 만들려는 거겠지."

더 심한 말이 나오기 전에 나는 얼른 그 자리를 피했다. 오두막으로 돌아가니, 할아버지는 텃밭에서 식물과 약초를 따 모으고 있었다. 그러다 내가 달려오는 걸 보고는 하던 일을 그만뒀다.

"사람들이 오고 있어요." 내 말에 할아버지는 고개만 끄덕였다.

우리는 떠돌이처럼 각자 짐 자루를 어깨에 짊어졌다. 텃밭을 가로지른 뒤, 가시나무 덤불을 헤치며 숲을 향해 도망쳤다. 등 뒤에서는 먼바다의 파도 소리처럼 사람들이 웅성대는 소리가 들려왔다.

할아버지는 너무 느렸다. 한 걸음 내디딜 때마다 힘들어했고, 아직 담장이 무너진 곳까지 가지도 못했는데 벌써부터 기침을 하며 숨을 헐떡이고 있었다. 나는 할아버지가 이끼 낀 벽돌을 넘도록 도와드렸고, 그 뒤 우리는 가파른 산등성이를 따라 강가로 내려갔다. 무너진 담장 앞에 도착한 마을 사람들이 우리를 향해 온갖 조롱과 비웃음을 던져 댔다. 귓가로는 돌멩이와 흙덩이 날아오는 소리가 들리고, 오두막의 세간살이들을 거칠게 때려 부수는 소리도 들려왔다.

"아니, 저 사람들 왜 저러는 거죠? 어차피 우린 거기 없는데, 살림살이까지 부술 필요는 없잖아요!" 내가 말했다.

할아버지는 가슴을 씨근거리기만 할 뿐 대답도 하지 못했다. 그때 갑자기 뒤에서 날아온 돌이 할아버지의 머리를 때렸다. 할아버지가 자루를 떨어뜨리며 앞으로 푹 고꾸라졌고, 나는 멍에를 쓴 소처럼 온몸으로 할아버지를 떠받쳐야 했다.

수풀 사이를 기고 미끄러지며 물가에 이르자, 마을 사람들이 외치는 소리도 희미해졌다. 거기서부터는 할아버지를 끌고 상류로 올라갔는데, 그 길이 너무도 멀게만 느껴졌다. 마침내 강둑에서 조금 벗어난 숲속 빈터에 도착했다. 우리는 새로 피기 시작한 초록 양치식물과 나무뿌리 사이에 털썩 쓰러져 한참을 누워 있었다. 할아버지의 가슴에서 망가진 풀무에서 나는 그런 소리가 났다. 나는 팔꿈치를 짚고 몸을 세워 할아버지의 가슴에 귀를 대 보았다.

"괜찮으세요?"

할아버지는 아무 말이 없었다. 잘 보이지 않는 한쪽 눈이 눈구멍 안에서 불안하게 굴러다녔다.

"할부지?"

할아버지는 가만히 누워 꼼짝도 하지 않았다. 주위의 벌과 새들은 무슨 일이 있었냐는 듯 평소와 똑같이 바쁘게 날아다니며 노래를 불렀다.

우선 할아버지가 물을 좀 마시게 해야겠다는 생각이 들었다. 냄비나 팬 같은 건 챙기지 않았기에, 나는 물을 뜰 만한 그릇이 있을지 주위를 둘러보았다. 그나마 쓸 만한 건 모스카가 들어가는 유리병뿐이

221

었지만, 그게 젖으면 모스카가 무척 싫어할 게 뻔해 그만두었다.

그때 할아버지의 장화가 눈에 띄었다. 할아버지가 평소 늘 신고 있는 그 장화는 크기가 매우 컸다. 저걸로 물을 뜨면 한 양동이쯤은 족히 될 것 같았고, 가죽이라 물이 새지도 않을 듯했다. 그래, 저거면 되겠다. 나는 할아버지의 허락도 없이 장화를 벗기기로 마음먹었다.

가능한 한 살살 당겨 왼쪽 장화를 벗겨 냈다. 양말을 신었다면 좋았을 텐데, 하필 할아버지의 발은 맨발이었다. 그리고 너무나 더러웠다. 뼈에 붙은 얇은 피부는 검고 오래된 가죽처럼 갈라져 있었고, 발가락 주위로는 누런 고름이 흘러나왔다. 그나마 남은 발가락도 네 개뿐이었다. 그보다 더 끔찍한 건 냄새였다. 코를 찌르는 듯한 악취가 어찌나 강한지 곰팡이의 포자나 유황 가스가 피어오르는 것처럼 냄새가 공기 중으로 퍼져 나가는 게 눈에 보이는 것만 같았다.

나는 할아버지의 발을 한참 동안 바라보았다. 심지어 모스카조차 발 가까이 다가가기가 겁이 나는지, 조금 떨어진 곳에서만 날아다니고 있었다. 할아버지의 건강 상태는 그동안 본인이 말해 온 것보다 훨씬 더 안 좋은 게 분명했다. 아침마다 눈을 뜨고 자리에서 일어나는 게 기적처럼 느껴질 정도였다. 사실대로 말하면, 그 발을 마주한 내 마음속엔 안타까움과 혐오스러움이 마구 뒤섞여 있었을 뿐 아니라 부끄럽다는 감정까지 들었다. 한편으로는 비드에게 빠져 지낼 게 아니라, 할아버지를 돌보는 데 더 마음을 써야 한다는 생각도 들었다.

나는 할아버지 발에 장화를 다시 신겨 드렸다. 할아버지가 절대 벗지 않는 모자와 장갑을 바라보며, 그 속은 어떤 모습일지 차라리 상상하지 않는 편이 낫겠다 싶었다. 물가로 간 나는 두 손을 모아 물을 떴다. 그러고는 물을 뚝뚝 흘리며 나무 사이를 걸어 돌아왔다. 할아버지가 누운 곳까지 오니 물은 반밖에 남지 않았지만, 어쨌든 남은 걸 할아버지의 얼굴에 끼얹었다. 눈썹만 조금 씰룩거릴 뿐 별다른 반응은 없었다. 그걸 두 번 세 번 반복하면서 어떻게든 파랗게 된 마른 입술 사이로 물을 조금이나마 흘리려고 했지만, 의식은 돌아오지 않았다.

할아버지를 그 자리에 남겨 놓고, 모스카와 함께 할아버지가 떨어뜨린 마대 자루를 찾으러 왔던 길을 되돌아갔다. 언덕 위에서는 아직도 사람들의 목소리가 들리고 있었다. 사람들은 승리에 도취되어 계속해서 우리를 비웃고 있었다. 이어 뭔가에 불이 붙는 듯한 소리가 들리고, 곧이어 타는 냄새도 났다.

서둘러 할아버지에게로 돌아갔다.

"할부지, 사람들이 오두막에 불을 질렀어요! 우리 집이 타고 있다고요!"

나는 누워 있는 할아버지의 어깨를 조심스럽게 흔들었지만, 여전히 반응은 없었다. 얼마 지나지 않아 갈색 연기가 나무 위로 피어올랐다. 바람을 타고 날아온 재가 할아버지 상의 위로 떨어졌고, 어떤 건 내 눈썹 위에 내려앉기도 했다. 나는 그게 내 침대가 타고 남은 재 부스러기이거나 어쩌면 할아버지의 발 받침대가 탄 건지도 모르겠다고 생각했다.

남은 낮 시간 동안, 나는 나뭇가지와 이파리를 긁어모아 두 사람이 들어갈 만한 작은 은신처를 만들었다. 그러고는 할아버지를 끌어당겨 그 안에 눕혔다. 자루 안에 든 약초를 꺼내 짓이기고 물을 섞은 다음, 그걸 할아버지가 삼키게 하려고 해 보았지만 헛수고였다.

그런 뒤에는 책을 꺼내 할아버지에게 읽어 드렸다. 무슨 뜻인지 모르는 단어가 꽤 있었지만, 그래도 다윈, 갈레노스(고대 로마 시대의 의사이자 해부학자-옮긴이), 알베르투스 마그누스(독일의 철학자이자 신학자-옮긴이), 여러 사람의 책을 바꿔 가며 계속 읽었다. '크로스 씨'가 주인공인 작은 책에는 파리도 등장해 모스카가 특히 좋아했다. 너무 어두워져 책을 읽을 수 없게 됐을 때는 그냥 앉아 할아버지에게 말을 걸었다. 교회 묘지로 돌아가 그곳 입주민에게 말을 거는 것 같은 기분이 들었다. 내 말을 다 듣고 있을 거라고 믿긴 했지만, 목에서 나는 가르랑 소리를 제외하고는 할아버지가 살아 있다는 다른 징후는 전혀 보이지 않았다.

슬프고도 긴긴밤이었다. 구름이 잔뜩 끼어 별도 달도 보이지 않았고, 숲속 빈터에는 나무 타는 냄새와 연기만이 자욱했다. 집도 할아버지도 비드도 없고, 파리만이 유일한 내 친구였다.

어느새 주변이 밝아져 있었다. 잠이 깼지만, 나는 꼼짝도 하지 않고 누워 은신처를 덮은 나뭇가지만 한동안 바라보았다. 뭘 해야 할지 결정을 내릴 수가 없었다. 멀리서 교회 종소리가 들려왔지만, 아홉 번인가 열 번인가, 종이 울리는 횟수를 세다가 도중에 놓치고 말았다. 어쨌든 계속 누워만 있기에는 너무 늦은 시간이었다.

비드를 보러 가야겠다는 생각이 들었다.

나는 몸을 일으켜 할아버지를 바라보았다. 여전히 숨은 쉬었지만, 뭔가 무서운 꿈을 꾸는 사람처럼 눈꺼풀만 계속 흔들릴 뿐 감긴 눈은 떠질 줄 몰랐다.

"저, 저택에 다녀오려고요, 할부지."

물론 할아버지는 대답하지 않았다.

"비드의 장례식에 가 보고 싶어요. 저라도 가서 무덤 상태가 어떤지 봐야 마음이 놓일 것 같아요. 아무한테도 들키지 않을게요. 혹시 구덩이가 엉망이면 어두워질 때까지 기다렸다가 제가 손볼 수도 있을 것 같아요. 누가 비드의 무덤을 파게 될지 모르지만, 제대로 못 할 게 분명하니까요."

나는 좀 더 기다렸다. 지금이라도 할아버지가 깨어나 당신 옆을 지켜야 한다고 말해 주길 바랐다.

"늦지 않게 돌아올게요. 약속해요. 그런 다음에는 앞으로 어디서 살면 좋을지 얘기해 봐요. 이제 우리는 세상 어디든 갈 수 있잖아요!"

비록 위디 바텀의 교회 묘지 말고는 그 어느 곳에도 가고 싶지 않았지만, 나는 할아버지에게 그렇게 말했다.

나는 옷을 갈아입은 뒤, 마을 끝으로 이어진 숲을 가로질러 걸었다. 날씨마저 내 마음처럼 잔뜩 흐렸다. 할아버지가 걱정돼 몇 번이나 돌아갈까 망설였지만, 어떤 선택을 해도 결국 후회하긴 마찬가지일 것 같았다.

저택으로 들어가는 철문 앞에 이르렀으나, 지난번처럼 그 문을 통해 진입로로 들어갈 용기는 나지 않았다. 담장을 따라 걷다가 기어오를 만한 지점을 발견했다. 담장 위에 올라서자, 저택 영지 뒤편에 자리 잡은 가족 묘지가 눈에 들어왔다. 언덕 위 묘지 주변에는 철제 울타리가 쳐져 있었고, 검은 편백나무도 여러 그루 줄지어 서 있었다. 나는 아무도 돌보지 않아 무성하게 자란 수풀을 헤치며 묘지로 향했다.

언덕 꼭대기에 다다르기 전부터 위쪽에서 누군가가 땅을 파고 있는 듯한 소리가 들려왔다. 뒤쪽 비탈길을 따라 올라가자, 묘지 중앙에 작지만 매우 공들여 만든 누군가의 사당이 있었다. 나는 살금살금 그 뒤로 가 몸을 숨겼다. 비드라면 웰레스트 가문 묘지의 안쪽, 가장 좋은 자리에 묻혀야 했지만, 더 오래전에 돌아가신 명망 높은 조상들이 이미 많은 모양이었다. 사당 뒤에 숨어 살펴보니, 납빛 음산한 하늘 아래 유인원 같은 남자가 혼자 삽을 들고 땅을 파고 있었다.

"그나마 저 남자는 땅을 파 본 경험은 있는 사람이네." 나는 모스카에게 속삭였다.

남자는 몇 분간 더 땅을 파더니, 구덩이에서 기어 나왔다. 번들거리는 이마를 수건으로 닦으며 뭐라고 혼잣말을 했다. 그러고는 무덤가에 삽을 놓아둔 채 저택을 향해 걸어갔다.

모스카가 말렸지만, 나는 숨었던 곳에서 나왔다. 그리고 남자가 판 구덩이를 조심스럽게 살펴보았다. 가장자리가 깔끔하지 못한 건 물론이고, 충분히 깊게 파지도 않아서 정말 봐줄 수가 없을 지경이었다! 나는 주위에 아무도 없다는 걸 확인한 뒤, 삽을 들었다. 구덩이의 가장자리를 매끈하게 하고 바닥도 편평하게 만드는 데 거의 한 시간이 걸렸다. 벌건 대낮에 거기서 땅을 파는 건 정말 무모한 짓이었지만, 내 머릿속은 온통 비드에게 좋은 무덤을 만들어 주고 싶다는 생각뿐이었다. 구덩이를 완벽하게 만들려면 시간이 더 필요했지만, 그 정도면 됐다 싶을 때, 하던 일을 멈추었다. 그러고는 조금 전 숨었던 사당 뒤로 돌아가 비드가 오기를 기다렸다.

이른 오후에 장례식이 시작되었다. 금방이라도 비가 내릴 것처럼 잔뜩 흐린 하늘 아래, 저택을 나온 사람들이 느릿느릿 행렬을 이루며 이쪽으로 걸어오고 있었다. 나는 조금씩 바스러지는 오래된 묘석 뒤로 물러나 모자를 벗고 모든 과정을 지켜보았다. 이 모든 게 언제든 깰 수 있는 꿈인 것처럼 비현실적으로 느껴졌다.

비드를 아끼고 사랑한 사람이 나만은 아닌 듯했다. 마을 사람들 대부분이 관을 따라 걷고 있었고, 그 속에는 어제 오두막을 불태우고 할아버지를 죽이려 했던 사람들도 꽤 여러 명 보였다. 제일 앞에 바일스 목사가 있었고, 그 뒤로는 웰레스트 씨가 길리 씨와 내가 모르는 다른 사람들과 함께 관을 들고 걷고 있었다. 비열하기 짝이 없는 모던트라는 인간은 아예 관을 들 생각조차 하지 않고, 나머지 사람들과 뒤에서 천천히 걸어오고 있었다. 지루한 표정으로 발밑을 내려다보기도 하고, 당장이라도 빗방울을 떨굴 것 같은 하늘이 못마땅한 듯 위를 보며 얼굴을 찌푸리기도 했다.

대부분의 장례 절차는 저택 안에서 거의 마친 모양인지, 관을 묻기까지 시간은 그리 오래 걸리지 않았다. 워낙 많이 들었기에 나도 전부 외울 정도인, 그 기도문을 목사가 중얼거리듯 읊고 있었다. 너무도 짧고 평범한 기도문이었다. 비드의 장례식이라면 바이런이나 셸리 같은 대문호가 쓴 시에, 관현악단이 곡을 연주하고, 더 아름답고 슬픈 목소리의 성가대가 노래를 불러야 마땅했다. 성경에 적힌 흔한 말이나 읊조리는 듯한 목사의 목소리는 비드에게 어울리지 않았다.

마침내 관이 땅속으로 내려갈 때는 울음이 터질 것 같아 나는 모자를 입에 꽉 물고 있어야 했다. 조문객들이 관 위로 흙 한 줌씩을 뿌릴 때, 그 모습을 차마 볼 수 없어 아예 뒤돌아 서 있기도 했다.

장례가 모두 끝난 뒤에도 나는 오랫동안 풀밭에 앉아 있었다. 할아버지에게 되돌아가야 한다고 생각하면서도 차마 비드 곁을 떠날 수가 없었다. 특히나 새로운 곳에서 맞는 첫 밤을 비드 혼자 보내게 하고 싶지 않았기에 나는 거기 좀 더 머물기로 했다. 워낙 날씨가 흐리고 우중충해서 서서히 저녁 어둠이 내리는 것도 모르고 있었다.

해 질 무렵, 나는 묘지에 아무도 남아 있지 않은 것을 확인한 뒤 숨었던 곳에서 나왔다. 주위가 어둑해져 잘 보이지 않았지만, 길리 씨가 얼마나 형편없이 구덩이를 메웠는지는 한눈에 알 수 있었다.

"미안해, 비드. 내가 널 도왔어야 했는데, 뭔가 잘못됐다는 걸 먼저 알아차렸어야 했는데. 창문가에서 너랑 얘기할 때만 해도 난 네가 정말 괜찮은 줄 알았어. 정말 미안해!"

비드의 죽음에 피니어스가 어떤 식으로든 관련돼 있을 거라는 의심을 멈출 수가 없었다. 장례식이 진행되는 동안 그가 하던 행동만 봐도 그 남자는 비드의 죽음을 그리 슬퍼하는 것처럼 보이지도 않았다. 하지만 또 한편으로는, 피니어스가 아무리 나쁜 인간이라고 한들 그렇게 악마 같은 짓을 했을 거라고 단정 짓기도 어려웠다.

나는 무덤 위에 얹은 화환들을 치우고, 봉분을 덮은 흙을 다시 다듬었다.

"이걸 내가 해야 했는데, 그러고 싶었는데, 미안. 하지만 너희 아버지가 마을 사람들을 데리고 오는 바람에 우리는 도망칠 수밖에 없었어. 너희 아버지가 로켓을 보셨거든. 네가 약초를 얻으러 왔을 때 할아버지에게 줬던 그 로켓 말이야……"

순간 어떤 생각이 머리를 스쳤다. 나는 그대로 바닥에 주저앉아 손으로 입을 막았다.

"아, 세상에! 설마 그런 거야? 그거 때문이야? 우리 텃밭에서 따 간 약초를 먹고 네가 이렇게 된 거야?"

손바닥으로 눈을 문지르는 바람에 눈에 흙이 들어갔다. 아닐 거라고 계속 고개를 저었지만, 생각하면 할수록 그게 맞는 것 같았다. 수면에 도움이 되는 약을 만들려다 뭔가 잘못된 약초를 넣었거나 너무 많이 마신 게 아닐까 싶었다.

어떻게 이럴 수가 있나 싶어 나는 마구 발을 굴러 댔다. 흙바닥에 엎드려 몸부림을 치며, 하늘과 땅을 향해 비드의 이름을 계속해서 불렀다. 하지만 이제 와 그래 봐야 아무 소용도 없었다. 비드는 죽었어, 죽었다고. 그리고 비드를 그렇게 만든 건 다름 아닌 나와 할아버지였다.

XXVI
비드

정신을 차리기까지 시간이 오래 걸렸고, 어느 정도 의식이 돌아온 뒤에도 정말 의식이 돌아온 게 맞는지 확신할 수조차 없었다. 잠든 것과 깬 것, 그리고 눈을 뜬 것과 감은 것의 차이가 전혀 느껴지질 않았다. 코와 귀를 통해 어둠이 내 두개골 속으로 스며든 게 아닌가 싶을 정도로 눈앞은 완벽한 어둠이었다.

마치 누군가 내 정수리에 주사를 놓아 거기로 생명을 주입하기라도 한 것처럼 머리에서부터 시작해 서서히 발끝으로 내려가며 감각이 돌아오기 시작했다. 정신은 또렷한데 팔다리가 죽은 물고기처럼 말을 듣지 않은 채로 몇 분이 흘렀다. 이럴 거라고 예상은 했지만, 그래도 극심한 공포가 몰려와 그걸 몰아내는 데 내 모든 이성과 의지를 총동원해야 했다. 나는 애써 숨을 고르며, 눈을 감고 중얼거렸다. '걱정할 것 없어, 비드. 이건 전부 계획했던 일이야. 예상대로 되지 않은 일은 아무것도 없어.'

몸 안에 새로이 따뜻한 피가 돌면서 손가락 끝에 찌릿찌릿한 느낌이 들었다. 집중력도 조금씩 나아지는 듯했다. 냄새나고 질식할 것 같은 어둠 속을 천천히 손으로 더듬어 보았다. 접힌 팔꿈치를 가슴 위에 올린 자세로 누워 있었기에 팔을 움직이기가 쉽지 않았지만, 최대한 손을 뻗어 보았다. 관의 한쪽 면과 다른 쪽 면이 팔에 닿았고, 앞면과 뒷면도 느낄 수 있었다. 끈이 있어야 했는데, 없었다. 끈을 당겨 종을 울리기로 했는데. 끈이 없다는 건, 내가 깨어났다는 걸 알릴 방법이 없다는 뜻이었다. 그리고 6피트 땅속에 갇혀 두 번 죽을 운명이라는 뜻이기도 했다. 더구나 이번에 죽는다면 진짜 아무도 모르게 죽는 셈이었다.

생각이 거기에 미치자, 나는 완전히 공포에 사로잡히고 말았다.

산 채로 묻혔다는 걸 알고도 마음을 진정하기란 불가능했지만, 그래도 노력했다. 관 내부는 생각했던 것보다 훨씬 좁았다. 매우 덥고 답답했으며 공기 양도 많지 않았다. 나는 관 안에서 좌우로 구르거나 나무 벽을 안에서 두드릴 수 있을 거라고 생각했는데, 그럴 공간이 없었다. 위에서 누르는 흙의 무게 때문에 관 뚜껑이 내 가슴뼈를 꽉 누르고 있었고, 펄떡펄떡 뛰는 내 심장 박동이 좁디좁은 관의 나무 벽을 타고 고스란히 퍼져 나가고 있었다.

소리를 지르려고 해 봤지만, 소리가 입 밖으로 나오지 않았다. 악몽을 꿀 때 자주 그런 경험을 했지만 그래도 너무 무서우면 금세 잠에서 깨곤 했는데, 지금은 새까맣고 차디찬 공포가 파도처럼 밀려오기만 할 뿐 도무지 깨지지 않았다.

머리 위에서 발소리를 들은 것 같았다. 아주 희미한 소리였다. 벌써 환청이 들리는구나 싶었다.

있는 힘껏 다시 소리를 질렀다. 작게 소리가 흘러나오긴 해도 바깥 세상의 누군가에게 가 닿기엔 역부족이었다. 땀이 어찌나 많이 쏟아지는지 관 바닥에 축축하게 물웅덩이가 생긴 것 같았다. 부끄럽게도 언젠가부터 나는 울고 있었다. 얼마 남지 않은 공기를 연거푸 들이마셨다. 관 내부 온도는 계속 높아지고 있었다. 길리 부인이 만든, 더럽게 맛없는 수프 냄비에 들어가 산 채로 익는 기분이었다.

고개를 한쪽으로 겨우 돌리니, 왼쪽 어깨 옆 공간에 그나마 신선한 공기가 조금 남은 것 같았다. 나는 가능한 한 깊이 숨을 들이마신 뒤, 젖 먹던 힘까지 짜내 큰 소리로 울부짖었다.

뭔가를 때리는 듯한 희미한 소리가 반복해 들리나 싶더니, 다시 완전히 사라졌다. 나는 한 번 더 소리를 질렀지만, 이제는 숨 쉴 공기마저 부족해 숨을 헐떡여야 했다. 관 뚜껑을 손톱으로 긁었지만, 독 기운이 아직 다 가시지 않아 손끝에 힘이 들어가지 않았다. 내 심장 두근거리는 소리 외에는 아무 소리도 들리지 않았다. 나는 눈을 감고, 차라리 빨리 죽게 해 달라고 기도했다.

그때 바닥을 때리는 소리가 다시 시작됐고, 이번에는 더 가까운 데서 들렸다. 날카롭게 긁는 소리도 뒤이어 들렸다. 삽으로 땅을 파는 소리였다. 가만히 누워 그 소리를 듣는데, 마치 몇 시간이 흐른 것처럼 길게 느껴졌다. 감각이 너무 오래 사라졌다 돌아와 그 소리가 진짜인지 아니면 상상 속에서 들리는 건지조차 가늠하기 어려웠다. 어쩌면 나는 이미 죽었고, 이 소리는 망자가 저 너머의 세계로 들어갈 때 나는 소리인지도 모른다고 생각했다.

금속으로 된 단단한 뭔가가 내 배꼽 바로 위 뚜껑을 세게 내리쳤다. 무섭도록 요란한 소리가 났다. 나무판에 작은 틈이 생기면서 관 안으로 흙 부스러기가 떨어졌다. 나는 몸을 마구 꿈틀대며 다시 한번 목이 쉬어라 소리를 질러 댔다. 잠시 정적이 흘렀다. 이번에는 삽 부딪치는 소리가 머리 근처에서 났다. 나무 갈라지는 소리에, 등골을 타고 전율이 몸 전체로 퍼져 나갔다. 그러고는 곧, 흙과 함께 신선하고 달콤한 산소가 관 안으로 쏟아져 들어왔다.

땅을 판 사람이 누군지는 몰라도 그 사람이 관 뚜껑의 남은 부분을 잡아 뜯어내고 있었다. 바깥세상이 더 밝지는 않았지만 공기가 좀 더 서늘했고, 살짝 푸른빛도 돌고 있었다. 머리 위로 밤하늘이 보였는데, 흘러가는 구름 사이로 희미한 별빛이 흘깃 보였다 사라졌다. 그 순간 나는 이 세상과 다시 한번 사랑에 빠졌다. 살아 있다는 것에 기쁨을 느끼며 가슴이 벅차도록 공기를 들이마시고 또 들이마셨다.

누군가 안으로 팔을 뻗어 내 양쪽 겨드랑이를 잡고 나를 일으켜 앉혔다. 나는 거기, 무덤 바닥에 앉은 채로 깨끗한 공기를 마음껏 들이마시며, 손으로는 그 사람의 팔을 꽉 붙잡았다. 뼈만 앙상한 가느다란 팔, 지저분한 머리카락. 네드였다. 다 떨어진 낡은 셔츠를 통해 힘차게 뛰는 그 애의 심장 박동이 느껴졌다.

"비드!"

"응?"

그 애가 내 팔을 놓아주었고, 나는 진흙 벽에 등을 대고 기대앉았다. 나는 네드의 얼굴을 바라봤다. 너무 어두웠기에 표정은 보이지 않고 그저 흐릿한 얼굴의 윤곽만 보일 뿐이었다. 네드는 무슨 말을 해야 좋을지 모르겠다는 듯 잠시 말이 없었다. 마침내 입을 열고 이렇게 물었다. "너 여기서 뭐 하는 거야?"

나는 웃었다. 나도 모르게 웃음이 터져 나왔다. 질문이 너무 진지해 웃지 않을 수 없었다.

"여기서 뭐 하냐고? 글쎄, 말하자면 길어. 일단은 이 무덤에서 좀 나가면 안 될까?" 내가 말했다.

"아, 그렇지. 널 도울 수 있어서 정말 기뻐. 사실은 그냥 기쁜 정도가 아니야." 네드는 다시 머뭇거렸다. "난 네가 죽은 줄 알았거든."

"맞아, 하루 정도 죽어 있었어." 내가 말했다.

"그런데 지금은 살아 있잖아."

"그래, 죽은 것 같진 않네."

네드는 얼굴을 찡그렸지만, 다른 말은 하지 않았다. 물론 그 애는 내가 교회지기 할아버지와 나눈 대화에 대해 전혀 모르고 있을 터였다. 사실 난 그때, 네드에게는 아무것도 말하지 말아 달라고 할아버지에게 특별히 부탁까지 했었다. 내가 진짜 죽은 것처럼 보이려면 이 사건의 진실을 아는 사람이 가능한 한 적은 편이 낫다고 생각했기 때문이었다.

나는 몸을 일으켜 관 밖으로 나가려고 했다. 하지만 이제 막 태어나 몸의 근육을 한 번도 써 본 적이 없는 아기처럼, 몸에 제대로 힘을 줄 수가 없었다.

"조심해." 네드가 말했다.

잠시 머뭇거리던 네드는 어색하게 내 허리에 팔을 두르더니, 나를 구덩이 밖으로 들어 올렸다. 몸이 너무 날씬해서 힘도 없을 줄 알았는데, 의외로 팔이 전부 근육질이었다. 어렸을 때부터 땅을 파서 그런 것 같았다.

내 옆으로 올라온 그 애는 내가 무슨 말이라도 하길 기다렸지만, 나는 할 말이 없었다. 묘지 주변을 둘러봤다. 하지만 너무 어두워 주위 묘석도 보이지 않았다. 저 멀리 우리 집 창문으로 불빛이 새어 나오고 있었고, 그 너머 마을에도 집에 켜 놓은 불빛 한두 개가 흐릿하게 깜빡이고 있었다.

"지금 몇 시야?" 내가 물었다.

"모르겠어. 교회 종소리는 못 들었는데, 아마도 열한 시쯤 되지 않았을까? 아니면 열한 시가 좀 안 됐거나."

그 말을 들으니 가슴 한편에 뿌듯함이 올라왔다. 한 시간 정도면 내 계산이 꽤 정확했다는 거잖아! 원래 내 계획은 독약의 효과가 정확히 자정까지 지속되게 하는 거였다. 독약을 만들 때 조금의 여유도 없이 급하게 약초들을 섞었던 걸 생각하면, 한 시간 정도의 오차는 꽤 훌륭한 결과라는 생각이 들었다.

"너희 할아버지는 어디 계셔?"

"숲에."

그렇다면 할아버지가 아직 오지 않은 것도 이해됐다.

"숲에는 왜?"

"우리, 교회에서 쫓겨났어."

"쫓겨났다고?"

그 애가 고개를 끄덕였다.

"네가 할아버지에게 줬던 로켓을 너희 아버지가 보셨어. 우리가 그걸 너희 어머니 무덤에서 훔쳤다고 생각하시더라고. 그 말을 들은 마을 사람들은 우리를 당장 혼내 주겠다고 몰려왔고."

"로켓 때문이라고! 이런! 그럼 이게 다 내 잘못이잖아!"

"아, 아니야, 비드. 전혀 그렇지 않아! 아무나 볼 수 있는 데다 그걸 꺼내 놓은 게 잘못이었어. 장화 속 같은 곳에 숨겼어야 했는데."

"아니야. 그런 일이 생길 수도 있다는 걸 예상했어야 했어. 그럼 나를 땅에 묻은 사람이 너희 할아버지가 아니란 말이야?"

"응, 아니야. 길리 씨가 했어. 마지막 마무리는 내가 했지만."

"네가 직접 했다고?"

"그래."

"왜?"

"무덤이 제대로 됐는지 확인하고 싶었어."

뜻밖의 말에 나는 꽤 감동했다. 내가 어떤 계획을 세웠는지 전혀 몰랐으면서 내 일에 왜 그렇게 관심을 갖고 애를 쓰는지 잘 이해가 되지 않았다.

"그럼, 너희 할아버지는 너랑 같이 여기 오지 않았다는 거잖아? 무슨 중요한 일이라도 있으신 거야?"

그렇게 묻는 내 말투에는 어쩔 수 없이 배신감 같은 게 묻어 있었다. 지금 누구의 잘잘못을 따질 때는 아니지만, 교회지기 할아버지와 했던 약속이 지켜지지 않은 바람에 나는 종도 없이 관 속에 누워 절대 유쾌하다고 할 수 없는 엄청난 공포감을 맛봐야 했기 때문이었다. 네드는 내 얼굴을 빤히 보다가, 시선을 떨구고는 고개를 가로저었다.

"지금 많이 아프셔, 비드. 사실은 몸 상태가 아주아주 안 좋아. 원래도 그리 건강한 편은 아니셨는데, 숲으로 도망친 후로……"

"그런데도 할아버지를 거기 혼자 두고 왔단 말이야?"

"여기 오느라 그런 거잖아! 내가 안 왔으면 넌 어쩔 뻔했어?"

평소에는 늘 얌전하던 애가 갑자기 화를 내며 말했다.

"그런 뜻이 아니야, 미안해." 내가 말했다.

나는 바닥에 앉아 교회지기 할아버지와 관련해 어지럽게 뒤엉켰던 기억을 하나하나 되짚어 봤다. 그러면서 모든 게 좀 더 명확해졌다.

"너희 할아버지가 다이어리 가지고 계신 거 맞지?"

"다이어리?"

나는 단어를 고쳐 다시 물었다.

"책 말이야. 내가 무도회장에서 찾으라고 했던 책, 그거 네가 가져간 거지?"

"아, 그래, 그래, 그 책. 내가 찾았어."

"그리고 할아버지에게 맡긴 거지?"

그 애가 발을 옮기며 몸을 움직였다.

"아, 맞아. 할부지가 가지고 계셔. 책은 잘 있어. 정말이야."

"좋았어. 열쇠는?"

"어, 열쇠도 찾았어. 열쇠도 할부지가 가지고 계셔."

그 말을 들으니 불끈 힘이 솟는 기분이었다. 꼬이기만 하던 일들이 예상치 않게 전부 좋은 쪽으로 결론이 난 것 같았다. 피니어스가 가져갔던 다이어리와 열쇠를 되찾았고 그가 모르게 집을 빠져나왔으니, 이제는 모든 게 다 잘 될 것만 같았다. 교회지기 할아버지와 네드가 이런 사실을 안다는 게 좀 마음에 걸리긴 했지만, 시간이 지나면 지날수록 서로에게 도움을 주는 사이가 될 수 있을 거라는 생각이 점점 커지고 있었다. 그리고 지난 몇 년간 내 또래 친구를 사귀어 본 적이 없었기에 네드와도 친하게 지내고 싶었다. 확실히 그 애처럼 외로워 보이는 사람은 본 적이 없었다. 그래서 그 애라면 나의 슬프고도 이상한 면까지 모두 다 이해할 것만 같았다.

그 애가 갑자기 목에 뭐가 걸리기라도 한 것처럼 목청을 가다듬었다.

"미안하지만, 비드……"

"응, 말해."

"이게 다 무슨 일이지 나한테 말해 줄 순 없어? 넌 왜 여기 있는 거야? 어떻게 살아 있는 거야?" 그 애는 약간 더듬거리며 말했다. "그러니까 물론 넌 살아 있어야지. 모두가 네가 죽지 않길 바랐고, 넌 꼭 살아 있어야 하는 게 맞아. 네가 살아서 얼마나 기쁜지 몰라! 그런데 죽었던 사람이 어떻게 살아난 건지 이해가 잘 안 돼. 분명히 너희 아버지도 네가 죽었다고 했었거든. 네가 밀랍 인형 같다고, 온몸이 새파랗게 변해 차갑게 식었다고 했었다고."

"우리 아버지가 그렇게 말했단 말이지? 그거 진짜 듣던 중 반가운 소리다!" 나는 어둠을 향해 씩 웃으며 말했다.

"반갑다고?"

"독약이 내가 기대했던 것보다 훨씬 더 효과가 좋았던 것 같아."

"무슨 말인지 잘 모르겠어."

나는 그 애의 얼굴을 바라봤다. 별빛이 비쳐 멀끔하게 빛나고 있는 그 애의 얼굴에서는 확실히 어떤 악의도 찾아볼 수 없었다. 좋아, 나는 그 애를 믿어 보기로 했다.

"일단 너희 할아버지한테 가 보자. 가면서 내가 설명해 줄게." 나는 무덤을 뒤돌아보고 삽을 집어 들었다. "그런데 그 전에 불쌍한 오비디언스부터 잘 묻어 주는 게 좋겠어."

XXVII
비드

우리는 무덤을 다 메운 후, 저택 영지를 가로질러 마구간으로 향했다. 내 팔과 다리는 마치 길리 부인이 만든 고기파이처럼 흐늘거리고 힘이 하나도 없었지만, 정신은 그래도 꽤 맑은 편이었다. 물론 교회지기 할아버지에게 가는 일도 급했지만 피니어스를 쫓아낼 기회를 얻으려면 일단은 말이 필요했다. 당장 우리는 마을에 머물 수 없었고, 그렇다고 계획을 실행하기에 숲이 그리 좋은 장소도 아니었다. 또한 이동할 때 걸어서 움직이려면 분명 한계가 있을 거라는 생각이 들었다. 계획상 풍차에 꼭 가야 하는데, 그곳까지 말을 타고 이동하면 모든 게 훨씬 수월할 터였다. 이런 자세한 계획을 아직 네드에게는 말하지 않았지만, 일단 가 보면 길게 설명하지 않아도 금세 알게 될 거라 믿었다.

저택을 향해 걸어가는 동안 네드는 몇 걸음 뒤에서 나를 따라왔다. 입을 꾹 다물고 아무 말도 하지 않아 잘 따라오고 있는지 이따금씩 걸음을 멈추고 뒤돌아 확인해야 했다. 그리고 그때마다 내 한쪽 귓가에 파리 한 마리가 얼쩡거려 계속 나를 귀찮게 했다.

산울타리 미로 옆을 지날 때, 네드가 이렇게 말하는 걸 들었다. "모스카! 그 애 옆에서 떨어져!"

저택의 창문에서 희미한 불빛이 흘러나오고 있었고, 나는 바로 그 앞에서 다시 걸음을 멈췄다.

"방금 뭐라 그랬어?"

"미안해, 비드. 아까부터 자꾸 머리 옆으로 손 흔드는 거 봤어. 걔가 계속 귀찮게 하는 거지?"

"누가 날 귀찮게 한다는 거야?"

"내 파리 말이야."

나는 잠시 생각했다.

"그래, 파리를 키운다고 했었지? 기억나. 그럼, 그 파리도 여기 같이 온 거야?"

"응, 걔는 나랑 항상 같이 다녀."

"그리고 파리랑 대화도 나누고?"

"응. 아까 무덤 속에서 어떤 소리가 난다고 나한테 알려 준 것도 걔야."

"걔가 너한테 말했단 말이지? 네 파리가?"

"사실은, 말할 필요도 없었어. 모스카가 네 무덤 위에 앉아 있는데, 다리가 계속 떨리더라고. 그걸 보고 뭔가 이상하다는 걸 금방 알아차렸지. 걔는 사람이 느끼지 못하는 그런 것도 다 느낄 수 있거든. 그래서 나도 모스카가 앉았던 자리에 귀를 대 봤더니, 글쎄, 분명 무슨 소리가 들리는 것 같더라고. 혹시라도 네가 살아 있는 건지도 모르니까, 한번 파 보는 게 낫겠다 싶었어······" 그 애는 잠시 말을 멈췄다. "그러니까 정말로 널 구한 건 사실 모스카야."

나는 웃었지만, 네드가 농담하는 건지 아닌지 확신이 서지 않았다. 그 애는 평소 그렇게 농담을 잘하는 성격도 아닌 것 같았다. 너무 진지하고, 너무 솔직하고, 그래서 정말 너무너무 이상한 아이였다. 우리는 계속 걸었다.

우리는 마구간 마당 한쪽 그늘에 몸을 숨기고 저택 안 불빛이 모두

꺼질 때까지 기다렸다. 마지막으로 부엌을 밝히던 촛불이 꺼지고, 길리 씨인지 길리 부인인지 누군가가 부엌문을 잠그고 계단으로 올라가는 소리가 들렸다. 마당이 무척 어두웠기 때문에 나는 손으로 주위를 더듬어 가며 마구간으로 다가갔다.

문에 설치된 빗장을 찾아 소리가 나지 않도록 조심스럽게 옆으로 밀었다. 빅터는 처음 본 사람이 가까이 오면 잘 놀라니 주의하라고 네드에게 말하려는데, 그 애는 이미 마구간 안으로 들어가 빅터의 콧등을 쓰다듬으며 작은 소리로 말을 걸고 있었다.

"안녕, 친구."

나는 놀라서 네드를 쳐다봤다.

"너, 빅터를 알아?"

"어, 그저께 여기 왔을 때 오후 내내 같이 있었어."

내가 마구를 챙기는 동안에도 네드는 계속 빅터를 쓰다듬었고, 빅터도 기분이 좋은 듯 가만히 있었다. 저 애는 정말 동물과 대화를 할 수 있는 걸까? 어쨌든 좋은 징조라는 생각이 들었다. 나는 말에 안장을 얹은 다음, 혹시라도 깬 사람이 없는지 마당 밖으로 고개를 내밀어 다시 한번 확인했다.

집은 온통 고요했고, 창문은 눈알 없는 눈구멍처럼 어떤 빛도 없이 어둡기만 했다. 부서진 장비들을 미친 듯이 다시 조립하고, 사라진 다이어리를 찾느라 혈안이 돼 있을 피니어스를 떠올렸다. 침대에 누운 채 뒤척이고 있을 아버지도 생각했다. 어쩌면 아예 누울 생각도 않고 침대에 걸터앉아 두 손에 머리를 파묻고 있는 건 아닐까 싶었다.

하지만 달리 선택의 여지가 없었기에 어쩔 수 없는 일이었다. 때가 되면 아버지도 진실을 알게 될 테고, 알고 나면 나를 용서하시리라 믿었다. 그러길 바랐다.

"굳이 말을 타고 갈 필요가 있을까? 숲까지 그리 멀지 않아. 나도 걸어서 왔는데, 너희 집까지 금방 왔거든." 네드가 속삭였다.

내가 마구간 칸막이 안으로 돌아가자, 말들이 앞발로 짚 바닥을 긁어 댔다.

"맞아, 너희 할아버지가 계신 숲까지는 걸어서 가도 충분해. 하지만 앞으로 일을 도모하려면 위디 바텀을 벗어나 꽤 멀리까지 가야 하거든."

"떠난다는 거야? 어디로 갈 건데?" 그 애는 실망한 표정을 감추지 못했다.

"몰라. 아직은."

"혼자 갈 거야?"

"그건 너한테 달렸어."

물론 네드가 함께 간다면 정말 좋을 것 같았지만, 아직은 스스로도 그걸 인정하기가 쉽지 않았기에 네드에게는 더더욱 그런 내색을 할 수가 없었다.

나는 빅터와 클레르발의 고삐를 모아 쥐고, 두 마리를 함께 끌어냈다. 하인 중 누군가 마구간 문 잠그는 걸 깜빡하고 열어 두는 바람에 말들이 도망친 거라고 여기면 좋겠다는 생각이 들었다. 장례식을 치르느라 모두 정신이 없었을 테니, 전혀 불가능한 얘기도 아니었다.

"제발 소리 내지 말고 걸어 줘." 나는 말들에게 부탁했다.

하지만 말들이 내 말을 들어줄 리 없었다. 말발굽이 자갈에 부딪히는 소리가 마치 대포알 쏘는 소리만큼이나 요란했다. 나는 가능한 한 재빠르게 빅터의 등에 탄다고는 했지만, 관 속에 한참을 누워 있었던 탓에 내 동작은 재빠른 것과는 거리가 멀었다. 나는 네드에게 손을 내밀었다.

"자, 어서."

"하지만 난 한 번도 말을⋯⋯"

네드의 말이 다 끝나기도 전에 나는 그의 팔을 잡고 힘껏 당겼다. 그 애는 마치 젖은 수건을 걸친 것 같은 모습으로 빅터의 엉덩이 위에 올라탔다. 나는 말의 옆구리를 발로 차며 풀밭을 향해 말을 몰았고, 클레르발도 바로 뒤에서 우리를 따라왔다.

말발굽 소리에 누군가 잠이 깼을지도 모르기에 나는 긴 진입로를 달리기보다 사슴 공원과 과수원을 가로지르는 편이 낫겠다고 판단했다. 내 뒤에서는 네드가 말에서 떨어지지 않으려고 안간힘을 쓰고 있었다. 내 허리를 잡으면 될 텐데, 굳이 안장의 양옆을 잡고서는 아주 어색하고 뻣뻣한 자세로 앉아 있었다.

우리는 담장이 무너진 곳을 넘어 영지를 벗어난 다음, 마을을 빙 둘러 가는 길을 택했다. 농작물이 자라는 밭을 가로지르는 동안, 하늘을 덮은 구름이 조금 갈라지더니 그 사이로 손톱처럼 가늘고 밝은 달이 얼굴을 드러냈다. 이번에도 네드는 아무 말이 없었다.

"있지, 어떻게 생각해?" 내가 물었다.

"뭘 말이야?"

"나랑 같이 가는 거."

내 질문에 네드는 약간 움찔하는 것 같았다.

"나도 정말 그러고 싶어. 하지만 할부지를 두고 떠날 순 없어."

"가려면 다 같이 가야지."

"하지만 할부지는 무척 아프셔, 비드."

"그 부분은 내가 도울 수 있을 것 같아."

"정말이야?"

"내 생각에는, 우리가 서로 도울 수 있는 일이 앞으로 훨씬 많을 것 같아." 나는 자세한 이야기를 할까 하다가 아직은 때가 아니라고 생각하고 이렇게만 말했다. "게다가 나한테 무슨 일이 있었는지 네가 다 알고 있는데, 널 여기 마을에 그냥 남겨 두는 건 절대 좋은 생각이 아닌 것 같아."

네드는 다소 조심스럽게 입을 열었다. "사실 난, 무슨 일이 있었던 건지 아직도 잘 모르겠어. 네가 말해 주면 좋겠어."

"물론이지. 넌 들을 자격이 있어." 내가 말했다.

나는 좀 더 말을 달리다가 다시 입을 열었다. 어디까지 말해야 할지 약간 고민도 됐다. 풍차에 가면 네드도 훨씬 많은 걸 알게 될 테지만, 모든 진실은 그때 가서 말해도 늦지 않을 것 같았다.

"너도 알다시피 내가 힉슨 부인 장례식에 갔었잖아? 그때 교회 정원에서 특이한 약초들이 자라는 걸 우연히 보게 됐어. 한때 식물학에 관심이 많았던 터라 그중 몇 가지는 나도 아는 약초더라고. 마취제로 쓰이는 양귀비랑 독성이 있는 여러 식물 같은 것들. 그리고 나서 모던트 씨가 우리 집에 왔는데, 상황이 도저히 참을 수 없게 흘러가면서 그 약초를 좀 활용할 수도 있겠다고 생각하게 된 거야."

"결혼하려던 거 말이지?"

"그건 피니어스 혼자 생각이었어. 피니어스에게는 미안한 말이지만, 화학에 관해서만큼은 내가 그 인간보다 아는 게 훨씬 더 많거든. 그 인간은 자기가 최고인 줄 알겠지만. 아무튼 언젠가 연구하다가 어떤 독성 물질에 관한 책을 읽은 적이 있는데, 그걸 사람이 먹게 되면 꼭 죽은 사람처럼 변한다는 내용이었어. 그리고 독성이 다 사라져 원래대로 돌아오기까지 이삼일이 걸리고. 아마 넌 말도 안 되는 소리라고 생각하겠지만, 과학적으로 충분히 근거 있는 내용이었어."

"'아트로파 벨라도나' 얘기구나?"

나는 빅터의 고삐를 당겨 말을 세웠다. 그리고 안장에 앉은 채로 고개를 돌렸다.

"어, 맞아. 약을 만들 때 넣었던 재료 중 하나가 그거였어. 도대체 넌 어떻게 그런 것까지 아는 거야?"

"할부지가 갖고 계신 책에서 봤어."

확실히 교회지기치고는 네드도 할아버지도 놀랄 만큼 아는 게 많았다. 나는 다시 말을 출발시켰다.

"너희 할아버지를 만나 내 계획을 설명했더니, 아무에게도 말하지 않고 도와주겠다고 약속하셨어. 자정쯤 내가 감각이 돌아와 종을 울리면 할아버지가 무덤을 파고 나를 꺼내 주기로 하셨었어."

"종? 무슨 종?"

"내가 하고 싶은 말이 그거야, 네드! 너희 할아버지가 특별히 제작한 관에 나를 넣고 묻어 주기로 했었거든. 한때 콜레라가 유행할 때 시신을 그런 식으로 많이 매장했다고 하더라고. 아직 죽지도 않았는데, 실수로 땅에 묻히는 사람이 가끔 있었대. 그래서 혹시나 살아나면 알 수 있게 사람의 손가락이나 발가락 같은 데 줄을 묶어 두고, 그 줄을 무덤 위에 설치한 작은 종에 연결한 뒤에 땅에 묻었다고 하더라고."

"하지만 아까 네 무덤엔 종이 없었어."

"맞아. 그래서 조금 불편했었어." 나는 잠시 생각한 뒤 다시 고쳐 말했다. "사실대로 말하면, 내 평생 그렇게 무서웠던 적은 처음이야."

"미안해, 비드. 아마 할아버지도 무척 미안해하고 계실 거야. 엄밀히 말하면 할아버지 잘못은 아니야. 우리가 오두막에서 쫓겨날 때, 사람들이 던진 돌에 할아버지가 머리를 맞고 의식을 잃으셨거든. 그렇지만 않았으면 분명 약속대로 하셨을 거야."

그때쯤 숲이 시작되는 지점에 이르자, 말들이 걸음을 멈추었다. 구름 걷힌 밤하늘에는 별이 빛나고 있었고, 빅터와 클레르발의 코 힝힝대는 소리를 제외하고는 사방이 고요했다. 나는 다시 고개를 돌렸다.

"너희 할아버지 살아 계시는 거 확실한 거지, 네드?"

"그럼, 물론이지." 네드는 잠시 생각하더니, 기운 빠진 목소리로 이렇게 덧붙였다. "적어도 내가 출발하기 전까진 살아 계셨어."

기운 내라는 뜻으로 네드를 향해 웃어 보이긴 했지만, 어둠 속에서 내 표정이 어떻게 보였는지는 나도 알 수 없었다. 나는 빅터의 옆구리를 부드럽게 발로 차며 나무 사이로 말을 몰았다. 네드의 할아버지가 누워 있는 강가를 향해 우리는 계속 나아갔다.

XXVIII
네드

숲에서 몇 시간을 헤매고 다녔지만, 별빛에만 의지해 길을 찾는 건 생각보다 더 어려웠다. 아무런 소득도 없이 시간만 자꾸 흘렀다. 이러다 영영 길을 못 찾는 게 아닌가 싶어 나는 어찌할 바를 모르고 당황하고 있었다. 저 숲속 어딘가, 그것도 나뭇잎 위에 혼자 누워 고통스러워할 할아버지를 생각하니, 비드를 살려 냈다는 안도감이나 기쁨도 마음껏 누릴 수가 없었다. 내가 비드를 무덤에서 꺼내는 동안 할아버지가 돌아가셨다면 어쩌지? 한 사람을 구하려면 한 사람은 무조건 잃어야 할 만큼 세상이 그토록 잔인한 곳이 아니기만을 바랄 뿐이었다.

겨우 강가에 도착한 후에는 말을 타고 강의 상류와 하류를 몇 번이고 오르내렸다. 어느새 동쪽 하늘이 서서히 밝아 오고 있었다. 주위가 조금 환해지니, 그래도 눈에 익은 나무와 바위, 동물이 파놓은 굴 따위가 하나씩 눈에 들어오기 시작했다. 그러다 전날, 내가 이곳을 떠나면서 부러뜨렸던 나뭇가지며 내 발자국 등을 발견했고, 그걸 따라서 왔던 길을 되짚어갔다. 내가 무성한 덤불숲 사이로 쑥 들어가자, 뒤에서 비드가 물었다. "거기야? 할아버지가 계신 곳이?"

맞았다. 갑자기 눈앞에 빈터가 나타났다. 나뭇가지를 꺾어 만든 은신처도 그대로였고, 입구 밖으로 삐죽 튀어나온 할아버지의 장화도 보였다. 비드가 빈터 가장자리 굵은 나무에 말들을 매는 동안, 모스카가 우리보다 먼저 안으로 들어가 할아버지를 살폈다. 은신처에서 나온 모스카는 어딘가 풀이 죽은 것 같았고, 마치 무거운 짐을 나르기라도 하는 것처럼 낮은 소리로 윙윙거렸다.

　나는 서둘러 달려가 바닥에 무릎을 대고 안으로 기어들어 갔다. 할아버지는 내가 떠날 때 모습 그대로 바닥에 누워 있었다. 숨을 쉬고 있는지는 알 수 없었다. 밀폐된 공간 안에서 고기가 상할 때 나는 그런 냄새가 진동했다.

　"할부지? 할부지, 제 말 들리세요? 제가 왔어요. 제가 할부지를 두고 떠난 줄 아셨죠? 죄송해요. 비드도 같이 왔어요! 제가 비드를 구했어요! 정말 다행이죠? 비드한테서 얘기 다 들었어요."

　할아버지의 입에서 긴 신음 소리가 새어 나왔는데, 여간 고통스러운 게 아닌 모양이었다. 가슴에서는 물 흐르는 소리가 나고, 눈꺼풀은 불규칙하게 실룩거렸다.

　"할부지, 차 드셔야죠! 차 드시고 싶지 않으세요?"

　할아버지는 어떤 반응도 보이지 않았다.

　나는 밖으로 기어 나와 비드를 찾았다. 비드는 참나무 밑동 이끼 위에 웅크리고 앉아 뭔가를 하고 있었다. 가까이 가 보니, 우리가 가져온 자루를 열어 안에 든 걸 확인하고 있었다. 할아버지가 마지막 순간에 텃밭에서 캐 온 약초와 식물을 꺼내 어찌나 열심히 살피는지 내가 다가가도 고개조차 들지 않았다.

　"지금 할부지 상태가 너무 안 좋으셔. 뭘 어떻게 해야 할지 모르겠어. 차를 드시지 않고 이렇게 오래 지내신 적이 없는데, 난 그걸 어떻게 만드는지도 몰라."

　비드가 마침내 일어서더니 은신처로 걸어가 안으로 머리를 밀어 넣었다. 그렇게 일이 분 정도 있더니 다시 자루가 있는 곳으로 돌아왔다.

"이거 오두막에서 가져온 거 맞지?" 비드가 식물 뿌리를 손에 들고 물었다.

"어. 차에 들어가는 재료들이야. 그걸 짓이겨서 할부지 입에 넣어 드려 봤는데, 전혀 삼키시질 못했어."

"삼키셨더라도 별 도움은 안 됐을 거야. 약한 불에 뭉근히 끓여야 약효가 생기거든."

비드는 자루 바닥까지 뒤적거리더니 모스카의 잼 병을 꺼내 들었다.

"이거면 되겠다. 혹시 부싯돌이나 부싯깃 있어?"

"아니, 없어."

"교회에 다시 갔다 오는 건 어때?"

모스카가 무척 화가 난 것처럼 윙윙거리며 자기 집 주변을 시끄럽게 날아다니자, 비드는 천천히 손을 흔들어 모스카를 쫓아냈다.

"원래 난로가 하나 있었는데, 다 사라졌어. 사람들이 오두막을 전부 불태웠거든."

"불태웠다고? 그래, 그럼, 아직 불씨가 남아 있을 가능성은 있는 거네."

"어쩌면. 하지만……"

"하지만 뭐?"

"오두막 상태를 차마 볼 수 없을 것 같아. 할부지 곁을 다시 떠나는 것도 맘에 걸리고."

비드는 잠시 나를 보더니 이렇게 말했다. "그럼 넌 여기 있어. 내가 가 볼게. 불을 피워서 물약을 끓일 수만 있으면, 할아버지도 기운을 차리실 거야."

나는 그런 비드가 신기해 머리를 저었다. 비드는 정말 모르는 게 없는 것 같았다.

"왜 그래?" 비드가 물었다.

"넌 이런 걸 어떻게 알아? 너, 의사야?"

비드는 특이한 표정을 지으며 멈칫했는데, 약간 당황한 듯한 얼굴이었다.

"뭐, 그냥 조금 아는 것뿐이야." 그렇게 말한 뒤, 비드는 마을과 교회가 있는 쪽으로 길을 떠났다.

비드는 삼십 분도 채 지나지 않아 검게 탄 나무 막대를 한 손에 들고 다시 나타났다. 오두막 기둥일까? 아니면 내 침대 다리? 나는 얼른 막대에서 시선을 돌렸다.

비드는 아무 말 없이 곧바로 일을 시작했는데, 마치 같은 일을 수백 번도 넘게 해 본 사람처럼 움직임이 빠르고 거침없었다. 모스카의 항의에도 아랑곳하지 않고 강가로 가 잼 병에 물을 담은 뒤, 불쏘시개로 쓸 만한 마른 잎과 좀 더 굵은 나뭇가지 몇 개를 찾아 빈터 중앙에 모아 놓았다. 자기가 입고 있던 옷의 천을 찢어 가닥가닥 풀어 헤쳐 부싯깃처럼 만들고는 연기가 피어오르는 막대를 입으로 후후 불어 불씨를 살려 냈다. 축축한 땅 위에 금세 작은 모닥불이 피어올랐다. 그리고 이번에는 말들이 있는 쪽으로 걸어가더니, 빅터의 안장에 달려 있던 가죽 발걸이를 떼어 내 그걸로 고리를 만들어 잼 병을 매달았다.

비드는 땅바닥에 다리를 꼬고 앉아 끓는 물에 약초 잎과 줄기를 집어넣기 시작했다. 여전히 입은 꾹 다물고 있었다. 비드가 무척이나 집

중해 차를 끓이고 있으니, 나도 굳이 방해하면 안 되겠다는 생각이 들었다. 한편 모스카는 자기 잼 병의 바닥이 그을음투성이가 되는 걸 보며 계속해서 신경질을 부려 댔다. 하지만 비드는 그저 무시하는 건지 아니면 알아채지 못한 건지, 그다지 신경 쓰지 않는 눈치였다.

마침내 비드가 자리에서 일어나더니, 잼 병을 불에서 내렸다. 그 애는 지금도 손에 장갑을 끼고 있었고, 그 덕분에 뜨거운 병도 아무렇지 않게 만지고 있었다. 지난번 창문 사이로 이야기를 나눌 때 봤던, 상처투성이에 물집이 잔뜩 잡혀 있던 비드의 손이 떠올랐다. 어쩌면 비드는 정말로 이런 걸 수백 번도 넘게 해 본 게 맞을지도 모르겠다는 생각이 문득 들었다.

끓인 차의 색깔은 확실히 할아버지가 만들던 차의 색깔과 거의 비슷해 보였다. 비드는 그걸 입으로 후후 불더니, 할아버지에게 가져갔다. 몇 분이 흘렀다. 나는 안절부절못하고 모스카와 함께 주변을 계속 서성거렸다.

"저게 효과가 없으면 어쩌지? 그다음엔 어떡해야 해?" 나는 모스카에게 말했다.

그때 안에서 숨 헐떡이는 소리가 들렸다. 당장 은신처 입구로 달려가니, 할아버지가 천천히 몸을 일으키고 있었다. 할아버지는 일어나 앉으려다가 위를 덮은 나뭇가지에 머리를 부딪쳤다.

나도 안으로 기어들어 가 할아버지와 비드 옆에 함께 앉았다. 어두운 공간 안에서, 비드는 김이 나는 잼 병을 손에 들고 있었고, 할아버지가 수증기 너머로 나를 유심히 바라보고 있었다. 마치 내가 누군지 모르는 것 같았다. 할아버지가 입을 여니, 마른 잎 사이로 부는 바람 같은 소리가 났다.

"여기가 어디냐?"

"숲속이에요."

"내가 죽은 거니?"

"아니에요, 할부지! 비드 덕분에 깨어나셨어요. 그러니까 웰레스트 양 덕분에요."

"아."

"깨어나셔서 정말 다행이에요. 지난번에 절 도와주셔서 뭔가 보답을 하고 싶었던 건데, 그것 때문에 괜히 일이 엉뚱하게 꼬였던 것 같아요." 비드가 말했다.

할아버지는 무척 혼란스러운 표정이었다. 눈을 감고 몇 차례 길게 숨을 들이마셨는데, 숨소리가 무척이나 거칠었다.

"몸은 좀 어떠세요?" 비드가 물었다.

"사실 아무 느낌도 없군요." 할아버지가 대답했다.

"흠. 견딜 수 없이 아픈 것보다는 차라리 나은 것 같아요."

"그건 뭐죠?" 할아버지는 비드가 들고 있는 병을 손으로 가리켰다.

"이거요? 농축시킨 진통제 같은 거예요. 기운을 돋우는 성분도 약간 들었고요. 아마도 이걸 차라고 부르신 것 같더군요."

할아버지는 장갑 낀 손을 뻗어 병을 받아 들고는 코끝에 대고 냄새를 맡았다.

"놀랍군요." 할아버지가 말했다.

할아버지가 그걸 내게 건네주었고, 나도 코를 대고 냄새를 맡아 보았다. 평소 할아버지가 드시던 차 냄새와 아주 비슷했는데, 다만 조금 더 진한 듯했다. 내 손에 있던 병을 비드가 다시 가져갔다.

"밖으로 나가 바람을 좀 쐬면 어떨까요? 안이 좀 답답한데요." 비드가 말했다.

우리가 먼저 밖으로 나갔고, 할아버지도 아주 천천히 자리에서 일어섰다. 등을 곧게 펴자, 척추 마디에서 우두둑 소리가 났다. 할아버지는 선 채로 잠시 비틀거렸는데, 약한 바람에도 날아갈 것처럼 기운이 없어 보였다. 잘 보이지 않는 눈은 나를 향하고, 잘 보이는 눈은 비드를 향하고 있던 할아버지는 얼굴을 찡그리며 말했다.

"웰레스트 양? 얼굴을 보니 정말 기쁘긴 한데…… 어떻게 여기 있는 거죠?"

"네드가 절 꺼내 줬어요."

"네드가?" 할아버지는 나를 향해 고개를 돌렸다. "하지만 넌 우리 계획에 대해 아무것도 모르고 있었잖니! 웰레스트 가족 묘지에는 어떻게 갔던 거야?"

모스카가 할아버지의 어깨 위에 내려앉았고, 할아버지, 비드, 모스카 셋이 동시에 나를 쳐다보았다. 순간 나는 '가당치도 않게 비드를 좋아하게 됐고, 그 애가 죽었다는 소식에 말할 수 없는 절망을 느꼈다. 반쯤 넋이 나가 나도 그냥 같이 죽고 싶었고, 심판의 날이 올 때까지 그 옆에 같이 누워 있고 싶었다'고 말해 버릴까 잠시 고민도 했다.

하지만 결국 이렇게만 말했다. "그래도 친구가 죽었는데, 장례식에 가 보는 게 예의라고 생각했어요."

"네가 무덤에서 나를 꺼내 줬을 땐 시간이 열한 시였잖아. 장례식은 몇 시간 전에 이미 끝났을 텐데." 비드가 말했다.

"그냥 밤새 무덤을 지켰던 것뿐이야. 교회 묘지에도 주민이 새로 들어오면 늘 그렇게 했었거든. 그렇죠, 할부지? 우리 평소에도 그랬잖아요. 할부지가 말 좀 해 주세요."

"뭐, 그건 그렇지. 네드가 가끔 그러긴 했어요."

"이번에도 무덤을 지키길 정말 잘한 것 같아요. 안 그랬으면 비드가 내는 소리를 모스카가 듣지 못했을 거 아니에요? 그랬으면 비드는 아직도 무덤 속에 있었을 테고, 이렇게 할부지 차를 만들지도 못했을 거고……"

비드가 웃었다. "그냥 장난으로 해 본 말이야, 네드. 그때 네가 날 꺼내 줘서 얼마나 고마웠는지 몰라."

지그시 나를 바라보는 비드의 시선에 나는 그만 얼굴이 빨개지고 말았다. 비드가 다시 할아버지에게로 고개를 돌리자, 그제야 다시 숨이 쉬어졌다.

"할아버지께도 정말 감사했어요. 비록 계획대로 못 하셨지만, 어쩔 수 없는 일이었잖아요. 저희 아버지 때문에 교회에서 갑자기 도망치게 됐다는 얘기는 들었어요."

할아버지는 오두막에서 있었던 일들이 이제야 기억난 사람처럼 한숨을 내쉬었다.

"정말 당황스럽더군요. 그때 받은 로켓 때문에 일이 이렇게 꼬일 줄은 몰랐으니까."

"그러셨을 것 같아요."

"그런데 웰레스트 양 아버지가 하는 말이, 그 로켓을 어머니 무덤에 함께 묻었다고 하던데, 그걸 어떻게 가지고 있었던 거죠?"

비드는 눈을 굴리고는 대답했다.

"그래요, 아버지는 그런 줄 알았을 거예요. 그걸 무덤에 같이 묻어야 한다고 했었거든요. 아버지는 항상 당신 생각이 다 옳다고 생각하세요. 하지만 어머니라면 그러길 바라지 않았을 거라고 저는 확신했어요. 분명 땅에 묻기보다는 제가 간직하면서 어머니를 떠올리길 바랄 거라고 생각했어요. 관에 넣고 묻는 게 도대체 무슨 의미가 있다는 건지, 전 이해할 수 없었어요."

"그래서 몰래 꺼낸 거로군요." 할아버지가 말했다.

"네. 장례식 날, 어머니가 아주 초라한 관 속에 누워 있을 때요." 그때 기억 때문에 비드는 잠시 괴로워하는 듯하더니, 매섭게 이글거리는 눈빛으로 다시 고개를 들고는 이렇게 덧붙였다. "그리고 그렇게 하길 정말 잘했다고 생각해요."

할아버지가 고개를 끄덕이며 잠시 뭔가를 생각했다.

"그러니까 그걸 두 번째 빼앗긴 셈이로군요. 로켓은 보자마자 아버지가 다시 가져가셨거든요." 할아버지가 말했다.

비드가 입을 열고 뭐라고 말하려는데, 멀리서 개 짖는 소리가 들렸다. 우리 셋은 모두 신경을 곤두세웠다. 어디서 나는 소리이고, 얼마나 멀리에서 나는 소리인지 가늠하기가 어려웠다.

"누군가 웰레스트 양을 찾고 있는 건 아닐까요?" 할아버지가 물었다.

"아니길 바라야죠. 토끼를 잡으려고 사냥 나온 사람들일 거예요."

비드는 그렇게 말했지만, 자신도 확신하지 못하는 표정이었다.

"설령 사냥꾼이라 해도 마주치지 않는 게 좋겠어요. 우리 셋 중 누구도 마주쳐서 좋을 게 없어요." 할아버지가 말했다.

"맞아요." 비드가 재빨리 말했다. "어서 여길 떠나요. 책은 가지고
계시죠?"

"책이라니요?"

"다이어리요. 네드가 할아버지께 드렸다고 했거든요."

드디어 올 게 왔구나 싶어 머릿속이 뜨거워지는 기분이었다. 이제
는 달리 변명할 거리도 없고, 이미 벌어진 일을 숨기려 한다 해도 언
제까지고 거짓말만 할 수도 없는 노릇이었다.

"아, 그거. 기억나요." 할아버지가 말했다.

"가지고 계시죠?"

"없어요."

"왜 없어요?"

"내가 불태웠으니까요."

"설마요."

"정말이에요."

"믿을 수 없어요."

"진짜로 없어요, 이제."

비드의 얼굴이 붉으락푸르락해지더니 분노로 마구 일그러졌다.

"도대체 왜 그걸 마음대로……"

개 짖는 소리가 갑자기 더 가까워졌다. 비드는 어깨너머를 흘깃 돌
아본 뒤 다시 할아버지를 쳐다봤다.

"그럼 열쇠는요? 그래도 열쇠는 가지고 계신 거죠?"

할아버지가 허리 옆을 툭툭 치자, 두꺼운 외투 아래서 열쇠 부딪치

는 소리가 났다.

"가지고 있어요. 그렇긴 한데, 그걸 웰레스트 양이 왜 신경 쓰는지 모르겠군요."

할아버지를 보며 가슴을 계속 들썩이는 비드의 얼굴빛은 그래도 방금 전보다는 조금 나아진 듯 보였다. 비드는 아무 대답도 하지 않았다.

"비드?" 내가 비드를 불렀다.

이제는 개 짖는 소리뿐 아니라 사람들 말소리도 들렸고, 그 소리는 아주 가까운 곳에서 들려오고 있었다. 모스카도 몹시 흥분해 우리 주위를 날아다녔다.

비드는 모닥불 위에 젖은 흙을 덮은 다음, 은신처를 만들었던 나뭇가지들을 손으로 헤쳐 여기저기 흩어 놓았다. 그러고는 검게 그슨 발걸이를 챙겨 말들에게로 갔다. 빈터의 끝자락에서 걸음을 멈춘 비드는 눈을 크게 뜨고 우리 둘을 쳐다봤다.

"뭐 하세요? 지금 이러고 있을 시간이 없어요. 일단, 실험실로 가요. 자세한 얘기는 거기 가서 하도록 해요."

이해할 수 없는 말에 어리둥절해진 나는 할아버지를 쳐다봤지만, 할아버지는 그다지 놀란 표정이 아니었다.

"실험실이라고? 설마 저택으로 돌아가려는 건 아니지?"

"피니어스 실험실 말고, 내 실험실을 말하는 거야."

묻고 싶은 게 한둘이 아니었지만, 이제는 당장이라도 개들이 근처에서 튀어나올 것처럼 소리가 가까워져 있었다. 비드는 할아버지와 내가 클레르발 등에 타도록 도와준 뒤, 자신은 빅터의 등에 올라타고

혀 차는 소리를 냈다. 그러고는 강가로 말을 몰기 시작했다.

XXIX
네드

우리는 뜨거운 입김을 하얗게 내뿜으며, 강둑을 따라 상류로 올라 갔다. 비드는 앞장서 말을 몰기만 할 뿐 생각에 잠긴 듯 가는 내내 침 묵을 지키고 있었다. 이따금 턱을 움직이는 걸 보면 아마도 혼잣말을 하는 것 같았다. 내 허리를 꽉 잡고 뒤에 앉아 있는 할아버지도 입을 꾹 다물고 있었는데, 뭔가를 골똘히 생각하는 건지 아니면 아직 몸이 힘들어 그런 건지는 알 수 없었다. 나는 둘 사이에 끼어 누구 편을 들 어야 할지 헷갈렸고, 두 사람 모두 기분이 몹시 안 좋아 보였기에 뭐 라고 말을 꺼내기도 어려웠다.

마을과 숲을 벗어나 조금 더 올라가니, 강물이 구불구불 흐르는 곳 이 나타났다. 물이 얕고 너른 모래톱이 있어 소들이 물을 마시러 오는 곳이었다. 비드는 곧장 강물을 가로지르기 시작했다. 나는 선뜻 따라 들어가지 못하고 망설이는데, 가장 깊은 곳도 말의 배에 물이 닿을락 말락 하는 정도의 깊이라는 걸 알고서야 마음을 놓았다. 비드를 따라 반대편 강둑에 올라서자, 클레르발의 귀 끝에 앉아 있던 모스카가 갑 자기 공중으로 날아올랐다. 갈대숲에서 뭔가 흥미로운 걸 발견한 모 양이었다. 노가 달린 작은 배였다.

"아주 잘했어, 모스카! 그때 봤던 그게 맞는 것 같아. 너도 기억나지?" 내가 말했다.

내 말을 들은 비드가 허리를 똑바로 세우며 물었다.

"뭘 봤다는 거야?"

"저길 좀 봐. 너희 집 하인들이 우리 오두막에서 열쇠를 훔치던 날 밤, 사용했던 배가 바로 저기 있어."

"그걸 어떻게 알아? 밤이라 깜깜했을 텐데?"

"맞아. 깜깜하긴 했어. 그렇지만 강 이쪽으로는 배가 거의 다니질 않거든."

뒤집어 놓은 선체 옆을 지나가면서도 비드는 굳이 배를 보려 하지 않았다.

"배가 왜 여기 있는 걸까?" 나는 길리 부인이 '늘 가던 데'로 가자고 했던 것과 '다른 신사'에 대해 언급했던 사실을 떠올렸다. 길리 씨와 길리 부인이 늘 가던 데가 여기였을까?

"그건 나중에 생각하는 게 좋겠어. 너도 알겠지만, 사냥개들은 수영도 잘하거든." 비드가 퉁명스럽게 말했다.

나는 입을 다물었고, 우리 사이에는 다시 침묵이 계속됐다.

강 건너는 완만하게 솟은 언덕이었고, 그 꼭대기에는 잿빛 하늘을 배경으로 금방이라도 무너질 것 같은 오래된 풍차가 서 있었다. 그동안 교회 종탑에서 그 풍차를 여러 번 보긴 했어도 직접 와 본 적은 한 번도 없었고, 마을 사람들 사이에서 떠도는 소문을 생각하면 굳이 와 보고 싶지도 않은 곳이었다.

땅이 질척한 들판과 풀이 엉켜 있는 덤불숲을 가로지르자, 다시 숲이 이어졌다. 교회 뒤편 숲보다 키 큰 나무들이 더 빽빽하게 자라고 있어 한층 어둡게 느껴지는 곳이었다. 언덕의 경사가 점점 가팔라졌지만, 비드는 아랑곳하지 않고 오래된 나무 사이로 계속 말을 몰았다. 완전히 방향 감각을 잃었을 때쯤, 갑자기 뻥 뚫린 공간이 눈앞에 나타났다. 비드가 우리를 이끌고 도착한 곳은 다름 아닌 바로 그 풍차 앞이었다.

풍차는 오래전 적에게 공격당하고 불에 타 버린 거대한 성채 같은 모습을 하고 있었다. 전쟁에서 죽은 사람들의 영혼이 온통 그곳을 점령하기라도 한 듯, 해가 중천에 떴는데도 풍차 주위에는 노래하는 새 한 마리, 바스락거리는 산짐승 한 마리 눈에 띄지 않고 적막하기만 했다.

"다 온 거야? 여기가 네가 말한 실험실이야?"

"맞아. 내 집이나 마찬가지인 곳이야." 비드가 말에서 내리며 대답했다.

나는 말 등에서 미끄러지듯 내려온 뒤, 할아버지가 내리는 걸 도와드렸다. 할아버지의 몸이 감자를 담은 자루처럼 축 늘어져 매우 무겁게 느껴졌다. 우리가 모두 말에서 내리자, 비드는 말들을 끌고 풍차 아래로 가, 돌구유에 매어 놓았다. 어쩐지 나는 풍차 가까이 다가가는 것조차 꺼림칙하고 싫었다. 먹구름이 나무 우듬지 바로 위까지 내려오는가 싶더니 급기야 찬비를 세차게 뿌리기 시작했다.

"내가 미신을 믿는 편은 아니지만…… 사람들 말이 여기가 무척 불길한 곳이라던데. 유령이 출몰한다는 말도 들었어."

"출몰하는 거 맞아. 그 유령이 바로 나야." 비드가 말했다.

나는 뒤돌아 할아버지를 보았다. 할아버지의 가슴에서는 계속 쌕쌕거리는 소리가 났고, 안색은 우리 앞의 검게 탄 풍차만큼이나 어둡고 좋지 않았다.

비드가 시꺼멓게 된 풍차의 문을 밀자, 문은 아주 쉽게 열렸다. 나와 할아버지는 비드를 따라 안으로 들어갔다. 일 층에 나 있는 작고 네모난 창을 통해 빛이 들어왔고, 그 빛을 통해 부러진 톱니바퀴와 금이 간 맷돌 따위가 어지럽게 널려 있는 걸 볼 수 있었다. 비드는 안쪽으로 들어가더니 벽을 더듬어 헐거워진 벽돌 하나를 치웠다. 안 그래도 건물이 당장이라도 무너질 것 같은데 왜 저럴까 싶었다.

거기서 녹슨 열쇠 하나를 꺼낸 비드는 짧은 계단 한 단을 걸어 올라가 천장에 나 있는 작은 문을 열쇠로 열고 어깨로 밀어 올렸다. 할아버지와 나도 비드를 따라 위층으로 올라갔다.

창문이 있더라도 나무판을 덧대었거나 커튼으로 막았는지 위층은 아주 깜깜했다. 비드가 작은 초 하나를 손에 들고 돌아다니며 알코올 램프에 불을 붙이니, 아주 이상하고 새로운 세계가 눈앞에 펼쳐졌다. 내 입에서 헉 소리가 흘러나왔다.

"하나님 맙소사." 할아버지가 말했다.

이쪽 벽에서 저쪽 벽까지, 천장에서 바닥까지 원형으로 된 공간 안이 실험할 때 쓰는 도구와 장치들로 가득 차 거대한 산을 이루고 있었다. 피니어스의 장비들이 매우 값비싸고 정교하고 까다롭게 조립된 느낌이었다면, 이곳의 장비들은 확실히 손수 만든 것처럼 조금은 소박한 느낌이었다. 유리병, 구리 팬, 특이한 탑 모양의 금속 원판이 일렬로 늘어서 있었는데, 그중 크기가 같은 건 하나도 없었다. 도구 하나하나를 웰레스트 저택의 부엌에서 가져온 게 아니면 다른 과학자들의 실험실에서 훔친 것처럼 보였다. 풍로로 음식을 데우는 냄비 하나, 그리고 다양한 크기의 작은 팬 몇 개, 다양한 모양의 와인병과 꽃병들이 모두 새로운 용도로 쓰이기 위해 약간씩 변형된 모습을 하고 있었다. 우산꽂이 두 개에는 약초와 각양각색의 가루가 담겨 있었고, 구석구석 공간이 있는 곳마다 어김없이 책과 종이 뭉치들, 옷가지들이 쌓여 있었다. 그리고 실험실 중앙에는 은색의 서빙 접시 하나가 있었고, 쥐들이 갉아 먹다 놔둔 것처럼 사과 반쪽과 빵 한 조각이 그 위에 놓여 있었다.

비드는 마지막 램프에 불을 붙인 뒤, 뒤로 돌아 작업대에 몸을 기댔다. 팔짱을 낀 채 서 있는 비드의 표정이 마치 우리의 반응을 기다리는 눈치였다.

"와, 비드. 여기 정말 멋지다."

"고마워. 이거 만드느라 고생 좀 했거든." 비드가 대답했다.

"이걸 전부 다 네가 직접 만들었단 말이야?"

비드는 고개를 끄덕였다. "내가 하나하나 다 만든 거야."

"언제부터? 어떻게 하게 된 거야?"

"어머니가 돌아가시고 난 뒤부터 시작해서 이후로 계속 조금씩 손을 봐 왔지. 거의 2년에 걸쳐 여기저기서 모아 온 것들이야. 주로 피니어스 같은 돈 많은 인간들이 시연하는 곳을 많이 찾아갔었지. 그런 사람들은 칭찬 좀 해 주면 거기에 정신이 팔려서 뭐가 없어져도 눈치를 거의 못 채더라고."

할아버지는 묵묵히 방 안을 걸어 다니며 각각의 장치들을 꼼꼼하게 살폈다. 그러다 구리로 된 욕조처럼 보이는 커다란 용기 옆에서 걸음을 멈췄다.

"이건, 뭔가요?" 할아버지가 물었다.

비드가 고개를 돌려 할아버지가 가리키는 것을 봤다.

"욕조예요."

"뭐에 쓰는 거죠?"

"목욕할 때 쓰죠."

비드는 당연한 걸 왜 묻냐는 식이었지만, 욕조가 실험실에 있다는 게 확실히 이상하긴 했다. 할아버지가 그런 질문을 한 데는 분명 일리가 있었고, 그렇게 간단하게 대답하는 비드도 어딘가 이상하다는 생각이 들었다.

우리 셋은 서로 거리를 두고 각자 다른 곳에 서 있었는데, 나는 일층으로 이어진 문 옆에, 비드는 실험실 중앙에, 할아버지는 구리 욕조 옆에 서 있었다. 모스카가 천장 주변을 이리저리 날아다니며 들보의 틈새를 살피고 있었다.

"자, 여기가 바로 저만의 비밀 실험실이에요. 세상과는 완전히 단절된 곳이죠. 그러니 이제 속마음을 솔직히 말해 볼까요? 우선, 저희 집안의 가장 소중한 보물을 불태운 이유부터 설명해 주실 수 있을까요?"

할아버지는 기침을 한 뒤 잠시 숨을 가다듬었다.

"웰레스트 양의 가장 귀한 보물은 어머니의 로켓인 줄 알았는데요." 할아버지가 말했다.

어두워지는 비드의 얼굴을 지켜보며, 내 가슴도 서늘해지는 기분이었다.

"제 질문에 똑바로 대답을 안 하시는군요. 대체 무슨 이유로 제 책을 태우신 거예요?"

"엄밀히 말해 웰레스트 양의 책은 아니죠."

"잘 이해가 안 되는데, 그게 무슨 뜻이죠?"

"그 책의 주인은 허버트 웰레스트 씨가 아닌가요?"

비드의 표정은 계속 어두웠지만, 입가에 알 듯 모를 듯한 미소가 살짝 감도는 게 눈에 띄었다.

"그걸 어떻게 아셨죠?" 비드가 물었다.

"뭐 엄청난 비밀도 아니지 않나요? 책의 첫 장에 그 이름이 적혀 있던걸요."

"맞아요, 하지만 암호로 적혀 있었죠. 할아버지가 그걸 이해하셨다는 게 좀 놀라운데요."

비드는 호기심 어린 눈길로 할아버지를 봤지만, 할아버지는 아무 대답도 하지 않았다. 나도 비드만큼이나 할아버지의 대답이 궁금해 계속 할아버지를 쳐다보았다.

"할아버지 말씀이 맞아요. 그 책은 허버트 웰레스트의 책이었어요. 한때는요. 하지만 그분은 벌써 200년 전에 돌아가셨으니, 그걸 상속받을 권리가 제게 있다고 생각하는데요."

"그걸 어디서 찾았지요?"

"그게 중요한가요?"

"그럴 수도 있죠."

"벽난로 속에서 발견했어요. 비어 있던 하인들 숙소에서요. 반쯤 불타고 너덜너덜해져 있었지만, 그래도 안의 내용을 대부분은 읽을 수 있는 상태였고요."

"그렇군요. 그렇다면 허버트라는 분이 스스로 그 책을 없애려 했다는 사실도 아시겠군요?"

"다른 사람이 그랬을 수도 있죠. 꼭 허버트 할아버지가 직접 그랬단 증거는 없으니까요."

"그렇다면 나는 그 사람이 의도했던 일을 마무리 지은 셈이 되겠네요."

"아직 제 질문에 대한 답은 못 들은 것 같은데요. 왜 그걸 할아버지가 태우신 거죠?"

"왜냐하면 너무 끔찍한 것들이 적혀 있었으니까요." 할아버지는 목소리를 높여 그렇게 말하고는 또다시 발작하듯 기침을 했다. 그런 할아버지를 바라보는 비드의 시선에는 걱정과 분노가 마구 뒤섞인 듯했다. 할아버지는 잠시 숨을 고르더니 다시 말을 이어 갔다.

"자연의 법칙에 어긋나는 것들이에요. 그런 연금술이나 과학 실험은 절대 해서는 안 될 내용들이죠. 웰레스트 양이나 모던트 씨나 아니면 다른 누군가가 자신의 연구를 위한 비망록처럼 그 책을 사용한다면 하나님도 크게 노할 겁니다."

"그걸 어떻게 아시죠? 아무리 책의 일부라 하더라도 교회 묘지에서 무덤이나 파는 할아버지가 어떻게 그런 걸 이해할 수 있는 거죠?"

마을 사람들이 아무리 우리를 멍청한 바보 취급해도 비드만은 다를 거라고 생각했는데, 비드의 입에서 그런 말이 나오다니 실망스러운 기분을 감출 수가 없었다. 아마도 너무 화가 난 나머지 오래된 편견이 불쑥 입 밖으로 튀어나온 게 아닐까 싶긴 했다.

할아버지는 여전히 침착하게 대답을 이어 갔다.

"그런 것들에 대해서는 내가 웰레스트 양보다 훨씬 아는 게 많아요." 할아버지는 주위의 실험 장치들을 한번 휘휘 둘러보고는 이렇게 말했다. "그런 점에서 이곳에는 신경에 거슬리는 것들이 너무 많군요, 아가씨."

비드가 입을 다물자, 풍차 안에는 정적이 흘렀다. 오래된 돌벽 틈새로 바람이 들어와 울부짖는 듯한 소리를 냈고, 그러면서 실험실의 도구들도 미세하게 떨리고 있었다.

"왜 그러세요, 할부지. 아파서 일어나지도 못하신 걸 비드가 살려 낸 게 겨우 한 시간 전 일이에요! 그런 사람한테 거슬린다는 말은 너무하잖아요?"

할아버지는 비드를 지그시 바라보았다.

"계속 열쇠 얘기를 꺼내는 것도 그래요. 웰레스트 양이 이름 없는 무덤을 직접 열어 보고 싶어 한다는 건 이미 벌써부터 짐작하고 있었어요."

그렇게 말하는 할아버지의 표정이 무척이나 진지했다. 비드와 할아버지의 얼굴을 번갈아 보던 나는 할아버지의 믿을 수 없는 말에 그저 웃음만 나왔다.

"에이, 말도 안 돼요, 할부지! 비드가 왜 그런 걸 하고 싶어 하겠어요?"

할아버지는 내 말에는 아무런 대꾸도 하지 않고 바닥에 난 문을 향해 천천히 걸어가고 있었다. 마치 비드가 금방이라도 달려들어 열쇠를 빼앗기라도 할 것처럼 한 손은 허리 옆을 꽉 누른 채였다.

"확인할 건 다 확인했으니 그만 가자, 네드. 말도 못하게 불쾌한 이 곳에서 당장이라도 나가는 게 좋겠다."

할아버지는 계단을 내려가기 시작했고, 비드는 도무지 이해할 수 없는 표정으로 그런 할아버지를 보고 있었다.

이제는 바닥 위로 할아버지의 모자만 보일 때쯤, 할아버지는 내게 말했다.

"어서 가자, 네드."

하지만 나는 움직이지 않았다. 할아버지는 코를 훌쩍이며 일이 초 기다리는 듯하더니 두 번 다시 묻지 않고 그대로 내려가 버렸다.

XXX
비드

"정말이야?" 네드가 물었다.

"정말이냐니, 뭐가?"

"이름 없는 무덤을 열어 보고 싶어 한다는 말."

나는 얼른 대답하지 못하고 괜히 몸을 돌려 황동 관의 밸브를 조절하는 척했다. 악의라곤 없이 맑은 눈을 가진, 창백한 얼굴의 네드를 보면 자꾸만 쓸데없이 측은한 감정이 생겨 그 애의 얼굴을 차마 똑바로 볼 수가 없었다.

"정말이면, 그게 무슨 문제라도 되는 거야?" 내가 물었다.

"당연하지. 죽은 사람의 무덤을 파헤치는 건 있을 수 없는 일이니까."

나는 네드를 향해 돌아섰다.

"네드, 넌 내가 그런 사람으로 보여? 시체 도둑? 난 시신을 훔치려고 무덤을 열려는 게 아니야."

"그러니까, 무덤을 열어 보려는 건 맞다는 거구나."

네드가 그렇게 말하니, 나도 모르게 사실을 하나둘씩 털어놓게 됐다. 한편으로는 네드한테 말한다고 큰일 나는 것도 아니지 않나 싶기도 했다. 언젠가는 모두 알게 될 일이었다.

"그래. 하지만 난 뭔가 섬뜩한 짓을 꾸미려는 게 아니야! 난 오로지 그분이 연구했던 내용에 관심이 있는 것뿐이라고. 그동안 여러 가지 자료를 찾아봤는데, 허버트 웰레스트가 다이어리에 기록하지 않은 비밀 연구 내용들이 무덤에 묻혔을 거라는 증거를 꽤 여러 군데서 발견했어."

"허버트 웰레스트? 그럼, 너희 조상인 거야? 이름 없는 무덤의 주인이?"

"거의 확실해."

"그리고 책도 원래는 그분 거라는 거지?"

"맞아." 나는 실험실을 손으로 가리키며 말했다. "그분이 기록해둔 연구 자료가 없었다면 난 지금 한 것의 반도 못 해냈을 거야. 하지만 방금 말했듯이 다이어리에는 뭔가가 빠져 있었어. 결정적인 뭔가가. 아무리 생각해도 그게 무덤 방호 장치 아래 숨겨져 있는 것 같단 말이지. 그러니까 미안하지만, 너희 할아버지랑 이 일에 관해 이야기를 마저 끝내야겠어."

나는 문을 향해 걸어갔다. 두 손을 맞잡고 비트는 네드는 아직도 궁금한 게 많다는 표정이었다.

"할아버지가 말씀하신 거 말이야. 책 내용이 자연의 법칙에 어긋나는 것들이라는 거, 그거 사실이야?"

나는 첫 번째 계단에 한 발을 내딛다 말고 걸음을 멈췄다.

"아니." 내가 말했다.

"그럼 넌, 정확히 뭘 하려고 하는 거야?"

열쇠를 가진 할아버지가 이미 풍차 밖으로 나가 지금쯤이면 언덕을 반쯤 내려갔을지도 모를 일이었기에 나는 빠르면서도 단어 하나하나를 신중하게 고르며 네드의 질문에 대답했다.

"네드, 자연의 법칙에 어긋나는지 아닌지는 관점의 문제라고 생각해. 사람들은 마치 자연이 인간의 이해를 넘어서는 대상인 것처럼 얘기해. 거룩하고 성스러워서 함부로 건드리면 안 되는 것처럼. 하지만 자연이라고 해서 진실에서 그렇게 멀리 벗어나 있을 리 없잖아? 나는 자연이 회중시계처럼 매우 정교하게 만들어진 기계 장치 같은 거라고 생각해. 사람들은 부상이니 질병, 죽음, 이런 것들을 인간으로서 어쩔 수 없이 겪어야 하는 운명이라고 생각하지만, 그렇지 않아, 네드. 나는 자연을 좀 더 자세히 연구하고 수정하면 이런 문제도 상당히 많이 해결할 수 있다고 믿어. 허버트 웰레스트는 이런 사실을 알고 있었어. 그래서 나도 그분의 발자취를 따라 걷고 싶은 거고."

"그래서 의사처럼 그렇게 약초에 관한 지식이 많았던 거구나." 네드가 말했다.

"쳇! 바보 같은 의사 놈들! 우리 어머니가 콜레라에 걸렸을 때 의사랍시고 헛소리나 해 대던 그 인간들을 너도 봤어야 해. 정말 아무짝에도 쓸모가 없었다니까. 콜레라에 걸리면 죽는 게 당연하다는 식이었어. 그게 인간의 운명이라나 뭐라나. 어머니를 데려가는 건 하나님의 뜻이라던 개소리는 정말 더 들어줄 수가 없었다고. 사람 목숨을 얼마나 쉽게 포기하는지 도저히 믿을 수가 없었어! 살리려고 노력도 하지 않았다니까! 그때부터 난 이런 것들에 대해 제대로 연구해 보기로 마음먹게 된 거야. 이를테면 죽음과의 싸움에서 이길 가능성을 높이는 일."

네드의 표정은 그 어느 때보다 심각해 보였다. 한동안 말이 없던 네드가 다시 입을 열었다.

"그럼 모던트 씨는 뭐야?"

"피니어스? 그 사람이 뭐?"

"그 사람도 너랑 같은 걸 하려는 거야?"

전혀 예상하지 못했던 질문이었다. 더 늦기 전에 달려가 할아버지를 붙잡아야 했지만, 오해를 바로잡지 않고 내버려둘 수는 없었다.

"아니. 피니어스와 나는 추구하는 게 전혀 달라. 연구하는 방법이나 동기, 전부 다. 내가 이 연구를 하는 이유는 사람들을 돕기 위해서야. 우리 어머니처럼 너무 이른 나이에 죽는 사람을 도우려고 하는 거지. 하지만 피니어스는 자만심이 가득한 인간이야. 그 사람은 그저 자기의 명성과 평판을 높이는 데만 혈안이 돼 있어. 그리고 아주 솔직히 말하면, 화학의 아주 기본적인 원칙조차 모르고 있어. 아주 조잡한 수준이야. 멍청하고. 그 인간한테 다이어리도 허버트 할아버지의 무덤 열쇠도 없다는 사실을 정말 다행으로 여겨야 해."

나는 계단을 내려가기 시작했지만, 네드가 또다시 나를 부르며 쫓아왔다.

"하지만 왜?" 네모난 창을 통해 들어온 빛에서 불쑥 그 애의 머리가 나타났다. "그 사람은 뭘 하려는 거야?"

그때 풍차 밖에서 개 짖는 소리가 들리기 시작했다. 나는 잠시 네드를 바라보다 몸을 돌려 아래층으로 달려 나갔다.

네드의 할아버지가 풍차 입구 쪽으로 뒷걸음질 치고 있었고, 커다란 사냥개 두 마리가 할아버지에게 으르렁대며 다가오고 있었다. 예전에 본 적이 있는, 아는 개들이었다. 이제는 늙어서 주둥이 부위에 회색 털이 나 있었지만, 나도 개들도 훨씬 어렸을 때 등에 올라타고 장난을 치며 함께 놀았던 기억이 있었다. 숲에서 누군가가 호각을 불자, 개들이 귀를 쫑긋 세우고 동작을 멈추더니 뒤로 돌아 나무 사이를 바라보았다. 뒤쪽 계단에서 네드가 내려오는 걸 소리로 알 수 있었지만, 나는 개들이 보는 방향에서 눈을 떼지 않았다. 개들을 끌고 온 사람이 내게 호의적인 사람일 리 없기 때문이었다.

피니어스가 눈을 가늘게 뜬 채 그늘 밖으로 걸어 나왔고, 한 손에는 권총을 들고 있었다. 그리고 뒤편 덤불숲에서 부스럭거리는 소리가 나더니 잠시 후 길리 씨와 길리 부인이 나타났다. 둘 다 당혹스러움과 수치심 때문에 어쩔 줄 모르겠다는 표정을 짓고 있었다.

"죽었던 내 약혼녀가 다시 살아 돌아왔잖아?" 피니어스가 웃으며 말했다. "결국 당신이 한 연구가 나보다 한 수 위라는 걸 이렇게 입증한 셈이로군!"

뭐라 말해야 좋을지 몰라 입술만 깨물고 있는 나를 보며 피니어스는 더 큰 소리로 웃었다. 길리 씨가 다시 호각을 불자, 개들은 길리 씨 옆으로 바짝 다가섰다. 확실한 건 모르지만, 길리 씨의 동생이 키우는 개들인 듯했다. 아버지가 꿩 사냥을 갈 때마다 길리 씨가 개들을 데려왔었고, 사냥이 끝나면 어머니는 내가 부엌에서 개들과 함께 놀도록 허락해 주었기에 개들이 내 냄새를 기억하고 금세 찾아낸 건 어쩌면 무척 당연한 일이었다.

개들이 위협을 멈추자, 겨우 몸의 중심을 되찾은 네드의 할아버지가 네드와 나란히 내 뒤에 섰다. 풍차가 만들어 낸 서늘한 그림자 속에서 여섯 명의 사람이 서로 얼굴을 마주하고 섰다.

"여기서 뭘 하는 거지, 오비디언스? 여기 유령이 나온다는 소문도 못 들었나? 아니지, 애초에 그 소문을 퍼뜨린 사람이 당신이었는지도 모르겠군?" 피니어스가 말했다.

"우리는 비를 피해 온 거예요. 그뿐이에요." 내가 말했다.

"그렇군. 비를 피하는 동안 여기 사는 다른 사람을 마주치진 않았는지 궁금하군 그래."

뜻밖의 질문에 나는 조금 당황했다.

"다른 사람이라니요?"

"어떤 신사가 여기 산다고 들었는데."

나는 마른침을 꿀꺽 삼켰다. 내 뒤에서 네드와 할아버지가 선 채로 발을 바꾸는 듯한 소리가 들려왔다.

"무슨 소린지 모르겠네요. 이런 폐허에 어떤 신사가 산다는 건지."

피니어스가 과장되게 얼굴을 찡그리며 말했다. "그것참, 이상하군. 여기 있는 길리 씨, 길리 부인은 다른 얘길 하던걸. 그러니까, 내가 웰레스트 저택에 처음 도착하던 날 밤, 두 사람이 하는 이야기를 우연히 다 들었단 말이지. 자기들처럼 나도 밤늦은 시간에 깨어 있는 사람이란 걸 몰랐는지, 자정이 넘은 시간에 어두운 복도에서 비밀 얘기를 한참이나 속닥이며 떠들어 대더군."

피니어스가 길리 부부를 보며 상냥하게 미소 짓자, 두 사람은 당황하며 시선을 피해 버렸다.

"내가 더 자세히 추궁했더니, 당신 아버지가 주는 급여로는 도저히 먹고 살 수가 없어 어쩔 수 없이 여기 폐허에 사는 신사가 시키는 일을 할 수밖에 없었다고 다 실토했거든. 다소 소름 끼치는 끔찍한 일이었다니, 과연 이 사람을 신사라고 칭할 만한지 모르겠다만, 어쨌든 이 신사는 서명하지 않은 편지를 보내 사람의 유해를 가져오라고 시켰다

273

더군. 이게 믿을 수나 있는 소리냐고! 이런저런 신체 부위를 가져오라고 시키고, 여기로 가져와 풍차 안쪽 제일 아래층에 놓고 가라고 했다더군. 어떨 때는 다른 걸 가져오라고 시킨 적도 있고. 예를 들면 교회지기가 갖고 있는 열쇠 꾸러미 같은 거 말이지."

네드가 불쑥 끼어들었다. "그건 사실이 아니잖아요! 저 부인이 열쇠를 당신에게 주는 걸 내가 봤다고요!"

"아, 그건 이 신사라는 사람이 누구인지 궁금해서 그런 거야." 피니어스는 굳이 네드 쪽은 보지도 않고 말했다. "열쇠를 나한테 주면 돈을 더 주겠다고 약속했거든. 그 신사라는 사람은 그런 일을 시키고도 돈을 그렇게 조금밖에 주지 않은 걸 보면 분명 큰 자산가는 아닌 모양이더군! 그리고 돈을 직접 건네지 않고 매번 여기다 돈을 놔두고 가져가라고 했다는 것도 이상하고 말이지. 길리 부부는 그 신사라는 사람을 사실상 한 번도 본 적이 없었다고 하더군!"

아무 영문도 모르는 네드는 나를 대신해 씩씩거리며 화를 내고 있었지만, 나는 차마 그럴 수가 없었다. 최대한 태연한 척 애를 쓰며 무슨 소리인지 모르겠다는 듯 피니어스에게로 고개를 돌렸다.

"그 말이 사실이라면, 그런 일을 받아들인 길리 씨와 길리 부인에게 정말 실망이 크군요. 두 분이 그런 일에 관여했다는 걸 알았다면 전 분명 그만두게 했을 거예요."

"물론 당연히 실망하셨겠지." 그는 뭔가 중요한 걸 터트리려는 사람처럼 아주 신이 난 표정이었다. "지난번에 하인들의 충성심에 대해 그토록 열성적으로 말할 때 내가 알아봤지." 피니어스가 다시 과장된 표정으로 얼굴을 찌푸리며 말했다.

"그렇게 충성심 운운하던 사람이 그런 일이 벌어지고 있다는 것도 몰랐다니, 정말 놀랍군 그래. 바로 눈앞에서 벌어진 일인데, 오비디언스. 나는 그 신사가 길리 부부에게 쓴 편지 하나를 발견했는데, 그게 어디 있었는 줄 알아? 바로 당신이 보던 과학 저널 사이에 끼워져 있더란 말이지."

누군가 내 머리에 달린 마개를 뽑아 머릿속 피가 한꺼번에 빠져나가는 듯한 기분이 들었다. 당장이라도 기절할 것처럼 머리가 어질어질했다. 편지 내용은 너무나 또렷이 기억하고 있었다. 길리 부부에게 다음 야행 때는 좀 더 먼 지역까지 가 보라고 재촉하는 글이 담긴 편지였는데, 피니어스가 저택에 온 후 모든 게 뒤죽박죽되는 바람에 그걸 보내는 걸 깜빡했던 모양이었다. 이런, 바보 같은 실수를 하다니!

"그 편지가 어떻게 거기 있었을까, 아무래도 이상하지 않아? 그리고 그 신사가 썼다는 편지의 글씨체가 당신 글씨체랑 그렇게 비슷한 것도 이상하고 말이지?"

네드가 내 뒤에서 나지막한 목소리로 물었다.

"비드? 저 사람이 무슨 얘길 하는 거야?"

"그래, 비드." 피니어스가 또박또박 내뱉듯 내 이름을 말했다. "아무래도 이해가 안 된단 말이지. 어차피 이렇게 여기까지 왔으니, 안으로 들어가 그 신사라는 사람에게 직접 물어보는 게 어떨까?"

피니어스가 권총을 들어 실험실 문을 가리키며 열라는 시늉을 했다.

"굳이 총까지 들 필요 있어요, 피니어스?" 내가 말했다.

"아, 그 신사라는 사람은 분명 아주 위험한 인간일 테니, 아무래도 준비를 하는 게 좋지 않겠어?" 피니어스가 말했다.

XXXI
비드

나는 평소 문제 해결 능력이 뛰어나다고 자부하던 사람이었다. 내가 뭔가를 골똘히 생각할 때면 내 머릿속에서 톱니바퀴가 돌고 피스톤이 움직이는 소리가 들리는 것 같다고 어머니는 항상 말하곤 했었다. 왕립천문학회지에서 찰스 배비지(영국의 수학자이자 천문학자로서 기계식 컴퓨터를 최초로 개발한 인물-옮긴이)가 고안한 차분기관(여섯 자리 수를 계산할 수 있는 계산기-옮긴이)에 관한 글을 읽은 적이 있는데, 거기 실린 설계도를 보고 내 두개골을 열어 그 안을 스케치하면 저런 모양이지 않을까, 라고 생각한 적도 있었다.

그런 내 사고 회로가 처음으로 멈춰 버렸다. 그동안 내가 했던 거짓말을 따라갈 만큼 머리가 빠르게 돌아가질 않았다. 거기 모인 사람들에게 내가 했던 얘기는 모두 달랐는데, 또 어떤 거짓말을 해야 이 상황을 한 번에 다 무마시킬 수 있을지 도무지 생각이 나질 않았다. 설령 그런 거짓말이 있다고 하더라도 지금처럼 권총이 내 얼굴을 조준한 상태로는 도저히 생각해 낼 수 있을 것 같지가 않았다.

여섯 명이 모두 들어가기에는 실험실 공간이 비좁았기에 어쩔 수 없이 길리 부부는 계단에서 기다리기로 했다. 도대체 길리 부부는 왜 여기까지 따라왔을까? 피니어스가 두 사람에게 돈을 줬을 수도 있지만, 묘지에서 한 짓을 빌미로 협박을 받았을 가능성이 더 크다는 생각이 들었다.

한동안 실험실 장치들을 살피던 피니어스가 느닷없이 웃음을 터트렸다. 조롱을 섞어 가며 어찌나 큰 소리로 웃는지 풍차의 돌벽이 무너지지는 않을까 걱정될 정도였다.

"이런, 세상에! 오비디언스…… 이런 쓰레기들은 전부 어디서 주워 모은 거야?"

피니어스는 헐떡거리며 웃느라 말도 제대로 잇지 못하고 있었다. 가짜 코로 콧김을 내뿜고 콧물까지 흘려 가며 웃는 모습이 어찌나 얄미운지 그 자리에서 죽이고 싶다는 생각마저 들었다. 할 수만 있다면 바닥에 쓰러뜨리고 볼타 파일에 연결해 전기를 흘려보내고 싶었다. 그러면 피부가 바싹 타들어 가고 머리카락에 불이 붙을 텐데.

피니어스가 눈가의 눈물을 닦으며 말했다. "이걸 어떻게 받아들여야 할지 모르겠군. 아무래도 내가 당신을 너무 과대평가한 모양이야. 어린애가 소꿉들을 모아 놔도 이것보단 낫겠어."

나는 피니어스가 좀 진정될 때까지 기다렸다. 그동안 다른 '신사'를 내세워 일을 꾸몄지만, 그 계략을 더는 유지할 수 없을 게 분명해 보였기에 굳이 다른 핑계를 고민하지는 않았다. 네드의 얼굴을 다시 쳐다봤다. 심각한 표정의 네드가 어떻게 된 거냐고 눈으로 묻고 있었지만, 나는 뭐라 할 말이 없었다.

"피니어스, 난 당신과 달리 물려받은 재산으로 장비를 살 수 있는 처지가 아니에요." 나는 잠시 생각했다. "게다가 다른 사람들보다 이미 한 단계 앞선 연구를 하고 있기 때문에 기존의 장비로는 원하는 장치를 만들 수 없기도 했고요. 상당 부분은 내가 직접 고안해 만들었어요."

"이걸 만들 때 술에 취해 있었던 거야? 이건 미치광이 꿈속에서나 볼 법한 물건들이잖아!"

피니어스가 길쭉한 병 모양의 주전자를 손끝으로 톡톡 치더니, 안쪽을 손가락으로 훑었다.

"독약도 여기서 만들었나 보군? 흠, 아주 감쪽같았어. 마구간에서 그렇게 수선을 피우지만 않았으면 나도 계속 속을 뻔했지 뭐야."

그렇게 많이 준비해 놓고도 잠깐의 실수로 일을 망치다니, 나 자신이 너무 바보같이 느껴졌다.

계속 장치들을 살피던 피니어스의 눈길이 천장에 걸어 놓은 꽃다발에서 멎었다.

"악취가 나는 걸 막으려고 걸어 놓은 건가?"

다음에 나올 질문도 알 것 같아 나는 대답하지 않고 가만히 있었다. 그의 시선이 꽃다발을 매단 끈을 따라 풍차의 꼭대기 층으로 향하고 있었다. 바닥에 난, 일 층으로 이어진 문의 반대편 천장에는 위로 올라가는 두 번째 문이 나 있고, 그 옆벽에는 사다리가 기댄 채 세워져 있었다. 가슴 속에서 심장이 마구 요동치고 있었다.

"실험 재료들은 어디에 보관하지?"

"위층을 확인하고 싶은가 본데, 거긴 아무것도 없어요. 언제 무너질지 몰라 정말 위험하다고요." 내가 말했다.

"걱정해 줘서 고맙군."

말은 그렇게 하면서도 피니어스는 이미 그쪽으로 발을 떼고 있었다. 탑 모양의 유리그릇들, 전해액이 담긴 욕조, 갈바니 전지가 어지럽게 놓인 틈새를 비집고 들어가는 바람에 장치들이 쓰러질 듯 흔들거렸다. 피니어스가 나무 상자 하나를 끄집어내 그 위에 올라섰다. 천장 문을 두어 번 힘주어 밀자, 문이 열렸다.

"그냥 하는 소리가 아니에요, 피니어스. 당신을 지켜 주고 싶은 마음은 눈곱만큼도 없지만, 위층은 구조물 자체가 무척 허술한 상태예요."

피니어스는 능글맞게 웃으며 나를 힐끗 한번 보더니, 사다리를 들어 열린 입구에 기대 세웠다. 한 손에 알코올램프를 들고 몇 칸을 올라간 피니어스가 한동안 어둠 속에 머리만 들이민 채 그대로 서 있었다. 위층에서 그의 목소리가 메아리쳤다.

"역시, 생각했던 대로군."

피니어스가 사다리를 타고 다시 내려오자, 냄새도 따라 내려왔다. 이미 익숙해지긴 했지만, 그래도 최근 며칠 동안은 꼭대기 층에 거의 올라간 적이 없었기에 내 눈에서도 눈물이 흐르고 있었다. 끔찍한 냄새에 다른 사람들도 코를 찡그리고 있었다. 물론 냄새를 전혀 맡지 못하는 피니어스만 아무렇지 않다는 표정을 짓고 있었다.

"자, 그럼, 여기 모인 사람들에게 결과물을 보여 주셔야지, 웰레스트 양? 허버트 할아버지의 꿈이 곧 현실이 되려 하다니 정말 놀랍군! 허버트의 다이어리를 네가 가져갔다는 건 이미 알고 있었어. 어쩌면 묘지도 열어 봤을 테고. 그동안의 연구 결과를 빨리 보여 주고 싶어 마구 조바심이 나겠군, 그래?"

"무슨 말인지……"

"아이고, 이런. 무슨 말인지 모르겠군. 오비디언스, 자꾸 이런 식으로 나오니 나도 슬슬 지겨워지려고 하잖아. 그렇게 아무것도 모르는 척할 필요 없어. 어차피 여기 모인 사람들은 네가 뭘 하고 있었는지 다 알고 있잖아."

피니어스가 네드와 네드의 할아버지, 그리고 하인들을 돌아봤다. 그 사람들은 당황한 듯 보이긴 해도 그렇게 겁을 먹거나 무섭다는 표정을 짓고 있진 않았다. 네드는 특히 그랬다. 시간이 좀 더 있었다면, 그래서 제대로 설명할 수만 있다면 네드는 분명 나를 이해해 줄 텐데.

"오, 맙소사! 그 끔찍한 작업을 위해 그동안 이 불쌍하고 정직한 사람들을 이용해 놓고, 그걸 어디에 쓸 건지 설명도 안 해 줬던 모양이로군?" 피니어스가 말했다.

입을 여는 사람이 아무도 없었고, 불쌍한 네드는 당장이라도 눈물을 쏟을 것 같은 표정을 짓고 있었다.

"그렇다면, 좋아. 내가 설명해 주지. 툭 까놓고 말해 여기 웰레스트 양은 과학 분야의 최전선에서 과학의 한계를 확장하는 실험을 하고 있었어요. 어쩌면 그 한계를 이미 넘어섰다고 말할 수도 있겠군요. 말하자면, 저승에 간 셈인데. 그러니까 무슨 말이냐 하면, 웰레스트 양은 생명의 근원, 그 자체를 찾고 있었어요. 내가 그랬던 것처럼. 그 옛날 친애하는 허버트 할아버지가 그랬던 것처럼. 우리 셋은 인간의 육체에 생기를 불어넣는, 생명을 유지하는 데 꼭 필요한 자극이 뭔지 그걸 찾고 싶어 했어요. 간단히 말해, 오비디언스는 죽은 사람을 다시 살리는 연구를 하고 있었다, 그 말입니다."

길리 부부는 피니어스가 고차원의 농담을 했다고 생각하는지 전혀 알아듣지 못한 표정을 짓고 있었고, 교회지기 할아버지는 매우 강렬한 눈빛으로 피니어스를 지켜보고 있었지만, 네드는 나를 보고 있었다. 무슨 말을 하려는지 입이 반쯤 벌어져 있었다.

"자, 그럼 지금까지 알아낸 결과물을 우리한테 좀 보여 주지 그래?

위층에 견본 몇 개가 있다는 건 알지만, 이 장치가 어떻게 작동하는지 직접 본다면 더 좋겠군. 그래, 그거예요, 길리 부인! 한 주 사이에 과학 시연을 두 가지나 보다니, 정말 운이 좋은 줄 알라고요!"

피니어스는 미치광이처럼 잔뜩 흥분해 들뜬 목소리로 떠들어 대고 있었다.

"잘 들어. 이 허연 얼굴에 멍청한……"

내가 먼저 피니어스를 향해 달려들었다. 하지만 그가 나를 힘껏 밀치는 바람에 나는 그대로 작업대 끝에 머리를 부딪치며 앞으로 고꾸라졌다. 유리 용기 부딪치는 소리와 함께 귀에서 웅웅 소리가 났다. 눈을 깜빡이며 초점을 맞추려고 애썼다. 피니어스가 앞의 네 사람을 향해 다시 총을 겨누며 그들을 향해 손짓하는 게 얼핏 보였다.

"성공 가능성을 조금이라도 높이려면 아무래도 실험 대상을 신선한 걸 사용하면 좋겠지? 자, 과학 발전을 위해 자기 한 몸 기꺼이 희생할 분은 누구시죠?"

나는 일어서려다가 머리에 심한 통증을 느끼며 다시 쓰러지고 말았다. 피니어스를 향해 뭐라 말하고 싶었지만, 알아들을 수 없는 신음 소리만 흘러나왔다.

"그나마 실패해도 덜 아까운 사람을 고를 테니까 걱정 말라고, 오비디언스. 내가 그렇게 비관적인 사람은 아니지만, 그래도 혹시 실험이 성공하지 못할 경우를 대비해야 하니까……"

결정을 내렸는지 이리저리 움직이던 피니어스의 팔이 한곳에서 멎었다. 엄지로 권총의 공이치기를 뒤로 당긴 피니어스가 교회지기 할아버지의 가슴에 대고 총알을 발사했다.

XXXII
네드

무엇보다도 소리가 가장 인상적이었다. 너무도 시끄럽고 폭력적이어서 들었다기보다는 온몸으로 느꼈다고 해야 할, 그 소리는 총소리 때문이 아니었다. 총알이 할아버지가 입은 셔츠를 뚫고 살을 파고들어 가슴뼈 반대편 어딘가에 박힐 때 나던 그 소리. 푸줏간 주인이 뭉툭한 칼로 고깃덩이를 내리칠 때 날 법한 그 둔탁한 소리. 직접 듣고도 이 세상에 존재할 수 없는 소리를 방금 들었다고 나는 생각했다.

할아버지가 입은 셔츠의 단추 하나가 아주 느리게 공중으로 날아갔다. 할아버지는 뒤로 몇 발짝 비틀거리다가 벽에 '쿵' 하고 부딪치며 쓰러졌다. 가슴에 난 구멍이 진짜 깊이보다 훨씬 더 깊은 것처럼 아주 새까맣게 보였다. 할아버지는 눈을 반쯤 뜬 채 거기 앉아 있었다. 가슴에서 검붉은 피가 흘러나와 옷을 물들이자, 상처가 점점 커지는 것처럼 보였다.

거기 서서 그런 할아버지의 모습을 바라보는 동안 시간이 얼마나 지났는지 알 수 없었고, 무슨 일이 벌어진 건지도 얼른 이해되지 않았다. 총에 관한 책을 읽은 적이 있어 총을 쏘면 어떻게 된다는 건 알고 있었지만, 실제로 본 적은 한 번도 없었다. 비좁은 실험실 공간이 푸르스름한 연기로 가득 찼다. 그 때문에 사람들의 얼굴이 잘 보이지 않았고, 모든 장면이 꿈처럼 흐릿하게 느껴졌다.

나는 울부짖다시피 큰 소리로 할아버지를 불렀지만, 어떤 대답도 돌아오지 않았다. 할아버지에게로 달려가 옆에 웅크리고 앉았다. 가슴에 손을 가져다 댔더니, 방금 생긴 상처인데도 피가 무척이나 차갑고 끈적거리는 것처럼 느껴졌다.

"괜찮아요, 할부지. 걱정하지 마세요."

길게 바람 빠지는 듯한 소리가 할아버지의 입에서 힘겹게 흘러나왔다.

"움직이지 마요. 제발. 괜찮을 거예요, 할부지."

할아버지는 아무 대답이 없었다.

"돌아가시면 안 돼요, 할부지. 이렇게 가시면 안 돼요. 전 아무 준비도 안 됐다고요. 저 혼자서 교회 묘지를 어떻게 지키라고요."

할아버지의 장갑 아래로 드러난 손목에 손을 대고 맥박을 확인했다. 피부가 금방이라도 부서질 것처럼 탄력이 없고, 온기도 전혀 없었다.

"제발요, 할부지. 조금만 참으세요. 상처를 치료하도록 비드가 도와줄 거예요. 비드는 의사나 다름없어요."

내 뒤에서 피니어스가 비웃듯 말했다.

"이건 의사가 고칠 수 있는 그런 수준이 아니야."

어린애를 안듯 나는 두 팔로 할아버지를 끌어안고 흔들었다. 아직 생명이 완전히 꺼지지는 않은 듯 할아버지의 눈꺼풀이 살짝 실룩거렸지만, 숨소리도 맥박도 전혀 느껴지지 않았고, 가슴에 난 구멍만 흉측하게 자꾸 커지고 있었다. 나는 옆에 누구라도 있었으면 싶어 주위를 둘러보며 모스카를 찾았다. 하지만 천장 틈새로 사라진 모스카는 꽤 오랫동안 돌아오지 않고 있었다. 세상에 홀로 뚝 떨어진 것처럼 그렇게 외로운 순간은 앞으로도 없을 것 같았다.

"자, 그럼. 뭐부터 시작해야 하지, 오비디언스? 아마도 시신을 여기에 집어넣어야겠지?" 피니어스가 말했다.

피니어스가 구리 욕조의 옆을 손으로 두드리자, 종을 울리는 듯한 소리가 났다. 사람이 죽어 가는데도 저렇게 무심하고 태연할 수 있다니. 심지어 신이 난 것처럼 보이기까지 했다. 연기가 사라지자, 웃음기를 머금은 피니어스의 얼굴이 보였다. 나는 그대로 실험실을 가로질러 남자를 향해 몸을 던졌다.

사나운 야생 동물처럼 울부짖고, 뼈밖에 남지 않은 팔다리를 휘두르며 그에게 달려들었다. 눈물이 흘러 앞이 제대로 보이지도 않았다. 피니어스는 팔을 들어 얼굴과 무엇보다 중요한 코를 막고, 내 주먹질을 피하면서도 이런 상황이 재밌다는 듯 웃고 있었다. 그가 코웃음 치는 소리를 듣고, 나는 더 흥분했다.

피니어스가 이제 더는 못 봐주겠다는 듯 내 가느다란 팔목을 잡았고, 우리 둘은 서로 엉겨 붙은 채로 꼴사납게 실험실 중앙을 빙빙 돌았다. 그러다 한 손으로 목뒤를 잡고 있는 비드를 보게 됐다. 할아버지와는 전혀 다르게 새빨갛고 번들거리는 피가 비드의 손가락을 타고 흘러내리고 있었다.

"길리! 이놈 좀 떼어 내지?"

길리 씨와 길리 부인이 말없이 눈빛을 주고받더니, 길리 씨가 앞으로 걸어 나와 커다란 두 팔로 내 몸을 꽉 조였다. 쇠고리를 채운 듯 나는 꼼짝도 할 수가 없었다. 길리 씨는 아주 쉽게 나를 공중으로 번쩍 들어 올리고는 내 귀에 대고 작은 소리로 이렇게 말했다.

"미안하다, 얘야."

피니어스는 옷깃을 정리하더니 말끔한 손가락으로 머리를 쓸어 넘겼다.

"왜 그렇게 화를 내는지 모르겠네. 너도 웰레스트 양의 연구가 반드시 성공한다고 믿는 거 아니었어?"

비드가 머리를 뒤로 기댔다.

"당신은 인간도 아니야. 괴물이야, 피니어스." 비드가 말했다.

피니어스가 다시 웃음을 터트렸다.

"저 위층에 뭐가 있는지 다 봤는데 나보고 괴물이라니, 그건 너무 심하잖아. 진짜 괴물은 내가 아닌 것 같은데, 오비디언스." 피니어스는 천장을 손으로 가리키며 말했다. "길리, 그 꼬맹이를 저 위에 올려놓고, 다른 사람들과 함께 있게 해. 분명 엄청난 장면이 될 텐데, 시연을 못 보여 주는 게 안타깝긴 하군."

길리 씨가 나를 밀가루 포대처럼 자신의 한쪽 어깨에 둘러멨고, 한 걸음 한 걸음 발을 뗄 때마다 나는 축 늘어진 할아버지에게서 조금씩 멀어졌다. 길리 씨는 장치를 빙 돌아 풍차 꼭대기 층 위로 이어진 사다리를 향해 걸어갔다. 피니어스는 저 위에서 뭘 본 걸까? 다른 사람이란 누굴 말하는 거지? 막연하고 모호한 생각들이 머리를 스쳤지만, 곧 슬픔이 다시 몰려와 모든 궁금증을 잠재웠다.

비드가 큰 소리로 나를 불렀다.

"네드, 내가 했던 말 기억해. 우리 어머니, 내가 연구하는 이유. 제발 내가 한 일을 오해하지 말아 줘."

비드는 뜻을 알 수 없는 말을 내게 외쳤다.

길리 씨가 나를 떠멘 채로 사다리를 한 칸씩 오르기 시작했다. 이상한 '웅웅' 소리가 위에서 들려왔다. 마치 모스카가 날아다닐 때 나는 소리가 몇 배로 확대된 듯한 소리였지만, 정작 모스카는 보이지 않는다는 걸 문득 깨달았다.

길리 씨가 천장 문 위로 나를 들어 올려 윙윙거리는 소리만 가득한 암흑 속에 내려놓았다. 억센 그의 손에서 벗어나자마자 나는 한쪽 구석으로 재빨리 기어갔다. 길리 씨는 뭐라고 중얼거리며 가슴에서 성호를 긋는 것 같았다. 열렸던 문이 닫히고, 밖에서 걸쇠 채우는 소리가 나고, 뒤이어 사다리를 내려가는 발소리가 들렸다.

풍차 꼭대기 층의 천장은 전체적으로 낮은 편이었고, 중앙에서 양 끝으로 갈수록 경사진 모양이었는데, 제일 끝 벽의 높이는 2피트(대략 60cm-옮긴이)밖에 안 될 정도로 매우 낮았다. 평소 좁은 공간에 있으면 마음이 편안해지는 나는, 지붕의 들보 아래 몸을 웅크리고 벽을 향한 채 누워 할아버지와 오두막을 생각하며 눈물을 흘렸다. 그렇게 한참을 울었더니 눈이 퉁퉁 부어, 안 그래도 어두운 공간이 더욱 흐릿하게만 보였다.

눈물이 다 말라 버렸는지 더는 눈물이 나지 않았고, 마음도 조금씩 진정되는 듯했다. 나는 눈물을 닦고 주위를 좀 더 자세히 살펴보았다. 나무로 된 지붕 틈새로 빛 몇 가닥이 새어 들어오고 있었지만, 주위를 환히 밝힐 정도는 아니었다. 다만 빛줄기를 통해 이따금 먼지가 일고 있다는 정도만 알 수 있었다. 그리고 물론 소음도 있었다. 익숙한 '웅웅' 소리는 계속해서 들리고 있었다.

나는 소리가 나는 쪽을 향해 외쳤다.

"모스카?"

할아버지와 비드, 그리고 나머지 모든 걸 잃었지만, 그래도 아직 내 옆에는 모스카가 있었다.

"모스카, 너 거기 있어?"

어둠 속에서 파리 한 쌍이 나타나 내 주변을 어지럽게 날아다니다가 내 엄지에 앉았다. 나는 지붕 틈새를 향해 손을 들었다. 둘 다 모스카가 아니었다. 모스카는 검정파리속에 속하는 청파리였는데, 이 둘은 쉬파리과에 속하는 쉬파리였다.

나는 파리를 쫓아낸 뒤, 눈이 어둠에 익숙해질 때까지 바닥을 한참 내려다봤다. 물체의 형태와 모서리가 조금씩 눈에 들어오기 시작했다. 방의 중앙에는 방앗간 제분 기계들이 그대로 남아 있었는데, 톱니바퀴와 축이 대부분 새까맣게 숯이 된 상태였다. 나는 두 손을 바닥에 대고 앞으로 기어갔다. 이번에는 파리 수십 마리가 구름 떼처럼 나를 향해 몰려들었다. 처음에는 호기심에 날아왔다가 아직은 내가 먹을 수 있는 상태가 아니라는 걸 알고 실망한 듯했다. 뭔가가 썩는 듯한 끔찍한 냄새도 났다. 무덤 파는 사람이 일을 제대로 못 하면, 공동묘지에서 날 법한 그런 냄새였다.

제분 기계의 건너편, 빛줄기가 닿는 곳에 발 두 개가 보였다. 잿빛에 말라비틀어진 피부가 할아버지 장화 밑으로 봤던 피부 느낌과 크게 다르지 않았다. 한쪽 발의 발가락이 굽혔다 다시 펴졌다. 발의 움직임이 다시 멈추자, 파리들이 몰려들어 발가락 사이사이에 앉았다. 경련하듯 발이 실룩거리자, 파리 떼가 일제히 날아갔다 다시 앉기를 반복했다.

목덜미를 타고 찬물이 흘러내리는 듯한 기분을 느끼며 나는 가만히 앉아 있었다.

"저기요?" 내가 말을 걸었다.

몸을 움직여 좀 더 다가가자, 팔다리를 비롯한 나머지 몸이 조금씩 보이기 시작했다. 나는 단박에 그 사람을 알아보았다. 내 생일 전날 밤, 무덤이 파헤쳐지고 시신을 도둑맞았던 로버트 개릭이었다. 그는 더러운 수의 위에 누워 있었다. 발뿐 아니라 손 한쪽도 조금씩 움직이고 있었다. 마치 피아노를 치는 것처럼 손가락들이 마룻바닥을 가볍게 두드리고 있었다.

나는 남자의 머리 쪽으로 기어갔다. 양쪽 눈구멍에는 한때 눈알이었던 것이 쪼글쪼글하고 노란 건포도처럼 되어 있었다.

"개릭 씨?"

눈 주위가 떨린 건지 아니면 내가 착각한 건지 모르겠지만, 어쨌든 대답이 없기에 나는 그의 이름을 다시 부르지는 않았다. 그는 산 것도 죽은 것도 아닌 것 같았다. 피니어스의 실험실에서 봤던 그 괴물 같은 닭이 떠올랐다.

나는 개릭 씨로부터 황급히 떨어지다가 뭔가에 부딪혔는데, 자세히 보니, 얼굴을 바닥에 댄 자세로 엎드려 있는 또 다른 몸이었다. 그 사람이 누군지, 여자인지 남자인지도 알 수 없었지만, 분명 장례를 치를 때 내가 지켜봤던 사람 중 하나일 거라고 생각했다. 그 옆에는 낮은 탁자가 있었고, 그 위에는 수술용 도구들과 세 번째 사람의 이런저런 신체 부위가 놓여 있었다. 손목에서 잘린 손, 검게 변한 심장, 얼굴을 뒤로 돌리고, 바닥에 닿을 정도로 긴 흰 머리카락을 가진 사람의 머리.

"죄송해요." 비록 그 사람들이 내 말을 들을 순 없었지만, 나는 그렇게 말했다. 내 말을 알아듣는다고 생각하면 너무나 끔찍했기에 차라리 듣지 못했길 바라는 마음이 더 컸다고 하는 게 맞을 것 같았다. "죄송해요. 죄송해요. 정말 죄송해요." 나는 더는 아무것도 보고 싶지 않아 눈을 꽉 감은 채 계속 뒤로 물러났다. 그러다 제분기가 있는 곳에 닿았을 때 부러진 기둥 밑으로 몸을 구겨 넣고는 그때부터 새롭게 다시 울기 시작했다.

XXXIII
비드

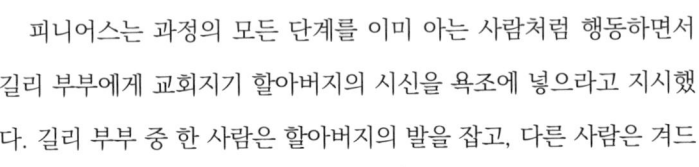

피니어스는 과정의 모든 단계를 이미 아는 사람처럼 행동하면서 길리 부부에게 교회지기 할아버지의 시신을 욕조에 넣으라고 지시했다. 길리 부부 중 한 사람은 할아버지의 발을 잡고, 다른 사람은 겨드랑이 밑에 손을 넣어 시신을 들더니, 마치 짐짝처럼 아무렇게나 욕조에 집어 던졌다.

"자, 이제 이 용기를 전해액으로 채워야겠지? 그런 다음 필요한 만큼의 전하도 생산해야 할 테고…… 그 전에 영감 옷부터 벗겨야겠군. 길리, 아무래도 당신이 해 줘야겠어."

그 말에 길리 씨는 무척 못마땅하다는 듯 얼굴을 찡그렸다.

나는 피니어스에게 어떤 말도 하지 않았다. 설령 전체 실험 과정을 보여 줄 의사가 있다고 하더라도 지금 당장은 논리적으로 생각할 수가 없었다. 여전히 머리가 욱신거렸고, 시야 가장자리에 생긴 자줏빛 그림자 같은 게 커졌다 작아졌다 하며 앞이 제대로 보이지 않았다. 위층에서 흐느껴 우는 소리도 들리는 것 같았다.

"웰레스트 양? 이런 말 정말 하고 싶지 않지만, 이 실험실 주인이 당신이라는 걸 나도 인정해야겠군. 다이어리도 가지고 있고, 허버트의 비밀을 아는 사람도 당신이니까. 그러니 무엇부터 시작해야 하는지 말을 하란 말이야."

나는 그의 말은 들은 체도 않고 반대편 작업대를 향해 비틀거리며 걸어갔다. 그러고는 거기 있던 요오드와 깨끗한 천을 집어 내 상처를 소독하기 시작했다. 피니어스가 성큼성큼 걸어와 내 팔꿈치를 잡았다.

"지금 뭘 하는 거야, 오비디언스. 그렇게 아무것도 모르는 척할 때는 이미 지난 거 같은데? 어서 말하지……"

안 그래도 소독약 때문에 피부가 타들어 가는 것 같은데 팔까지 비틀자, 어금니를 악물고 있던 내 입에서 사나운 신음 소리가 흘러나왔다. 내 반응에 피니어스도 조금은 흠칫한 모양이었다.

"피니어스, 모르는 척하는 게 아니에요. 난 죽은 사람을 되살리는 법 같은 건 몰라요. 그러고 싶지도 않고. 단 한 번도 그걸 의도했던 적도 없어요. 내 관심은 오로지 생명을 연장하고 유지하는 일이라고요. 질병, 상처, 노화로부터 생명을 지키는 것……"

"그렇다면 위층의 저 가련한 남자는 어떻게 설명할 거지?"

그 남자에 대해 어떻게 설명하겠냐고? 그건 사고였다. 나 자신에게도 그렇게밖에는 설명할 수가 없었다. 생명을 연장하는 법을 알아내려면 먼저 죽은 살덩어리와 살아 있는 세포를 구분 짓게 하는, 실체가 없는 생명 그 자체를 이해해야만 했다. 그래서 나는 화학 물질, 전기, 해부용 메스 등 다양한 도구를 이용해 미지의 영역을 탐구했다. 그 과정에서 개릭 씨 때문도 아니고, 그의 시신 때문도 아닌 다른 뭔가 때문에 내가 심적 부담을 느낀다는 걸 깨닫게 되었다. 죽은 사람을 소생시키는 게 결코 내 의도는 아니었지만, 결과적으로 그렇게 되고 말았고, 나는 그 일을 그저 수치스럽게 느끼고 있었다.

나는 거즈로 머리를 몇 번 감은 다음, 이마 위에서 단단히 묶었다. 그러고는 이렇게 말했다. "직접 관찰하는 것 말고는 인간의 형태를 이해할 방법이 없잖아요, 안 그래요?"

"그럼 다이어리는 왜 그렇게 열심히 들여다본 거지? 허버트의 무덤을 찾기 위해 애쓴 이유는 뭐냐고? 그건 뭐라고 할 거야? 난 그런 말에 속지 않아, 오비디언스. 허버트가 뭘 하려 했는지는 당신도 알잖아. 모두가 안다고. 이 근방에서 그 괴담을 모르는 사람은 아무도 없다고. 애초에 그가 죽게 된 것도 그래서였지, 아마?"

욕조 안에서 약하게 '땅' 하는 소리가 났다. 나는 피니어스의 어깨 너머로 눈을 돌렸다.

"그렇게 입을 꾹 다물고 있다고 좋을 게 하나도 없어. 당신이 아는 걸 어서 보여 주란 말이야. 뭘 할 수 있는지 보여 주라고." 피니어스가 더 가까이 다가오며 말했다. "난 여전히 당신과 함께 일할 의사가 있어, 오비디언스. 줄곧 그럴 생각이었다니까."

나는 손가락으로 욕조를 가리켰다. 피니어스가 고개를 돌렸다. 이미 그쪽을 보고 있던 길리 씨와 길리 부인은 공포와 경악, 안도감이 뒤섞인 표정을 짓고 있었다. 좀먹은 모직 장갑을 낀 손 하나가 쓱 올라와 욕조 테두리를 잡더니, 또 다른 손이 반대편 테두리를 잡았다. 교회지기 할아버지가 거친 숨을 길게 들이마셨는데, 노인의 폐가 과연 그 공기를 다 담을 수 있을까 싶게 긴 숨이었다. 그리고 벌떡 몸을 일으키고 앉자, 입을 통해 숨이 밖으로 빠져나갔다.

아무도 입을 열지 못했고, 피니어스조차 조용했다. 교회지기 할아버지는 호흡이 진정되자, 방 안을 천천히 둘러보았다. 우리 네 사람의 얼굴을 한 명 한 명 확인한 그의 눈에 돌처럼 단단하고 아주 오래된 슬픔이 서리는 게 보였다.

"그러니까 아직도 여기로군요." 할아버지가 말했다.

피니어스가 나를 향해 돌아섰다. "이해가 안 되는군."

"나도 그래요." 내가 말했다.

"당신이 한 건가?"

나는 고개를 저었다. 피니어스는 내 말을 믿지 못하겠다는 듯 미심쩍게 웃었다.

"세상에, 당신이 해냈군. 정말로 해냈어!" 그가 말했다.

"해내긴 뭘 해내요? 피니어스, 맹세코 지금, 나도 당신만큼 놀랐다고요."

피니어스는 고개를 돌려 교회지기 할아버지를 다시 한번 보고 또 나를 쳐다봤다.

"혹시 이 노인네, 당신이 만든 피조물 아니야?"

"당연히 아니죠! 이 할아버지는 우리 마을에서 수십 년 동안 교회지기로 일했다고요! 내가 만든 거라면 어떻게 그랬겠어요?"

"혹시라도 나한테 거짓말하는 거면……"

"거짓말이 아닙니다, 나리." 교회지기 할아버지는 연거푸 기침을 했고, 나머지 네 사람은 계속 할아버지의 입만 쳐다보며 기침이 그치기를 기다렸다. 기침이 좀 진정되자, 할아버지는 턱 끝에 묻은 가래를 손으로 닦아 냈다. 그러고는 욕조 밖으로 천천히 기어 나와 손에 낀 장갑을 확인했다. 가슴에 난 구멍은 주먹이 들어갈 정도로 커 보였다.

"그렇다면, 직접 설명해 보시지! 당신, 어떻게 살아서 숨을 쉬는 거지? 이렇게 만든 게 이 여자가 아니라고?" 피니어스가 더는 못 참겠다는 듯 물었다.

"네, 웰레스트 양이 한 게 아닙니다. 허버트 웰레스트가 한 거예

293

요."

한동안 더 길고 깊은 정적이 흘렀다. 피니어스가 머뭇머뭇 할아버지를 향해 몇 걸음 다가서더니 가슴에 난 총구멍을 자세히 들여다봤다. 자기가 총을 쏴서 생긴 상처에 손가락도 집어넣었다. 말이 안 되는 일인데, 눈앞에 이렇게 멀쩡히 서 있으니 또 말이 되는 것 같기도 했다. 그러고 보면, 네드의 할아버지를 볼 때마다 얼굴빛이 꼭 죽은 사람 같다는 생각을 하긴 했었다. 당장이라도 죽을 사람처럼 항상 아팠던 게 하나도 이상하지 않아 보였다. 죽음의 문턱에 서서 그걸 넘지도 되돌아오지도 않은 채로 머문 게 벌써 몇 년째였다.

"이건……" 피니어스가 할 말을 잃은 듯 다른 사람을 쳐다봤다. 길리 부인은 입으로 기도문을 외고 있었다. "이거 정말 대단하군. 실례지만, 할아버지 나이가 어떻게 됐죠?"

"기억나지 않습니다."

"하지만 허버트 웰레스트를 안다고 하지 않았나요? 당신이 어떻게 이렇게 된 건지 아십니까?"

교회지기 할아버지가 얼굴을 찡그리며 물었다. "내 손자는 어딨죠?"

피니어스는 질문에는 대답하지 않고, 할아버지의 주위를 천천히 돌았다. "모자를 벗어 보세요."

"벗지 않는 게 좋을 겁니다."

"좀 보고 싶으니, 벗어 봐요."

"벗지 않겠습니다, 나리."

"왜죠?"

"부끄러우니까요."

그 말이 재밌었는지 피니어스가 웃었다.

"부끄럽다고요?"

"나는 다른 사람들과 다릅니다." 그는 잠시 생각하더니, 말을 고쳤다. "그러니까, 살아 있는 다른 사람들과 달라요."

"바로 그렇기 때문에 보고 싶은 거요. 모자, 장갑, 셔츠. 다 벗어요."

"네드는 어딨죠?" 할아버지가 다시 물었다.

"얌전히 있으라고 위층에 가둬 놨어요."

"제 손주를 풀어 주십시오. 아이와 이야기하고 싶습니다."

"풀어 주면, 미쳐 날뛸 텐데? 내 실험실도 그렇게 엉망이 된 마당에 여기까지 망칠 순 없어요. 절대 안 돼. 할아버지 손주는 잠깐 혼자 있는 게 나아요."

네드의 할아버지가 실험 장치를 둘러봤다.

"이런 건 전부 부수는 게 낫습니다." 할아버지가 말했다.

"왜 그런 소릴 하죠?"

"좀 전에 했던 질문부터 답하면, 허버트라는 사람을 알기 때문이에요. 그냥 아는 정도가 아니라 아주 잘 알죠. 그리고 그 사람이 했던 끔찍한 실험도 전부 다 봤고요."

"당신은 허버트의 제자? 아님 견습생? 뭐였죠?"

"각별한 친구 사이였다고 하는 편이 좋겠군요. 사실은 내가 교회지기가 된 이유도 바로 그래서예요. 허버트가 죽고 그가 하던 연구가 끝난 뒤, 그가 저지른 죄악이 다시는 반복되지 않게 하는 걸 제 인생 유일한 목적으로 삼게 됐어요."

"지금 내가 이해한 게 맞다면 허버트가 했던 연구에 대해서도 잘 안다는 말로 들리는군요? 이런 장치들을 전에도 전부 봤다는 말인가요?"

"맞습니다. 구조적으로 몇 가지 결함이 있긴 하지만요."

피니어스가 환성을 질렀다.

"아하! 나도 분명 여기 뭔가 오류가 있을 거라고 생각했어요. 흠, 좋았어. 웰레스트 양이 내 지시를 따르지 않을 건 불 보듯 뻔하니까." 피니어스는 입술에 손가락을 갖다 대고는 뭔가 음흉한 계획을 세우는 듯했다. "지금까지 한 얘기가 사실이라면, 영감님이 나와 이런 거래를 하면 어떨까 싶군요. 난 오늘 저녁, 대학에서 중요한 연구를 하는 인물들을 초대해 연구 발표를 할 계획이었어요. 그런데 실험실 장비들이 전부 박살 나는 바람에 시연하는 건 틀렸고 이론만 설명하는 데서 그칠 생각이었어요. 그런데 이제 다시 뭔가 훨씬 인상적인 걸 사람들에게 보여 줄 기회가 생겼어요. 그러니까, 당신이 이번 일을 도와준다면 손주를 풀어 주도록 하죠. 아니지, 마지막에는 두 사람 모두 풀어 줄 수도 있어요."

할아버지는 뭔가를 말하고 싶은 사람처럼 나를 지그시 쳐다봤고, 나도 할아버지의 얼굴을 보며 피부가 믿기 힘들 정도로 노화됐다는 사실을 새삼 깨달았다. 하지만 할아버지가 무슨 말을 하고 싶은 건지는 알 수가 없었다. 피니어스가 할아버지에게 새로운 제안을 하는 동안 나는 왠지 모르게 분한 마음이 생겼지만, 또 한편으로는 나 역시 피니어스만큼이나 호기심이 일었다는 것도 인정할 수밖에 없었다. 허버트의 연구를 보기만 한 게 아니라 직접 경험하기까지 한 사람에게서 뭔가를 배울 수만 있다면 그보다 좋은 것도 없을 것 같았다.

할아버지는 기대에 찬 눈빛으로 자신을 보는 피니어스를 향해 고개를 돌렸다. 그러고는 한숨을 쉬며 말했다. "그래요, 좋습니다."

피니어스가 손뼉을 쳤다.

"좋아요. 그렇다면 길리, 지금 바로 저택에 좀 다녀와요. 이따 오후에 대학에서 온 학자들이 저택으로 모일 텐데, 계획이 조금 변경됐다고 사람들에게 알려 주고. 그리고 모던트 전지랑 초도 아주 많이 가져오면 좋겠군."

"변경된 계획의 내용이 뭔가요, 나리?"

"장소가 바뀌었다고 말하고, 그 사람들을 풍차로 데려오세요. 분명 그 사람들도 여기서 벌어질 이 대단한 실험을 직접 보고 싶어 할 테니. 그리고 그 뒤에 숨은 천재 과학자도 만나고 싶어 할 테고."

그 천재 과학자가 누군지는 물어보나 마나였다.

XXXIV
네드

여전히 벽만 바라보며 잔뜩 웅크린 채로 누워 있는 나를 모스카가 찾아냈다. 시간이 얼마나 흘렀는지 전혀 가늠이 되지 않았다. 설령 그 자세로 돌이 된다 해도 고개를 돌리거나 돌아누울 생각은 죽어도 없었다. 파리 떼가 윙윙대며 날아다니는 소리는 쉴 새 없이 들렸고, 그러다 개릭 씨의 손가락이 마룻바닥을 약하고 불규칙하게 톡톡 내리칠 때면 파리 소리도 조금 약해지곤 했다. 나는 그럴 때마다 두 귀를 막은 손에 더 힘을 주었다.

깜깜한 어둠 속에서 들리는 소리 때문에 미치기 일보 직전일 때, 파리 한 마리가 내 손등에 내려와 앉더니 자꾸만 손가락 사이를 비집고 지나가려고 했다. 파리가 내 피부 위를 걷는 느낌만으로도 나는 그게 누군지 알 수 있었다.

"모스카!"

내가 손을 펴자, 모스카는 내 귓구멍으로 쏙 들어갔다.

"너 계속 여기 있었던 거야?"

귀에서 손을 떼자, 아래층에서 몇 사람이 이야기를 나누는 듯한 소리가 들렸다. 마룻바닥을 통해 전해지는 터라 내용은 전혀 알아들을 수 없었지만, 할아버지의 목소리도 들리는 것 같았다. 이제는 환청까지 들리는구나 싶었다.

"아래층에서는 무슨 얘기를 하는 걸까?" 나는 모스카에게 말했다. 모스카는 연속으로 세 번 빠르고 낮게 윙윙 소리를 냈다. "여기서 나가 할아버지한테 가야 해. 저 사람들이 할아버지에게 이상한 짓을 해서 혹시라도 저렇게 되면……"

나는 두 손으로 얼굴을 가렸다. 개릭 씨든 그 옆에 있는 누구든 두 번 다시는 보고 싶지 않았고, 머릿속으로 상상하는 것조차 끔찍하고 싫었다.

모스카는 내게 날아올 때처럼 빠르게 다시 어딘가로 날아갔다. 돌아왔다가 다시 날아갔다가 다시 돌아왔는데, 마치 자기를 따라오라고 하는 것 같았다.

"설마 비드가 연구하던 것들을 보라는 거면 그건 절대 안 볼 거야! 이미 다 봤단 말이야."

하지만 모스카는 멈추지 않고 왔다 갔다 하기를 반복했다. 결국 모스카의 고집에 못 이겨 나는 풍차 벽을 따라 모스카를 쫓아갔다. 바닥문이 있는 곳에서 모스카는 천장 위로 날아올랐는데, 나도 같이 고개를 들었다가 키 높이에 있던 나무 들보에 머리를 박고 말았다. 어찌나 세게 들이받았던지 눈앞에서 번쩍하고 불꽃이 터지는 줄 알았다.

"모스카, 하나도 재미없거든? 넌 도대체 언제쯤 진지해질래?"

나는 주저앉아 머리를 문질렀다. 내가 머리를 박은 그 들보는 한때 풍차의 날개가 달렸던 축인 것 같았다. 손을 들어 만져 보니, 강한 불길에 나무의 가운데가 반으로 쪼개진 듯했다. 모스카를 따라 나무 축과 벽이 만나는 지점까지 다가가자, 바깥에서 한 줄기 바람이 들어오고 있었다. 풍차의 다른 곳도 그렇지만, 이 부근의 나무도 새까맣게 숯이 되어 손으로 건드리기만 해도 조각들이 쉽게 부서지며 떨어져 나갔다. 손으로 계속 잡아 뜯었더니, 큼직한 덩어리가 쑥 떨어졌다.

시원한 바람이 갑자기 휙 불어 들어오자, 다른 파리들이 놀라 주위로 흩어졌다.

"모스카, 네가 찾아낸 계획이란 게 이거야? 너, 나까지 할아버지처럼 죽게 만들 셈이구나?"

모스카는 아무 반응도 보이지 않았다. 그러더니 마치 자기 생각을 증명이라도 하듯 내가 뜯어낸 구멍을 통해 밖으로 나가 저물어가는 바깥 하늘로 멀리 날아올랐다.

그 앞에 앉아 생각해 봤다. 할아버지가 편히 잠드는 모습을 보고 싶다면 어떻게 해서든 이곳에서 벗어나야 했다. 그리고 옥스퍼드로 가 극악무도한 모던트 씨가 법의 심판을 받도록 방법도 찾아봐야 했다.

그리고 비드는?

비드에 관한 감정은 분명하게 정리되는 그런 성질의 것이 아니었다. 누굴 좋아하는 감정이 마음먹는다고 쉽게 거둘 수 있는 건 아니지만, 그래도 그토록 큰 잘못을 저지른 사람이라면 차라리 그 애를 모르던 때로 돌아가고 싶다는 생각이 들었다. 그래도 비드와 이야기는 나눠 보고 싶었다. 내가 직접 목격한 것만으로도 증거는 충분했지만, 그래도 뭔가 오해한 부분이 있을 수도 있었다.

풍차 벽에 생긴 구멍을 가만히 바라보았다. 아래층으로 연결된 문은 여전히 잠겨 있었다. 풍차 날개를 통하는 것 말고는 밖으로 빠져나갈 다른 방법이 없어 보였다. 풍차의 상태는 당장이라도 무너질 것처럼 불안했지만, 호리호리한 내 몸 정도는 버틸 수 있기를 바라는 수밖에 없었다.

마음을 먹은 나는 숯이 된 나무를 맨손으로 열심히 뜯어내기 시작

300

했다. 해가 완전히 졌을 무렵에는 팔이 들어갈 정도로 구멍이 커졌지만, 손끝이 다 까지고 아파 뭔가 도구로 쓸 만한 걸 찾아야겠다 싶었다. 들보를 손으로 더듬어 가며 파리 떼들이 모여 있는 방의 중앙으로 다시 돌아갔다. 개릭 씨의 손가락이 끊임없이 바닥을 두드리고 있었고, 발가락 관절이 꺾이며 우두둑 소리도 났다. 나는 눈을 감고 작업대 모서리를 손으로 더듬거렸다. 차갑고 미끈거리는 고깃덩이 같은 심장이 손끝에 닿았다. 뜨거운 난로에 손이라도 덴 것처럼 자지러지게 놀라 손을 뗐다. 잔뜩 겁을 먹긴 했지만 그래도 용기를 내 다시 천천히 손을 뻗었고, 마침내 외과 수술용 도구들을 찾아냈다. 그중에는 뼈를 절단할 때 쓰는 작은 톱도 있었다. 나는 그걸 들고 벽 끝으로 다시 돌아갔다.

이후로도 불에 탄 나무를 한참 더 파낸 끝에 내 몸이 겨우 통과할 만큼의 구멍을 만들어 냈다. 나는 구멍 밖으로 머리를 내밀고, 밤공기를 깊이 들이마셨다. 답답하고 어두운 공간에 한참을 갇혀 있던 터라 살짝 비 냄새가 섞인 공기가 어찌나 신선하고 시원하게 느껴지는지 눈물이 찔끔 날 것만 같았다. 머리 위 밤하늘에서 별빛이 하나둘 반짝이고, 별이 땅으로 내려온 것처럼 저 멀리에서도 불빛이 깜빡이고 있었다. 눈에 힘을 주어 자세히 보니, 숲 사이로 작은 점 같은 노란 불빛 여러 개가 위아래로 흔들리며 풍차를 향해 다가오는 게 보였다.

"저 사람들은 누구지?" 나는 모스카에게 물었다.

부서진 풍차 날개를 향해 조금씩 다가갔다. 그런 다음 난파된 배의 선원처럼 십자 모양의 나무 뼈대를 꽉 붙잡고 매달렸다. 휙 바람이 불어 하마터면 모자가 날아갈 뻔했다. 내 바로 밑으로 가발을 쓰고 좋은 옷을 차려입어 이런 장소에는 전혀 어울리지 않을 것 같지 않은 신사 몇 사람이 지나가고 있었다. 은발 머리 사이로, 머리카락이 다 벗겨져 번들거리는 길리 씨의 정수리도 보였다.

그 사람들이 말하는 소리가 산들바람을 타고 나한테까지 들려왔는데, 다들 불만이 많은 것 같았다.

"어처구니가 없어서 말도 안 나오는군요! 설마 그 사람, 우리한테 장난을 치는 건 아니겠죠?" 한 사람이 말했다.

"이곳은 전혀 안전해 보이지도 않아요." 다른 사람이 말했다.

"그 사람도 절대 안전한 사람은 아니에요."

그 말에 모두가 웃었다.

"저녁 식사조차 제공하질 않고, 뭐 하자는 건지 모르겠네요. 벌써 저녁 여덟 시가 넘었는데, 점심 이후로 뭐 하나 먹은 게 없다고요!" 첫 번째 남자가 말했다.

세 번째 남자가 끼어들었다.

"왕립 과학 연구소에서 일하는 동료에게 들은 얘기로는 그 남자 꽤 재능이 있다던데요……"

"말도 안 돼요! 지난 크리스마스 때 연구랍시고 대학에서 발표하는 걸 직접 보고도 그러십니까? 우리 학생들도 그것보다는 잘하겠던데요."

"그렇게 보여 주고 싶다는데 그냥 들어줍시다. 그래도 우리 대학에 기부를 가장 많이 하는 사람 아닙니까? 소소하게 하는 시연을 계속 봐 주면…… 기부금을 더 많이 받아 낼 수 있을지도 모르니까요." 두 번째 남자가 다시 말했다.

"아무리 재정적으로 도움이 된다지만, 우리가 이렇게까지 해 줘야 할 가치가 있는 건지 모르겠군요."

그러더니 모두가 동시에 떠들어 대기 시작했다. 나이 지긋한 신사들의 말투가 하나같이 신랄하고 잔뜩 성이 나 있어 같은 사람이 반복해 말하는 것처럼 느껴질 정도였다. 길리 씨는 그 사람들을 진정시키려고 했다.

"모던트 씨께서 깊이 사과드린다는 말을 꼭 전해 달라고 하셨습니다, 나리. 하, 하지만 이 연구실에서 진행되는 것들은 조금 번거롭더라도 와서 보실 가, 가치가 있다고 하셨어요." 그는 잠시 생각하다 말을 이었다. "저도 살짝 봤는데, 나, 나리들께서 직접 확인하실 필요가 있다고 생각했습니다. 일단 한번 보시면 아마 저녁을 먹고 싶은 생각은 싹 사라지실 겁니다."

길리 씨의 말이 사실일 거라고 나는 생각했다. 신사들은 자기들끼리 몇 마디를 더 주고받더니, 여기까지 왔으니 들어가 보자고 마지못해 말했다.

"이거 원, 기가 막혀서." 첫 번째 남자가 다시 말했다.

발밑에 있던 사람들이 모두 안으로 사라진 뒤, 나도 내려갈 방법을 궁리하기 시작했다. 풍차 날개 중 그나마 훼손이 덜 된 날개 하나가 바닥을 향해 45도 각도로 기울어져 있었다. 그슨 나무가 격자 구조를 이루고 있어, 저택에서 타고 내려갔던 장미 넝쿨 지지대와 모양은 크게 다르지 않았다. 날개의 격자를 타고 끝까지 기어 내려간 다음, 마지막에 몇 피트를 남겨 두고 땅으로 뛰어내리면 될 것 같았다.

나무틀에 손가락을 대니, 검게 탄 나무 조각이 부스스 떨어졌다.

"너 정말 이래도 된다고 생각해?" 내가 모스카에게 물었다.

모스카는 풍차 날개 위에 앉더니, 마치 이 정도는 끄떡없다는 듯 위아래로 왔다 갔다 해 보였다.

"난 너보다 훨씬 무겁다고……"

모스카는 풍차 날개 끝까지 날아가 거기서 나를 기다렸다.

풍차 날개의 앞부분을 손으로 잡고 발을 옮겼다. 살짝 삐걱 소리가 났지만, 그래도 무너지지는 않았다. 비드의 방까지 기어 올라가거나 무도회장 안으로 몰래 들어갈 때랑은 분명 상황이 달랐다. 저택에는 그래도 나를 보호해 주는 지붕과 벽이 있었지만, 풍차에는 그런 게 아무것도 없었다. 바람이 다시 거세게 불어, 나는 잔뜩 긴장한 채 나무틀을 힘껏 붙잡아야 했는데, 그 꼴이 마치 가을바람에 흔들리는 마지막 잎새 같았다.

나는 아주 조금씩만 손과 발을 움직이며 아래로 내려갔다. 아래로 내려가면 내려갈수록 나무에서 나는 삐걱 소리가 점점 커지고 있었다. 겨우 반쯤 내려가 혹시라도 떨어지면 등이 부러지겠다 싶은 곳에 이르렀을 때, 갑자기 날개 전체가 천천히 돌아가기 시작했다. 뭔가가 거칠게 갈리는 듯한 소리와 함께 톱니바퀴 도는 소리가 들려왔다. 다시 위로 올라갈 수도 없고 그렇다고 내려갈 수도 없어 온 힘을 다해 나무틀에 매달렸는데, 날개 돌아가는 속도에 점점 가속이 붙기 시작했다. 내가 매달린 날개가 땅 위를 스치고 다시 올라가면서 나는 완전히 거꾸로 매달리게 됐고, 온몸의 피가 머리로 쏠리고 있었다.

풍차 안에서 사람들 말하는 소리가 들리는가 싶더니, 갑자기 돌기 시작한 것처럼 이번엔 풍차 날개가 갑자기 멈춰 섰다. 정확히는 모르

지만, 톱니바퀴의 이가 부러졌거나 기계에 뭔가가 낀 것 같았다. 날개
가 '덜커덩'하고 흔들리더니, 나무 꺾이는 듯한 소리가 뒤를 이었다.
가장 두꺼운 들보가 반으로 갈라지며 요란한 굉음을 냈고, 나는 풍차
날개와 함께 주변에 있던 가시나무 수풀로 곤두박질쳤다.

XXXV
네드

진짜 별과 가짜 별이 머리 위에서 빙빙 돌고, 숨이 제대로 쉬어지
지 않아 나는 한동안 꼼짝하지 않고 가만히 누워 있기만 했다. 풍차
안에서 웅성웅성 떠드는 소리, 뒤이어 나무 계단을 밟고 내려오는 소
리가 요란하게 나더니, 나이 지긋한 신사들이 문 앞에 모여들었다.

"모던트 씨, 이렇게 인적도 없는 폐허까지 우리를 부른 이유가 뭡
니까? 설마 낡아 빠진 풍차 건물에 다 같이 파묻혀 죽자는 건 아닐 테
죠?" 한 남자가 말했다.

"신사 여러분, 정말 죄송합니다. 구조물은 꽤 안전한 편이라고 제
가 장담합니다. 그래도 실내는 괜찮을 겁니다."

누군가 부서진 풍차 날개의 조각을 주워 휙 집어던졌는데, 내가 누
워 있던 풀숲 바로 옆으로 떨어졌다. 나는 움찔하고 놀라 숨을 죽였
다. 주위가 어두운 데다 내가 떨어진 곳이 덤불 속이어서 아무도 나를
못 본 모양이었다.

불만과 비아냥 섞인 말들이 계속해서 나왔다.

"저택에서 시연했다면 훨씬 편했을 텐데 왜 여기로 오라고 했는지 이해가 안 되는군요." 누군가 말했다.

"아니면 대학에서도 충분히 할 수 있었을 텐데요!" 또 다른 사람이 말했다.

이 말에 여러 사람이 큰 소리로 맞장구를 쳤다. 변명하는 듯한 피니어스의 말투에서 살짝 초조한 기색이 느껴졌다.

"교수님들, 일단 제 연구 결과물을 보시면 왜 이토록 비밀스러운 장소에서 해야만 했는지 분명 이해하실 겁니다!"

결과라고? 그렇다면 이미 할아버지에게 무슨 실험 같은 걸 했다는 뜻일까? 지금 할아버지는 산 건지 죽은 건지, 아니면 불쌍한 개릭 씨처럼 이도 저도 아닌 상태가 된 건지……

"신사 여러분, 부탁이니 다시 실험실로 가 주십시오. 더 이상 기다리시지 않도록 바로 시연을 시작하겠습니다." 피니어스가 말했다.

내 귀에는, 누구보다 기다리기 힘든 사람은 피니어스 자신이라는 말처럼 들렸다.

사람들이 마지못해 안으로 다시 들어갔다. 나는 나뭇가지가 마구 엉킨 덤불숲에서 겨우 빠져나온 뒤, 팔다리를 조금씩 움직여 보았다. 여기저기 멍이 들긴 했어도 다행히 부러진 데는 없는 것 같았다. 허리를 구부린 채 풍차 문을 향해 살금살금 다가갔다. 밖에 묶여 있는 말 빅터를 보고, 나는 콧등을 한번 쓰다듬어 준 뒤 풍차 안으로 들어갔다.

기침하는 소리, 발을 질질 끌며 걷는 소리가 위층에서 들렸고, 비위생적인 실험실 상태와 아직 먹지 못한 저녁 식사에 대한 불평도 계속 이어지고 있었다. 나는 소리가 나지 않게 계단을 반쯤 올라간 다음, 바닥에 난 문을 통해 살짝 위를 들여다보았다. 심각한 표정의 신사 한 무리—모두 일곱 명이었다—가 내게 등을 보인 채 서 있었다. 가장 나이 들어 보이는 한 사람만 등받이 없는 의자에 앉고, 나머지는 거북한 듯 서성거리며 시연을 기다리고 있었다. 길리 부부는 어두운 구석에 몸을 숨기고 있었다.

실험실 안은 램프 불빛으로 무척이나 환했다. 피니어스가 사람들 앞에 서서 복잡한 장치를 이것저것 만지며 조절하고 있었다. 장치는 내가 처음 봤을 때와 어딘가 조금 달라져 있었다. 욕조와 병 일부가 옆으로 치워지고, 이상한 모양의 금속 원반 탑 여러 개가 세워져 있었다. 그리고 피니어스 바로 옆에 아주 이상한 게 눈에 띄었다.

누군가 머리를 살짝 숙이고 커다랗고 지저분한 무명천을 뒤집어쓴 채 의자에 앉아 있었다. 일단 길리 씨나 길리 부인은 아니었고, 누군지는 몰라도 숨을 쉴 때마다 천을 덮은 어깨가 오르락내리락하는 걸 보면 죽은 할아버지일 리도 없었다. 그렇다면 남은 사람은 비드밖에 없었다.

몸을 돌린 피니어스는 옷매무새를 단정하게 가다듬더니, 연설을 시작했다.

"신사 여러분, 기다려 주셔서 감사합니다. 그리고 이렇게 누추한 곳에서 시연하게 된 점 다시 한번 사과드립니다."

사람들이 그 말에 몇 마디 웅성웅성 말을 보탰다.

"그렇지만 제 연구 결과를 전부 보고 나면 이렇게 어설픈 장소까지 힘들게 걸어온 것쯤은 별것 아니라는 생각을 분명 하시게 될 겁니다!"

피니어스는 억지스레 웃어 보였지만, 그 말이 재미있다고 생각하는 사람은 아무도 없는 것 같았다.

"서론이 너무 긴 거 아닙니까? 우리는 새로운 과학 시연을 보려고 온 것이지 장황한 설명이나 듣자고 온 게 아닙니다." 신사 중 한 사람이 말했다.

"아, 그럼요, 물론입니다. 전 단지 앞으로 보여 드릴 게 정말 너무 엄청난 거라 마음의 준비를 하시라는 뜻에서 드린 말씀이었습니다."

피니어스가 그처럼 당황하며 어쩔 줄 몰라 하는 건 처음 본 듯했다. 완고한 눈초리로 그를 보는 이 신사들이 누군지는 몰라도 평소 냉정하고 오만하던 모습은 온데간데없고 쩔쩔매는 피니어스를 보니, 고소한 기분마저 들었다.

"이번에도 벌레에 전기를 흘려보내 우리에게 보여 줄 생각인가 봅니다. 훨씬 큰 놈으로 말이죠."

누군가의 말에 모두가 껄껄거리고 웃었다. 피니어스도 슬슬 짜증이 나기 시작했는지, 억지웃음을 흘리는 그의 얼굴 근육이 부들부들 떨리고 있었다.

"지난 크리스마스 때 보여 드렸던 시연이 아마도 조금은 실망스러우셨던 모양입니다. 하지만, 그사이 제 연구는 비약적 발전을 이뤘음을 분명히 말씀드리고 싶군요."

"그래요? 그게 뭐죠?"

"여러분도 아시다시피 저는 그동안 죽은 생물에 새로운 생명을 주는 힘이 뭔지, 다시 말해 어떻게 하면 죽은 생물이 다시 살아 움직이고 숨을 쉴 수 있게 하는지를 줄곧 연구해 왔습니다. 동물뿐 아니라 인간 내부에 존재하는 생명력의 실체를 알아내기 위해 저는 자연의 가장 깊숙한 곳까지 들여다보았죠." 피니어스는 혀로 입술을 핥았다. "자연 철학자, 연금술사, 현자들이 먼 옛날부터 궁금해하던, 바로 그 것을 제가 찾아냈습니다. 우리의 영혼을 담는 그릇, 생명의 본질 그 자체를 말이죠."

잠시 할 말을 잃었던 사람들에게서 곧 경멸스럽다는 투의 불평이 마구 쏟아져 나왔다.

"영혼이라고요? 그렇다면 모던트 씨, 우리 같은 화학과 교수를 부를 게 아니라 예배당 목사를 불렀어야지요!" 한 남자가 말했다.

"누가 아니랍니까! 전 들어 보나 마나인 것 같군요." 또 다른 사람 이 말했다.

그 두 사람은 당장이라도 자리를 뜰 것 같은 말투라 나는 얼른 문 아래로 고개를 숙였다.

"모던트 씨, 정확히 주장하고자 하는 내용이 뭡니까? 이 모든, 그 러니까 괴상망측하게 생긴 장치로 대체 뭘 하려는 겁니까?" 아직은 마음을 정하지 못한 듯 또 다른 사람이 물었다.

"방금 말씀드린 대로 죽은 생명체를 다시 살아 움직이게 하는 힘을 어떻게 만드는지 보여 드릴 계획입니다! 그걸 만들어 낸 뒤 유기체에 어떻게 주입하는지, 그 방법까지 모두 보여 드리겠습니다."

사람들이 떠날 채비를 하느라 부산스러운 상황이었기에 피니어스 는 다급한 목소리로 거의 외치다시피 했는데, 죽은 생명체를 움직이 게 한다는 말이 입에서 떨어지기가 무섭게 실내가 조용해지는 바람에 마지막 한 마디가 공간에 메아리치듯 울려 퍼졌다.

"유기체라니, 정확히 그건 뭘 가리키는 거죠? 땅에 묻은 시체를 일으켜 세우기라도 했다는 소립니까?" 첫 번째 남자가 말했다.

이 말에 여러 사람이 웃었지만, 어딘가 석연치 않은 듯 부자연스러운 웃음이었다.

"신사 여러분, 제가 해낸 게 정확히 그겁니다." 피니어스가 말했다.

사람들이 마구 동요하며 자리를 뜨려고 하자, 다급해진 피니어스가 갑자기 옆에 있던 더러운 무명천을 휙 벗겨 냈다. 거기 앉아 있는 사람은 비드가 아니었다. 할아버지였다. 할아버지가 살아서 숨을 쉬고 있었다. 모자도 쓰지 않고 장갑도 끼지 않은 채 상의를 모두 벗고 맨몸으로 의자에 앉아 있었다. 이렇게 말하기 부끄럽지만, 내 평생 그처럼 혐오스럽고 역겨운 광경은 처음이었다.

사람들 입에서 헉 소리가 절로 흘러나왔고, 눈앞의 광경을 믿을 수 없어 할 말을 잃은 듯했다. 사람들 사이를 이리저리 날아다니던 모스카가 내 머리 위에 앉았다. 나는 계단을 다시 내려갔다. 어둠 속을 뚫어져라 응시했지만, 눈앞에는 조금 전 할아버지의 모습이 자꾸만 떠올라 지워지지 않았다. 아무리 눈을 꽉 감아도 소용없었다.

"이해가 안 돼, 모스카. 저 사람들, 할아버지에게 무슨 짓을 한 걸까? 앞으로 어떻게 하려는 걸까?" 나는 속삭였다.

모스카는 대답이 없었다.

"이제 어떡하지? 힘으로는 피니어스도, 길리 씨도, 길리 부인도 당해 낼 수가 없는데. 그리고 비드는 왜 안 보이는 거지?"

모스카가 길고 조금은 복잡하게 윙윙 소리를 냈는데, 이번만큼은 내가 모스카의 말을 제대로 이해한 거라고 믿고 싶었다.

"친구들이라고? 어떤 친구를 말하는 거야?"

XXXVI
비드

피니어스가 나를 밧줄로 묶고 입에는 재갈을 물려 작업대 뒤에 눕혀 놓았기 때문에 사람들의 표정을 볼 수는 없었지만, 뭐라고 하는지 들을 수는 있었다. 들리는 소리로 추측하건대, 내가 보였던 반응과 크게 다르지 않은 듯했다. 피니어스는 학자들이 좋은 인상을 받을 거라고 기대한 모양이지만, 절대 그렇지 않을 거라는 걸 나는 이미 알고 있었다.

모두들 역겹고 끔찍하다는 반응이었고, 구토가 날 것 같다고 말하는 사람도 있었다. 피니어스는 이번에도 힘껏 목소리를 높여 열심히 설명했다.

"이 남자는 저나 여러분이 하듯 똑같이 생각하고 느낄 수 있습니다. 그러면서 동시에, 아주 치명적일 수 있는 온갖 상처나 고통에도 끄떡없습니다!"

학자 중 한 사람이 겨우 입을 열었는데, 무척이나 화가 난 듯 부들부들 떨리는 목소리로 이렇게 말했다. "모던트 씨, 이 남자한테 도대체 무슨 짓을 한 겁니까?"

"아, 네. 콜라드 교수님, 질문해 주셔서 감사합니다. 안 그래도 여러분 모두에게 보여 드리려고……"

다른 사람들도 입을 모아 항의했다.

"이 사람을 당장 의사에게 데려가세요."

"아니, 신부님에게 데려가는 게 맞습니다."

"사람이 맞긴 한 겁니까?"

보이는 건 교회지기 할아버지의 발뿐이었지만, 아까 봤던 모습이 어찌나 머릿속에 깊이 박혔는지 나머지 모습도 눈앞에 있는 것처럼 선하게 그릴 수 있었다. 머리와 몸에는 십자 모양으로 상처를 꿰맨 봉합 자국이 어지럽게 남아 있고, 얼마 되지 않는 피부는 암갈색과 노란 빛을 띠며 번들거렸다. 가슴의 갈비뼈는 마치 난파선의 부서진 선체 같았는데, 총에 맞아 너덜너덜해진 구멍으로는 번질번질한 짙은 색 뼈와 그 아래 근육이 훤히 들여다보여 시체보다도 더 끔찍한 모습을 하고 있었다. 사람이라면 시간이 흘러 살이 썩고 흙으로 되돌아가는 게 정상인데, 어떻게 이게 가능한지는 알 수 없지만, 네드의 할아버지는 아주 오랜 기간에 걸쳐 지속적으로 부패의 과정을 거친 상태로 보였다.

"혐오스럽기 짝이 없군요. 이 세상에 있어선 안 될 존재예요." 학자 중 한 사람이 이렇게 주장했다.

"진정제를 투여해야 해요."

"진정제를 투여할 게 아니라 당장 없애 버려야 합니다!"

다른 사람들도 그 말에 맞장구를 쳤다.

"안 돼요!" 새로운 목소리가 외쳤다.

조금 전 풍차 날개가 떨어졌을 때 네드가 그런 게 아닐까 짐작은 했지만, 정말로 꼭대기 층에서 탈출했을 거라고는 생각도 못 했었다. 그런데 그 애가 지금 자기 할아버지 발밑에 몸을 던지며 이 자리에 나타난 거였다. 그 애가 너무 가엾어 마음이 아팠다. 불쌍하면서 또 한편으로는 좋기도 했다. 웰레스트 저택의 차갑고 헐벗은 공간에서는 한 번도 느껴 보지 못한 온정 같은 게 그 애에게는 있었다.

나는 팔다리를 꿈틀거려 조금이라도 잘 보이는 곳으로 몸을 움직여 보았다. 두 팔을 벌린 채 무릎을 꿇고 앉아 있는 네드의 모습이 보였다.

"제발 그냥 놔주세요." 네드가 말했다.

"이 소년은 누굽니까?" 교수 중 하나가 말했다.

나만큼이나 놀란 듯한 피니어스가 얼른 대답했다. "여러분, 무시하셔도 됩니다. 이 아이는 숲에 사는 부랑아예요. 그동안 제 연구를 계속 방해해 왔어요."

"이분은 우리 할아버지예요. 할아버지를 해치지 말아 주세요."

"너희 할아버지라고?"

"할아버지는 그냥 몸이 좀 아프신 거예요. 아니, 아주 많이 아프세요. 할부지, 할부지가 얘기 좀 해 보세요."

네드의 할아버지는 한숨만 푹 내쉬고는 아무 말도 하지 않았다.

"자, 여러분, 제가 어떻게 이런 기적이 일어났는지 전부 설명해 드리겠습니다. 그러니 다시 시연할 수 있게……"

"제가 설명할게요. 다락에 있는 것들부터 먼저 보셔야 해요." 네드가 말했다.

"입 다물지 못해!" 피니어스가 소리쳤다. "여러분, 아셔야 할 게 있습니다. 얘 말을 믿으시면 안 됩니다. 얘는 그냥 바보, 멍청이예요. 마을에서도 쫓겨난 애라고요."

피니어스가 네드를 향해 팔을 휘둘렀지만, 네드가 잽싸게 피했다. 그러고는 얼른 장치 뒤로 달려가 상자 위로 올라선 뒤, 천장에 난 문을 열려 했다.

"저 사람이 실험하다 망친 결과물이 이 위에 있어요. 정말 끔찍하고 충격적인 것들이에요."

네드가 문의 걸쇠를 막 벗긴 순간, 피니어스가 상자 위에 서 있는 네드를 향해 달려들어 바닥으로 쓰러뜨렸다. 문짝이 아래로 휙 젖히며 열리자, 순간 정적이 흘렀다. 거기 모인 사람 모두가 천장 문 위의 깜깜한 공간을 바라보며 거기서 뭔가가 나타나기만을 꼼짝하지 않고 기다렸다.

"모스카, 제발 부탁이야. 도와줘." 네드가 말했다.

멀리서 윙윙 소리가 들리나 싶더니, 천장 문을 통해 새까만 파리 떼가 물밀듯 밀려들어 순식간에 공간을 가득 메워 버렸다. 그 때문에 램프 불빛도 어두워진 것 같았다. 수백 수천 마리의 파리 떼를 따라 미지근한 악취도 함께 퍼져 나갔다. 꿈틀거리는 작은 몸과 요동치는 날개들이 한데 모여 만들어 낸 검은 유독 가스는 마치 죽음 그 자체를 형상화한 게 아닐까 싶을 정도로 끔찍하고 무시무시했다. 파리들은 산 사람들의 세계로 풀려난 게 황홀했는지 사람들의 귀와 코를 마구 쑤시고 들어갔다.

파리 떼의 공격을 받은 학자들은 당황하고 놀라 비명을 질렀고, 앞다퉈 밖으로 나가려다가 계단으로 내려가는 통로 앞에서 부딪치고 자빠지며 한바탕 소동을 벌였다. 피니어스와 네드도 한데 엉겨 몸싸움을 벌이느라 주변의 삼발이며 플라스크, 볼타 파일을 마구 쓰러뜨리고 있었다. 혼란한 상태를 틈타 나는 재갈 물린 입으로 어떻게든 소리를 내 보려 했지만, 누구도 내가 내는 소리를 듣지 못하는 듯했다. 몸을 꿈틀꿈틀 움직여 작업대 끝으로 기어갔다. 그러고는 탁자 다리에 대고 밧줄을 문질러 보았지만, 소용이 없었다. 탁자 위에 불붙은 알코올램프라면 묶인 밧줄을 태울 수 있을 것 같았지만, 그게 바닥에 쓰러져 알코올이 마룻바닥에 쏟아지기라도 하면 순식간에 이곳을 불바다로 만들 것만 같았다.

학자 중 마지막 사람이 계단으로 달아났고, 그 뒤로 길리 부부가 따라 도망쳤다. 끝까지 충성심이라곤 없는 사람들 같으니라고! 피니어스가 네드를 연이어 주먹으로 때리자, 네드가 신음 소리를 냈다. 다락방에서는 아직도 더 많은 파리 떼가 검은 물결을 이루며 계속해서 내려오고 있었다.

네드의 할아버지가 걸어와 내 옆에 웅크리고 앉았다. 그렇게 가까이 있는 할아버지를 차마 볼 수가 없어 부끄럽게도 나는 눈을 꽉 감고 말았다.

할아버지는 아무 말도 하지 않고 내 입에 묶인 재갈을 벗기고, 손목과 발목의 밧줄도 풀어 주었다. 일을 다 끝낸 할아버지가 뒤로 몇 걸음 물러섰을 때야 나도 일어나 할아버지를 마주 보긴 했지만, 끝내 고개를 똑바로 들지는 못했다.

"고맙습니다." 내가 말했다.

할아버지의 손끝과 입 주위, 그리고 가슴에 난 구멍으로 선명하게 보이는 갈비뼈 주위로 파리들이 새까맣게 모여들고 있었다. 할아버지는 고개를 살짝 끄덕이고는 내 옆 바닥에 떨어져 있던 옷들을 집어 들었다. 그토록 소란스러운 가운데서도 할아버지가 낡은 코트 소매에 팔을 끼울 때, 열쇠 짤랑이는 소리가 나는 걸 똑똑히 들을 수 있었다.

그때쯤 실험 장치 대부분은 다 부서지고 실험실 상태는 완전히 엉망진창이 되어 있었다. 이곳에서 달아난 학자들과 함께 자신의 명성도 끝났다고 생각했는지, 이제 피니어스는 장치가 부서지는 것 따위는 안중에도 없이 오로지 네드를 제압하는 데만 몰두하고 있었다. 그는 네드를 구리 욕조에 집어넣고 두 손으로 목을 조르고 있었다. 마치 불이 났을 때처럼 두 팔로 얼굴을 가리고 파리 떼를 헤치며 겨우 욕조 쪽으로 걸어간 나는 피니어스를 네드에게서 떼 내기 위해 어깨를 꽉 붙잡았다. 피니어스가 몸을 젖히며 나를 향해서도 주먹질을 해 댔다.

"지긋지긋한 인간들! 너희는 둘 다 악마야!" 피니어스가 악을 쓰며 욕을 해 댔다.

눈앞에 어지럽게 날아다니는 파리들 사이로 피니어스의 얼굴을 보니, 코가 없었다. 아마도 네드와 엎치락뒤치락하던 중에 가짜 코가 떨어진 모양인데, 그게 있던 자리에는 이제 불그레한 빛깔에 주름 잡힌 구멍 하나만 작게 뻥 뚫려 있을 뿐이었다. 피니어스가 거기에 손을 대 보더니, 코가 없어진 걸 알고 눈이 휘둥그레졌다. 그러고는 신체의 비밀을 방금 처음으로 들킨 사람처럼 손바닥 전체로 얼굴을 가리고는 미친 듯이 주위를 두리번거렸다.

"이거 어딨지? 너, 지금 무슨 짓을 한 거야?" 피니어스가 말했다.

네드는 욕조에서 몸을 일으켜 앉으며 목을 손으로 문지르고 있었다. 피니어스가 다시 네드를 향해 돌아섰지만, 네드의 할아버지가 둘 사이를 가로막았다.

"늙은이, 저리 비켜!" 입안에 들어간 파리를 뱉으며 피니어스가 말했다. "비키지 않으면 내가 반드시 당신을…… 당신을……"

"다시 죽이겠다고? 어디 한번 해 보시지." 네드의 할아버지가 말했다.

"이놈, 내 코 당장 내놓지 못해!" 피니어스가 소리 질렀다.

비틀거리며 욕조에서 빠져나오는 네드를 보고, 피니어스가 달려들었다. 하지만 할아버지가 막아서는 바람에 중심을 잃었고, 조금 전까지 내가 누워 있던 작업대를 덮치듯 그 위로 쓰러졌다. 위에 놓인 알코올램프가 넘어갔고, 알코올이 바닥에 쏟아지며 불이 붙었다.

불은 정말 순식간에 사방으로 번져 가기 시작했다. 이미 한차례 화재가 난 뒤라 그런지 타다 남은 나무에 더 쉽게 불이 붙는 것 같았다. 불길이 치솟으며 천장에 매달아 놓은 꽃다발에도 불이 붙었고, 휘발성 액체가 담긴 여러 플라스크, 말린 약초 다발, 다른 알코올램프로도 마구 번져 갔다. 형형색색의 용액이 담긴 유리 용기들이 요란한 소리를 내며 폭발하자, 실험실은 마치 화려한 불꽃놀이를 벌이는 카니발 현장 같았다.

몸을 일으킨 피니어스가 네드, 나, 할아버지를 차례로 보더니, 엉망이 된 실험실을 한 바퀴 빙 둘러봤다. 그러고는 갑자기 멈춰서 헉 소리를 냈다. 작업대 아래 부서진 잔해 속에 그의 청동 코가 떨어져 있었다. 불빛을 받아 빛나는 모습이 마치 대장간에서 방금 막 만들어 낸 것 같은 모습이었다. 피니어스는 그걸 꺼내려고 바닥에 무릎을 대고 엎드려 불길 사이로 손을 내밀었다. 그 순간 그와 우리 사이로 천장의 들보 하나가 떨어져 내렸다. 네드가 내 손을 잡아당겼지만, 나는 발을 떼지 않았다. 악마 같은 짓을 많이 한 사람이긴 해도 거기 내버려두는 건 옳지 않다는 생각이 들었다. 나는 피니어스를 불렀지만, 듣지 못했는지 대답이 없었다. 두 번째 들보가 피니어스 바로 옆으로 떨어졌고, 피니어스는 더 안쪽으로 몸을 굴려 불길을 피했다.

네드가 다시 내 팔을 세게 잡아끌었다. 고개를 드니, 연기 사이로 위층 마룻바닥의 판자들이 아래로 축 늘어지고 갈라지는 게 보였다. 이제 곧 다락방에 있던 것들이 머리 위로 쏟아져 내릴 참인데 계속 거기 있을 수는 없는 노릇이었고, 분명 네드도 그러고 싶지 않을 터였다. 나는 떨어진 들보 주위로 다가가려 했지만, 그때마다 머리카락이 그슬리는 게 느껴져 더는 어떻게 해 볼 수가 없었다. 나는 피니어스에게서 고개를 돌리고 뒤로 돌아섰다. 네드의 할아버지도 내 다른 편 손을 붙잡더니 연기와 파리 떼를 헤치고 길을 안내했다. 아래로 내려가는 문을 찾아 더듬거리며 계단을 내려간 우리는 연기 자욱한 실내를 벗어나 마침내 차갑고 푸른 밤공기 속으로 도망쳤다.

풍차 방앗간 밖은 이상하리만치 고요했다. 저 멀리 나무 사이로 허둥지둥 달아나는 교수들의 뒷모습이 흐릿하게 보였지만, 길리 씨나 길리 부인의 모습은 눈에 띄지 않았다. 두 사람이 뻔뻔하게도 저택으로 돌아간 건 아닌지, 혹시라도 마을로 갔다면 문제가 생길 수도 있겠다 싶어 걱정됐다.

구유에 그대로 묶여 있던 빅터와 클레르발이 나를 보자, 눈을 크게 뜨고 발을 굴러 댔다. 나는 말들의 고삐를 풀어 숲 가장자리까지 끌고 갔다. 할아버지가 입은 낡은 코트의 어깨 부분에 불이 붙어 네드가 그 부위를 손으로 두드려 끄며 무슨 말인가를 계속하는 게 어깨너머로도 들려왔다. 나무가 있는 지점에 다다랐을 때, 우리는 멈춰 서서 풍차를 돌아보았다. 밤하늘을 배경으로 불타고 있는 풍차의 모습은 지옥 그 자체였다. 남은 날개의 잔해들이 땅 위로 떨어져 흩어졌고, 돌로 된 벽도 가장 꼭대기 층부터 조금씩 무너지고 있었다. 얼핏 피니어스의 울부짖는 소리가 들린 것도 같았다.

"어떤 의사를 찾아가야 할지는 모르겠지만, 일단 치료부터 해요. 몸은 어떠세요? 아프진 않으세요? 할부지?"

할아버지는 불타는 풍차만 가만히 응시할 뿐 아무 대답도 하지 않았다. 우리에게서 조금 떨어져 서 있었는데, 옷에서는 아직도 연기가 나고 있었다. 네드는 같은 말을 한 번 더 했지만, 역시나 반응이 없자, 나를 향해 고개를 돌렸다.

"비드? 네가 할아버지를 고칠 수 있어?"

나는 네드의 얼굴을 바라봤다. 착하게 생긴 얼굴에 무척이나 슬픈 표정을 짓고 있었다. 피니어스에게 맞은 부위는 심하게 멍들어 있었다. 나는 네드의 손을 잡고 힘을 주었다.

"해 볼게. 어떤 치료를 해야 할지는 모르겠지만."

교회지기 할아버지가 마치 무슨 말인가 할 것처럼 살짝 입을 벌리고 우리를 돌아본 바로 그 순간, 마침내 풍차의 윗부분이 완전히 붕괴되면서 빨간 불티가 사방으로 어지럽게 날아다녔다.

"그 남자 봤어?" 네드가 물었다.

"누구?"

"피니어스."

나는 고개를 저었다. 피니어스가 살아 있다는 어떤 흔적이나 소리도 찾을 수가 없었다.

"다시 가 봐야 하는 거 아닐까?"

"가 봤자 할 수 있는 일이 없을 것 같아."

그 말을 확인이라도 시켜 주듯 풍차 벽이 추가로 무너져 내렸고, 그 모습이 마치 길리 부인이 만들었던 엉성한 케이크 같다는 생각이 들었다. 말들이 놀라 앞다리를 들어 올리며 '히잉' 하고 울었다.

"누가 오기 전에 어서 여길 떠나야 해. 풍차에 화재가 난 걸 알면 다들 이리로 몰려올 거야." 내가 말했다.

"어디로 가지?" 네드가 물었다.

"당분간 우리 집에 머무는 게 좋겠어." 순간 모두 함께 식당에 둘러앉아 저녁을 먹는 모습이 머리에 그려졌다. 나는 빅터의 고삐를 잡아당기며 말했다. "그래, 우리가 다 함께 가면 아버지도 분명 아주 기뻐하실 거야."

네드는 내 뒤를 따라오면서도 자꾸만 고개를 돌리고 무너진 풍차를 보고 또 보았다. 지금 그 애가 무슨 생각을 하는지는 나도 대충 짐작이 갔다. 우리가 계속 친구 사이로 남고 싶다면 앞으로 많은 걸 그 애에게 설명해야 한다는 것도 알고 있었다. 꼭 그러고 싶었다. 아버지가 어떤 반응을 보일지를 생각하면, 세상에서 내가 의지할 수 있는 사람은 이제 네드밖에 없다고 나는 생각했다.

XXXVII
비드

네드, 교회지기 할아버지와 함께 웰레스트 저택의 문 앞에 선 나는 묵직한 놋쇠 문고리에 손을 올렸다. 우리 집 현관문에는 사자 머리의 형상을 한 문고리가 두 개 달려 있었는데, 오랫동안 광을 내지 않아 빗물이 흘러내린 길을 따라 푸르스름하게 녹이 슬어 있었다. 그런데 하필이면 그 자국이 사자의 눈을 따라 흘러 그게 마치 집 안 분위기를 보여 주는 상징 같다는 생각이 들었다.

"우리는 숨어 있는 게 좋지 않을까? 마지막으로 너희 아버지를 만났을 때, 우리를 아주 나쁜 놈 취급하셨었거든." 네드가 말했다.

"그러지 마. 더 이상 숨을 필요 없어. 내가 아버지께 직접 진실을 말씀드릴 거야." 나는 잠시 생각하다가 이렇게 말했다. "전부 다는 아니더라도 말이야."

나는 고리를 세 번 두드렸다. 그리고 일 분쯤 기다렸다가 다시 두드렸다. 마치 집 안에 사람도 가구도 없고, 방을 가르는 벽조차 전부 사라진 것처럼 문 두드리는 소리가 현관에서 집 뒤편까지 메아리치며 울리고 있었다. 세 번째로 문고리를 두드리려는데, 누군가 투덜거리며 발을 질질 끌고 이쪽으로 걸어오는 듯한 소리가 들렸다.

손잡이가 돌아가고 문이 열렸다. 당연하게도 길리 씨는 아니었다. 문 앞에는 나이트캡(잠자리에서 쓰는 모자-옮긴이)을 비스듬하게 쓰고, 엄지손가락 정도밖에 안 되는 작달막한 촛불을 든 아버지가 서 있었다. 저택의 영주가 자기 집 문을 직접 열다니, 이보다 딱한 일이 또 어디 있을까 싶었다.

아버지는 수상쩍다는 표정으로 눈을 가늘게 뜨고 나를 보더니, 다시 네드와 할아버지를 번갈아 쳐다봤다. 너무 어두워 분간이 잘 안 되는 모양이었다. 아버지는 촛불의 열기가 내 턱 끝에 느껴질 정도로 초를 바싹 들이대더니, 금세 눈이 휘둥그레지며 한 손으로 입을 막았다.

"저예요, 아버지. 이렇게 늦은 시간에 문을 두드려서 죄송해요." 내가 말했다.

안 그래도 창백한 아버지의 얼굴이 더 하얗게 질렸다. 아버지는 복도 쪽으로 두어 걸음 물러나며 고개를 저었다.

"오, 세상에! 오비디언스! 아냐, 아냐, 그럴 리 없어!"

나는 계속 문밖에 선 채로 물었다.

"저, 들어가도 돼요?"

"사라져라, 이 귀신아!" 아버지는 한 손을 쭉 뻗은 채로 얼굴을 돌렸다. "날 괴롭히려고 찾아온 게 분명한데, 내가 널 우리 집에 들일 성싶으냐? 양심의 가책이라면 이미 충분히 받고 있으니 빨리 꺼져 버려!"

나는 고개를 돌려 네드와 할아버지를 쳐다봤다. 죄책감과 슬픔으로 잠도 이루지 못했을 늙은 아버지에게 우리가 사악한 영혼으로 보이는 것도 무리는 아니겠다 싶었다. 나는 복도로 발을 들여놓으며 말했다.

"아버지, 유령이니 영혼이니 하는 것들은 전부 여자들의 헛된 상상이 지어낸 얘기로 치부하시더니, 언제 이렇게 생각이 바뀌셨어요?"

아버지는 몸을 웅크리고 탁자 뒤에 숨었다. 나는 그 옆으로 다가가 무릎을 꿇고 아버지의 손을 잡았다. 고개를 든 아버지의 뺨이 불빛에 번들거렸고, 코도 훌쩍이고 있었다.

"양심을 품고 찾아온 유령이 아니라는 거야?"

"아니에요, 아버지. 아버지 딸, 비드예요. 진짜라고요."

"하지만 우리 딸은 죽었는걸."

아버지는 부들부들 떨리는 손을 들어 내 뺨에 갖다 댔다. 진짜 살아 있는 사람의 몸이 맞는지 확인하려는 듯 처음에는 가볍게 댔던 손에 점점 더 힘을 주었다. 그러더니 내 품에 와락 안기며 우는데, 마치 내가 부모가 되고, 아버지가 자식이 된 것 같은 그런 기분이 들었다. 어쩌면 어머니가 돌아가신 후로 내내 아버지에게는 그런 위로가 필요했던 건지도 몰랐다.

나와 아버지는 그렇게 서로를 부둥켜안은 채 차가운 마룻바닥에 한참을 앉아 있었다. 그러는 동안 네드와 할아버지는 문가에 선 채 어색하게 서성거리고 있었다. 마침내 자리에서 일어난 나는 아버지를 일으켜 드린 뒤, 아버지가 들고 있던 초로 복도 램프에 불을 붙였다.

"이건 꿈일 거야." 아버지가 말했다.

"그런 거 아니에요. 제가 이렇게 살아서 왔잖아요." 내가 말했다.

아버지는 여전히 고개를 저었다. 거울에 비친 내 모습을 보니, 온몸이 검댕투성이에, 머리카락은 그을었고, 입에 물었던 재갈 때문에 입은 까지고 피까지 묻어 있었다.

"아이고, 비드야, 대체 무슨 일이 있었던 거니?" 아버지가 물었다.

아버지는 내 뒤에 있던 사람들이 누군지 그제야 알아차렸다.

"당신! 이거 당신들이 이런 거야? 우리 애한테 무슨 짓을 한 거야?"

"진정하세요, 아버지." 내가 말했다.

"저들은 악마야!"

"친구예요, 아버지. 좋은 사람들이에요. 저 사람들 덕분에 제가 여기 있는 거라고요."

아버지는 얼굴을 찡그렸다. 표정이 조금 누그러지는가 싶더니 다시 굳어졌다.

"저 사람들이 네 어머니 물건을 훔쳤어!"

아버지는 잠옷 셔츠 안으로 손을 집어넣더니 목걸이에 걸린 로켓을 꺼내 보였다. 잘 때조차 그걸 목에 걸고 있다니. 침대에 누워 뒤척이면서도 그걸 손에 꼭 쥐고 있었을 아버지의 모습이 절로 떠올라 왈칵 눈물이 날 것만 같았다. 나는 마음을 진정시키느라 한동안 아무 말도 할 수가 없었다.

"저 사람들이 훔친 게 아니에요, 아버지. 저 사람들은 아무 잘못 없어요. 어머니 관 속에 있던 걸 제가 꺼낸 거예요. 아마 어머니도 그러길 바랐을 거예요."

지칠 대로 지친 아버지는 어떤 반응을 보여야 할지 모르겠다는 표정이었다.

"무슨 말인지 모르겠구나." 아버지가 말했다.

나는 아버지의 팔꿈치를 살며시 잡아끌었다.

"일단 우리 거실로 가요, 아버지. 앉아서 다 설명해 드릴게요."

함께 계단 앞까지 갔을 때, 아버지가 어깨너머로 네드와 교회지기 할아버지를 힐긋 쳐다봤다.

"네…… 지인들은 어떡하고?"

나도 두 사람을 향해 고개를 돌렸다. 네드와 눈을 마주치고 살짝 웃어 보였지만, 그 애는 아직도 걱정에 사로잡힌 얼굴이었다.

"두 사람이 쉴 수 있게 방을 내주면 어떨까요? 지금 당장 있을 곳이 없거든요." 내가 말했다.

아버지는 두 사람을 한참 동안 쳐다봤다. 미심쩍은 생각을 완전히 거두지는 않았어도 미안한 마음은 조금 들기 시작한 것 같았다. 아버지는 한숨을 쉬더니 한동안 발밑만 바라보며 아무 말도 하지 않았다. 그러고는 결국 이렇게 말했다. "그래, 그렇게 하자. 가서 길리 부인부터 깨워야겠구나."

"아, 그러실 필요 없어요, 아버지. 길리 부인은 이미 일어나 있어요. 집 안에 있을 것 같지는 않지만요."

"집에 없다고? 네가 문을 두드렸을 때 아무도 나오질 않아 이상하다 싶긴 했었다. 그래서 길리 부인은 어딜 간 건데?"

정말 어디로 간 걸까? 나도 궁금했다. 풍차를 떠난 지 얼마 되지 않아 우리는 대학에서 온 교수들과 마주쳤었다. 그 사람들은 타고 가던 마차 바퀴가 시골길 진창에 빠진 바람에 꼼짝도 못 하고 있었다. 그때까지도 사람들은 저녁 식사를 못 한 것에 대해 큰 소리로 불평을 늘어놓으며 화를 내느라 우리가 옆으로 지나가는 것도 모르는 듯했다.

하지만 그 자리에 길리 씨나 길리 부인은 보이지 않았다. 자신들에게 돈을 주고 일을 시킨 그 '신사'가 나라는 사실과 우리가 어떤 계약을 맺었는지 다른 사람들에게 떠벌리고 다닐까 봐 나는 조금 걱정이 됐다. 하지만 다시 생각해 보면, 그랬다가는 자신들이 부활주의자라는 사실을 드러내게 될 테고, 옥스퍼드 주 전역에서 일어났던 시체 도난에 대한 비난을 피하지 못할 거라는 걸 자신들도 알지 않을까 싶었다. 게다가 학자들은 풍차에서 실험을 한 사람이 피니어스라고 알고 있었다. 그 사람들이 하는 말은 두 하인이 하는 말보다 더 신빙성 있게 받아들여질 가능성이 컸다.

"아무래도 길리 부부는 일을 그만둔 것 같아요." 내가 말했다.

"일을 그만둬? 아니, 갑자기 왜?" 아버지가 물었다.

"제가 해고했거든요."

"그 사람들을 해고했다고? 뭣 때문에?"

나는 아버지의 얼굴을 찬찬히 바라보았다. 그리고 피니어스가 갑자기 우리 집에 나타난 후 처음으로 내 머릿속 톱니바퀴가 다시 돌고 있다는 느낌이 들기 시작했다. 어쩌면 이 순간, 아버지에게 필요한 건 진실이 아닐 수도 있겠다는 생각이 머리를 스쳤다.

네드와 교회지기 할아버지가 부엌을 뒤져 먹을 걸 찾고 잠자리를 준비하는 동안 나는 아버지에게 그동안 있었던 일을 설명했다.

거실에 덜렁 하나 남은 낡은 소파에 아버지와 나란히 앉아 차를 마시며 그동안 있었던 일을 이야기했다. 어찌나 거짓말이 술술 나오는지 나조차 신기할 지경이었다. 내가 살아 있다는 걸 알았을 때, 나도 아버지만큼이나 신기하고 놀랐다고 말했다. 단순히 기절했던 거였는데, 그처럼 죽은 사람처럼 보였던 것 같았다고. 음식에 뭔가가 들었던 건지도 모르겠다고 했다. 내 몸이 어떤 상태였는지는 모르지만, 아무튼 한참 뒤 정신은 원래대로 돌아왔다. 그런데 그런 나를 길리 씨와 길리 부인이 무덤에서 파낸 건 정말 엄청난 행운이었다고밖에 설명할 수 없었다. 처음 그 말을 듣고 아버지는 기뻐했지만, 그 사람들은 내가 살아 있는 줄 알고 그렇게 한 게 아니라는 말을 나는 재빨리 덧붙였다. 완전히 정반대의 이유로 그런 거라고.

아버지는 실망한 표정을 지으며 내가 설명을 이어 가길 기다렸다.

의식이 돌아왔을 때 나는 마차 뒤에 실려 있었다. 길리 부부는 내가 죽은 줄 알고 내 시신을 마을 외곽에 있는 풍차로 가져가려고 했다. 당시 나는 자루에 갇혀 있었는데, 자루 입구가 열리고 내 눈앞에 나타난 사람은 다름 아닌 내 약혼자였다. 나 못지않게 피니어스도 무척이나 놀란 기색이었다. 이후 나는 피니어스와 심한 언쟁을 벌였고, 그때 나를 구해 준 건 놀랍게도 교회지기 할아버지와 손자였다. 마을 사람들에게 그처럼 부당한 대우를 받고 쫓겨난 두 사람이 나를 구한 거였다. 사실 두 사람은 정말 정직하고 좋은 사람들이다. 두 사람은 분명 부활주의자들이 나를 좋은 먹잇감으로 여기고 내 시신을 훔칠 거라고 예상했고, 네드는 범죄자들을 한 방에 잡을 기회라고 여기고 내 무덤을 지키고 있었다. 이후 몸싸움을 벌이는 과정에서 피니어스의 장치 일부에 불이 붙었는데, 안타깝게도 피니어스는 현장에서 미처 벗어나지 못했다. 물론 나는 아버지에게 피니어스가 여기 우리 집에서 실험을 했을 때도 그게 얼마나 위험했는지 모두 보지 않았냐며 그때 일을 다시 떠올리게 했다. 결국 피니어스는 자신이 하던 실험 때문에 스스로 죽게 된 거라고 나는 설명했다.

이야기를 지어낼수록 아귀가 꼭 맞아떨어지는 게 너무나도 신기했다. 이제 곧 마을 사람들이 풍차의 상태를 확인하러 몰려들 텐데, 그곳에서 실험했던 흔적과 도둑맞은 시신들, 그리고 어쩌면 피니어스의 시신도 발견하게 될 터였다. 과학 시연을 했던 현장이라는 것은 교수들이 증언할 것이고, 내가 거기 있었다는 사실을 아는 사람은 아무도 없었다. 또한 피니어스는 그곳을 자기 실험실인 것처럼 속였기 때문에 모두 그렇게 알고 있을 테니, 이보다 더 앞뒤 얘기가 잘 들어맞을 수는 없을 것 같았다.

　내 설명에 약간 미심쩍은 부분이 있을 수도 있지만, 아버지는 내가 건강하게 살아 돌아왔다는 사실만으로 이미 충분히 기뻐하고 안도하는 것 같았다. 이야기를 다 들은 아버지는 잠시 아무 말이 없었다. 그러고는 앞으로 몸을 기울여 내 무릎을 토닥이며 이렇게 말했다. "믿을 수가 없구나, 비드. 진짜 믿을 수 없는 이야기야."

　죽었던 사람이 살아 돌아온 것만큼이나 내가 지어낸 이야기도 쉽게 믿기 힘든 일이라는 건 맞는 말이었다. 하지만 아버지는 더 자세히 캐묻지 않고, 이렇게만 말했다. "그래, 네 생각에는 길리 부부가 돌아오지는 않을 것 같다는 거지?"

　"아버지는 두 사람이 돌아오면 좋으시겠어요?" 내가 물었다.

　"아니, 그런 건 아니다. 어차피 하인 둘이 꼭 있어야 할 만큼 할 일이 많지도 않으니까." 그러면서 아버지는 깊이 한숨을 내쉬었다.

　각자 생각에 잠겨 앉아 있는데, 거실 밖 마룻바닥에서 삐걱거리는 소리가 났다. 네드나 교회지기 할아버지가 길을 잃었거나 길리 부인이 만든 퍽퍽하고 맛없는 비스킷을 먹은 뒤에도 여전히 배가 고파 먹을 걸 찾는 중일 거라고 생각했다. 그런데 일어나 문을 열어 보니, 어둠 속을 살금살금 걸어 다니는 사람은 뜻밖에도 다른 사람이었다. 물론 교회지기 할아버지만큼은 아니지만, 아주 나이 들어 보이는 사람.

　"비드, 누구냐?" 아버지가 물었다.

　"모던트 씨네 하인이에요."

　퍼킨스 씨는 마치 인사를 하고 다시 등을 펴는 걸 잊은 사람처럼 구부정한 자세로 내 앞에 서 있었다. 그가 고개를 들어 나를 보자, 젖은 눈 속에 촛불 빛이 일렁거렸다.

"무슨 일 있으세요?" 내가 물었다.

"죄송하지만, 지나가다 우연히 안에서 하시는 얘기들을 들었습니다."

"물론 그러셨겠지요. 문에 귀를 대고 서 있어서 그 부분이 아직도 따뜻한걸요."

그는 부끄럽다는 듯 웃었다. "그러니까 그분은 영영 가 버린 거네요, 그렇죠?"

"가 버리다니요?"

"모던트 씨 말이에요. 돌아가셨다는 거 아닌가요?"

"네, 확신할 수는 없지만, 아무래도 그런 것 같아요. 유감이에요."

고개를 떨군 퍼킨스 씨의 몸이 마구 흔들리기 시작했다. 어쩌면 피니어스의 말대로 그는 충성심 강한 하인이었고, 이해할 수는 없지만 어쩌면 자기 주인을 좋아했었는지도 모르겠다고 생각하며 동정심이 생기려던 때였다. 우는 게 아니라 웃고 있다는 걸 나는 그제야 깨달았다. 웃음소리가 점점 더 커지다 못해 비쩍 마른 손으로 입을 틀어막아야 할 정도로 그는 웃고 있었다.

"괜찮으세요?" 내가 물었다.

"이보다 더 좋을 수 없죠." 웃음이 좀 진정되자, 그는 이렇게 대답했다. "주님께서 자비를 베푸셔서 제가 드디어 자유의 몸이 됐네요. 그렇게 나쁜 짓만 하더니, 언젠간 이렇게 될 줄 알았다니까요. 그 인간이 나한테 시킨 짓을 알면, 아가씨도 아마 깜짝 놀라실 겁니다."

퍼킨스가 말하는 그 일이 뭔지 잘 알기에 나는 아무 말도 하지 않았다.

"상상이 되긴 하네요. 그럼, 이제 모던트 씨 밑에서 일하지 않아도 돼서 기쁘시겠군요?"

"네, 아가씨. 아주 기뻐요. 그래도 그 집에 정이 많이 들었었는데 떠난다고 생각하니, 그건 좀 아쉽군요." 그의 얼굴이 갑자기 심각하게 변했다. "어르신이 술을 드실 수밖에 없었던 이유를 알고 계셨나요? 불쌍한 어르신, 그러니까 모던트 씨의 아버님이요. 항상 아들이 저지른 잘못을 덮느라 속 많이 썩이셨어요. 온갖 소문이 많았었죠. 그 사람이 어땠는지는 잘 아시잖아요. 직접 보셨으니까. 아이고, 속이 다 시원하네요. 아무리 돈 받고 하는 일이라지만 그 더러운 일을 더 이상 안 해도 되니 정말 좋아요."

문득 좋은 생각이 들었다.

"혹시 저희 집에서 일하실 생각 없으세요?" 내가 물었다.

"아가씨 댁이요?"

"들으셨겠지만, 오늘 밤 하인 둘이 저희 집 일을 그만뒀거든요. 급여는 모던트 씨가 줬던 만큼 드릴 수는 없을 거예요. 하지만 확실한 건, 저희 집에서 일하시면 힘든 일은 거의 없을 거라는 거예요."

그는 다시 웃었다.

"한번 생각해 볼게요. 내일 아침에 답을 드려도 되겠죠?" 그는 잠시 생각했다. "몇 년 동안 밤마다 이런저런 일을 시키던 사람이 사라졌으니, 오늘 밤만큼은 좀 편안하게 자 보고 싶거든요."

"물론 그러셔도 돼요, 퍼킨스 씨. 그럼 푹 쉬세요."

"고맙습니다, 아가씨. 아가씨도 편히 쉬십시오." 그는 어깨너머로 소파에 앉은 아버지를 잠시 보더니, 다시 고개를 숙여 절을 했다. "두 분 모두 안녕히 주무세요."

퍼킨스 씨가 어두운 복도로 사라지고 난 뒤, 미처 복도를 다 빠져 나가기도 전에 휘파람 부는 소리를 분명 들은 듯했다.

나는 조용히 문을 닫고 아버지에게로 돌아섰다. 오늘따라 아버지 는 무척 왜소해 보였다. 모던트 씨의 아버지가 아들 때문에 늘 속이 상해 술을 마실 수밖에 없었다던 말이 다시 떠올랐다. 나는 그런 자식 이 되고 싶진 않았다.

나는 소파로 돌아가며 말했다. "이런 게 신의 섭리인가 봐요. 퍼킨 스 씨가 기꺼이 우리 집 일을 해 주지 않을까 싶은데, 아버지 생각은 어떠세요?"

"그 사람, 나이도 많고 기운도 많이 빠졌으니, 우리 집하고 꼭 맞을 게다." 아버지가 말했다.

"요리도 할 수 있을까요?"

"아니, 하지만 길리 부인도 요리를 못하긴 마찬가지 아니었니?"

그 말에 우리는 함께 웃었다. 방에는 초 몇 개가 켜져 있을 뿐이었 지만, 조금 전보다 한결 밝아진 것 같은 기분이 들었다.

그 후로도 우리는 한참 동안 이야기를 나눴다. 처음에는 주로 피니 어스에 관한 이야기였고, 그가 온 후로 벌어졌던 일들에 관한 거였다. 하지만 곧 누가 먼저랄 것도 없이 우리는 어머니와 과거의 일, 그리고 앞으로의 일을 이야기하고 있었다. 가슴이 두근거렸다. 그동안 나와 아버지는 모던트 씨와 결혼하는 일 말고는 우리의 미래에 관해 이야 기를 나눈 적이 없었다.

이제 그만 잠자리에 들기로 한 때는 이미 자정이 훌쩍 지난 시각이었다. 나는 아버지께 안녕히 주무시라고 말하고 일어나려는데, 아버지가 낡은 소파를 한 손으로 쓸며 이런 말을 했다. "너희 어머니가 여기 앉아 있는 걸 참 좋아했었는데, 기억하니?"

"앉아 있었다고요? 한 손에는 소설책을 들고, 옷에는 온통 케이크 부스러기를 흘려 가며 소파 전체를 다 차지하고 누워 있었잖아요."

아버지는 비록 슬픈 표정이었지만, 그래도 다시 웃었다.

"네가 어머니를 많이 닮아서 정말 기쁘구나." 아버지는 그렇게 말하며 내 손을 꼭 쥐었다. 나는 다시 아버지 곁에 앉았고, 초가 모두 꺼지고 하나만 남을 때까지 그렇게 오랫동안 우리는 서로를 꽉 끌어안고 있었다.

XXXVIII
네드

　자정은 지났지만 동이 트기에는 아직 이른 시각, 아무것도 보이지 않는 깜깜한 어둠 속에서 누군가 내 방 주위를 조심스럽게 걸어 다니는 듯한 발소리가 들렸다. 풍차에서 봤던 장면들로 머릿속이 어지러웠고, 익숙하지 않은 집에 누워 있으려니 그것 또한 불편해서 신경은 잔뜩 예민해질 대로 예민해져 있었다. 할아버지는 어떤 설명도 해 주지 않았고, 이렇게 아무 영문도 모른 채로는 쉽게 잠이 올 것 같지 않았다. 그런데 그런 발소리가 들리니, 혹시라도 피니어스가 침대 옆에 나타나 다시 목을 조르는 건 아닌지 왈칵 두려운 생각이 일었다.

　그때 코끝으로 꽃향기가 맡아졌다.

　"네드?" 비드가 속삭였다.

　나는 일어나 앉았다.

　"무슨 일이야?"

　"나 좀 따라올래? 어서."

　그 모든 걸 다 보고서도, 옆방에서 잠 못 이루며 서성거리는 할아버지가 걱정되면서도, 나는 마법에 걸린 사람처럼 비드가 시키는 대로 따를 수밖에 없었다. '어쩌면 나와 이야기를 나누고 싶은 건 아닐까? 풍차에서 봤던 그 공포스러운 광경에 관해 설명하려는 건 아닐까?'라고 생각했다. 그래서 오해가 풀리기만 한다면 비드는 예전의 완벽한 모습으로 되돌아가고, 나도 그 애를 온전히 마음껏 좋아할 수 있으리라 믿었다.

그런 생각이 어린애 같고 말도 안 된다는 건 나도 알고 있었다.

어차피 옷을 다 입고 누워 있었기에 나는 그대로 침대에서 일어나 비드를 따라 문밖으로 나갔다. 비드는 바닥에 있던 석유램프를 집어 들고는 아무 말 없이 계단을 내려갔다. 비드 역시 옷을 갈아입지 않은 채였고, 얼굴을 씻거나 머리를 빗지도 않은 모습이었다. 모스카가 비드 주변을 이리저리 날아다니며 판자벽에 거대한 그림자를 만들어 내고 있었다.

계단을 다 내려가자, 비드는 복도를 지나 현관을 통해 밖으로 나갔다. 진입로를 반쯤 걸어가서야 비드가 입을 열었다.

"지금 나를 괴물 같은 인간이라고 생각하고 있지?" 비드가 말했다.

나는 바로 대답하지 않고, 좀 더 걷기만 했다.

"솔직히, 어떻게 받아들여야 할지 모르겠어, 비드. 나, 전부 다 봤어. 개릭 씨도, 그리고 다른 시신들도." 내가 말했다.

"알아. 너한테 미리 말했어야 했는데. 당연히 너한테는 다 말할 생각이었어, 네드."

저택의 철문에 거의 다 왔을 때, 나는 걸음을 멈췄고, 비드도 그 자리에 멈춰 섰다.

"그러니까, 네가 그런 게 맞구나. 무덤에서 시체를 가져간 사람이 너였어."

"그래, 정확히 말하면 길리 씨와 길리 부인이 가져온 거야. 하지만 시킨 건 나였어. 그게 더 나쁘다는 거 알아. 길리 부부를 속여서 그렇게 하게 시켰으니까."

모든 게 오해일 거라는 마지막 희망이 차가운 밤공기 속으로 사라져 버렸다.

"하지만 내가 왜 그랬을 것 같아, 네드? 그래도 넌 내 마음을 이해할 거라고 생각해."

나도 진심으로 비드를 이해하고 싶었다. 의식도 없이 굽혔다 펴졌다 하던 개릭 씨의 발을 떠올리며 나는 발밑만 내려다봤다. 비드가 나를 향해 걸어오더니 장갑 낀 손으로 내 턱을 들었다. 실험을 하며 생긴 수많은 상처를 가리느라 비드는 다시 장갑을 끼고 있었다.

"그래, 이해할 수 있을 것 같아. 사람들을 돕고 싶어서 그랬던 거지? 너희 어머니 같은 사람을 치료하고 싶어서?"

"그래, 맞아. 난 단지 우리 어머니와 너희 부모님처럼 그렇게 아픈 사람들을 돕고 싶었던 것뿐이야. 누구나 언젠가는 사랑하는 사람을 떠나보낼 수밖에 없어. 하지만 그 시간을 몇 시간, 며칠, 몇 년 더 늘릴 수만 있다면…… 내가 그걸 할 수 있다면 내 삶이 훨씬 가치 있을 거라고 생각했어. 허버트 웰레스트의 인생도 조금은 쓸모 있을 거라고 여겼고. 웰레스트 할아버지가 처음 이걸 연구하게 된 동기는 나보다는 피니어스의 야심에 더 가까웠던 것 같아. 그래도 내가 연구의 방향을 좀 더 고귀한 목적으로 돌릴 수 있다면 우리 가문이 이렇게 몰락하게 된 게 헛되지만은 않을 거라고 생각했어."

"그럼 개릭 씨는?"

"그건 생각지 못한 사고였어. 정말이야."

우리는 서로를 바라보았다. 나는 비드의 말을 믿어야 할지 확신이 서지 않았고, 비드 자신조차도 자기 말을 믿고 있는지 알 수 없었다. 나는 비드가 정말 좋았고, 그래서 미웠다. 혼란스러운 마음에 뭐라고 말해야 좋을지 몰라 한동안 가만히 있었다.

"묘지 입주민들을 그렇게 허락도 없이 훔치다니, 넌 정말 끔찍한 짓을 한 거야, 비드."

"그래, 그게 얼마나 잘못되고 사악한 일처럼 보였을지 나도 알아. 하지만 달리 방법이 없는 걸 어떡해? 내가 여자라는 이유로 대학에서는 나를 받아 주려 하지도 않아."

"그렇게 하면 성공할 거라는 확신이 있었어?"

비드의 표정이 살짝 굳어지는 듯했다.

"응, 확신이 있었어."

"어떻게?"

"내가 얼마나 똑똑한 사람인지 아니까. 내 머리는 타고난 거야."

자신감 넘치는 비드의 모습이 순간 평소보다 훨씬 더 크게 보였다. 비드는 조금 부끄러워졌는지, 고개를 숙이고 손끝을 바라봤다.

"네가 정말 그렇게 똑똑하다니, 그럼 우리 할부지 어디가 안 좋으신 건지도 아는 거야?"

비드는 잠시 적당한 표현을 찾는 듯했다.

"알 것 같아. 하지만 그 얘기를 너한테 해도 되는 건지는 나도 잘 모르겠어."

"그게 무슨 뜻이야?"

"그러니까, 복잡한 사정이 있어. 아무래도 할아버지께 직접 여쭤보는 건 어때?"

"그럴 순 없어!" 나는 비드가 움찔할 정도로 큰 소리로 말했다. 내 목소리가 어찌나 컸던지 분명 저택에서도 다 들렸을 것 같았다. "밤새 할부지가 얘기해 주기만을 기다렸는데, 한마디도 하지 않으셨어! 할부지는 지금 심장이 있어야 할 곳에 구멍이 뚫렸어. 게다가 몸 상태는 죽은 사람보다도 더 상태가 안 좋아 보이고. 그런데도 저렇게 멀쩡하게 서 있고 걸어 다녀! 어떻게 그럴 수 있는지 난 이해가 안 가." 나는 잠시 생각했다. "말해 줘. 우리 할부지가 어떻게 계속 살아 있을 수 있는 거야?"

이번에도 비드는 오랫동안 말이 없었다. 모스카 역시 비드의 다음 말을 기다리는 듯 내 어깨에 앉아 꼼짝도 하지 않았다.

"모르겠어. 하지만 나도 너만큼이나 알고 싶고 궁금해. 내가 너한테 같이 가 달라고 부탁한 것도 사실은 그래서야. 네가 내 부탁을 들어줬으면 좋겠어." 비드가 말했다.

"부탁을 들어 달라고?"

"내가 그동안 했던 일들에 대해 네가 화를 내는 건 당연해. 넌 나보다 훨씬 더 친절하고 생각도 깊은 사람이야, 네드."

나는 두려웠고 화가 난 것도 사실이었지만, 비드가 나보다 친절하지 않다는 말만큼은 동의할 수 없었다.

내가 뭐라고 말하기도 전에 비드가 다시 입을 열었다. "앞으로 내가 너한테 배워야 할 게 무척 많을 거 같아. 그렇지만 오늘 딱 하루만 마지막으로 나쁜 짓 하나만 더 하게 허락해 줄 수 있겠어?"

"나쁜 짓?"

비드가 어깨에 두른 숄을 풀고 보디스 안으로 손을 넣자, 금속끼리 부딪칠 때 나는 익숙한 소리가 들렸다. 내 앞으로 내민 비드의 손 위에는 묘지 열쇠가 놓여 있었다.

"너희 할아버지께 미리 말씀드렸어야 했는데, 왠지 할아버지는 허락해 주지 않으실 거 같아 말할 수가 없었어."

나는 열쇠 꾸러미와 비드를 번갈아 보며 아무 말도 하지 못했다.

"허버트 웰레스트가 연구했던 가장 중요한 결과물이 관과 함께 묻혔다고 그랬어. 내가 생각한 게 맞다면, 너희 할아버지에게 벌어진 일을 설명하는 뭔가가 분명 그 안에 있을 거야. 어쩌면 할아버지의 몸 상태를 좀 더 나아지게 할 수 있을지도 모르고. 그러니 부탁이야. 나랑 같이 교회 묘지에 가 줘. 너만 괜찮다고 하면 마지막으로 무덤 하나만 더 열어 보고 싶어."

나는 거친 숨을 몰아쉬며 침대에 누워 있을 할아버지를, 그리고 아직 어린 딸을 두고 세상을 떠난 비드의 어머니를, 그리고 얼굴조차 기억하지 못할 만큼 어린 나를 두고 떠난 우리 부모님을 떠올렸다. 그러고 나니, 비드가 왜 그런 일을 했는지 이해할 수 있을 것 같았다. 어쩐지 너무나도 쉽게 비드를 용서할 수 있을 것 같은 생각이 들었다.

"그래, 알겠어. 그 전에 내 삽부터 좀 챙기자." 내가 말했다.

XXXIX
네드

교회 묘지에 이르자, 눅눅한 안개 사이로 아직도 매캐한 연기 냄새가 함께 떠돌고 있었다. 나는 교회 철문을 지나자마자 오두막이 있던 자리로 발길을 옮겼다. 아직은 주위가 어두워 램프 불빛이 비친 자리만 겨우 보였는데, 앞문은 다 타 버리고 지붕도 무너졌지만 그래도 벽은 그대로 서 있어 왈칵 반가운 마음이 일었다. 남은 가구와 차 깡통, 냄비와 팬에 등불을 비춰 보니 전부 새까맣게 타 표면이 일어나거나 번들거렸다.

"미안해, 네드." 비드가 내 어깨에 손을 올리며 말했다.

"네가 불을 낸 것도 아닌데, 뭘. 마을 사람들은 벌써 몇 년 전부터 우릴 쫓아내고 싶어 했었어. 네 잘못이 아니야."

예전 우리가 쓰던 물건과 집의 파편이 발밑에서 으스러지는 소리를 들으며, 나는 오두막의 잔해를 이리저리 들춰 보았다. 다행히 삽은 벽에 기댄 채 예전에 두었던 그 자리에 그대로 있었다. 불길이 닿진 않았어도 화재 때 생긴 열기로 인해 삽자루의 나무 부분이 더 단단해진 것 같은 느낌이었다. 나는 삽을 들고 그곳을 나와 곧장 이름 없는 무덤으로 향했다.

"너 괜찮아? 원하면 잠시 쉬었다 가도 돼." 비드가 말했다.

나는 고개를 저으며, 계속 빠르게 걸었다.

"이제 몇 시간 후면 날이 밝을 거야. 꾸물거릴 시간이 없어."

무덤에 도착하자, 비드가 램프를 바닥에 내려놓았고, 우리는 부서져 내리는 묘비 앞에 한동안 서 있었다.

"너희 할아버지 말이야, 여기 뭐가 묻혔다거나 뭐, 그런 얘기 하신 적 없어?" 비드가 물었다.

"없었어. 언젠가부터 할부지가 내게 여러 가지를 숨기시는 것 같아서 이상하다는 생각은 했었어."

"우리 아버지도 그랬어. 나를 배려해서 그런 건 알지만. 아마 어른들이 보기엔 우리가 아직 어린애 같은가 봐."

더러워진 비드의 얼굴과 물집 잡힌 내 손을 보며, 난 더 이상 어린
애가 아니라고 다시 한번 마음을 다잡았다.

"그럼 시작해 볼까?" 내가 말했다.

비드와 내가 무덤 방호 장치를 덮고 있던 담쟁이덩굴을 걷어 내자,
모스카가 열쇠 구멍이 있는 위치를 찾아 우리에게 알려 주었다. 내가
손가락으로 구멍 주변의 흙을 파낸 뒤, 비드가 열쇠를 꽂고 힘을 주
자, 뻑뻑해서 움직이지 않던 열쇠가 갑자기 돌아갔다. 우리는 무덤 옆
에 웅크리고 앉아 한참 동안 이를 악물고 땀을 흘린 끝에 가까스로 쇠
창살 덮개를 들어 올릴 수 있었고, 그걸 무덤 옆 바닥에 내려놓았다.

묘지 주변을 한 바퀴 빙 둘러보니, 혹시 담장 너머로 누가 우리를
본다 해도 지금은 너무 어두워 누군지 알아차릴 수 없을 것 같았다.
불타오르던 풍차의 잔영처럼 지평선 위로 얼핏 희미한 주황빛을 본
것도 같았는데, 제발 머릿속 잔영이었으면 좋겠다고 혼자 생각했다.

나는 비드를 한 번 쳐다본 뒤, 삽을 집어 들었다. 하지만 삽날을 땅
에 꽂기도 전에 문득 알 수 없는 두려움에 사로잡혔다. 석유램프의 흔
들리는 긴 그림자 속에서 그동안 목사님에게 들었던 온갖 검은 마법
과 마술에 관한 이야기들이 떠올랐고, 악령이 존재한다는 말이 그 어
느 때보다 그럴듯하게 느껴지기도 했다. 삽으로 묘지를 건드리는 순
간 사악한 연기가 땅에서 빠져나오는 장면과 온갖 혼령과 괴물의 흉
측한 모습이 그려져 덜컥 겁이 났다.

"네드? 무슨 일 있어?" 비드가 물었다.

나는 삽을 내렸다.

"정확히 여기서 뭘 찾으려는 거야?"

"허버트 할아버지의 시신 말고? 나도 확실히는 몰라. 책, 실험 장치, 어쩌면 또 다른 다이어리가 있을지도 모르겠어. 내가 찾은 다이어리에도 신기하고 흥미로운 사실들이 많이 담겨 있긴 했지만, 마지막 부분이 약간 갑작스럽게 끝나거든. 정말 엄청난 걸 눈앞에 두고 있었다는 느낌이 들었어."

"다이어리에는 어떤 내용이 담겨 있을까?"

"그분이 마지막으로 연구했던 내용이 담겨 있겠지. 생명 자체에 대한 비밀. 좀 더 정확히 말하면 너희 할아버지의 생명에 대한 비밀일지도 몰라."

비드는 뭔가 더 말하려다 말고 입을 닫아 버렸다.

'그래, 책이라면 걱정할 거 없지.'라고 나는 생각했다. 내 손가락에 앉은 모스카가 그 어느 때보다 침착한 걸 보면 나쁜 징조는 아니라는 생각이 들어 다시 삽을 들고 땅을 파기 시작했다.

이름 없는 무덤이 있던 자리는 땅이 매우 단단했다. 교회 묘지의 다른 땅과는 달랐다. 일반적인 흙이라기보다는 진흙에 가까웠고 돌멩이도 많았다. 파기 힘들게 하려고 일부러 그런 땅을 고른 것 같았다. 안 그래도 지쳐 있던 데다가 흙 상태까지 그 모양이라 땅을 파는 데 시간이 두 배는 더 걸리는 듯했다. 삽질을 하다가 잠시 쉬려고 허리를 폈더니, 어느새 비드도 옆에서 같이 땅을 파고 있었다. 비드는 어디서 찾았는지 할아버지의 삽을 들고 그 단단한 흙을 아무 말 없이 쉬지 않고 떠내고 있었다. 언제부터 그러고 있었는지도 알 수 없었다.

둘이 계속 그렇게 땅을 파 내려가니, 어느새 구덩이의 깊이가 6피트 정도가 되었다. 하늘이 조금씩 밝아지기 시작했지만, 땅속에서는 아무것도 나오지 않고 있었다. 더 밝아지기 전에 밖으로 나가 구덩이를 다시 메우고 싶은 생각도 들었지만, 비드를 실망시키고 싶지는 않았다. 그리고 나 역시 할아버지의 상태를 이해하고 싶은 마음이 컸다. 구덩이의 깊이가 내 키보다도 더 깊어졌을 즈음, 푸석푸석하고 검은 나무 조각이 삽 끝에서 갈라졌다. 나는 허리를 숙여 나무 조각을 집어 들었다. 몇 분 더 주위를 파 보았다. 나무 조각 몇 개가 더 나왔지만, 대부분이 내 손바닥만 한 크기였고, 젖은 흙 속에서 형체를 알아볼 수 없게 썩어 있었다.

"그게 시신이야?" 비드가 물었다.

"관이 썩은 거야. 아주 저렴한 관을 묻었던 것 같아."

"다른 건?"

"아무것도 없어."

"그게 무슨 말이야?"

"시신이 없어. 관이 비어 있었던 것 같아."

비드는 아무 말도 하지 않았다. 머리 위 주목 나무에서 종달새 지저귀는 소리가 들렸고, 그건 이제 곧 아침이 올 거라는 뜻이었다.

"아무래도 더 파야 하는 거 아닐까?" 비드가 말했다.

나는 고개를 들고 비드를 바라봤다.

"이 정도면 7피트에서 8피트는 판 거 같아. 그리고 곧 날이 밝을 거고. 이대로 있다가 사람들한테 들키기라도 하면 진짜 큰일 나."

나는 구덩이에서 겨우 빠져나와 가장자리에 섰다. 잠시 뒤 따라 나온 비드는 눈을 가늘게 뜨고 구덩이 속을 계속 노려보았다. 아무것도 없는 게 마치 자기 잘못이라도 되는 것처럼, 더 열심히 노려보면 뭔가 나오기라도 할 것처럼.

"이해가 안 돼. 연구 자료들은 어디 있는 거지? 그리고 더 중요한 건 허버트 웰레스트의 시신은 어딨는 거냐고?"

그때 누군가 우리 뒤에서 목청 가다듬는 소리를 냈다. 살날이 얼마 남지 않은 듯 가래 끓는 소리를 심하게 내며 기침도 했다.

"나를 찾는 거니?" 익숙한 목소리가 말했다.

그 사람은 약간 절뚝거리며 힘겹게 몇 걸음을 옮겨 램프 가까이 모습을 드러냈다. 물론 눈으로 보지 않아도 그 사람이 누군지, 나는 이미 알고 있었다. 늙고 흉한 모습이지만, 그래도 내게는 소중한 그 얼굴이 불빛에 완전히 드러날 때까지 나는 아무 말 없이 잠자코 기다렸다.

"할부지? 여기는 왜 오셨어요? 누워 쉬셔야죠."

"나도 쉬고 싶구나, 네드. 정말로 쉬고 싶어!"

할아버지는 비드를 향해 돌아섰다.

"정말 눈 깜짝할 사이에 열쇠를 가져갔더군요, 아가씨." 그렇게 말하는 할아버지의 말투가 전혀 불쾌하게 들리지는 않았다. "그렇지만 평소 내가 잠을 안 잔다고, 네드가 말해 주지 않았나 보군요. 밤잠을 안 잔 지 정말 오래됐는데."

나무 위에서는 종달새가 꽤 즐거운 듯 계속 노래를 불렀다. 교회 첨탑 너머에는 물결무늬 구름이 떠 있었고, 하늘도 굴의 안쪽 껍데기 같은 영롱한 빛깔을 드러내며 점점 밝아 오고 있었다.

할아버지는 우리가 판 구덩이를 한참 들여다보더니, '끙' 소리를 내며 가장자리에 웅크리고 앉았다. 지난 내 생일에도 꼭 이런 광경이 펼쳐졌었는데. 다만 그날 아침에는 세상에 나와 할아버지뿐이었지만, 지금은 비드도 함께인 게 다르다면 다른 점이었다.

"이제 진실을 말할 때가 된 거 같구나, 네드. 널 속일 마음은 단 한 번도 없었다고 말하면 믿어 주겠니? 그저 난 뭐라고 말해야 좋을지, 도무지 적당한 말을 찾을 수가 없었던 거란다. 지난밤에도 그랬고, 지난 이백 년간 줄곧 그랬었어."

할아버지의 말도 안 되는 말에 웃으려고 했지만, 소리가 목에 걸려 나오지 않았다.

"이백 년이라고요? 그게 무슨 뜻이에요?"

할아버지가 한숨을 내쉬었다. 비드가 슬며시 내 손을 잡더니 손에 힘을 주었다. 비드는 할아버지의 말에 그다지 놀란 기색도 없이 내 얼굴을 지그시 바라보기만 했다.

"비드? 넌 뭔가 알고 있었던 거야?"

"웰레스트 양도 절반만 아는 거지, 전부 다 아는 건 아니란다. 허버트 웰레스트가 했던 실험으로 내가 이런 상태가 됐다는 건 풍차에서 이미 얘기했거든. 그때 말하지 않은 건 그 실험을 진행했던 사람이 바로 나였다는 사실이야. 실험은 내가 내 몸에 직접 했던 거었어. 그러니까 내가 바로 허버트 웰레스트라는 얘기지. 아니다, 허버트 웰레스트였다고 말하는 게 좋겠구나."

믿을 수가 없었다. 웃으려 했지만, 웃음이 나오지 않았다. 침을 삼키려 했지만, 그 역시 되지 않았다.

"할부지, 하지 마세요. 이런 농담, 전혀 재미있지 않아요."

할아버지는 그대로 앉아 고개를 돌리고 나를 쳐다봤다. 할아버지의 눈이 빛나고 있었다.

"앉아 봐."

나는 시키는 대로 했다.

"허버트 웰레스트라는 사람을 생각하면 마치 오래전 언젠가 책에서 읽은 적이 있는 사람처럼 느껴질 뿐, 그 사람이 나라는 생각은 더 이상 들지 않아. 하지만 이런 말도 어쩌면 그동안 내가 저지른 그 끔찍한 짓에 대한 변명일 뿐일지도 모르겠다는 생각이 드는구나. 과학과 연금술을 연구한다는 명분 아래 한 거지만, 끔찍한 짓인 건 부인할 수 없는 사실이지."

"뭘 하셨는데요?"

"너무 깊이 파고들었던 거지, 네드. 그러다 알아선 안 될 것들을 알아냈고. 불로장생의 영약이니, 현자의 돌이니 하면서 지난 수천 년 동안 여러 이름으로 불렸던 것들에 대해 사람들은 어떤 물질이나 약물, 아니면 마법의 주문 같은 게 존재한다고 믿으면서 그걸 찾아다녔어. 하지만 나는 그 해답이 우리 몸에 있다는 걸 알고 있었지. 수치심, 체면, 품위 이런 건 전부 던져 버리고 인간의 육체를 전부 분해해 연구하는 데만 매진했단다. 주변에 그런 걸 연구하는 사람은 나밖에 없었지. 그러다 발견한 거야. 상상을 초월할 만큼 긴 시간 동안 육체를 살아 있게 해 주는 그 본질, 실체가 뭔지를."

한동안 누구도 말이 없었다. 나는 무덤 속을 들여다보며, 구덩이 속으로 뛰어 들어가 내 몸 위로 흙을 덮는 장면을 머릿속으로 상상했다.

"그게 뭐였어요?" 비드가 물었다.

할아버지는 비드를 바라봤다.

"말할 수 없단다."

"기억을 못 한다는 말씀이세요?"

"말 그대로 말할 수 없다는 뜻이야."

"그거, 화학 물질인가요? 아님 소금? 약간의 전기 충격?" 비드는 손가락을 탁 튕겼다. "혹시 플로지스톤(산소를 발견하기 전까지 가연성 물질 속에 존재한다고 믿었던 가상의 물질-옮긴이) 아니에요? 그 이론이 신빙성을 잃었다는 건 저도 알지만, 그래도 거기에 뭔가 있을지도 모른다는 생각을 예전부터 항상 했었거든요……"

할아버지는 비드의 어깨에 부드럽게 손을 올렸다.

"애야, 날 좀 보렴. 이 황폐한 몰골을 봐. 영원한 삶에 대한 비밀은 닭고기 수프를 만드는 방법만큼이나 간단할 수 있지만, 그래도 여전히 난 네게 그걸 말해 주지 않을 생각이란다. 왜냐하면 그건 우리가 알아서는 안 되는 것이기 때문이지."

"그렇다면 해답은 여기 없다는 건가요?" 그렇게 묻는 비드의 목소리에는 실망감이 잔뜩 배어 있었다. "이 무덤 속에 정말 없어요?"

"그래, 없어." 할아버지가 말했다.

"그렇다면 여기 무덤은 왜 있는 거죠?"

"그야 네가 했던 생각을 나도 똑같이 했었으니까!"

할아버지의 껄껄거리는 웃음소리가 어느새 기침으로 바뀌더니, 평소보다 더 심하게 기침이 이어졌다. 할아버지 어깨에 팔을 두르니, 외투를 몇 겹이나 입었는데도 등뼈의 마디마디가 고스란히 느껴져 세상에 이보다 가련한 존재는 없을 것 같다는 생각이 들었다.

"문득 정신을 차리고 보니, 내가 하는 작업이 얼마나 소름 끼치고 무시무시한지를 깨달은 거지. 그리고 나로 인해 우리 집안이 거의 망하다시피 된 것도 눈에 들어왔고. 그래, 비드. 너희 집안이 이렇게 힘들게 사는 건 다 나 때문이란다. 그래서 생각한 거지. 이 세상에 허버트 웰레스트라는 존재는 영원히 사라지는 편이 낫겠다고. 그렇게 다이어리도 불태웠던 거고. 적어도 그 당시에는 정말 다 타서 사라졌다고 생각했는데, 제대로 확인하지 못한 건 내 실수였지. 그런 다음에는 나 자신을 이 세상에서 사라지게 했지. 그 당시 난 교회지기와 친하게 지내고 있었어. 실험 재료를 쉽게 구하려면 당연히 그럴 수밖에 없었지. 가짜로 죽은 척한 뒤에 그 사람이 무덤을 파 나를 다시 꺼내 주는 일은 뭐, 그리 어려운 일도 아니었어. 난 내 무덤에 설치할 무덤 방호 장치도 미리 다 마련해 놨었지. 다른 연금술사들이 내 연구 기록을 뒤지러 주위를 얼씬거릴 거라는 걸 알고 있었기 때문이야."

"하지만 사실은 여기에 묻은 적도 없으신 거군요?" 비드가 말했다.

"난 묻었다고 말한 적이 없단다. 내 기억에 그렇게 쓴 적은 있었던 것 같구나. 내가 발견한 가장 큰 비밀을 나는 무덤까지 가져갈 것이다, 라고. 어떤 면에서 그건 사실이었어. 진짜 비밀은, 내가 여전히 살아 있고, 그래서 내 무덤에는 아무것도 없다는 거지. 사실 쇠창살이니 자물쇠 같은 것도 그걸 숨기기 위한 장치였다고나 할까."

비드는 아직도 구덩이 속에 뭔가 쓸모 있는 게 들어 있기라도 한 것처럼 그 속을 가만히 응시하며 아무 말도 하지 않았다. 나 역시 뭐라고 말해야 좋을지 알 수 없었다. 그 오랜 시간 할아버지는 내게 거짓말을 했고, 우리의 평화롭던 일상이 전부 거짓이었다는 사실에 말할 수 없이 참담한 배신감이 들었다.

할아버지는 덤덤히 계속 말을 이어 갔다. "나는 아주 오랫동안 방황했단다. 인간의 한 생에 해당하는 시간이 두 번 세 번 반복되는 동안 세상 곳곳을 살펴보며 발길 닿는 대로 떠돌아다녔지. 그렇게 많은 세월이 흐르고 난 뒤, 문득 나 자신을 돌아보니 아무런 목적도 없이 사는 내 모습이 비참하기 이를 데 없더구나. 이 세상에 아무짝에도 도움이 안 되는 인간이라는 생각이 들었어. 그래서 여기로 다시 돌아와 교회지기 일을 맡은 거지. 적어도 누군가에게 도움이 되면 좋겠다 싶어서. 그리고 내가 허버트 웰레스트였을 때 시신들을 가지고 저질렀던 많은 잘못을 만회하고 싶기도 했고."

이렇게 말하며 할아버지는 손에 낀 장갑을 벗었다. 비록 더한 것도 보긴 했지만, 쭈글쭈글한 피부에 울퉁불퉁 튀어나온 손가락 마디는 여전히 내게 충격적인 모습이었다.

"내가 연구를 진행하는 동안 미처 깨닫지 못한 게 바로 이거였어. 인간의 수명을 비정상적일 만큼 길게 늘일 수는 있지만, 인간의 육신은 계속해서 늙는다는 사실. 그건 저주라는 걸 알았어야 했는데, 그걸 몰랐던 거지. 고통을 완화시키는 약물을 만들어 차처럼 마셨어. 그런데 그 차는 마시면 마실수록 내가 원치 않는 결과를 가져왔지. 몸은 여기저기 계속 고장 나는데도 정신은 좀처럼 사그라지지 않았어. 너희도 눈으로 직접 봤잖니! 심지어 총알이 심장을 관통하는데도 이 변변찮은 목숨이 꺼지질 않더란 말이지. 사실대로 말하면, 아주 오랜 세월 내 소원은 이제 그만 죽어 땅에 묻히는 거였단다."

감당하기에 너무 힘든 얘기들이었다. 나는 벌떡 일어나 그냥 무작정 달렸다. 가능한 두 사람에게서 멀리 달아나고 싶었다. 비드가 나를 부르며 쫓아왔지만, 나는 무시하고 계속 뛰었다. 정신을 차려 보니, 나는 예전 오두막 자리에 와 있었다. 안으로 들어가 까맣게 탄 의자를 발견하고 그 위에 털썩 주저앉았다. 그리고 주위에 남은 것들을 천천히 살펴보았다. 전부 타 버린 게 차라리 잘됐다 싶었다. 어차피 예전 내 삶은 아무것도 아니었어. 전부 거짓이었어!

거기 앉아 있는 동안 모스카는 내 손등 위를 이리저리 걸어 다녔는데, 비드와 마찬가지로 모스카 역시 이 새로운 사실들에 그다지 놀라지 않은 것처럼 보였다. 세상이 다 무너져 내린 것처럼 충격을 받은 사람은 나뿐이란 말인가? 나는 두 손으로 머리를 감싸고 울었다.

뒤편에서 장화를 신은 할아버지가 바닥의 잔해를 밟으며 다가오는 소리가 들렸다.

"네드, 나를 용서해 다오." 할아버지가 말했다.

"듣기 싫어요. 전 이제 할아버지가 진짜 누구인지도 모르겠어요."

"내가 말한 그대로란다, 네드. 예전 인생에서 나는 허버트 웰레스트였어. 하지만 그 사람은 이제 없어. 지금 난 네 할아버지란다. 널 알게 된 후로 난 줄곧 네 할아버지였어."

"어떻게 그럴 수가 있어요?" 내가 벌떡 일어나는 바람에 의자가 뒤로 넘어갔다. "이백 살이 넘었다면서 어떻게 제 할아버지일 수 있어요? 우리 어머니가 딸일 수가 없는 거잖아요?"

"이번에도 날 용서하라는 말밖에는 할 말이 없구나. 그래, 네 말대로 난 네 부모가 누군지 모른단다. 들기로, 네 어머니는 나이가 어리고 가난했다고 했어. 남편은 이미 콜레라로 세상을 떠난 상태였고. 도저히 혼자서는 키울 수가 없어 널 교회에 맡겼는데, 예전에는 그런 일이 종종 있었다고 하더라. 너희 어머니가 널 교회 제단에 두고 갔다고 들었다." 할아버지는 그날 아침 처음으로 미소를 지으며 말했다. "그날, 네가 우는 소리에 잠이 깼던 그때를 난 아직도 기억한단다. 자두처럼 빨갛고 동그란 얼굴도 생각나고. 내가 널 포대기로 감싸 안았더니, 그 자그마한 손을 꼭 쥐고 어찌나 나를 때리던지, 지금 의젓하게 자란 널 보면 그때 그런 모습은 상상도 하기 힘들지!"

새로운 사실이 밝혀질 때마다 나는 정신이 혼미해지며 발밑이 마구 흔들리는 기분이었다.

"그러니까 전 부모에게도 버림받은 아이란 말인가요?"

"네드, 절대 그렇지 않단다. 넌 신이 주신 선물이야. 네가 오고 내가 얼마나 기뻤는지 몰라. 내가 말했지? 오랫동안 죽는 게 내 소원이었다고. 그런데 널 발견한 그날부터 난 더 이상 그런 소원은 바라지 않게 됐어."

나는 눈을 몇 번 깜빡거렸다. 할아버지도 나를 보았는데, 잘 보이지 않는 한쪽 눈은 거의 흔들리지 않았고, 주름 가득한 얼굴에는 여전히 미소를 띠고 있었다. 할아버지는 내 팔을 당겨 가슴 앞에서 꼭 끌어안았다.

새까맣게 타 버린 오두막의 폐허 속에 우리는 서로를 안은 채 한참을 서 있었다. 아침 해가 떠오르며 하늘 한편이 붉게, 노랗게 물들고 있었다. 그렇게 있다가 목사나 마을 사람들에게 발각될 수도 있었지만, 지금 내게 그런 것쯤은 하나도 중요하고 심각한 일이 아닌 것처럼 느껴졌다.

죽을 것처럼 피곤하고 슬펐지만, 또 한편으로는 마음이 편안해지는 기분이었다. 나도 모르게 절로 눈물이 흘렀다. 고개를 드니, 오두막 문간에서 비드가 서성거리고 있었다.

"이제 우리 가야 할 것 같아." 비드가 말했다.

"무덤은 어떡하지? 다시 메우기에는 너무 늦었는데." 내가 말했다.

"굳이 다시 메울 필요가 있을까 싶어. 마을 사람들은 이것도 피니어스가 한 짓이라고 생각하지 않을까? 풍차에서 실험을 했다는 걸 알면 이것도 쉽게 그렇게 믿을 것 같거든."

우리는 무너진 담장을 넘고 숲을 가로질러 저택을 향해 걸었다. 세 사람 모두 각자 생각에 잠겨 말을 하는 사람은 아무도 없었다. 할아버지의 걸음이 무척 느렸지만, 굳이 서두를 필요는 없었기에 비드와 나도 할아버지 속도에 보조를 맞췄다. 태양이 더 높이 떠오르며 새로 돋는 잎사귀에 푸릇푸릇함을 더해 주고 있었다.

저택까지 반쯤 갔을 때였다. 내 뒤에 있던 할아버지가 아주 나지막한 목소리로 누군가와 말하는 소리를 듣게 됐는데, 비드 역시 이상하다고 생각한 모양이었다. 눈이 마주친 우리는 말없이 서로 걱정스런 눈빛을 교환했다. 지난밤과 오늘 아침 있었던 일들이 이백 년 된 할아버지의 뇌에 무리가 된 건 아닐까 걱정이 됐다.

나는 조금 걸음을 늦추며 할아버지가 옆에 올 때까지 기다렸다.

"네가 잘 돌봐 줘야 해. 혼자 어디 가게 하지 말고, 꼭 따라다녀." 할아버지가 말하고 있었다.

"뭐라고 하신 거예요, 할부지? 누가 누굴 돌봐요?" 내가 물었다.

할아버지는 내 말에 조금 놀란 듯 등을 곧추세우며 말했다.

"아! 미안하다, 네드. 지금 모스카랑 이야기하던 중이었거든."

내가 우뚝 멈춰 서는 바람에 할아버지는 나와 부딪칠 뻔했다. 지금껏 할아버지가 모스카에게 말하는 건 본 적이 없었는데, 뜻밖이었다.

"모스카요? 할아버지도 모스카가 하는 말을 알아들으신다고요?"

"그런 것까진 아니지만, 모스카는 확실히 내 말을 알아듣는 것 같더구나. 그동안 모스카는 늘 내게 가장 믿음직한 친구가 되어 주었지. 내가 허버트 웰레스트였던 과거에도, 네 할아버지가 된 지금도 내 유일한 친구나 다름없단다."

그날 아침은 정말이지 놀랄 일의 연속이었다.

"설마 그렇게 중요한 실험을 하면서 내 몸에 곧바로 시도했을 거라고 생각하는 건 아니겠지? 그랬다면 그것처럼 바보 같은 짓도 없었을 거다. 잘 통제된 상황에서 몇몇 다른 동물들에게 여러 번 시험해 보는 건 당연한 과정 아니었겠니? 처음에는 단순한 동물을 가지고 생명을 연장하는 실험을 여러 번 시도했었지. 그 과정에서 처음으로 성공한 사례가 모스카였단다."

할아버지가 손가락 하나를 펴자, 모스카는 주위를 몇 바퀴 빙빙 돌더니, 그 위에 내려앉았다. 할아버지가 씩 웃으며 말했다. "네 파리도 거의 나만큼이나 나이가 많은 친구야."

XL
네드

숲을 벗어난 우리는 도로를 가로질러 웰레스트 저택으로 가는 철문을 통해 영지 안으로 들어갔다. 포근한 날씨에 비가 내린 탓인지 땅 위로는 안개가 무척이나 짙게 깔려 있었다. 비드와 함께 진입로를 걷던 나는 문득 할아버지가 뒤따라오지 않는다는 걸 깨닫게 되었다.

왔던 길을 되돌아가, 녹슨 철창 밖에 서 있는 할아버지를 찾아냈다. 할아버지가 숨을 들이마실 때마다 쌕쌕 소리가 나며 가슴팍이 황소개구리처럼 부풀어 오르고 있었다.

"할부지?"

할부지가 아니라 허버트라는 이름이나 웰레스트 씨로 불러야 하는 건 아닐까 잠시 고민도 했지만, 금세 그만두기로 했다. 외모로 보나 말투로 보나 그 사람은 여전히 내 할아버지였다.

"미안하지만 잠깐만 기다려 주겠니?" 할아버지가 말했다.

"괜찮으세요? 피곤해서 그런가 봐요. 얼른 집으로 가서 쉬시는 게 좋겠어요. 이제 곧 사람들이 왕래할 시간이에요."

할아버지는 움직일 생각은 않고, 모자를 쓴 채로 머리를 긁고는 어깨를 아래로 축 늘어뜨렸다. 뭔가를 결심한 듯 고개를 끄덕이더니, 고개를 들어 나를 바라보며 이렇게 말했다. "난 아무래도 가야 할 것 같구나."

"간다고요? 어디로요?"

"어딘가 다른 곳으로."

비드와 나는 이번에도 걱정스러운 눈빛을 교환한 뒤, 부서진 철문을 밀고 다시 밖으로 나갔다.

"저희 아버지 때문이라면 걱정하실 거 없어요. 할아버지는 제 손님인걸요. 원하시는 만큼 오래 계셔도 괜찮아요. 두 사람 다요."

할아버지는 고맙다는 뜻으로 고개를 살짝 끄덕였다.

"친절하게 맞아 줄 거라는 건 안다, 비드. 이 집에 민폐를 끼칠까 봐 걱정돼서 그러는 게 아니야."

"그럼, 왜 그러시는 거예요?"

할아버지는 나를 향해 고개를 돌렸다.

"네드, 내가 부끄러워서 그런단다."

"뭐가요, 할부지?"

"널 너무 가둬 두기만 해서 많은 걸 보지 못하게 했다는 생각이 드는구나. 내 삶만 못 보게 한 게 아니라 네 삶까지 못 보게 만들었어. 네가 어린 아기였을 때부터 세상과 접촉하지 못하게 막았던 건, 그러면 아무 문제 없이 평화롭게 살 수 있을 거라고 생각해서였어. 하지만 그거야말로 우물 안 개구리였지 뭐니. 이제라도 생동감 넘치는 진짜 인생을 살아 봐야 하지 않겠니?"

"제가 위험에 빠지지 않게 할부지가 지켜 주신 거잖아요! 계속 그렇게 해 주시면 안 돼요?"

"네드, 이젠 너도 스스로를 지킬 때가 된 것 같구나. 그래, 그동안 확실히 안전하게 지내긴 했지. 하지만 교회 담장은 위험을 막아 주는 역할만 한 게 아니라 널 그 안에 가둬 놓는 역할도 했던 거야. 남자든 여자든 사람과 관계 맺는 방법을 너무 모르고 살게 했어." 할아버지는 내가 자신의 말을 곱씹을 수 있게 한참 동안 기다려 주었다. "이제 와 보니, 그게 좋은 점보다 나쁜 점이 더 많았다는 생각이 드는구나."

나는 할아버지의 옷소매를 꽉 붙잡았다.

"말도 안 돼요! 비드를 만나기 전, 저랑 할아버지랑 둘이 살 때 얼마나 좋았다고요!"

뒤에서 비드가 코웃음을 쳤다.

"아, 그랬는데 내가 끼어든 거구나?" 비드가 빈정거렸다.

"아니, 그러니까, 그런 뜻은 아니었어." 나는 더듬거렸다.

"그럼 무슨 뜻이야?" 비드가 불에 그슨 눈썹을 치켜뜨며 말했다.

"그때는 비드를 알기 전인데도 나름 사는 게 즐거웠다는 뜻이었어." 비드의 눈썹이 다시 내려가고 입가에 희미한 웃음기가 감돌았다. "사실, 그때와 지금은 천지 차이나 마찬가지야. 그때의 나는 지금의 나와 다른 사람이고. 그러니까 널 알고 난 후 내 인생이 훨씬 좋아졌다, 그런 말이야."

나를 보는 비드의 얼굴에 어떤 표정이 깃들었지만, 그게 무슨 의미인지 나로서는 해석이 불가능했다.

"쳇, 넌 너무 감정이 앞서 탈이라니까, 네드릭."

나는 그 말에 뭐라고 대꾸하면 좋을지 알 수 없었다. 지금 비드가 기분이 좋은 건지, 아니면 슬픈 건지, 실망한 건지, 피곤한 건지, 아니면 배고픈 건지도 알지 못했다.

"내가 하고 싶은 말도 바로 그거란다. 네 인생은 이미 달라졌어, 네드. 안 좋은 일들이 너무 느닷없이 연속으로 일어나게 해 그게 좀 미안하다만."

"전부 안 좋기만 했던 건 아니었어요." 이 말을 할 때, 나는 일부러 비드와는 눈을 마주치지 않았다.

이번에도 오랫동안 침묵이 이어졌고, 마침내 할아버지가 고개를 끄덕이며 이렇게 말했다.

"시간이야."

"그게 무슨 말이에요, 할부지?"

"지금 네게 필요한 건 시간인 것 같다, 네드. 그리고 성장할 공간도 필요하고."

할아버지의 말뜻을 이해하기까지 시간이 좀 걸렸다.

"하지만 이젠 교회 묘지로 돌아갈 수도 없잖아요. 어디로 가실 생각인데요?"

"아, 그렇게 멀리 가려는 건 아니란다. 그리 오래 있지도 않을 거고."

어쩐지 이번에도 할아버지는 솔직히 말하고 있지 않는 것 같다는 생각이 들었다.

더 자세한 걸 할아버지에게 물으려는데, 짐수레 굴러가는 듯한 소리가 길 아래쪽에서 들려왔다. 깜짝 놀란 비드와 나는 얼른 돌기둥 뒤에 몸을 숨겼지만, 할아버지는 움직일 생각도 하지 않고 그저 햇볕을 쬐며 눈을 감고 서 있었다. 나는 할아버지를 향해 얼른 피하시라고 속삭였지만, 전혀 개의치 않는 표정이었다. 나는 축축한 녹색 돌벽에 등을 기댄 채 조마조마한 마음으로 앞으로 벌어질 일을 기다렸다.

삐걱거리며 굴러가는 바퀴 소리가 조금 느려지나 싶더니, 어떤 여자의 말소리가 들렸다.

"아니, 몸이 안 좋으시다더니, 그래도 여전히 일어나 움직이시는군요!" 말소리가 잠시 끊겼다. "안색이 너무 안 좋으세요. 그러니까, 평소보다 더 안 좋아 보이신다고요."

그 사람은 다름 아닌 고기 파는 아주머니였다! 담 뒤에서 나오니,

할아버지 앞에 마차를 세운 아주머니의 모습이 보였고, 마차 뒤편에는 뼈만 남은 채 죽은 소 한 마리와 토끼 두 마리가 실려 있었다.

할아버지가 눈을 뜨며 말했다. "아주머니는 훨씬 더 아름다워지셨군요."

"농담도 잘 하시네요. 그런 소리 한다고 고깃값을 깎아드리진 않아요. 그나저나 손자가 말 안 하던가요? 할아버지보다 값을 두 배나 쳐주는 고객을 이번에 새로 만났다고요."

내 발소리를 들은 아주머니가 나를 향해 고개를 돌렸다.

"안녕하세요." 내가 인사했다.

"아, 너도 있었구나! 네 파리까지! 온 가족이 다 모였구나! 이런, 넌 또 꼴이 왜 그 모양이니? 이 아가씨는 누구고?" 아주머니가 큰 소리로 외쳤다.

비드도 밖으로 나와 길 위에 섰다. 아주머니는 마차에 앉은 채 몸을 앞으로 기울이더니, 눈을 가늘게 뜨고 혀로 핏기 없는 입술을 핥았다.

"잠깐만. 마을에 갔더니 오래된 풍차에 불이 났다고 다들 떠들어대던데, 그 일과는 상관없는 거지?" 아주머니는 우리 셋을 위아래로 훑어보았다. "어째 셋 다 그을음이 조금씩 묻은 것처럼 보인단 말이지."

우리 셋은 서로 눈치만 볼 뿐 누구도 먼저 나서서 대답하지 못했다. 나 역시 물고기처럼 입만 반쯤 벌리고 서 있는데, 아주머니가 희끗희끗한 머리를 뒤로 젖히며 깔깔거리고 웃었다.

"걱정하지 마라, 애야. 그래도 내 고객인데, 난 고객에 대해 안 좋은 소문이나 퍼트리고 다니는 그런 사람은 아니니까. 말이 나왔으니 말인데, 오늘도 여기서 고객 한 사람을 만나기로 했단 말이지. 그러니 여러분 모두 절대 나를 여기서 봤다고 어디 가서 말하면 안 됩니다."

"그 고객이란 사람, 아마도 오늘은 나타나지 않을 거예요." 비드가 말했다.

"왜 그런 말을 하지? 그 사람이 누군지도 모르면서!"

"피니어스 모던트라는 사람 아닌가요?"

아주머니는 뒤로 물러나 앉으며 말고삐를 무릎 위에 내려놓았다.

"그걸 어떻게 알았을까?"

"여긴 저희 집이에요. 그러니까 제 동의 없이는 여기서 무슨 일도 할 수 없어요."

"너희 집이라고! 그러니까, 네가 그 남자랑 결혼하는 운 좋은 아가씨구먼." 아주머니는 맨손으로 콧물을 세차게 풀면서 이렇게 웅얼거렸다. "분명 아주 행복한 결혼 생활이 되겠구나."

이제 피니어스는 이 세상에 없다는 걸 알면서도 그 말을 들으니 속이 부글거리며 기분이 좋지 않았는데, 비드는 그저 고개를 저을 뿐이었다.

"유감스럽게도 결혼식은 취소됐어요. 그 소문은 여기저기 마음껏 퍼트리고 다니셔도 좋아요."

"오, 아무래도 남자가 마음을 바꿔 먹었나 보지?" 아주머니가 말했다.

"뭐, 그런 셈이죠."

"그렇다면 이제 그 사람은 이 집에 없겠군?"

"네, 없어요."

"어디로 갔지?"

"잘은 모르지만, 그 사람이 밤이면 밤마다 풍차에 간다는 소문을 들은 적이 있어요. 거기서 온갖 이상한 의식을 했다고 하더라고요. 물론 전 그런 말 안 믿지만요…… 풍차에 불이 났다니, 그 사람과 관련 있는 게 아니기만을 바랄 뿐이에요."

아주머니의 입술이 씰룩거렸다.

"그렇군. 이거 참, 아쉽게 됐네. 이번에 암소를 가져다주면 돈을 꽤 많이 주겠다고 약속했는데. 소를 통째로 가져가겠다고 했었거든!" 아주머니는 할아버지를 향해 고개를 돌렸다. "할아버지는 뭐 사고 싶은 거 없으세요? 얼굴빛이 창백하니, 너무 안 좋아 보여요. 토끼 고기로 영양 보충 좀 하시는 거 어때요? 이번 건 진짜 신선하거든요. 발견한 지 이삼일밖에 안 됐어요."

"나도 그러고 싶지만, 그보다 다른 부탁이 하나 있어요." 할아버지가 말했다.

"장사하는 사람한테 부탁을 하시면 어떡합니까!" 아주머니가 날카로운 소리로 말했다.

"뭘 공짜로 달라는 게 아니에요. 마차를 좀 얻어 탈 수 있나 물어보려는 거요." 할아버지가 말했다.

나는 진흙탕이 된 땅을 장화 신은 발로 괜히 문지르며 아무 말도 하지 못했다. 할아버지가 뭘 하려는지 알기에 마음이 편치 않았다.

"태워 달라고요? 여기 마차에 말이죠? 어디로 가시게요?" 아주머니가 물었다.

"아주머니는 어디로 가시죠?" 할아버지가 물었다.

"저야 여기저기 다 가지만, 내일 아침에는 노샘프턴에 가 볼까 생각 중이에요."

할아버지가 슬며시 웃으며 말했다.

"허버트 웰레스트는 그렇게 오랜 세월 떠돌아다녔는데도, 노샘프턴에는 한 번도 가 본 적이 없다더군요! 참 재밌죠? 바로 옆 도시에만 가 봤대요!"

"허버트가 누군데요?" 아주머니가 말했다.

"내가 예전에 알고 지내던 사람이오." 할아버지가 말했다.

아주머니는 무슨 말인지 모르겠다는 듯 어리둥절한 표정을 지었다. 할아버지가 더는 설명하지 않자, 아주머니는 마차 옆으로 몸을 기울이며 침을 뱉었다.

"그러세요, 그럼. 같이 가실 거면, 얼른 타세요. 저랑 앞자리에 타시는 게 좋겠어요. 안 그러면 사람들이 제가 할아버지도 팔려고 싣고 다닌다고 생각할지 모르잖아요? 하던 일 그만두고 부활주의자들이랑 손잡았다고 생각하기라도 하면 큰일이라고요!"

할아버지는 무거운 짐을 방금 막 내려놓은 사람처럼 숨을 깊고 길게 들이마시며 웃었다. 이렇게 선 채로 발이 떨어지질 않는 걸 보면, 어쩌면 방금 할아버지가 내려놓은 그 짐이 내 어깨로 옮겨진 건 아닐까 싶었다. 할아버지는 내가 시간과 공간을 통해 사는 법을 배우기를 바라는 것 같았지만, 나 역시도 그걸 바라는지는 확신이 서질 않았다. 어쩌면 사람은 자신이 언제, 어떻게 성장할 것인지 선택할 수 없는 건지도 모르겠다는 생각이 들었다.

"고마워요." 할아버지는 고기 파는 아주머니에게 말했다.

마차를 돌아 다리를 절뚝거리며 내게 다가온 할아버지는 노샘프턴이 아니라 훨씬 더 먼 길을 가는 사람처럼 나를 꽉 끌어안았다. 팔을 풀고 한 걸음 물러나 내 얼굴을 보고, 비드의 얼굴을 바라봤다. 그런 할아버지의 표정이 어느 때보다 밝았다.

"아무래도 내가 이러려고 이렇게 오래 산 게 아닌가 싶구나." 할아버지가 말했다.

"그게 무슨 말씀이세요?" 내가 물었다.

"네가 좋은 사람을 만나는 걸 보려고 그렇게 오래 살았나 봐."

나는 비드의 얼굴을 보지는 않았지만, 그럴 필요도 없을 것 같았다. 분명 할아버지의 그 말에 눈을 굴리고 있을 것 같았다.

"비드, 네드를 잘 돌봐 주겠니? 분명 그렇게 해 줄 거라고 믿는다만. 모스카에게도 이미 부탁은 했지만, 평소 그렇게 말을 잘 듣는 친구는 아니라서 말이지."

그러는 동안에도 모스카는 소의 눈알에 앉아 뭔가를 열심히 핥아먹느라 심지어 할아버지의 그 말을 듣고 있지도 않았다.

할아버지는 장갑 낀 손으로 내 머리를 헝클어뜨리고는 두 팔로 다시 나를 끌어안았다.

"잘 있어라, 네드. 잘 지내." 할아버지가 말했다.

"할아버지도 잘 지내세요." 내가 말했다. "언제든 돌아오고 싶으면 꼭 다시 오시고요. 저희는 늘 여기 있을게요. 그리고 오시게 되면 미리 연락하세요. 차 끓여 놓고 기다릴게요."

할아버지는 이가 다 빠져 잇몸만 남은 입으로 활짝 웃어 보이고는 비드를 향해 고개를 돌리고 모자를 살짝 들어 올렸다.

"앞으로 하는 연구가 모두 성공하길 기원한다, 비드. 그리고 혹시 연구하다가……"

고기 파는 아주머니가 혀를 찼다.

"아니, 인사를 얼마나 더 오래 하실 거예요? 전 기다리는 손님들이 있어 빨리 가야 한다고요!"

"어이쿠, 미안합니다." 할아버지가 말했다.

할아버지는 말 앞을 돌아 마차 옆으로 가더니, 몸을 끌어올려 아주머니 옆자리에 앉았다. 모스카가 할아버지 머리 주위를 몇 번 빙빙 돌다가 손등 위에 내려앉았다. 할아버지는 모스카에게 몇 마디를 속삭이더니 마치 모스카가 한 말에 반응이라도 하는 것처럼 작은 소리로 하하 웃음을 터트렸다. 빙글빙글 돌며 다시 내게 날아온 모스카는 평소 자신이 좋아하는 내 귀 끝에 자리를 잡았다.

"자 그럼, 출발해 볼까요?" 아주머니가 말했다.

아주머니가 고삐를 잡고 말을 출발시키자, 마차 바퀴가 진창 속을 휘저으며 천천히 움직이기 시작했다.

그리 멀리 가지도 않았는데, 안개가 워낙 짙어 할아버지의 모습이 벌써부터 잘 보이지 않았다. 할아버지는 그 어느 때보다 등을 꼿꼿하게 펴고 마차에 앉아 계속 이쪽을 보며 손을 흔들고 있었다. 나는 할아버지를 태운 마차가 완전히 보이지 않을 때까지 마차가 사라진 쪽만 줄곧 바라보았다. 마차가 아직 길 위 어딘가 있을 거라는 유일한 표시는 젖은 땅을 밟으며 멀어지는 말발굽 소리뿐이었다. 곧 그 소리마저 들리지 않고, 봄볕 아래 나무들이 기지개를 켜는 가운데 새들만

요란하게 지저귀고 있었다.

비드가 내 손을 잡고, 마치 귓속말이라도 할 것처럼 내게 살짝 몸을 기울였다. 머리카락 탄 냄새가 코끝을 스치고, 따뜻한 비드의 입술이 내 뺨에 살짝 닿았다 떨어졌다.

"할아버지는 꼭 돌아오실 거야." 비드가 말했다.

갑작스러운 비드의 행동에, 그리고 할아버지를 볼 수 없다는 슬픔에 정신이 멍해진 나는 그저 할 말을 잃고 빨개진 얼굴을 손으로 만졌다.

"할아버지가 돌아오시기 전까지 좋은 책 많이 찾아 읽고 연구해 보자. 또 누가 알아? 할아버지를 치료할 방법을 우리가 찾아낼 수 있을지도 모르잖아?"

"우리가?"

"그래. 할아버지가 오래오래 사실 수 있게."

그 말에 나는 슬며시 웃음이 났다.

"오래오래 살게 하는 치료제라니. 비드, 그런 걸 만들 수 있으면 정말 좋겠어!"

나는 혹시라도 마차 소리가 들리지 않을까 다시 귀를 기울였지만, 이제는 어떤 소리도 없이 사방이 고요하기만 했다. 비드가 부드럽게 내 팔꿈치를 잡고는 아귀가 맞지 않는 철문을 향해 나를 이끌었다. 우리는 손에 손을 맞잡고 저택의 진입로를 천천히 걸어갔다. 비록 앞이 보이지는 않지만 우윳빛 뽀얀 안개가 우리를 포근히 감싸 주었다.

감사의 말 ✎

이 책에 생기를 불어넣고, 세상에 내놓기까지 애써 주신 많은 분께 영원히 죽지 않을 불멸의 감사를 보냅니다. 작업실에서 함께 일하는, 늘 믿음직스럽고 열정적인 케시아 루포, 치킨하우스 출판사의 배리, 레이첼 L, 레이첼 H, 에스더, 엘리노어, 재즈와 다른 출판사 가족들, 원고 편집을 담당한 클레어 맥케나, 너무나도 아름다운 표지를 만들어 준 미케일라 알키노, 처음 만난 날부터 늘 많은 도움을 주며 안내자 역할을 해 주는 에이전트 제인 윌리스, 늘 나를 따뜻하게 받아 주는 메리, 데이브, 던컨, 비록 헛간에서 시작했지만 정말 멋진 회사를 꾸려 나가고 있는 잭, 재스, 휴고, 늘 어둠 속에 빛이 되어 주는 로라, 모두 고마워요.

소설을 쓰면서 이 분야에 대해 저보다 더 많이 알고 깊이 연구한 다른 작가들의 저서를 읽으며 큰 도움을 받았습니다. 특히 『괴물의 탄생: 메리 셸리의 《프랑켄슈타인》에 숨은 과학Making the Monster: The Science Behind Mary Shelley's Frankenstein』은 음침하고 속이 뒤집어질 만큼 충격적이면서도 또 한편으로는 정말 재미있게 읽었던 책이기도 합니다. 이 책을 쓴 캐스린 하쿠프Kathryn Harkup에게 특별히 감사의 말을 전합니다.